Laut klackerten ihre hohen Absätze auf dem Asphalt. Sie lief durch eine der kleinen Straßen, die vom Oeder Weg in Richtung Eckenheimer Landstraße führen. Für diese Uhrzeit war ungewöhnlich wenig los. Es nieselte seit Stunden. Die wenigen Menschen, die ihr begegneten, hasteten mit gesenktem Kopf unter aufgespanntem Regenschirm durch die Dunkelheit. Sie trug ebenfalls einen Schirm, mit der anderen Hand hielt sie den Kragen ihres Trenchcoats geschlossen. Innerlich fluchte sie, denn das Wetter würde ihre teuren Strümpfe versauen. Um die Schuhe machte sie sich keine Sorgen. Für die hatte sie Ersatz. Ein wesentlich höheres Paar, in der Tasche, die an ihrem Arm hing.

»Ich hätte mir ein Taxi nehmen sollen«, murmelte sie leise vor sich hin. Doch wie üblich war sie mit der U-Bahn gefahren. Sie war sparsam, Taxifahrten strapazierten das Budget zu sehr.

Ihre Blicke wanderten an den Hausnummern entlang, bis sie ihr Ziel erreicht hatte. Ein gesichtsloses Appartementhaus, das so gar nicht in diese Straße passte. Sie drückte die Klingel, zweimal kurz, einmal lang. Das verabredete Signal. Mit dem Lift fuhr sie in den fünften Stock. Als sich die automatischen Türen öffneten, wartete er bereits. Er musterte sie kalt.

Einen Moment lang standen sie sich stumm gegenüber. Plötzlich holte er aus und schlug ihr mit der flachen Hand brutal ins Gesicht.

»Ich bring die Schlampe um und dich gleich mit!«

Der Mann stand breitbeinig im Flur der kleinen Wohnung am Rohrbrunner Weg. Er hielt den rechten Arm wie zum Schlag erhoben. Mit seiner intensiven Bierfahne und den blutunterlaufenen Augen passte er in das gängige Klischee vom typischen Bewohner des östlichen Spessartviertels, eines Wohnquartiers in Dietzenbach, das über die Stadtgrenzen hinaus berüchtigt war.

»Beruhigen Sie sich!« Lena Borowskis Stimme zitterte kein bisschen, obwohl innerlich ein Sturm vielfältiger Gefühle tobte. Wut und Zorn ebenso wie Angst vor der unberechenbaren Aggressivität, die ihr hier in Person des angetrunkenen Mannes gegenüberstand.

»Sie haben hier gar nichts zu melden!«, schrie er. »Wer sind Sie überhaupt? Was geht es Sie an, was ich mit meiner Frau mache?«

Sie zeigte auf die Frau, die hinter dem Mann im Flur wie ein Bündel Elend auf dem Boden kauerte. »Lassen Sie Ihre Frau aus der Wohnung gehen. Sie braucht einen Arzt.«

Die Augen des Angesprochenen spiegelten kurz hintereinander völlig unterschiedliche Emotionen. Schmerz, Wut, Unsicherheit. Lena Borowski rührte sich nicht von der Stelle.

»Wir können alles regeln. Aber lassen Sie jetzt bitte Ihre Frau gehen!«

Alles regeln, daran glaubte Lena zwar nicht. Dieser Mann hatte seine Frau schon früher misshandelt. Während sie äußerlich ruhig blieb, nicht zurückwich, den Mann zwar beobachtete, ihn aber nicht zusätzlich provozierte, überlegte sie fieberhaft, was sie tun sollte. Würde er, wenn sie jetzt von der Tür wegging, um die Polizei zu rufen, seine Frau vollends krankenhausreif prügeln, oder ihr gar Schlimmeres antun? Lena Borowski war seit über zehn Jahren im Jugendamt, hatte schon alles gesehen, was Familienmitglieder einander antun konnten.

In einer der oberen Etagen klappte eine Tür, eilige Schritte kamen über die Treppe nach unten. Eine Frau, sie mochte Anfang dreißig sein, in ihrem Alter. Als sie Lena bemerkte, hielt sie kurz inne und maß sie und den schwankenden Mann in der halb offenen Tür. Die Augen der Nachbarin weiteten sich, als sie das heftige Schluchzen aus der Wohnung hörte. Lautlos formte ihr Mund ein Wort. Lena signalisierte ihr mit einem Lidschlag ein »Ja«. Die Frau würde jetzt nach unten gehen und die Polizei anrufen, dessen war sie sich sicher.

Der Mann vor ihr hielt seine Fäuste geballt, er schien die Nachbarin nicht wahrgenommen zu haben. »Ich lass mir das nicht bieten«, zischte er. »Erst hängt sie mir das Kind an, dann haut sie ab zu einem anderen Kerl, und ich soll zahlen.«

»Wir werden das alles regeln«, wiederholte Lena. Sie verschob die Erörterung seiner Einkommenssituation lieber auf einen anderen Tag. Ihrer Erfahrung nach brachte es gar nichts, in solch einer aufgeheizten Situation auf Gesetze zu pochen. Das musste in einer beruhigten Atmosphäre stattfinden. Aber zunächst wollte sie die Frau herausholen, bevor ihr Schlimmeres zustieß. Das leise Weinen im Hintergrund stockte erschrocken, als der Mann sich einige Schritte in den Flur hineinbewegte und auf seine Nochehefrau zuging.

»Du bist schuld an allem. Konntest den Hals nicht voll genug kriegen. Als ich noch Geld nach Hause gebracht habe, war ich gut genug für dich. Und jetzt …« Wieder hob er die Faust. Die Frau schrie auf und hielt die Arme schützend über den Kopf, blieb jedoch am Boden hocken.

»Herr Jahnke hören Sie auf!« Lena spürte, wie das Adrenalin durch ihren Körper schoss. Sie würde nicht zusehen können, wenn der Mann auf seine Frau einschlug. Sie wägte ab, ob ihre Kenntnisse in Selbstverteidigung in dieser Situation ausreichen würden, um dazwischengehen zu können, wenn es zum Äußersten käme. Der Mann war groß und schwer gebaut. Und er hatte getrunken, war also nur bedingt berechenbar. »Herr Jahnke!«, rief Lena noch einmal. Sie wagte sich einen Schritt vor, übertrat die Schwelle zur Wohnung. Der Mann wirbelte herum und fauchte, mit Schaum vor dem Mund.

»Bleiben Sie, wo Sie sind!«

Die Entscheidung, ob und was sie tun konnte, wurde Lena in der nächsten Sekunde abgenommen, als zwei Polizisten, ein grauhaariger Mann und eine jüngere Frau mit einem wippenden roten Pferdeschwanz unter der Mütze, die Treppe heraufgerannt kamen. Lena trat sofort zur Seite und überließ es den beiden, die Situation unter Kontrolle zu bringen. Erst jetzt merkte sie, dass ihre Knie zitterten. Der Dienstausweis, den sie noch in der Hand hielt, flatterte, und sie steckte ihn entschlossen weg. Die Nachbarin tauchte am Treppenabsatz auf und schaute mit großen Augen herauf.

»Danke, dass Sie so schnell reagiert haben«, sagte Lena.

»Keine Ursache, ich hatte Glück, die Streife war ganz in der Nähe. Da unten ging es seit dem Auszug der Frau regelmäßig laut zu.«

Lena konnte sich schon vorstellen, was das bedeutete. Eine Frau, die aus unerfindlichen Gründen immer wieder zu ihrem Ehemann zurückkehrte. Um ihn um Geld zu bitten? Wollte sie die Hoffnung auf Versöhnung nicht aufgeben, trotz der Prügel, die sie bezog? Oder spielten ganz andere Gründe eine Rolle? Lena war kaum etwas Menschliches fremd, und sie hatte erkannt, wie schwierig es war, die Beweggründe ihrer Klienten zu verstehen.

Wenig später verließen die Polizisten mit dem Mann die Wohnung, während ein Notarzt sich um die heftig weinende Ehefrau kümmerte.

Lenas Einsatz für heute war beendet. Sie ging zu ihrem Auto, das sie wie üblich ein ganzes Stück entfernt in einer Seitenstraße geparkt hatte. Sie kannte solche Diskussionen zur Genüge. Im Jugendamt hatten sie es alle naslang mit säumigen Zahlern zu tun. Wenn die Ehefrau ging, hielten es manche Männer für ihr Recht, auch den Unterhalt für die gemeinsamen Kinder zu verweigern. Besonders, wenn neue Partner oder Partnerinnen im Spiel waren oder das Einkommen ohnehin knapp war.

Was für Zustände, dachte Lena, als sie den Zündschlüssel drehte und davonfuhr.

Sieglinde Brohm kritzelte nervös auf dem Block herum, der vor ihr auf dem Tisch lag. Ihr Chef, Jugendamtsleiter Märkle, hatte an diesem Montagmorgen kurzfristig eine außerordentliche Sitzung mit allen Abteilungsleitern einberufen. Zu diesem Kreis zählte seit kurzer Zeit auch Sieglinde Brohm.

»Die Politik hat wieder Wünsche geäußert.« Bei diesen Worten verdrehte Märkle die Augen nach oben. In die Richtung, in der sich, von dem kleinen Konferenzraum aus gesehen, die Büros des Landrats und der Dezernentin befanden. Es war kein Geheimnis, dass sich der Amtsleiter und die Sozialdezernentin – Märkles Vorgesetzte – nicht leiden konnten. Das lag nicht nur an den unterschiedlichen politischen Lagern, zu denen sie gehörten. Der Jugendamtsleiter war gebeten worden zu prüfen, ob er einige Mitarbeiter für ein Spezialprojekt abstellen konnte. »Querschnittsaufgaben«, schnaubte er, als handele es sich dabei um etwas Unanständiges.

»Wo und was genau?«, fragte sein Stellvertreter Mielke, ein engagierter und hungriger Sozialarbeiter, der schon viel zu lange darauf wartete, befördert zu werden, und gleichzeitig wusste, dass auf absehbare Zeit der Aufzug nach oben blockiert war. Wer heute im öffentlichen Dienst auf einer Amtsleiterstelle saß, ging nicht so schnell weg. Wohin auch? Die viel beschworene freie Wirtschaft bot trotz der besser verhandelbaren Gehälter nach den rasanten Talfahrten der Konjunktur kein sicheres und warmes Plätzchen mehr.

Märkle erklärte langatmig das Projekt. Personal verschiedener Ämter sollte im größten sozialen Brennpunkt der Stadt Dietzenbach, im Spessartviertel, ein Team bilden. Circa dreitausend Menschen der unterschiedlichsten Nationalitäten lebten dort in fünf Hochhausblocks. Mit vereinten Kräften bemühten sich die Stadt Dietzenbach, der zuständige Landkreis Offenbach und engagierte Bürger seit vielen Jahren, den Ruf des Viertels und das Zusammenleben der Bewohner zu verbessern.

Bei dem anstehenden Pilotprojekt ging es darum, vor Ort Präsenz zu zeigen und ämterübergreifend Präventivmaßnahmen zu entwickeln.

»Und an wie viele Leute aus unserem Amt wird gedacht?« Mielke war gewohnt pragmatisch bis zur Gefühllosigkeit, vielleicht konnte er nur so den Gedanken an die vielen Stellvertreterjahre ertragen, die noch vor ihm lagen. Ein paar Kollegen scharrten schon mit den Füßen, es wurde leise gehüstelt. Auch Sieglinde war etwas tiefer in ihren Stuhl gerutscht und hatte kurz gedankenverloren aus dem Fenster geschaut. Das Projekt interessierte sie nicht die Bohne, sie hatte genug zu tun mit der Organisation ihrer Abteilung, nachdem drei Stellen bereits einen »K.w.-Vermerk« im Personalplan trugen – die Abkürzung für »künftig wegfallend«. Das bedeutete, dass die Stellen nicht wieder besetzt werden würden, sollten die jetzigen Stelleninhaber, egal aus welchen Gründen, ausscheiden.

»Zwei Leute sollen wir abstellen«, hatte Märkle auf Mielkes Frage geantwortet und damit Sieglinde Brohms Gedankengänge unterbrochen. Man einigte sich darauf, dass der Stellvertreter die weitere Organisation des Projektes übernahm. Insbesondere auch die Verteilung der Tagesarbeit auf das restliche Personal. Keine angenehme Aufgabe, die Personaldecke war so dünn, dass man schon hindurchsehen konnte.

»Freiwillige vor«, hieß es jetzt. Doch zunächst hatte sich keine der fünf anwesenden Abteilungsleitungen gerührt.

»Es gibt sicher ein paar Jungs von der Suchtberatung, die ganz scharf darauf sind, von ihren verwaltungslastigen Schreibtischen wieder in die freie Wildbahn hinaus zu dürfen«, flüsterte Sieglinde Brohms Nachbarin ihr grinsend zu. Märkle hatte es wohl gehört, seine Augenbrauen zuckten, dennoch hob er nicht den Blick von seinen Notizen, als er fortfuhr.

»Die Suchtberatung ist schon mit im Boot, das Sozialamt ebenfalls. Wir kommen also nicht darum herum, bald unsere Vorschläge einzureichen. Sonst heißt es womöglich, wir würden innovative Sozialpolitik boykottieren.«

Sieglinde Brohm schoss ein Gedanke durch den Kopf. In letzter Zeit hatte sie einige unliebsame Diskussionen führen müssen. Es ging um die Frage der Eignung von Tagesmüttern und Pflegefamilien, über die sie mit einer bestimmten Person aus ihrem Team häufig in Auseinandersetzungen geriet, was ihr lästig war. Und ihre Stelle als Abteilungsleiterin konnte sie nur dann effizient ausfüllen, wenn solche Diskussionen nicht an der Tagesordnung waren. Neulich schon war sie von einer Kollegin auf die »leichte Unruhe« in ihrer Abteilung angesprochen worden. Sicher war es nicht verkehrt, die betreffende Person befristet in die Querschnittsabteilung wechseln zu lassen. Dadurch würden wieder mehr Ruhe und Stringenz in ihren Laden zurückkehren, und sie wäre in der Lage, auch unliebsame Entscheidungen schneller durchzuboxen. Die Renitenz hatte einen Namen … Vorsichtig räusperte sie sich.

»Ja, Sieglinde?« Märkles und Mielkes Augen ruhten in seltener Eintracht auf ihr.

»Also – ich wüsste da jemanden.«

Alle schauten sie erstaunt an, als sie den Namen nannte.

»Das ist eine deiner besten Sozialarbeiterinnen. Sie hat doch erst letzte Woche wieder bewiesen, wie gut sie auch schwierige Situationen im Außendienst meistern kann.« Das war Märkles hohe Stimme.

»Eben, darum. Dieses Projekt braucht die besten Leute.«

Mielke schob seine Unterlippe nach vorn, nickte und machte sich einen entsprechenden Vermerk für das Besprechungsprotokoll. »Gut, vielen Dank für diesen schnellen Vorschlag,

Sieglinde. Die anderen bitte ich, mir bis übermorgen Bescheid zu geben.«

Gleich darauf zerstreute sich die kleine Gruppe, und auch Sieglinde Brohm eilte mit zielstrebigen Schritten zurück in ihr Büro.

Das kleine Mädchen mit der rot-weiß geringelten Strickmütze und der für diese Jahreszeit viel zu schweren, steifen Jacke lief neugierig hinter dem bunt gescheckten, dreibeinigen Hund her. Er humpelte so schnell er konnte, um die Ratte zu erwischen, die indes uneinholbar davoneilte, bis sie schließlich unter einem Berg von Abfall, Schutt und Gerümpel verschwand. Vor ein paar Tagen waren hier, in Sichtweite des Spessartviertels illegale Gartenhütten auf behördliche Anordnung abgerissen worden. Eine Menge Gerümpel wartete auf den Abtransport. Samantha hätte sich gar nicht so weit von zu Hause entfernen dürfen und schaute sich unsicher um. Mama hatte sie weggeschickt. »Nur bis zum Spielplatz, hörst du!« Aber dort war sie ganz alleine gesessen, und kühl war es auch, weil der Spielplatz nachmittags im Schatten der großen Hochhäuser lag. Und dann kam dieser kleine Hund. Die Kleine liebte Tiere, aber Mama hatte ihr nie erlaubt, eines zu haben. Er schaute sie so treuherzig an, und sie hatte Mitleid mit ihm, weil ihm eine Pfote fehlte und er so unbeholfen wirkte. So, wie sie selbst manchmal auch.

Nun standen Kind und Hund ratlos vor einem riesigen Berg von Schutt, zerborstenen Holzbrettern und Teilen verrosteter Maschendrahtzäune. Das Mädchen wollte gerade umdrehen und zum Spielplatz zurücklaufen, als irgendetwas erneut die Aufmerksamkeit des Hundes erregte. Er zitterte auf einmal am ganzen Leib und zog seinen braun-weiß gescheckten Schwanz ein. Ein heiseres Bellen, ein Blick zu ihr, und dann sah sie es auch. Mitten aus dem Gerümpel ragte eine steife, weiße Hand, sie gehörte zweifellos einer Frau! Und diese Frau, das sah Samantha sofort, konnte nicht mehr am Leben sein!

Während Sieglinde Brom in ihrem Büro ein Fenster öffnete und frische, kühle Luft in das Zimmer strömen ließ, dachte sie noch einmal kurz über die Besprechung nach. Es war überdeutlich gewesen, wie wenig motiviert die meisten Kolleginnen und Kollegen momentan waren. Personalkürzungen, wiederholte Angriffe der Presse, sobald im sozialen Bereich etwas schieflief, dazu das Hin und Her der Politik in Fragen von sozialer Bedeutung. Geldbeutel wurden auf- und wieder zugemacht, je nachdem, wie es parteipolitisch gerade passte. Es ging auf die Landratswahlen zu, in einem Jahr würden sich der Amtsinhaber und die Sozialdezernentin vermutlich einen harten Wahlkampf liefern. Die Positionen waren verteilt, die Strategien kristallisierten sich langsam heraus, bereits jetzt wurden die Soldaten in Stellung gebracht. Nichts anderes waren die Beschäftigten des Landratsamtes in diesem Moment. Sie wusste genau, worauf dieses neue Projekt hinauslaufen würde. Ohne jemandem guten Willen absprechen zu wollen, sollte es vor allem dazu dienen, die aufgeschreckte Bevölkerung zu beruhigen. Zu viele Dinge waren in den vergangenen Monaten in einigen sozialen Brennpunkten in dem aus dreizehn Kommunen bestehenden Landkreis geschehen. Das größte Problemviertel lag hier, quasi direkt vor der Haustür. Dietzenbach war im Grunde eine schöne Kleinstadt, mitten im Landkreis gelegen. In der Altstadt standen hübsche Fachwerkhäuser, es gab gute Einkaufsmöglichkeiten und mehrere ruhige und gutbürgerliche Wohnviertel, die durchaus Lebensqualität boten. Auch der in angrenzenden Kommunen allgegenwärtige Fluglärm, eine lästige Begleiterscheinung des nordwestlich liegenden Rhein-Main-Flughafens, war hier kein Thema. Trotz alledem machte die Stadt vorwiegend negative überregionale Schlagzeilen. Im Spessartviertel waren in den siebziger Jahren mehrere Wohnblöcke mit Eigentumswohnungen entstanden, ursprünglich gedacht für Menschen, die im nördlich gelegenen Frankfurt arbeiten. Nachdem bereits von Anfang an mehr und mehr sozial schwache Menschen dort eingezogen waren, war inzwischen ein Quartier daraus geworden, das für soziale Unruhe sorgte. Genau dort lebten offiziell ungefähr zehn Prozent der Einwohner der Stadt, inoffiziell vermutlich wesentlich mehr. Ein Thema also, an dem auch die Sozialpolitik sich seit Jahrzehnten abarbeitete. Man hatte hoffnungslos überbelegte Wohnungen gefunden. Unter der Hand vermietet an illegale Einwanderer, Tagelöhner aus Osteuropa, Kriminelle. Dazu kamen in letzter Zeit häufig Straßenschlachten zwischen der örtlichen Polizei und einer Jugendgang, eine extrem hohe Arbeitslosenquote, verwahrloste Kinder, Alkoholismus und Drogengeschäfte. Das waren die Schlagworte, an denen sich nicht nur die Presse ständig hochzog. Mit der geplanten Querschnittsabteilung sollte ein Signal gesetzt werden. Jeder von ihnen hatte heute früh jedoch nur an eines gedacht: dass nach der engagierten Anfangsphase stets das Damoklesschwert der Einstellung des Projektes nach der Landratswahl über ihnen schweben würde. Ein verlorenes Jahr hatte es jemand genannt. Zu lange für die Beteiligten, um wieder reibungslos an den eigenen Schreibtisch im jeweiligen Amt zurückkehren zu können. Zu kurz, um wirklich etwas zu bewegen. Augenwischerei zur politischen Profilierung der Dezernentin, so sah Sieglinde es auch.

Berthold Wagner stellte das Teleskop noch eine Spur schärfer. Die kleine Maus von Gegenüber, die vor ein paar Minuten nach Hause gekommen war und sich gerade umzog, präsentierte ihm wieder einmal das volle Programm. Seit sie in die Wohnung im benachbarten Hochhaus gezogen war, brauchte er sich kaum noch durch einen der vielen Schmuddelkanäle im Fernsehen zu zappen. Welch ein Segen, dass die jüngere Generation es uncool fand, Gardinen an den Fenstern anzubringen, die waren alle so gedankenlos. Die junge Frau hatte zwar offenbar keinen Kerl, aber so oft, wie die sich umzog, lechzte sie doch geradezu danach, Beachtung zu finden! Gierig fuhr er sich mit der Zunge über die trockene Unterlippe, als die junge Frau ihren Büstenhalter aufhakte und einen Moment lang barbusig zu sehen war. Gleich darauf schlüpfte sie sogar aus ihrem Höschen, warf es achtlos auf das breite, trotz der Nachmittagsstunde noch ungemachte Bett, stellte sich einen Moment lang vor den großen Spiegel ihres Kleiderschranks und präsentierte ihm ihren knackigen Hintern. Dort drehte und wendete sie sich kurz, um sich von allen Seiten zu betrachten. Berthold Wagners Hand glitt in seine graue, schmuddelige Jogginghose, gleich darauf fing er an, schwer zu atmen. Die Frau legte einen Moment lang die rechte Hand auf ihren flachen Bauch, als wollte sie seine Festigkeit prüfen, und steckte sich danach die Haare auf. Gleich würde sie ins Badezimmer hinübergehen und damit aus seinem Sichtfeld verschwinden. Zu früh, er war noch nicht soweit.

»Komm, Kätzchen, dreh dich noch einmal um und lass mich deinen geilen Körper von vorne sehen«, murmelte er, und als habe sie ihn gehört, ging sie noch einmal auf das Bett zu. Die Kleine war aber auch zu scharf! Vor ein paar Tagen waren sie sich zufällig im Supermarkt begegnet, wobei sie natürlich keine Ahnung hatte, wer da eine ganze Weile unauffällig hinter ihr hergeschlichen war. Bei dieser Gelegenheit konnte er sie genauer und aus der Nähe beobachten, ihre zarte Haut betrachten und ihren Duft riechen. Den Duft einer jungen Frau, der ihn schließlich dazu animierte, sich an der Kasse ganz dicht hinter sie zu stellen. Doch die blöde Kuh hatte nur in ihr Handy gequatscht und sich nicht einmal nach ihm umgedreht. Jetzt tastete sich sein Objektiv von ihren weichen Brüsten nach unten. Sie war teilrasiert und als der heftig schnaufende Mann sein Objektiv genau auf ihren Schoß richtete, überflutete ihn die Erregung, und er ergoss sich grunzend in seine Jogginghose. Schwer atmend sank er auf einen alten Küchenhocker und stierte ein paar Minuten vor sich hin, während er die feuchte Hand am Hosenbein abwischte. Dann trat er erneut an sein Teleskop, das durch seine heftige Bewegung von eben verdreht stand und ein völlig neues Szenario zeigte.

Zwischen den Schutthaufen der abgerissenen Gartenhütten am Rande der Siedlung, hinter den rot-weißen Markierungsbändern, standen ein paar Jugendliche herum. Wagner wollte das Teleskop schon wieder zurückdrehen, um sich wieder seiner Nachbarin zu widmen, als er aus einem Impuls heraus sich anders entschied und die Szene noch ein bisschen näher heranzoomte. Es ging eine nervöse Energie von den Jugendlichen aus, die selbst er auf die Entfernung spürte. Die drei halbwüchsigen Jungen gestikulierten wild, während sie etwas diskutierten. Mit ihren uniformen Kapuzenshirts sahen sie für ihn alle gleich aus, er hätte noch nicht einmal sagen können, ob einer von ihnen im selben Hochhaus wohnte wie er. Am Rande des Geschehens stand ein kleines Mädchen mit einer rot-weiß gestrickten Mütze auf dem Kopf. Wagner erkannte in ihr die Kleine, die mit ihrer Mutter ein paar Häuser weiter wohnte. Ein dürres, schüchternes Ding, das so gar nicht nach seiner Mutter kam die für ihren lockeren Unterleib und ihr Schlappmaul im ganzen Viertel bekannt war. Neben der Kleinen saß ein kleiner Hund, den Wagner noch nie gesehen hatte.

Die drei Jungs schienen über etwas uneins zu sein, das mit dem Abfallberg zu tun hatte. Einer deutete wiederholt darauf und dann auf die kleine Schrebergartensiedlung in Sichtweite. Dort standen die legalen Hütten. Einer seiner Begleiter holte nun ein Handy hervor und wollte telefonieren, wurde aber von seinen beiden Kumpels daran gehindert. Einen Moment lang glaubte Berthold Wagner, er würde gleich Zeuge einer Prügelei, doch dann beruhigten die Gemüter sich wieder. Nun schauten plötzlich alle drei zu dem Mädchen, dessen Anwesenheit sie scheinbar über ihre Diskussion ganz vergessen hatten. Einer der drei redete nun eindringlich und aggressiv auf die Kleine ein. Danach schickten sie das Mädchen weg. Wagner beobachtete, wie sie mit dem Hund im Schlepptau davontrottete, zwei vom Leben Geschlagene. Einmal noch drehte sie sich um, nur um von den drei Jungs mit eindeutigen Handbewegungen davongejagt zu werden. Dann, als die Kleine außer Hörweite war, lachten die drei und schlugen sich gegenseitig auf die Schultern. Das Mädchen verschwand aus Wagners Gesichtsfeld. Kurz darauf kam der kleine Hund alleine zurück. Er humpelte auf drei Beinen und schien nach etwas zu suchen. Einer der Jugendlichen, warf einen Stein nach ihm, und das Tier verschwand, sichtbar vor Schmerz aufjaulend.

»Blöde Töle«, knurrte Wagner, der in der einsetzenden Dämmerung nicht mehr so gut sehen konnte, was da hinten abging. Die hellen Sweatshirts der Jungs und ihre glühenden Zigaretten zeigten ihm noch eine ganze Weile ihre Anwesenheit an, doch er verlor das Interesse und setzte seine Beobachtungen im Haus gegenüber fort. Zwei Reihen neben der schnuckeligen Kleinen, deren Wohnung jetzt im Dunkeln lag, wohnte ein Paar, das gerne ausgefallene Spielchen im Schlafzimmer veranstaltete. Die Jalousie, die dort hing, war nur halb geschlossen, vermutlich dachten die beiden, das würde reichen, um ihre Intimsphäre zu schützen. Doch wenn im Zimmer Licht brannte, erkannte man mehr als genug. Als die Frau in einem hautengen schwarzen Latexkleidchen den Raum betrat und das Bett mit einem Gummituch abdeckte, ging Berthold Wagner schnell noch einmal zum Kühlschrank, um sich ein frisches Bier zu holen. Es sah so aus, als sollte dieser Abend noch lange interessant bleiben.

Lena Borowski drückte mit der Schulter die Haustür auf, während sie in der einen Hand eine Tüte mit Einkäufen balancierte und in der anderen den Wohnungsschlüssel hielt. Es war Samstag, sie hatte gerade ihre Einkäufe auf dem über die Grenzen Offenbachs hinaus beliebten Wochenmarkt am Wilhelmsplatz getätigt.

»Fräulein Borowski, Sie wissen schon, dass Sie diese Woche mit dem Treppenputz dran sind?« Wie aus dem Nichts tauchte Frau Kasulke, die Hausmeisterin, vor ihr auf. Lena fluchte lautlos. Die Kasulke war schwatzhaft und krankhaft neugierig. Und sie hatte sie auf dem Kieker. Lena setzte ein übertriebenes Lächeln auf, sie verspürte heute keine Lust, dem Hausdrachen schön zu tun.

»Falls Sie mich meinen, dürfen Sie mich mit *Frau* Borowski ansprechen. Und die Treppe mache ich mit Vergnügen.« Das war natürlich gelogen, Lena hasste Hausarbeit, und sie hasste die soziale Kontrolle in Form von Frau Kasulke im Haus. Tausendmal schon hatte sie in solchen oder ähnlichen Situationen darüber nachgedacht, auszuziehen. Doch sobald sie einen Blick in den Immobilienteil der Zeitung warf, fiel ihr wieder ein, warum sie genau hier wohnte: Die Miete war für die heutigen Verhältnisse mehr als günstig. Der wunderschöne Altbau lag im unteren Teil des Buchrainwegs, in Laufnähe zum alten Offenbacher Bahnhof, der seit dem Ausbau der S-Bahn allerdings kaum noch eine Rolle spielte. Die Innenstadt erreichte man mit dem Fahrrad in zehn Minuten. Die Zimmer waren geräumig, mit hohen Fenstern und Decken. Doch das Haus hatte keinen Aufzug und ihre Wohnung keinen Balkon, und das war der Grund für die günstige Miete. Lena mochte den Charme des alten Jugendstilhauses. Sie wohnte hier schon über zehn Jahre, seit sie hierhergekommen war, um in Frankfurt Sozialarbeit zu studieren. Frau Kasulke, die vermutlich ihr gesamtes bisheriges Leben hier verbracht hatte, musste man eben in Kauf nehmen. Die murmelte gerade etwas, das sich verdammt anhörte wie »Suchen Sie sich erst mal einen Mann, dann rede ich Sie auch mit Frau an«.

Lena verdrehte die Augen bei dieser unverhohlenen Unverschämtheit und stieg die leicht ächzende Holztreppe hinauf in den dritten Stock. Irgendwann würde sie es dieser Ziege schon heimzahlen!

»Lena? Hier ist Maja.«

Die Stimme am anderen Ende der Leitung löste in Lena eine heftige körperliche Reaktion aus. Sie atmete tief durch und musste sich setzen. »Wo bist du? Etwa in Offenbach?« Sie konnte sich keinen anderen Grund vorstellen, warum Maja sie anrief.

»Nein, zu Hause.« Zu Hause, das war der kleine Ort bei Rendsburg, in dem sie beide aufgewachsen waren. In dem Maja seit ihrer Jugendzeit lebte. »Vielleicht kommt dir mein Anruf jetzt komisch vor, aber ich wollte dich um einen Gefallen bitten, denn ich kenne sonst niemanden, der in der Nähe von Frankfurt wohnt«, fuhr sie fort.

»Um was geht es denn?« Lenas Stimme klang ruhig, abwartend, während sich in ihrem Inneren die Empfindungen überschlugen.

»Es geht um Sabrina, meine Schwägerin.« Für einen kurzen Moment tauchte aus Lenas Erinnerung das blasse Gesicht eines blonden Mädchens auf. Sabrina, die jüngere Schwester des Mannes, mit dem Maja inzwischen verheiratet war.

»Sie lebt schon lange in Frankfurt, jetzt ist sie irgendwie … in der Versenkung verschwunden. Oder zumindest nicht erreichbar, und wir machen uns Sorgen.«

»Jürgen und du, also«, sagte Lena dumpf in den Hörer. Am anderen Ende war es einen Moment lang still. In ihre Erinnerung versunken brummte Lena etwas in den Hörer, während sie ein paar trockene Blätter von ihrem Basilikum, der einzigen Pflanze in ihrem Haushalt, zupfte.

»Sie geht weder ans Telefon noch ans Handy und reagiert auf keine unserer Nachrichten. Wir sind hier alle schon ganz konfus, und jetzt haben mich meine Schwiegereltern gebeten, dich anzurufen.«

»Soll ich mal bei ihr vorbeischauen?« Lenas Interesse war eher höflich gespielt als wirklich vorhanden. Sabrina war eine erwachsene Frau. Vielleicht hatte sie jemanden kennengelernt oder war spontan verreist.

Maja schien skeptisch. »Wir hören nicht oft von ihr, aber am Donnerstag hat sie sich nicht einmal zum Geburtstag ihres Vaters gemeldet, und das ist schon sehr merkwürdig.«

»Vielleicht ist sie krank geworden und musste ins Krankenhaus?«

»Jürgen hat bei allen Krankenhäusern in Frankfurt angerufen. Nichts.«

Wieder entstand eine kleine Pause. Ein beredtes und belastendes Schweigen. Schließlich seufzte Lena leise und ließ sich Sabrinas Adresse und Telefonnummer geben. Sie versprach Maja, noch am Wochenende vorbeizufahren.

Nach dem Gespräch fühlte sich Lena innerlich wie aufgerissen. Ausgerechnet Maja, die sie so tief in ihrer Erinnerung vergraben geglaubt hatte. Dabei genügte schon ein Wort von ihr, um Lena in ein Wechselbad der Gefühle zu stürzen. Kraftlos hockte sie auf dem Sofa, Erinnerungsfetzen zogen vorbei. Natürlich war es keine Frage, Sabrinas Familie einen Gefallen zu tun. Ein bisschen wunderte sie sich, dass Jürgen nicht selbst angerufen hatte. Denn wenn sie in jemandes Schuld stand, dann in Jürgens. Vielleicht war das aber auch genau der Grund, warum er sich nicht selbst gemeldet hatte. Er wusste, wie sie tickte, und wollte nicht, dass sie sich bedrängt fühlte. Wie konnte er auch ahnen, welche Wirkung ausgerechnet Maja auf sie hatte! Jürgen wusste nichts von der alten Geschichte, die in diesem Moment in Lenas Erinnerung höchst lebendig wurde. Sie schob die Gedanken weg, schaute auf das Stück Papier mit Sabrinas Adresse und ärgerte sich kurz über sich selbst. Hatte sie wirklich nichts Besseres zu tun, als nach einer Frau zu sehen, die sie nicht einmal wirklich kannte? Doch Jürgen zuliebe würde sie es tun, um der alten Zeiten willen. Sie konnte auch gut verstehen, dass er nicht gleich nach Frankfurt gebraust kam, nur weil seine jüngere Schwester ein paar Tage lang nicht ans Telefon ging. Schließlich hätte sie selbst es auch nicht anders gemacht und jemanden, der in der Nähe wohnte, gebeten, einmal vorbeizusehen.

Sie hatte nichts Besonderes vor an diesem Tag, wie sie sich etwas missmutig eingestehen musste. Außer dem Treppenputz natürlich. Aber der konnte warten! Grimmig schnitt sie eine Grimasse.

Kurze Zeit später ging Lena erneut aus dem Haus. Sie hatte ein paar Mal versucht, Sabrina anzurufen. Als sich außer der Mailbox niemand meldete, beschloss sie, direkt vorbeizufahren. Schließlich konnte der jungen Frau auch in ihrer Wohnung etwas passiert sein.

Der Spätsommertag war noch einmal überraschend warm geworden und hatte etliche Spaziergänger ins Grüne gelockt. An der Uferpromenade des dunkel und schmutzig fließenden Mains tummelten sich Radfahrer, Hunde, Kinder und einige selbstvergessen knutschende Liebespaare.

Die angegebene Adresse lag im Stadtteil Schwanheim. Eigentlich eine gute Gegend. Hier lebten viele Familien und Rentner in überwiegend gepflegten Ein- oder Mehrfamilienhäusern. Besonders der alte Stadtkern mit seiner kleinen, lebendigen Einkaufsstraße war recht idyllisch. Lena ging mit einer ihrer Freundinnen gelegentlich in den nahe gelegenen Dünen, einem Naturschutzgebiet, spazieren und anschließend in einem der gemütlichen Cafés etwas trinken. Hier war es ruhiger, familiärer als in den hippen und etwas hektischen Hangouts der Innenstadt. Doch dieses Mal fuhr sie in einen Straßenzug, den sie nicht kannte, der sie aber sehr an die sozialen Brennpunkte erinnerte, in denen sie normalerweise während ihrer Arbeit unterwegs war. Sabrinas Wohnung lag in einem zwölfgeschossigen Hochhaus, das wie ein großer Klotz zwischen anderen großen Klötzen in einer mäßig gepflegten Grünanlage stand. Vollgestellte Balkone, Satellitenschüsseln und ein ungemütlicher Bolzplatz kennzeichneten die Gebäude schon von Weitem als Domizile finanziell schlecht gestellter Bevölkerungsschichten. Gott sei Dank gab es hier wenigstens keine Schwierigkeit, einen Parkplatz zu finden. Lena stieg aus und blickte an dem trostlosen Beton hoch. Im ersten Stock stand ein untersetzter Mann in einem schmutziggrauen Unterhemd auf seinem Balkon. Er rauchte eine Zigarette und beobachtete Lena völlig regungslos aus zusammengekniffenen Augen, als sie sich dem Haus näherte. Die Klingelknöpfe waren ein Sammelsurium von Namen unterschiedlichster Herkunft, teilweise in mehreren Schichten dick überklebt. Wie es aussah, wechselten die Mieter häufig. Als sie Sabrinas Namen entdeckte, drückte sie mehrmals kurz hintereinander auf den Klingelknopf. Es geschah nichts, und einen Moment stand sie ratlos vor der Tür, bis sich eine Gelegenheit bot, das Gebäude zu betreten. Ein jugendlicher Bewohner verließ das Haus, und Lena schlüpfte durch die Tür, bevor sie wieder zufiel. Im Flur roch es intensiv nach angekokeltem Papier und Fritten, der Aufzug war über und über mit Graffiti besprüht. Wenigstens funktionierte er und beförderte Lena ins zehnte Stockwerk. Wo sie erneut vor verschlossener Tür stand.

Verdammt! Warum hatte sie sich überhaupt darauf eingelassen. Im Grunde konnte sie hier auch nicht sehr viel mehr ausrichten als Jürgen und seine Eltern in Norddeutschland. Wenn kein Kontakt zustandekam, was sollte sie dann tun? Ganz sicher würde sie weder die Polizei holen noch die Tür eintreten. Gerade, als sie wieder gehen wollte, öffnete sich die Tür der Wohnung gegenüber. Lena drehte sich um.

»Oops, hallo!« Die Stimme der jungen Frau klang hoch und roch selbst auf die Entfernung nach Alkohol. Lena grüßte mit einer Handbewegung und wartete ab. Die Nachbarin war erschreckend dürr und trug eine rot-grün-weiß gestreifte Leggins, die vermutlich irgendwann in den Achtzigern modern gewesen war. Entsprechend ausgeleiert hing das Ding an ihren Beinen. Darüber hatte sie eine falsch geknöpfte, dunkelbraune Strickweste gezogen. Ihr Haar war unter einem Handtuchturban von undefinierbarer Farbe verborgen, als habe sie es gerade gewaschen. »Bissu ne Freundin von Sabrina?« Die erstaunlich klaren und großen blauen Augen passten so gar nicht zu der leicht stolpernden Stimme und schauten Lena voll naiver Freundlichkeit an.

»So ähnlich. Weißt du, wo sie ist?« Sie hatte beschlossen, ganz direkt zu sein.

»Neeee!« Die Nachbarin schüttelte den Kopf, was den Turban beträchtlich ins Wanken brachte, dann kicherte sie plötzlich. »Hab sie schon eine ganze Weile nicht gesehen.« Die junge Frau richtete sich auf und gab damit scheinbar auch ihrer Stimme mehr Halt.

»Ihre Familie macht sich Sorgen und hat mich gebeten, einmal nach ihr zu sehen. Hoffentlich ist ihr nichts passiert.«

»Oh!« Die Nachbarin schrumpfte wieder zusammen. »Wollte gerade zu meinem Briefkasten gehen«, murmelte sie dann, scheinbar völlig zusammenhanglos. Erst als sie fortfuhr, begriff Lena ihren Gedankensprung. »Komm mit runter, wir gehensum Hausmeister, vielleich' weisser was.«

Schweigend marschierte Lena der leicht schwankenden jungen Frau hinterher. Im Lift roch sie den Alkohol wieder deutlicher und fragte sich, ob ihre Begleiterin am Vorabend einfach zu viel gefeiert hatte oder ob der Wodka ein Teil ihres heutigen Frühstücks gewesen war.

»Oksana!«, stellte die sich vor und streckte Lena eine schmale, raue Hand entgegen.

»Du bist Russin?« Dem Akzent nach hätte sie eher auf Ruhrpott getippt.

Oksana kicherte und zog dabei die Nase kraus, was ihr das Aussehen eines ganz jungen Mädchens gab. »Eigentlich heiß' ich Edeltraud, aber das war mirsu langweilig.«

Der Lift hielt mit einem harten Ruck, was Oksana zu einem kräftigen Rülpser verhalf. Die beiden Frauen stiegen aus. Oksana-Edeltraud bedeutete Lena mit einer Handbewegung, ihr zu folgen. Kurz darauf standen sie einem großen, muskulösen und relativ jungen Mann gegenüber, der sich als Hausmeister vorstellte.

Lena erklärte ihm ihr Anliegen, während ihre junge Begleiterin auf einem Bein wippend an die Wand gelehnt zuhörte.

»Kannst du dich ausweisen?«

So wie es aussah, wurde man hier im Haus generell geduzt.

»Klar!« Lena zog eine laminierte Karte aus ihrer Jacke und reichte sie dem Mann. Während er den Ausweis mit der übertriebenen Genauigkeit eines Leseschwachen studierte, betrachtete sie interessiert seine verschiedenen Tattoos und Piercings. Wenn er so weitermachte, würde er bald als Gesamtkunstwerk durchgehen.

»Aha, vom Amt«, murmelte der Mann, und Lena stutzte kurz. Nach einem irritierten Blick auf das Dokument in seiner Hand stellte sie fest, dass sie ihm versehentlich ihren Dienstausweis gegeben hatte. Gewohnheit, sie wies sich bei ihrer Arbeit grundsätzlich damit aus, daher steckte der Ausweis auch in der Innentasche ihrer Lederjacke. Zum Glück schien sie das in seinen Augen vertrauenswürdig genug gemacht zu haben, denn der Hausmeister ging in seine Wohnung zurück, um kurz darauf mit einem Schlüssel für die Wohnung von Sabrina Marx zurückzukommen.

Als er ihr wenige Minuten später die Tür aufschloss, fühlte Lena sich unbehaglich. Es war stets ein merkwürdiges Gefühl, in die Wohnung eines anderen Menschen einzudringen. Ganz besonders, wenn die betreffende Person nicht die geringste

Ahnung davon hatte. Obwohl die Familie der Wohnungsinhaberin sie ausdrücklich darum gebeten hatte. Beruflich musste sie viel zu oft in die Intimsphäre anderer Menschen vordringen, da hätte sie es vorgezogen, das nicht auch in ihrem Privatleben zu tun. Doch der Besuch selbst förderte keine unangenehmen Ergebnisse zutage.

Die Wohnung war unspektakulär. Hinter der Eingangstür lag ein kurzer Flur. Rechts davon ging es in ein kleines, extrem sauberes Bad. Dort stand außer einer leeren Seifenschale auf dem Waschbecken nichts herum. Es wirkte, als sei die Mieterin verreist und habe all ihre Sachen mitgenommen. Doch ein Blick in den großen Spiegelschrank über dem Waschbecken zeigte Lena, dass Kosmetika und auch eine Zahnbürste vorhanden waren. Während der Hausmeister an der Tür wartete und Oksana-Edeltraud auf dem Flur herumlief, einen Reggaesong summte und zwischendurch laut mit einem Kaugummi knallte, inspizierte Lena das Wohnzimmer. Auch hier herrschten Ordnung und Sauberkeit. Die Fernbedienung lag, akkurat ausgerichtet, auf dem Fernseher, ein paar eingerollte Decken und aufgeschüttelte Kissen waren am unteren Ende der Couch platziert. Nirgendwo eine Pflanze, kein Stäubchen und noch nicht einmal eine herumliegende Zeitung. Im Schlafzimmer schützte eine faltenfreie Tagesdecke das Bett. Auf einem kleinen Schreibtisch befanden sich ein Computer und ein Kalender, daneben lag ein Notizbuch mit dunkelrotem Einband. Auf dem Nachttischchen tickte ein Funkwecker. Auch hier sonst nichts, was herumlag. Eine Kommode und zwei Kleiderschränke bildeten den Rest der Einrichtung, aber Lena sah keine Veranlassung, sich mit den jeweiligen Inhalten zu beschäftigen.

»Sieht fast so aus, als sei sie einfach für ein paar Tage weggefahren.« Gab es einen anderen Grund, eine Wohnung derart penibel aufzuräumen? Lena, bei der es meistens ganz anders aussah als hier, fiel keiner ein.

Aber der Inhalt des Badezimmerschranks passte nicht dazu. Welche Frau fuhr schon in Urlaub, ohne ein Minimum an Kosmetika und Körperpflegeartikeln.

Sie könnte natürlich derartig spontan weggefahren sein, dass sie alles, was sie braucht, vor Ort kauft, überlegte Lena.

Noch etwas war seltsam. Für eine so schäbige Gegend war diese Wohnung bemerkenswert gut eingerichtet. Die Möbel und die gesamte Ausstattung hatten gehobenes Niveau. Dennoch, falls Sabrina Marx diese Wohnung als ein echtes Zuhause betrachtete, hatte sie es sehr gut verborgen.

Zu Lenas Erleichterung wies nichts auf ein Verbrechen oder Ähnliches hin. Sie bedankte sich bei dem Hausmeister für seine Kooperation. Der Nachbarin war es inzwischen wohl zu langweilig geworden, sie hatte sich wieder in ihre Wohnung zurückgezogen, aus der jetzt ein leichter Haschischduft nach draußen zog.

»Tut mir leid, Jürgen. Ich wüsste nicht, was ich noch tun könnte.« Bei Lenas Anruf war er direkt am Apparat gewesen, und sie war gleichzeitig erleichtert und enttäuscht, dieses Mal nicht Majas Stimme zu hören. Sie hatte es sich auf der Couch bequem gemacht. Eine Tasse Tee in der Linken, das Telefon in der Rechten legte sie gerade so viel Mitgefühl in ihre Worte, dass Jürgen sich nicht womöglich gekränkt fühlte. Gleichzeitig hoffte sie, er und Maja würden sie nicht um weitere Gefallen dieser Art bitten. Doch da hatte sie sich getäuscht.

»Bevor sie nach Schwanheim gezogen ist, hat Sabrina in einer Wohngemeinschaft gelebt. Ich habe nur die Adresse und die Vornamen ihrer Mitbewohnerinnen, keine Telefonnummer, da ich nicht weiß, unter welchem Namen ein Anschluss eingetragen sein könnte, falls es überhaupt einen gibt. Mit Sabrina habe ich nur auf ihrem Handy gesprochen.«

»Hast du es schon bei ihrer Arbeitsstelle versucht?«

»Dort ist sie schon seit ein paar Monaten nicht mehr. Sie hat uns von ihrem Wechsel allerdings nichts erzählt«, antwortete Jürgen ratlos.

»Na gut, gib mir die Anschrift, ich schaue mal in der WG vorbei«, hörte Lena sich sagen und hätte sich direkt danach am liebsten auf die Zunge gebissen. Was ritt sie eigentlich? Aber zugesagt war zugesagt, und Lena würde ihr Versprechen halten. Ob um der alten Zeiten mit Maja willen oder wegen des Dienstes, den Jürgen ihr einmal erwiesen hatte, hätte sie in diesem Moment selbst nicht sagen können.

Samanthas Blase drückte so sehr, dass sie nicht einschlafen konnte. Mit offenen Augen lag sie in ihrem schmalen Zimmer im Bett, von wo aus sie durch das Fenster den Mond am Nachthimmel sehen konnte. Der Vorhang war nicht geschlossen, das hatte Mama vorhin vergessen. Im blassen Mondlicht blickte Samantha auf das ramponierte Mobile, das, seit sie sich erinnern konnte, über ihrem Bett hing und vermutlich noch aus ihrer Babyzeit stammte. Vorsichtig verlagerte sie das Gewicht ihres Körpers, ein Versuch, den Blasendruck zu verringern. Ihr Blick fiel auf das zweite Bett im Zimmer. Kleiner als das ihre und schon eine ganze Weile leer. Dort hatte ihre kleine Schwester geschlafen, Jennifer, bevor sie … ja, was eigentlich? So genau wusste Samantha gar nicht, warum sie nicht mehr da war.

»Es geht ihr gut«, antwortete Mama lapidar, wenn sie nach Jennifer fragte. Samantha schloss daraus, dass ihre kleine Schwester bei den Großeltern war oder bei einer anderen Familie, so, wie sie selbst auch einmal, als sie noch kleiner war. Ganz dunkel erinnerte sie sich an ein altes Haus inmitten eines großen Gartens. Dort gab es Hühner und Kaninchen. Und sie und die anderen drei Kinder, die dort lebten, hatten mit Jockel gespielt, dem großen Hund, der so weich aussah wie ein altes braunes Sofakissen und der gutmütig alles über sich ergehen ließ. Warum sie dort, bei dieser anderen Familie gewesen war, wusste Samantha nicht mehr. Irgendwann kam ihre Mama zusammen mit einer anderen Frau und holte sie wieder ab. Seither wohnten sie hier, gemeinsam mit Jennifer und dem Papa, der aber gar nicht ihr richtiger Papa war. Also – Jennifers Papa schon, aber eben nicht ihrer. Hier gab es keine Tiere und auch keinen Garten. Sie wohnten dafür in einem großen Haus. Zumindest war es hoch, und in jedem Stockwerk gab es viele Wohnungen wie ihre. Nebenan zum Beispiel wohnte Ayshe, das kleine türkische Mädchen, mit dem Samantha früher ab und zu auf dem Spielplatz gespielt hatte, bevor es irgendwann nicht mehr gekommen war. Sie sah Ayshe noch manchmal, wenn sie mit ihrer Mutter die Wohnung verließ, um einkaufen zu gehen. Ayshes Mutter war ganz anders als ihre eigene Mama. Sie lief in so komischen Kleidern rum, vermummt von Kopf bis Fuß, man sah gar nichts von ihr außer dem Gesicht.

»Die machen das alle so, weil ihre Männer das wollen«, hatte Mama gleichgültig gesagt, als Samantha sie einmal danach gefragt hatte. Später hatte Samantha begriffen, dass »die« die Türkinnen bedeutete. Warum das so war, sagte ihr niemand. Samanthas Mama zog sich ganz andere Kleider an als Ayshes Mutter. Sie trug meistens enge Jeans und kurze T-Shirts oder Pullover, die ihr Nabelpiercing zeigten, auf das sie so stolz war. Morgens schminkte sie sich, bevor sie wegging. Samantha musste alleine zu Hause bleiben. Sie saß oft im Wohnzimmer, trank den kälter werdenden Kakao, den Mama ihr morgens gemacht hatte, und schaute fern. Manchmal setzte sie sich auch ans Fenster und versuchte, in die Wohnung gegenüber zu sehen. Die Häuser standen so nah beieinander, dass man hin und wieder etwas erkennen konnte. Dort drüben wohnte ebenfalls eine Familie, aber die Kinder, zwei Jungs, waren schon älter. Manchmal, wenn die Eltern unterwegs waren, saßen sie auf dem Balkon und rauchten.

In der Wohnung darunter lebte eine alte Frau. Sie konnte sich nur noch mit einem Krückstock fortbewegen, und jeden Mittag kam jemand und brachte ihr ein Essen. Meistens war Samantha zu diesem Zeitpunkt ebenfalls hungrig. Wenn das Gefühl zu arg wurde, ging sie an Mamas Vorratsschrank. Dort waren Chips und Kekse. Auch wenn Mama hinterher heftig mit ihr schimpfte, aß sie hin und wieder etwas davon, um ihren knurrenden Magen zu beruhigen.

Abends gab es meistens Pizza, oder Mama kochte etwas aus der Dose. Wenn Papa heimkam, der eigentlich Joachim hieß, setzten sie sich manchmal alle zusammen vor den Fernseher und aßen dort. Das war schön, denn dabei hatte Samantha das Gefühl, eine richtige Familie zu haben. Früher, als Jennifer noch da gewesen war, war es für Samantha nicht einfach gewesen, die Aufmerksamkeit von Mama und Joachim für sich zu haben, weil die beiden sich mehr um ihre kleine Schwester kümmerten. Jetzt fühlte sie sich an solchen Abenden als der Mittelpunkt. Aber nur so lange, wie Mama und Joachim nicht zu viel Bier tranken. Denn dann zankten sie sich meistens, und Samantha wurde gleich ins Bett geschickt.

Heute gab es einen anderen Grund, warum sie früh schlafen gehen musste. Mama wollte in Ruhe telefonieren, wie immer, wenn Joachim nicht zu Hause war.

Der Blasendruck ließ nicht nach, und Samantha wusste, sie musste gleich aufstehen und zur Toilette gehen. Mama würde böse werden.

»Ich muss mich konzentrieren, und deshalb will ich von dir nichts hören und sehen, kapiert?!«, hatte sie ihrer Tochter klargemacht. Samantha hatte genickt, und bisher war auch alles gut gegangen. Vor einigen Tagen musste sie raus, weil sie starken Durst hatte. Mama saß im Wohnzimmer, der Fernseher lief, aber ohne Ton, und Mama murmelte ins Telefon. Sie lachte plötzlich und sagte Worte, die Samantha nicht verstand. Aber sie hatte ihre Tochter gehört, und darauf setzte es mächtig Prügel. Gott sei

Dank erst, nachdem Samantha getrunken hatte, so war wenigstens der Durst gelöscht.

Was sollte sie jetzt machen, sie konnte ja schlecht ins Bett pinkeln. Haue war weniger schlimm als dieses Gefühl, entschied sie und schlich sich leise in den Flur. Die Wohnzimmertür war dieses Mal geschlossen, sie hörte Mamas Stimme nur undeutlich. Schnell lief sie ins Bad und fühlte sich unendlich erleichtert, als sie fertig war. Aber die Spülung würde Mama hören, deshalb ließ Samantha ihren rosa Zahnputzbecher mit dem lachenden Elefanten darauf am Waschbecken voll Wasser laufen und kippte es nach. Erleichtert huschte sie auf Zehenspitzen zurück in ihr Zimmer und schloss sachte die Tür. Aufatmend kroch sie wieder unter die Decke. Fünf Minuten später war das Mädchen endlich eingeschlafen.

Sie stand mitten in einem der großen Räume der Wohnung, während der Mann abschätzend um sie herumging. Ihre Wange brannte noch von der Ohrfeige, und sie fror in den durchnässten Schuhen.

»Zieh deinen Mantel aus!« Seine Stimme war schneidend, kalt. Hinter ihrem Rücken ließ er sich in einen Sessel fallen, sie hörte es an den Geräuschen. Langsam öffnete sie den Trenchcoat, sah sich suchend um und hängte ihn schließlich über einen Stuhl, der in der Nähe stand. Sofort war er bei ihr.

»Habe ich dir das erlaubt?« Ihre Antwort wartete er nicht ab, sondern ohrfeigte sie erneut. Dieses Mal war die andere Seite dran. Er schlug erbarmungslos zu, und sie fragte sich mit Schaudern, ob sich das im Laufe des Abends noch steigern würde und ob ihr das dann noch gefiele. Jetzt riss er den Mantel vom Stuhl und warf ihn ihr vor die Füße. »Los, aufheben!« Als sie sich bücken wollte, packte er sie und drückte sie nach unten, bis sie fast auf dem Boden lag. »Hierher gehörst du, Schlampe«, brummte er dabei, und weil sie

wusste, was sich gehörte, antwortete sie. Es waren die ersten Worte, die sie mit ihm sprach.

»Ja, Meister«, erwiderte sie.

Während Lena in ihrer kleinen Küche eine Tiefkühlpizza ins Rohr schob und sich danach ein Glas gut gekühlten Riesling einschenkte, wanderten ihre Gedanken von Maja, Jürgen und Sabrina weiter zu ihrem eigenen Leben. Ob sich Tamae heute noch melden würde? Lena hätte Lust, sie zu sehen, aber die Japanerin war eigenwillig und zog es vor, ihre Treffen selbst zu bestimmen. Tamae war eine von Lenas beiden Freundinnen. Die Art von Freundin, die sie Loverin oder Geliebte nannte.

Die Japanerin war eine zartgliedrige Schönheit mit langem, glattem schwarzem Haar und der zarten, hellen Haut der Asiatinnen. Sie hasste Männer wie die Pest. Warum, hatte sie Lena nie gesagt. Überhaupt sprach sie nicht viel und ganz besonders nicht über sich und ihr Innenleben. Tamae war eine außergewöhnliche Frau. Sie lachte oder lächelte privat so gut wie nie. Vielleicht tat sie es im Job, aber auch darauf würde Lena nicht wetten. Auf sie wirkte sie stets ernst, die Augen auf ein Ziel gerichtet, das allen anderen Menschen verborgen schien. Sie kokettierte nicht, flirtete nicht und sagte, was sie wollte, aber niemals, was sie dachte. Im Bett war es mir ihr unkompliziert, sie war direkt, es gab wenig Drumherum und nichts dazwischen. Schnell und ohne jede überflüssige Zärtlichkeit holte sie sich oder gab sie Höhepunkte. Manchmal ging sie sogar direkt nach dem Liebesspiel, mit einem kühlen, nüchternen Abschied. An anderen Tagen verbrachten die beiden Frauen Zeit miteinander wie gute Freundinnen. Sie gingen ins Kino, zum Tanzen oder in Restaurants. An diesen Abenden redeten sie über Gott und die Welt, denn Tamae konnte, wenn sie wollte, auf ihre ernste und dunkle Art sehr unterhaltsam sein. Natürlich nicht, wenn es um sie selbst ging!

Lenas zweite Freundin hieß Karin und war das genaue Gegenteil. Sie war eine verheiratete, sehr weiblich gebaute Blondine, die gerne lachte und ständig laut über alle möglichen Dinge nachdachte. Sie war offen, neugierig und anschmiegsam. Sehr oft, wenn die beiden Frauen einen draufmachten, landeten sie anschließend bei Lena im Bett. Karin brauchte viele Streicheleinheiten, sie stöhnte ausgiebig und weinte sogar manchmal nach dem Orgasmus, der bei ihr anhaltend und lautstark war. Und sie gab dennoch mehr, als sie nahm, hüllte Lena ein in ihre helle, blonde Weichheit, ihren weiblichen Duft und ihre überströmende Lust. Doch häufig folgten auf die ausschweifenden Nächte Selbstvorwürfe und ein schlechtes Gewissen, und so ging sie meist noch in derselben Nacht nach Hause zu ihrem Mann. Lena konnte ihr deswegen nicht mal böse sein. Karin war eben so. Manchmal hatte auch Lena ein schlechtes Gewissen Karins Mann gegenüber, denn er war ein angenehmer Kerl und hatte keine Ahnung von dem sexuellen Doppelleben seiner Frau.

Doch an diesem Wochenende hatte sich bisher keine der beiden gemeldet. Lena hatte wenig Lust, sich mit jemand anderem zu treffen. Sie nutzte die Zeit, um endlich einmal ihre Wohnung aufzuräumen. Etwas, das sie nicht gerne tat. Aber es lenkte ab. Von Gedanken an Maja, an Jürgen und an die Zeit, als sie alle noch jung genug waren, um Träume zu spinnen. Für manche waren sie in Erfüllung gegangen. Für andere nicht ...

Erst als sie am Montagmorgen das Haus verließ, um zur Arbeit zu gehen, fiel ihr die Putzwoche wieder ein.

»Pech gehabt«, knurrte sie mit einem bösen Blick auf die geschlossene Wohnungstür der Kasulke und ließ die Haustür besonders schwungvoll hinter sich zufallen.

»Das geht so nicht! Keinesfalls können wir alle diese Frauen als Tagesmütter einsetzen! Über meine Auswahl hinaus – und da habe ich schon manches Mal ein Auge zugedrückt – kann ich keine Empfehlung abgeben. Auch wenn du der Meinung bist, noch ein paar Namen hier draufsetzen zu müssen.« Lena schlug mit der flachen Hand auf die mehrseitige Aktennotiz, die ihr Sieglinde Brohm, bis vor Kurzem eine Kollegin und inzwischen ihre direkte Vorgesetzte, gerade ausgehändigt hatte. Die beiden Frauen saßen im Büro der Abteilungsleiterin und besprachen die Ergebnisse ihrer Suche nach Tagesmüttern.

»Lena, jetzt halte mal die Luft an! Wir haben ein anspruchsvolles sozialpolitisches Projekt umzusetzen.« Auf Sieglinde Brohms Stirn hatten sich zwei Zornesfalten eingegraben, und sie machte keinen Hehl daraus, wie deplatziert sie Lenas Reaktion fand. »Du weißt genau, welche Schwierigkeiten wir haben, überhaupt Interessentinnen zu finden. Da kann man nicht so pingelig sein und auch noch die meisten davon ablehnen. Die Frauen wachsen ja mit ihrer Aufgabe!«

Lena schnaubte. Sie dachte an die Kinder, die sie in den vergangenen Monaten bei ihren Besuchen gesehen hatte. Denen der Rotz aus der Nase lief und die mit Pizza und Pommes in Laufställen saßen, vor denen Tag und Nacht ein Fernseher plärrte. Sie dachte an Frauen, die nicht einmal genug Deutsch sprachen, um telefonisch einen Besuchstermin zu- oder absagen zu können, und die gleichzeitig den ganzen Tag lang Ansprechpartnerin sein sollten für die Kinder.

»Unser ganzheitliches Konzept sieht vor –«, wollte Sieglinde Brohm gerade fortfahren, als Lena abrupt aufstand.

»Nein, Sieglinde. Ich weiß, was du sagen willst, weil du es mir und allen anderen schon seit Monaten ununterbrochen eintrichterst. Aber es wird nicht besser dadurch. Wenn du mit meiner Auswahl nicht zufrieden bist und andere Kandidatinnen als ich auswählen würdest, dann tu das bitte. Aber ich werde meine Unterschrift nicht unter diese Empfehlungen setzen.« Damit drehte sie sich um und verließ türenschlagend das Büro der verärgerten Abteilungsleiterin.

»Lena, jetzt beruhige dich doch mal!«, rief die ihr noch hinterher, doch das hörte sie schon nicht mehr.

»Warum so echauffiert?«, wurde Lena kurz darauf von ihrer Kollegin und Büronachbarin Regina gefragt. Die hing gerade mit genervtem Gesicht über einem Bericht, einer Arbeit, die ihr gar nicht lag. Sie war mehr der praktische Typ, und jede Art von Verwaltungsarbeit machte sie krank oder zumindest unzufrieden. Lena erzählte ihr von der Auseinandersetzung mit Sieglinde.

Die Idee mit den Tagesmüttern klang im Grunde ganz gut. Qualifizierte, jedoch arbeitslose, alleinerziehende Hartz-IV-Empfängerinnen konnten wieder arbeiten gehen, wenn man andere arbeitslose Frauen dafür ausbildete, als Tagesmütter die Kinderbetreuung in der Zeit zu übernehmen.

»Was die einfach nicht verstehen, ist die Tatsache, dass wir eben nicht jede x-beliebige Frau dafür nehmen können. Es ist doch keine Empfehlung, arbeitslos zu sein. Einige der Frauen sind sicherlich geeignet, aber doch um Himmels willen nicht jede Hilfeempfängerin, die ›Ich will etwas mit Kindern machen‹ auf ihren Profilingbogen für die Arbeitssuche schreibt. Wenn ich sehe, was schon bei einigen unserer bisherigen Betreuungsfälle abgeht – ne!« Mit »die« meinte Lena die Kombination aus Politik und leitenden Verwaltungsleuten. Man hatte einige sehr gute Konzepte auf den Weg gebracht, aber nicht alles, was sich in der Presse gut las – und damit die Chancen der Kandidaten erhöhten, im nächsten Jahr gewählt zu werden –, ließ sich in Wirklichkeit auch gut umsetzen.

Regina nickte. Sie hatte sich mit hinter dem Kopf verschränkten Armen auf ihrem Bürostuhl weit nach hinten gelehnt. »Vielleicht kannst du dir deinen Ärger ja sparen«, meinte sie dann.

»Wie meinst du das?«

»Ich hab läuten hören, du bist für das neue Querschnittsprojekt vorgesehen. Aber sag nicht, dass du es von mir hast. Die Sache ist zurzeit im Teeküchenstadium!« Damit spielte Regina auf die altbekannte und unerfreuliche Tatsache an, dass viele Entscheidungen des Amtsleiters Märkle von seiner Sekretärin unter dem Siegel der Verschwiegenheit in der Teeküche unter die Leute gebracht wurden.

»Ich glaub, ich spinne! Eben noch war ich bei Sieglinde. Sie hat mir keinen Ton davon gesagt.« Lena begriff, dass ihre Vorgesetzte sie für das neue Projekt vorgeschlagen hatte, ohne vorher mit ihr darüber zu sprechen. Sieglinde wollte sie loswerden, das wurde Lena in diesem Moment klar.

»Sie hat es nicht gerne, wenn man ihr widerspricht, das weißt du doch.« Regina blies sich eine Haarsträhne aus dem Gesicht.»Und du hast eben eine eigene Meinung und lässt dir nicht die Butter vom Brot nehmen.«

»Soll ich mich so verhalten, wie die meisten im Kollegium hier? Mund halten und auf die nächste Beförderung warten, die umso sicherer kommt, je opportunistischer man sich verhält?«

»Wes Brot ich ess, des Lied ich sing ...« Regina grinste.

»Ich sing jetzt woanders!« Lena sprang auf, und Regina ließ ihren Stuhl erschrocken wieder in die Normalposition springen.

»Mach keinen Mist, wahrscheinlich ist noch gar nichts entschieden. Wenn du jetzt Stunk machst, geht der Schuss womöglich nach hinten los!«

Lena stand einen Moment im Raum und nagte an ihrer Unterlippe. Es gab Tage, da schien sie den Ärger förmlich anzuziehen. »Bleib cool. Ich renne nicht zum Märkle. Ich brauche jetzt frische Luft und habe sowieso noch einen Außendiensttermin.« Damit schnappte sie sich einen Stapel Akten, ihre Tasche sowie ihre Lederjacke und verließ mit schnellen Schritten das Büro.

Der Mann war zu seinem Sessel zurückgekehrt, nachdem er sie lange Minuten betrachtet hatte, wie sie auf dem Boden vor ihm kniete. Ihre brennende rechte Wange wurde durch die glatten Fliesen gekühlt. Ihr Hintern schwebte in der Luft.

Ein Anblick, der ihm gefiel, wie sie wusste.

»Sehr schön, dass du an die halterlosen Strümpfe gedacht hast. Du weißt also doch noch, was du zu tun hast«, lobte er sie. »Aber du hast nicht aufgepasst, und so sind sie schmutzig geworden. Schmutzig, wie du und die Fantasien in deinem kleinen Hirn. Du siehst doch ein, dass ich dich dafür bestrafen muss, oder?«

»Ja«, flüsterte sie, denn wenn er sie direkt fragte, durfte sie antworten. »Ja, das sehe ich ein.«

»Steh auf!«

Mühsam rappelte sie sich auf, die gebückte Haltung war anstrengend gewesen. Sie schaute ihn beim Aufstehen nicht an, wusste ja, dass er das nicht mochte, und blieb auch danach mit dem Rücken zu ihm stehen.

»Hast du deine schönen Schuhe mitgebracht?«, fragte er, und sie bejahte.

»Dann zieh sie für mich an!« Langsam ging sie auf die große Tasche zu, die noch mehr Utensilien enthielt. Einige hatte er gefordert. Von anderen ahnte er nichts, und das war auch besser so. Er schätzte es nicht, wenn sie ihm in irgendeiner Form signalisierte, was sie wollte. Die Schuhe, die sie herausholte, waren aus einem Spezialgeschäft in der Kaiserstraße. Mit mörderisch hohen Absätzen und einer sehr starken Biegung zwängten sie die Füße in eine äußerst unbequeme, aber sehr anregende Stellung. Als sie sich aufrichtete, schwankte sie leicht, schaffte es aber, sich wieder gerade hinzustellen.

»Zieh dich jetzt aus. Stück für Stück.« Das war der Punkt an dem sie seine Stimme als Leitfaden für alles, was noch kommen würde, annahm, ihre eigenen Bedürfnisse ausblendete und die Kontrolle über sich an ihn abgab. Sie grinste ein bisschen bei dem Wort. Hätte sie Leid*faden denken sollen? Egal. Er war die Schnur, an der sie sich jetzt entlanghangeln würde und die sie durch den Abend, die Nacht bringen würde. Es gab nur diese eine Möglichkeit*

für sie, den größtmöglichen Genuss zu erreichen. Wenn sie sich fallen ließ, sich einfach führen ließ, dann würde es richtig gut werden, das spürte sie jetzt schon. Er würde sie dazu bringen, ihre bisherigen Grenzen zu überschreiten. Für Notfälle gab es das Codewort, das alles stoppen würde. Doch an diesem Punkt waren sie noch lange nicht angelangt, der befand sich noch in weiter Ferne. Zunächst würde so viel Aufregendes passieren. Noch befanden sie sich in der Phase des Aufwärmens …

Lenas Außendiensttermin hatte sie nach Rodgau-Dudenhofen geführt, zu einer Familie, die ein Pflegekind aufgenommen hatte. Ein angenehmer Besuch, sie konnte beruhigt sein, hatte sich die Familie doch als ganz besonders liebevoll und zuverlässig erwiesen. Erst am späten Nachmittag, als Lena wieder in ihr Auto einstieg, fiel ihr auf, wo sie war.

Jürgen hatte ihr gestern am Telefon Sabrinas vorherige Adresse in einem anderen Stadtteil Rodgaus genannt. Sie hatte sie sogar noch im Kopf. Es war kein großer Umweg für sie, und es konnte sicher nicht schaden, dort einmal vorbeizufahren und die ehemaligen Mitbewohnerinnen von Sabrina Marx nach der jungen Frau zu fragen.

Die Straße, die sie suchte, führte am Ortsausgang des Stadtteils Jügesheim von der Hauptstraße ab. Viele frei stehende Ein- und Zweifamilienhäuser gab es hier, dazwischen ein paar Reihenhäuser. Überall gepflegte Gärten, viel Grün. Das Viertel war vermutlich in den dreißiger Jahren erbaut worden, und es sah nicht so aus, als habe es damals schon einen verpflichtenden Bebauungsplan gegeben. Kreuz und quer standen die Gebäude auf unterschiedlich geschnittenen kleineren und größeren Grundstücken. In den letzten Jahrzehnten war munter aufgestockt, ausgebaut oder sonst wie verändert worden, sodass die Gegend insgesamt ein buntes, unkonventionelles und dennoch bürgerlich geprägtes Bild abgab. Nach circa zweihundert Metern machte die Straße einen sanften Knick, und genau in dieser Kurve befand sich die gesuchte Adresse. Lena stellte ihr Auto ab und ging auf das Haus zu. Ein brauner Jägerzaun umgab das Gebäude und den daran angrenzenden großen Garten. Man sah einige Büsche entlang der Straße und eine kleine, erhöhte Steinterrasse, auf der ein paar Gartenmöbel standen. In der gegenüberliegenden Ecke erhob sich ein imposanter Komposthaufen, und an der Grenze zum Nachbargrundstück hatte jemand Sträucher gepflanzt. Himbeeren, Stachelbeeren und Johannisbeeren, soweit sie erkennen konnte. Lena stieg die wenigen flachen Eingangsstufen hoch und betrachtete das Klingelschild, auf dem drei Namen standen. Hier schien sie richtig zu sein. Sekunden nach dem ersten Klingeln riss eine junge Frau schwungvoll die Tür auf. Sie mochte Mitte zwanzig sein und schien jemanden erwartet zu haben. Überrascht aber nicht unfreundlich blickte sie die ihr fremde Besucherin an.

»Lena Borowski. Ich suche die WG, in der Sabrina Marx gewohnt hat. Ist das hier?«

Die junge Frau nickte. Dunkelrotes Haar fiel ihr in unzähligen kleinen Locken bis zur Taille, sie war barfuß und trug eine weiche, etwas ausgeleierte, dunkelblaue Sporthose sowie zwei übereinandergezogene Shirts in pink und mintgrün. »Sabrina ist vor ein paar Monaten ausgezogen.«

»Ihr Bruder sucht sie und hat mich gebeten, mal bei euch nachzufragen, ob ihr etwas von ihr gehört habt.«

Die Rothaarige wirkte erstaunt, winkte Lena dennoch ins Haus. »Gehört nicht, aber ich selbst hatte nicht so viel zu tun mit ihr. Ich heiße übrigens Nadja.« Sie führte Lena in eine große, gemütliche Küche. Auf einer Arbeitsplatte stand eine gurgelnde Kaffeemaschine und verbreitete aromatischen Duft. Nadja nahm ein bereits halb geleertes Joghurtglas von dem großen, runden Holztisch und löffelte stehend weiter, während sie Lena einen Kaffee anbot. »Du kannst gerne warten bis Mechthild kommt. Sie kennt Sabrina wesentlich besser als ich. Man könnte fast sagen, die beiden waren befreundet.«

Nachdem sie die letzten Reste aus dem Glas gekratzt hatte, stellte Nadja es in einem der beiden Spülbecken ab, holte zwei Tassen aus einer altmodischen Kredenz, füllte sie mit Kaffee und schob eine davon Lena zu. Mit der anderen verzog sie sich an das große Fenster neben der Glastür, die zur Terrasse hinausführte, und setzte sich auf die breite gemauerte Fensterbank, die Füße auf einen niedrigen Hocker gestellt.

»Wie lange war Sabrina denn bei euch?« Lena goss etwas von der Milch, die in einer offenen Tüte auf dem Tisch stand, in ihren Kaffee.

»Weiß nicht so genau. Ich bin nach ihr gekommen, aber ich schätze, sie hat mindestens drei Jahre hier gewohnt.«

»Ich kenne sie gar nicht persönlich, habe keine Ahnung, was sie für eine Person ist«, meinte Lena entschuldigend.

»Oh!« Nadja zog die Augenbrauen nach oben und schlürfte etwas Kaffee aus der Tasse. Dann stülpte sie die Lippen nach innen und rutschte ein wenig tiefer auf die Fensterbank. »Sie war ganz okay. Also, am Anfang. Hat nur genervt mit ihrem ewigen Sauberkeitsfimmel!« Nadja verdrehte die Augen, als könne sie das nicht nachvollziehen. Lena dachte an Sabrinas fast schon sterile Wohnung und fragte sich, wie sie sich wohl hier, in diesem eher gemütlichen Chaos, gefühlt haben mochte. »Das wurde im Laufe der Zeit zunehmend schlimmer. Erst ging es nur um ihr eigenes Zimmer, irgendwann aber auch ums Bad und die Küche. War echt stressig für uns.«

»Und das gab den Ausschlag für ihren Auszug?«

»Nee. Da war noch etwas anderes.« Nadja beugte sich jetzt nach vorne, legte die Arme auf ihren Oberschenkeln ab und kräuselte nachdenklich die Lippen. »Sie hat irgendwann angefangen, sich zu verändern. Hockte erst stundenlang nur in ihrem Zimmer, fing nach einer Zeit an, abends wegzugehen. Immer öfter, immer länger. Und eines Tages – peng! – kündigt sie ihre Stelle und erzählt gleichzeitig, sie zieht um. In der Zeit haben wir schon kaum noch miteinander geredet. Sie war freundlich, wie gewohnt, aber irgendwie schien sie mit ihren Gedanken häufig woanders. Wie auf einem anderen Stern.«

Lena trank von dem heißen Kaffee und versuchte, sich eine Vorstellung von Sabrina zu machen. »Danach hat sie sich nie wieder gemeldet?«

Nadja verneinte. »Ich habe sie nie mehr gesehen nach ihrem Auszug. Es kam hin und wieder noch Post für sie an, aber nichts Persönliches, nur Reklame und so. Die Sachen müssen hier irgendwo liegen.« Sie machte eine vage Kopfbewegung zur Diele hin. Im selben Moment hörte man, wie sich ein Schlüssel im Schloss der Haustür drehte, und kurz darauf betrat eine weitere Frau die Küche.

War Nadja mit ihrem roten Haar, den blitzenden blauen Augen und ihren bunten Klamotten ein echter Hingucker, so verkörperte diese Frau das genaue Gegenteil. Haare, Haut und Augen schienen von undefinierbarer, blasser Farbe, ebenso die Kleidung. Sie war klein, vermutlich kaum ein Meter fünfundfünfzig groß, und so zierlich, dass sie hinter der mit Einkäufen gefüllten Papiertüte, die sie mit beiden Händen vor sich hertrug, fast verschwand. Lena war einen Moment lang versucht aufzuspringen und ihr ihre Last abzunehmen.

»Ah, da kommt Mechthild«, bestätigte Nadja Lenas unausgesprochene Vermutung. Sie glitt von der Fensterbank und öffnete den Kühlschrank. Dabei stellte sie die beiden Frauen kurz einander vor. Mechthilds Augen blickten freundlich und distanziert gleichzeitig. Während sie und Nadja die Einkäufe verstauten, erzählte Mechthild Lena noch einmal in anderen Worten, was diese bereits von ihrer Mitbewohnerin erfahren hatte. Danach legte die kleine Frau den Kassenzettel in eine Schale auf der Kredenz, zog ihre graue Jacke aus, hängte sie ordentlich über einen Stuhl und bediente sich danach selbst mit Kaffee. Es klingelte, und Nadja huschte eilig hinaus, man hörte Stimmen aus der Diele.

»Tja, mehr kann ich dir auch nicht sagen.« Mechthild nippte vorsichtig an ihrer Tasse, ihre Augen ruhten weiterhin freundlich, aber auch forschend auf Lena. »Jemand von ihrer Familie hat dich angerufen, sagtest du?«

»Wir kommen aus demselben kleinen Ort. Sabrina kannte ich allerdings nur als kleines Mädchen, ich bin schon mit achtzehn von zu Hause weggezogen, da dürfte sie vermutlich gerade zehn gewesen sein. Ihre Schwägerin und ich sind lange Zeit in dieselbe Klasse gegangen, und sie hat sich an mich gewandt, weil ich in der Nähe von Frankfurt wohne.«

Mechthilds Blick war nachdenklich geworden, so, als suche sie in ihrer Erinnerung nach etwas, was Lena helfen könnte. Aus dem oberen Stockwerk erklang Musik.

»Du warst mit ihr doch ein bisschen enger befreundet als Nadja. Kennst du andere Bekannte, bei denen ich mal nachfragen könnte?«

»Sabrina hatte keine Freunde. Zumindest keine, die ich kenne. Daher war ich auch ein bisschen enttäuscht, dass sie sich überhaupt nicht mehr gemeldet hat nach ihrem Auszug. Aber«, sie zögerte und fixierte Lena sehr direkt und mit ernstem Blick, bevor sie fortfuhr, »es gibt schon etwas, wo du vielleicht ansetzen könntest.«

»Okay. Und was wäre das?«

»Dazu muss ich zuerst etwas erklären. Sabrina hat irgendwann angefangen, sich zu verändern. Sie wurde stiller und zurückhaltender. Das war wenige Wochen, nachdem sie sich einen Computer zugelegt hatte. Zuerst dachte ich, sie sei auf der Suche nach einem Partner, denn kurz danach fing sie an, sich mit jemandem zu treffen. Oder vielleicht auch mit unterschiedlichen Leuten, das weiß ich nicht, weil sie nie darüber sprach. Als sie anfing, über Nacht wegzubleiben, und ich sie danach fragte, lachte sie und meinte, eine Partnerschaft sei nicht gerade das, wonach sie sich sehne. Tatsächlich hat sie auch nie jemanden mit hierhergebracht.« Bei diesen Worten stellte Mechthild ihre Tasse ab und erhob sich. »Aber unter den Sachen, die von ihr herumlagen, war etwas, das dir womöglich weiterhilft.« Sie ging hinaus, und als sie zurückkam, legte sie ein Streichholzbriefchen vor Lena auf den Tisch. Die nahm es in die Hand, etwas verwirrt, denn die Sache schien doch zeitintensiver zu werden, als sie vermutet hatte.

»Kinky-Club« stand in schwarzen Lettern auf dunkelrotem Grund. Daneben die stilisierte Zeichnung einer Frau in schenkelhohen Stiefeln und ellbogenlangen Handschuhen. Am Zeigefinger ihrer ausgestreckten Linken baumelten ein paar Handschellen. Die Adresse des Etablissements lag mitten im Frankfurter Bahnhofsviertel.

Lena pfiff unwillkürlich leise durch die Zähne. »Du meinst, dort ist Sabrina ein- und ausgegangen?«

Mechthild wusste es nicht. Ihr unscheinbares Gesicht war grau vor Sorge geworden. Lena begriff schlagartig, dass die junge Frau die ganze Zeit versucht hatte, ihre Befürchtungen und die Enttäuschung über den sang- und klanglosen Abgang von Sabrina zu verdrängen. Jetzt war sie hier aufgetaucht und hatte diese Wunde wieder aufgerissen. Unwillkürlich legte sie der anderen eine Hand auf den Arm.

»Das will ja nichts heißen. Auch brave Bürger machen von Zeit zu Zeit einen Ausflug ins Rotlichtmilieu, sonst gäbe es das ja gar nicht mehr.« Tatsächlich ging auch Lena mit Tamae hin und wieder zum Tanzen ins »Orange Peel« in der Kaiserstraße, in dem gelegentlich eine reine Frauendisco stattfand. Mechthild schien sich ihre eigenen Gedanken dazu gemacht zu haben, sagte jedoch nichts dazu.

Lena steckte das Streichholzbriefchen ein und fand, dass es an der Zeit war zu gehen, denn sie glaubte, die Hilfsbereitschaft der beiden Frauen schon genug strapaziert zu haben. Sie bedankte sich bei Mechthild und schrieb ihr für alle Fälle ihre Telefonnummer auf. Bevor sie an der Tür waren, fiel ihr noch etwas ein. »Wie sah sie überhaupt aus?«

»Ach so, du kennst sie ja gar nicht.« Mechthild verschwand ein weiteres Mal in einem der Zimmer und kam mit einer Fotografie zurück. Darauf saß sie zusammen mit einer jungen Frau auf der Terrasse vor dem Haus. Die beiden umfassten sich an den Schultern und lächelten in die Kamera. Das Bild musste im Sommer aufgenommen worden sein. Sie erkannte bei Sabrina die gleichen bernsteinfarbenen Augen, die auch Jürgen hatte. Ihr weiches Gesicht war leicht gebräunt und stand in reizvollem Kontrast zu ihrem blonden Haar, das ihr glatt und glänzend über die Schultern fiel. Man sah nicht viel von ihrer Figur, aber sie wirkte wie eine Frau, die ständig auf ihre Ernährung achten musste.

»Ist das nicht die Frisur, die Jennifer Aniston trägt?«

»Kann sein, mit so etwas kenne ich mich nicht aus.«

Unwillkürlich musste Lena schmunzeln. In der Tat waren Mechthilds glatte Haare ganz gerade geschnitten, in einer Art unkomplizierter – und leider auch unattraktiver – Prinz-Eisenherz-Frisur. Es würde sie nicht wundern, wenn dieser Schnitt alle paar Wochen hier in der WG-Küche von einer ihrer Mitbewohnerinnen aufgefrischt würde. »Kann ich das Foto eine Weile behalten?«

Mechthild nickte zögerlich. »Es ist das einzige Bild, das ich von ihr habe.«

»Ich bringe es zurück, versprochen.«

Die beiden ungleichen Frauen nickten sich zu, bevor Lena erneut nach ihrer Tasche griff.

»Willst du ihre Post auch mitnehmen? Scheint nichts Wichtiges zu sein, aber wenn du sie triffst …«, damit drückte Mechthild ihr eine Handvoll Umschläge in die Hand, der Rest des Satzes blieb in der Luft hängen.

Erst später, im Auto, als sie an einer roten Ampel das Bild hervorholte, konnte Lena benennen, was ihr an dem Bild aufgefallen war. Es war Mechthild. Die kleine, unscheinbare Frau strahlte auf dem Foto. Sie sah aus, wie Menschen aussehen, die gerade unglaublich glücklich sind. Nachdenklich legte Lena das Foto zurück.

Der Frankfurter Hauptbahnhof thront imposant am Kopfende der Kaiserstraße, die schnurgerade nach unten ins Viertel der Banken und der Einkaufsstraßen führt und mit ihren Gassen und Seitenstraßen das Bahnhofsviertel dominiert. Es gibt eine Art unsichtbare Grenze, über die sich tagsüber weder die Fixer noch abends die Nutten bewegen, und so kann man am unteren Ende der Straße, zwischen glänzenden Hochhausfassaden, ein völlig anderes Bild gewinnen als noch ein paar Straßenzüge weiter oben, im Rotlichtviertel. Hier bewegen sich die Amüsierwilligen bereits tagsüber durch das gewachsene Quartier mit seiner eigenwilligen Mischung aus gesichtslosen Amüsierschuppen und Altbauten aus der Gründerzeit. Nachts scheint alles aus den Nähten zu platzen, da füllen sich die Straßen mit Nachtschwärmern, die unter blinkenden Neonreklamen und den auffordernden Rufen der Anheizer ihren Kick suchen. Welchen auch immer.

Der »Kinky-Club« befand sich in einer der Seitenstraßen im oberen Teil der Kaiserstraße. Lena war um 23 Uhr mit Tamae verabredet. Jetzt war es kurz nach neun, und sie wollte die Zeit nutzen, um sich den Club einmal anzusehen. Vermutlich war dort noch nichts los, und sie hätte selbst nicht konkret benennen können, was genau sie suchte. Ihr war nur bewusst, dass sie sich auf die Suche nach Sabrina eingelassen hatte. Bevor sie das Haus verließ, hatte sie noch mehrfach versucht, in deren Wohnung anzurufen. Das Ergebnis war stets dasselbe – niemand meldete sich.

Der Abend war kühl, und Lena zog die schwarze, hüftlange Lederjacke enger um sich. Kein Mensch konnte die schlanke, ungeschminkte Frau in engen Jeans und dem lässig verwuschelten, kurzen, schwarzen Haar wirklich für eine Prostituierte halten, dennoch hatte sie bereits mehrere, lässig gerufene Anträge von Vorübergehenden erhalten, bevor sie auch nur die gesuchte Straße erreichte. Der Club lag zwischen einem Erotikkino mit greller Neonbeleuchtung und einer trist wirkenden Pension, die vermutlich ein Stundenhotel war. Der Türsteher des »Kinky-Clubs«, ein Schrank von circa zwei Metern Höhe, mit Schultern wie die Geschwister Klitschko, schaute sie amüsiert an.

»Nur herein, Lady, hier kommen Sie garantiert auf Ihre Kosten«, war sein Kommentar, mit dem er ihr Einlass gewährte. Hinter der Tür befand sich ein schwerer, halbrunder Windfang aus dunklem Samt. Erst als Lena ihn beiseitegeschoben hatte, konnte sie den eigentlichen Clubraum sehen. Das Licht war gedämmt, aber angenehm. Nicht die rötlichen Funzeln, die mancherorts in solchen Etablissements benutzt wurden. Als ihre Augen sich an die Lichtverhältnisse gewöhnt hatten, erkannte sie einen großen Zuschauerraum. Tische und Stühle waren im Halbrund um eine kleine Bühne angeordnet, auf der sich im Moment nichts abspielte. Zwei Pärchen und einen einzelnen Mann konnte Lena ausmachen, eine Handvoll weiterer Gäste saß an der Bar. Sie zögerte einen Moment lang unschlüssig, bevor sie sich entschied, dort einen Drink zu nehmen. Als sie einen der Barhocker erklomm, blickten die Gäste an der Theke – ausnahmslos Männer – wie auf Kommando gleichzeitig zu ihr herüber. Hinter dem Tresen hantierte eine etwas welke Barfrau in viel zu engen Klamotten, einem schwarzen Rock und einem Shirt in Animalprint, mit Gläsern und einem Geschirrtuch herum. Beides legte sie weg, um zu Lena herüberzukommen und sie nach ihren Wünschen zu fragen. Der kurz darauf servierte Wein erwies sich als überraschend gut. Er schmeckte fruchtig, trocken und hatte genau die richtige Temperatur. Lena fing an, sich in der ungewohnten Umgebung zu entspannen. Was jetzt? Die Augen der einsamen Zecher an der Bar waren bereits wieder auf die Gläser oder – in Erwartung der Dinge, die da kommen sollten – auf die leere Bühne gerichtet. Vorsichtig nahm Lena das Foto aus der Innentasche ihrer Lederjacke. Sie hatte es kopieren lassen und die arme Mechthild abgeschnitten, sodass nur noch Sabrina darauf zu sehen war. Die Barfrau, scheinbar gelangweilt von der lahmen Geschäftslage, beobachtete sie neugierig, als sie das Papier auf dem Tresen glattstrich, und schlenderte dann erneut zu ihr hin.

»Suchst du jemanden?« Ihr Haar war zu oft zu schwarz gefärbt worden und zeigte deutliche Ermüdungserscheinungen. Die dicken schwarzen Balken um ihre Augen sahen nur aus der Entfernung aufregend aus. In direkter Nähe wirkten sie hart. Aber der Blick der Frau war freundlich, und als sie jetzt mit ihren rot lackierten Nägeln auf das Foto deutete, schob Lena es ihr hin. Einen Moment lang schaute die Frau darauf, dann blickte sie Lena wieder an. »Die Frau kenne ich«, sagte sie mit leicht schleppender Stimme. »Ich weiß nicht, wie sie heißt, aber sie war auf jeden Fall schon einmal hier.«

»Wann haben Sie sie zuletzt gesehen?«

»Schätzchen, bist du ein Bulle?« Die Frau wirkte erschrocken, als ob sie ihre spontane Hilfsbereitschaft und Auskunftsfreude bereits bereuen würde.

»Nein. Eine Freundin.«

Der Blick der Barfrau war abwägend, doch schien sie Lena zu glauben. »Sie war eine ganze Weile nicht mehr hier. Ist bestimmt ein paar Wochen her, seit ich sie zuletzt gesehen hab. Allerdings – wenn es später am Abend hier kracht, arbeiten wir hinter der Theke zu dritt, und keiner von uns hat mehr Zeit, so genau auf die Gäste zu gucken.« Mit einem freundlichen Nicken signalisierte sie das Ende des Gesprächs und kehrte wieder zu ihren Gläsern zurück.

Lena nagte nachdenklich an ihrer Unterlippe. Sie wusste nicht so recht, was sie mit ihren Informationen anfangen sollte, und hatte auch keine Idee, wie sie jetzt weiter verfahren sollte. Langsam füllte sich der Club. Lena, die kein Interesse an den Darbietungen auf der Bühne hatte, bezahlte die schwindelerregend hohe Summe für ihren Wein und tauchte kurz darauf erneut in die Menge der Flaneure und Nachtschwärmer ein, die sie zum »Orange Peel« trug. Tamae war noch nicht da, aber das machte nichts, denn Lena entdeckte an einem der Tische ein paar bekannte Gesichter und setzte sich dazu. Schon wenige Minuten später war sie gedanklich in eine andere Welt eingetaucht und freute sich darauf, lang und ausgiebig zu tanzen.

Zwei Stunden später drehte die DJane den Lärmpegel noch ein wenig höher, und die Masse der vibrierenden Frauenleiber auf der Tanzfläche nahm es mit spürbarer Begeisterung auf. Schwarze, groovige R&B-Rhythmen bewegten die Frauen, und Lena stand mittendrin, völlig losgelöst ließ sie ihren Körper einfach den Klängen folgen. Tanzen war die beste Methode für sie, den Kopf freizubekommen. Sobald sie Musik hörte und sich danach bewegte, hatte nur noch der Rhythmus, dem sie sich anvertraute, in ihren Gedanken Platz. Ganz in ihrer Nähe tanzte Tamae, die kurz nach Lena gekommen war. Die Arme in die Höhe gereckt zuckten ihre schmalen Hüften, und das lange Haar flog bei jeder Bewegung um ihren Kopf. Als nach einigen schnellen Stücken ein langsamer Titel erklang, wollte die Japanerin die Tanzfläche schon verlassen, aber Lena griff nach ihrer Hand und zog sie an sich.

Tamae war groß für eine Asiatin, fast so groß wie Lena. Die ließ ihre Hände zärtlich über den Rücken ihrer Freundin gleiten und legte sie schließlich mit ausgebreiteten Fingern auf ihren Po, so, als wolle sie eine große Frucht umgreifen. Obwohl Tamae sperrig war und Lena damit rechnen musste, dass sie womöglich von einer Sekunde auf die andere beschloss, diese Situation nicht zu mögen und zu ihrem Tisch zurückzukehren, genoss Lena diesen Moment. Ein seltener Augenblick öffentlicher Zärtlichkeit, wie sie hier von vielen anderen Frauen ganz selbstverständlich ausgetauscht wurden. Tatsächlich schien Tamae im Moment etwas zugänglicher zu sein. Sie verschränkte ihre bloßen Arme hinter Lenas Rücken und schaute sie von unten her prüfend an.

»Was ist heute los mit dir?«, fragte sie, in Lenas linkes Ohr gegen die Musik anschreiend. Die zog fragend die Brauen in die Höhe. »Du bist angespannt!« Tamae tippte mit einem Finger auf Lenas Stirn. Dorthin, wo sich manchmal zwei steile Falten bemerkbar machten.

»Später!« Lena wunderte sich einerseits über Tamaes Feinfühligkeit, eine Seite an ihr, die relativ selten zum Vorschein kam. Zum anderen fühlte sie selbst sich in diesem Moment eher locker und losgelöst von Alltagssorgen, sodass sie sich fragte, ob die Ereignisse der letzten Tage ihr tiefer unter die Haut gingen, als sie dachte. Sie wollte diesen Abend genießen und einfach nur Spaß haben, und das gelang ihr auch. Die Beantwortung von Tamaes Fragen hatte sie auf später verschoben.

Als die beiden Frauen gegen zwei Uhr die Disco verließen, fuhren sie gemeinsam zu Lenas Wohnung. Trotz der späten Stunde waren beide noch wach und aufgedreht.

»Sagst du mir jetzt, was los ist?« Die Japanerin stand in Lenas Küche und trank in tiefen, langen Schlucken ein großes Glas Wasser, während Lena, die plötzlich noch hungrig geworden war, eine Scheibe Toast mit Käse belegte.

»Du hast dich bisher nie so sehr für meine Alltagssorgen interessiert.«

»Tue ich heute aber doch.«

Lena spürte etwas hinter den bloßen Worten. Sie biss in ihren Toast und wartete, kauend und schweigend.

Als ihr die Gesprächspause zu lange dauerte, seufzte Tamae und nickte in Richtung von Lenas Jacke, die über einem Stuhl hing. Als sie merkte, dass ihre Freundin die Anspielung nicht verstand, griff sie in die Innentasche und zog das Foto von Sabrina hervor. »Das hier ist vorhin im ›Orange Peel‹ rausgefallen, als deine Jacke auf den Boden gerutscht ist. Ulrike hat mich darauf aufmerksam gemacht, als ich kam und du schon auf der Tanzfläche warst.«

Lena brauchte einen Moment, um zu begreifen. »Hoppla, du denkst doch wohl nicht, das sei eine heimliche Geliebte, oder?« Sie grinste und versuchte scherzhaft, Tamae unters Kinn zu fassen. Aber die zeigte sich abweisend.

»Ich bin nicht eifersüchtig, falls du das glaubst«, murmelte sie und wandte sich ab. Eine Sekunde zu spät, denn Lena hatte in ihren Augen etwas gesehen, das sie beunruhigte.

»Die Frau auf dem Foto kenne ich nicht persönlich. Sie ist die Schwester eines Schulkameraden.«

»Und warum schleppst du ihr Bild mit dir rum?« Tamae drehte sich wieder um und schaute Lena mit einem irritierend intensiven Blick ihrer unergründlichen dunklen Augen an.

»Ihre Familie kann sie nicht erreichen. Ihr Bruder hat mich gebeten, mich nach ihr umzusehen.«

»Und Frankfurt ist ein Dorf, in dem jeder jeden kennt!«

Warum war Tamae so wütend? Lena begriff es nicht. »Natürlich nicht. Sie verkehrt wohl ab und zu in einem Nachtclub im Bahnhofsviertel. Da war ich vor unserer Verabredung und habe nach ihr gefragt. Dafür brauchte ich das Bild. Aber sag mir doch bitte, was dich daran so aufregt?«

Tamae stand ganz ruhig da, sie hatte das leere Wasserglas abgestellt und schaute Lena mit diesem abschätzenden Blick an, den diese ebenso hasste wie fürchtete. Wenn Tamae so schaute, war alles möglich. Lena rechnete schon damit, dass sie sich gleich umdrehen und nach Hause gehen würde. Eine Sekunde lang, als die Japanerin den Kopf drehte und zur Tür schaute, schien es tatsächlich so weit zu sein. Doch dann drehte sie sich wieder um, strich sich mit der Hand über die Stirn und sagte zu Lena: »Komm, lass uns ins Bett gehen!«

Der Wecker schrillte lang und viel zu laut. Obwohl Lena an diesem Morgen erst zum spätestmöglichen Zeitpunkt im Rahmen der großzügigen Gleitzeitregelung ihres Arbeitgebers ins Büro gehen wollte, kam der Weckruf ihrer Meinung nach unangemessen früh. Trotz der merkwürdigen Spannungen hatten Tamae und sie noch eine leidenschaftliche Nacht verbracht, und als Lena auf die zerwühlten Kissen neben sich schaute, überkam sie eine merkwürdige Rührung.

»Bist du im Bad?«, rief sie, und als Tamae nur Sekunden später aus der Küche kam, eine Tasse grünen Tees in der Hand, geduscht und mit einem Teint frisch wie der junge Frühling, fragte sich Lena nicht zum ersten Mal, wie ihre Freundin es hinbekam, selbst nach kurzen Nächten so gut auszusehen. Als sie selbst ins Bad wankte, meinte sie, einen neuen Kranz feiner Fältchen um ihre dunkelgrünen Augen zu entdecken, und beschloss, demnächst in eine gute Creme zu investieren. Ihre bisherige Schönheitspflege bestand aus einer Biofeuchtigkeitscreme aus der Drogerie, von Make-up hielt sie nicht viel. Wimperntusche und ein Fettstift für die Lippen reichten aus. Dennoch konnte sie von sich behaupten, ganz gut auszusehen. Ihre helle, von Natur aus weitgehend unproblematische Haut nahm selten etwas übel und sah in Verbindung zu den schwarzen, kurz geschnittenen Haaren und den dunkelgrünen Augen sehr apart aus. Auch wenn ihr Kinn etwas kantig war, so wie ihr schlanker Körper an einigen Stellen auch, entsprach sie doch ohne großes eigenes Zutun dem aktuellen Schönheitsideal. Nur, dass sie das selbst nicht besonders wichtig fand und deshalb bisher keine Anstrengungen entwickelt hatte, dieses Potenzial zu erweitern.

Während sie sich die Zähne putzte, fiel die Wohnungstür ins Schloss, und Lena ärgerte sich darüber, dass Tamae auch an diesem Morgen ohne den geringsten Abschiedsgruß gegangen war. Ein Blick auf die Uhr erinnerte sie daran, wie spät sie schon dran war. Als sie eine halbe Stunde später ihren Arbeitsplatz, den schmucklosen, grauen Bau der Kreisverwaltung an der Werner-Hilpert-Straße in Dietzenbach, erreichte, hatte sie es gerade mal wieder ganz knapp geschafft.

Tamae stand am Bahnhof in Offenbach und wartete auf ihren Zug, der sie nach Frankfurt bringen sollte. Lena hätte sie das kurze Stück im Auto mitgenommen, aber Tamae war nicht danach gewesen zu reden. Der schnelle, zehnminütige Fußmarsch hatte ihr geholfen, ihre Nervosität etwas abzubauen.

An diesem Morgen war der Bahnsteig voller Menschen, weil eine Bahn ausgefallen war. Doch die Japanerin sah niemanden, während sie langsam auf- und abging und dabei ihr langes Haar mit einem Gummiband zu einem gewollt unordentlichen Knoten band, aus dem einige Haarsträhnen wild abstanden. Sie war spät dran. In ihrer Firma, einem japanischen Unternehmen, in dem sie als Computerspezialistin arbeitete, nahm man es mit der Einhaltung der Kernarbeitszeiten sehr genau. Aber das war es nicht, was ihr Gedanken machte. Als der Zug kam, stieg sie als Letzte ein und blieb direkt hinter der Tür stehen. Wenige Minuten später eilte sie von den Ferngleisen des Südbahnhofs hinunter zur S-Bahn. Dort herrschte, wie jeden Morgen, ein hektisches Gedränge. Sie erwischte die S-Bahn, die sie zur Hauptwache brachte, ganz knapp und stand die wenigen Stationen dicht gedrängt in einem überfüllten Waggon. Ein Zustand, den man in ihrer Heimat Japan gewohnt war. Dort herrschte während der Rushhour in den öffentlichen Verkehrsmitteln eine solche Enge, dass die Menschen buchstäblich wie in Sardinendosen gequetscht wurden. Sie selbst konnte das auf den Tod nicht ausstehen, hatte aber keine Wahl, da sie weder einen Führerschein noch ein Auto besaß.

An ihre Kindheit in Japan hatte Tamae nicht viele Erinnerungen. Ihre Familie stammte aus Aomori, einer Hafenstadt im Norden des Landes, gegenüber der Hokkaido Insel. Mit sieben Jahren war sie mit ihren Eltern nach Deutschland gekommen, die kleine Familie lebte die ersten Jahre in Düsseldorf. Tamae selbst hatte zunächst in Berlin studiert und war eines Jobs wegen nach Frankfurt gezogen. Fast genau so lange, wie sie hier schon lebte, kannte sie auch Lena. Die beiden Frauen waren sich bei einer Veranstaltung zum Christopher-Street-Day über den Weg gelaufen, und aus einem leidenschaftlichen One-Night-Stand war überraschenderweise mehr geworden. Lena war Tamaes einzige Freundin, die diesen Namen verdiente. Das lag daran, dass sie nicht zu viel fragte und Tamae sein ließ, wie sie war. Obwohl auch Lenas Geduld nicht selten auf die Probe gestellt wurde, wenn Tamae gewisse Fragen einfach überhörte oder mitten in der Nacht aufstand und ging. Sicher war sie auch heute wieder irritiert gewesen über ihren überstürzten Abschied. Aber sie akzeptierte es. Ihre Liebesbeziehung, wenn man es einmal so nennen wollte, wurde jedenfalls durch Tamaes Art nicht beeinträchtigt. Und weil Lena so war, so besonders, liebte Tamae sie auf ihre eigene, merkwürdige Weise. Es war das erste Mal in ihrem Leben, dass sie für einen anderen Menschen so tief empfand, aber das wusste selbst Lena nicht, denn darüber zu reden, Gefühle gegenüber einer anderen Person zu zeigen, gar tief in die innere Welt einzutauchen und jemanden daran teilhaben zu lassen, das entsprach nicht Tamaes Wesen. Einmal hatte sie versucht, etwas zu verändern. Hatte gehofft, ein paar Antworten für sich selbst zu finden. Es war eine Zeit gewesen, vor einigen Jahren, in der es ihr schlecht ging, sehr schlecht. Und als ihre eigenen Strategien ihr nicht mehr halfen, suchte sie woanders nach Unterstützung. Dieser Versuch hatte nichts gebracht. Man konnte nicht sagen, es war schief gegangen, aber letztendlich schien es Tamae doch klüger, zukünftig wieder ihren eigenen Weg zu gehen. Und das brachte sie wieder zu der Sache zurück, die sie seit gestern Abend beschäftigte.

Als sie ins »Orange Peel« gekommen war, tanzte Lena bereits. Ein paar Frauen, die Tamae flüchtig kannte, winkten ihr von ihrem Tisch am Rand der Tanzfläche aus zu. Dort saßen Lenas Freundinnen, die burschikose, rothaarige Edelgard mit ihrer hübschen, femininen Freundin, die dicke Olga, die lustige Ulrike und die schlanke und wunderschöne Susanne, die Tamae mit den Augen auffraß, die gängigen Zugehörigkeitsverhältnisse aber akzeptierte und wohl auch aufgrund von Tamaes abweisender Art nie wirklich einen Flirt versucht hatte. Lenas Jacke war von der Bank, auf der alle um einen niedrigen Tisch voller Gläser und Flaschen saßen, auf den Boden gerutscht, und eine der Frauen hob sie auf und legte sie neben Tamae. Dabei war das Bild herausgeglitten. Die Farbkopie eines Fotos, vermutlich beim Kopieren sogar etwas vergrößert. Selbst im gedämpften Licht der Disco erkannte Tamae die Frau sofort und erstarrte. Ein Teil des Bildes war abgeschnitten, auf der Schulter der Frau lag ein Arm, eindeutig nicht Lenas. Aber warum trug sie das Foto einer fremden Frau bei sich? Tamae konnte ihre Überraschung darüber gut verbergen. Vermutlich verriet ihre Mimik nicht eine Sekunde, was in ihr vorging. Aber selbst wenn, die Frauen um sie herum blickten nicht auf sie, sondern auf die Tanzfläche oder waren mit sich beschäftigt. Mit Ausnahme von Susanne, deren leicht spöttisches Lächeln alles oder nichts heißen konnte. Auch wenn Tamae nichts von engen Bindungen hielt und Lena niemals als ihre feste Freundin bezeichnet hätte – gleich zu Anfang ihrer Beziehung hatte sie Lena klargemacht, dass sie nur gute Freundinnen waren, die ab und zu miteinander ins Bett gingen –, war ihr nie der Gedanke gekommen, sich auch mit anderen Frauen abzugeben. Das hätte zu viele Probleme nach sich gezogen, zu viele Fragen, Diskussionen, Streitigkeiten. Das kannte sie. In ihrer Berliner Zeit war sie nur an kurzen Affären interessiert gewesen. Sex ja, Liebe nein. Und trotz ihrer klaren Ansage in dieser Beziehung gab es eine Menge Frauen, die das nicht verstanden und gefühlsdurchtränkte Situationen heraufbeschworen, die sie nicht noch einmal erleben wollte. Die Lesbenszene war auch in großen Städten nie groß genug, um sich nicht ständig über den Weg zu laufen … Da war es so, wie es jetzt war, schon viel besser. Das Foto hatte jedoch eine Art Panik in ihr ausgelöst. Die Verstörung hatte sich etwas gelegt, nachdem Lena ihr erklärt hatte, worum es wirklich ging. Aber nur etwas. Denn auf einmal musste Tamae fürchten, dass unangenehme Erinnerungen an die Oberfläche kamen. Das musste sie um jeden Preis verhindern, und daher würde sie Lena sehr genau im Auge behalten müssen.

Regina war bereits zu einem Außentermin aufgebrochen, als Lena ihr nüchternes Büro im Kreishaus betrat. Als die Verwaltung des Landkreises Offenbach 2002 von ihrem früheren Sitz, der Stadt Offenbach, die nicht zum Landkreis gehörte, nach Dietzenbach gezogen war, hatte man die Gunst der Stunde genutzt, den Raumbedarf den finanziellen Möglichkeiten anzupassen. Eines der Ergebnisse waren die im Vergleich zu früher relativ kleinen und kargen Büros, in denen die Beschäftigten seither saßen.

Lena fand einen kleinen gelben Notizzettel auf ihrem Bildschirm kleben. »Toi, toi, toi« hatte die Kollegin mit ihrem hellblauen Stift darauf geschrieben. Was das bedeuten sollte, wurde Lena klar, nachdem sie ihren Rechner hochgefahren und ihre Emails durchgesehen hatte. Eine der Nachrichten war von ihrer Vorgesetzten.

Von: Sieglinde Brohm
An: Lena Borowski

Liebe Lena, es wurde gerade im Eilverfahren ein neues, anspruchsvolles und ämterübergreifendes Projekt ins Leben gerufen. Die detaillierte Beschreibung findest du im Anhang. Aus unserer Abteilung habe ich dich vorgeschlagen, weil ich glaube, dass du das Team mit deinem Fachwissen und deiner umfangreichen Erfahrung sehr bereichern wirst. Da es schon nächste Woche losgehen soll, bitte ich dich, die verbleibenden Tage hier am Schreibtisch noch zu nutzen, um eine Aufstellung deiner laufenden Fälle zu machen, in denen aktuell Handlungsbedarf besteht bzw. sie – soweit noch Zeit ist – abzuschließen. Übergib alles Regina, sie weiß Bescheid. Ich habe kurzfristig für ein paar Tage Urlaub genommen, sodass wir uns leider nicht mehr sehen vor deiner Versetzung. Für den neuen Job viel Erfolg. Sieglinde.«

Fassungslos druckte Lena den Anhang aus und überflog die Projektbeschreibung. Dann realisierte sie, was geschehen war. Ab Montag würde sie, gemeinsam mit rund einem Dutzend weiterer Personen der unterschiedlichsten Fachbereiche, in einen anderen Komplex ziehen. Ein schnell aufgebautes Containerbüro, mitten in einem sozialen Brennpunkt, einem der schwierigsten Viertel Dietzenbachs, sollte die nötige Nähe zur schwierigen Klientel herstellen. Dass das Projekt für ein Jahr befristet war, war nicht wirklich ein Trost für sie. Sie liebte ihre Arbeit hier im Jugendamt, und das wusste Sieglinde genau. Ihre Versetzung hatte nichts mit Lenas Fachwissen und Erfahrung zu tun, dessen war sie sich sicher. Vielmehr waren sie und Sieglinde, mit der sie früher ein sehr gutes kollegial-freundschaftliches Verhältnis gehabt hatte, seit deren Ernennung zur Abteilungsleiterin häufig aneinandergeraten. Lena hatte Verständnis für die Schwierigkeiten, die es heutzutage in fast allen Ämtern gab. Die Aufgaben wurden vielfältiger und umfangreicher, weil eine zunehmende Anzahl von Menschen in dieser Gesellschaft nicht mehr eigenverantwortlich zurechtkamen. Arbeitslosigkeit, zerrüttete Familien, Alkohol- und Drogensucht, verwahrloste Kinder, Überschuldung und ein hoher Anteil an Jugendkriminalität waren nur ein Teil der Ausprägungen. Lenas privater Meinung nach wurde das Problem nicht geringer, wenn man den Leuten Verantwortung abnahm und sie quasi permanent für all das entschuldigte, was sie nicht auf die Reihe bekamen. Dennoch machte sie ihren Job sehr gut, wobei es ihr wichtig war, ihren Klienten keine Lösung überzustülpen, sondern sie anzuregen, eigene Wege zu finden, und sie dabei zu unterstützen. Ein Verfahren, das zwar mehr Zeit in Anspruch nahm, aber für die Klienten langfristige Perspektiven bot. Sieglinde, die früher ähnlich dachte, war seit ihrer Beförderung gezwungen, dieser Überzeugung entgegenzuhandeln. Es ging ihr jetzt mehr um Zahlen, Daten, Fakten und vor allem um die alles überschattende Frage, wie man mit weniger Personal mehr Arbeit bewältigen sollte. Zunehmend hatte sich Lena kritisch geäußert, in Teambesprechungen ebenso wie in Vier-Augen-Gesprächen. Sie war nicht die Einzige, aber mit Abstand die Hartnäckigste. Schon seit geraumer Zeit fühlte sie, wie Sieglinde unter Druck geriet, was aber nicht Lenas vorrangiges Ziel war. Sie wollte nur mehr Ausgewogenheit zwischen einer nachhaltigeren, zeitaufwendigeren Arbeit mit den Klienten und dem durch den Druck des Tagesgeschäfts ausgelösten Reflex, schnelle und leider meist auch kurzfristige Lösungen zu suchen. So gesehen würde Sieglinde ihr im Gespräch vermutlich sagen, genau deshalb habe sie Lena für das Querschnittsprojekt vorgeschlagen. Aber Lena wusste, das war nur die halbe Wahrheit. Und Sieglinde konnte ihr dabei noch nicht einmal in die Augen schauen. Sie drückte den Antwortknopf in ihrem E-Mail-Programm.

»Sieglinde, du bist ein Feigling!«, war ihre einzige Erwiderung auf die Mitteilung ihrer Vorgesetzten.

Sie hatte sich zu dem Mann umgedreht und schälte sich mühsam aus ihrer Kleidung: der weißen Bluse mit den kleinen schwarzen Knöpfen, dem engen schwarzen Rock und dem zwar neuen, aber etwas altmodischen Unterkleid. Beinahe wäre sie dabei mit ihren ultrahohen Schuhen hingefallen. Während er sie mit zusammengekniffenen Augen unbewegt ansah, die Hände vor der Brust so zusammengelegt, dass die Fingerspitzen sich berührten, hakte sie den schwarzen Büstenhalter auf und legte ihn ab. Jedes einzelne Stück ihrer Kleidung hatte er ihr genau vorgeschrieben. Als sie nur noch den Slip, die Strümpfe und die Schuhe trug, bedeutete er ihr mit einer Handbewegung, es sei gut so. Die nächsten Minuten verharrten sie schweigend.

»Zieh deinen Trenchcoat an«, verlangte er, und als das kühle, vom Regen klamme Material ihre Brüste streifte, richteten sich die Warzen wider ihren Willen auf.

»Leider ist mein Hund letzte Woche gestorben, und ich vermisse das Gassigehen.« Sein Mund trug ein schmales, gemeines Lächeln. Dann befahl er ihr, die Haare nach oben zu nehmen und legte ihr ein breites schwarzes Halsband um. Es war bis auf einen großen silbernen Ring völlig schmucklos. Der Mann hakte dort eine Leine ein. Anschließend kleidete auch er sich zum Ausgehen an, indem er einen seidenen Schal, einen Mantel und einen breitkrempigen Hut anlegte. Alles in Schwarz, das war seine Lieblingsfarbe.

»Komm Fiffi, Gassi gehen«, rief er mit sadistischer Heiterkeit und im selben Moment spürte sie den Zug der Hundeleine an ihrem Hals.

Sie waren nicht weit gekommen. Während sie einen großen Schirm so hielt, dass kein zufällig vorbeilaufender Passant das Halsband und die Leine sehen konnte, schritt der Mann fröhlich pfeifend aus. Ihre Schuhe erlaubten es ihr nicht, mit ihm Schritt zu halten, und das schien ihn zu amüsieren. Immer wieder zog er an der Leine, und zwei Mal wäre sie allein durch den Ruck fast hingefallen. Sein Ziel war ein kleiner, dunkler Grünstreifen, in den sich um diese Uhrzeit und bei diesem Wetter sonst niemand verlaufen hatte. Inzwischen hatte der Regen zugenommen, und der Boden schmatzte ein wenig unter ihren Füßen, als sie einmal vom asphaltierten Weg abkam. Der Mann zog sie unbeirrt weiter. Unter einer der wenigen Laternen blieb er endlich stehen. Ihre Füße brannten wie Feuer, und sie war ihm dankbar für die unverhoffte Rast.

»Komm, mach dein Geschäft«, forderte er sie auf und riss ihr den Schirm aus der Hand, sodass sie dem Regen schutzlos ausgeliefert war. Schlimmer noch, sie verstand nicht, was er von ihr wollte.

Sprachlos starrte sie ihn an, gefangen in den Ritualen ihres Spiels, das gleichzeitig beängstigend und erregend für sie war. Sie versuchte ihn mit ihrem fragenden Blick dazu zu bringen, ihr seine Wünsche deutlicher zu erklären.

»Geh dort drüben unter den Baum und pinkle«, sagte er mit einer Bestimmtheit, die ihr lustvoll unter die Haut kroch, ihr Blut schneller zirkulieren ließ, ihr zeigte, warum sie hier war und sich ihm so total auslieferte.

Langsam drehte sie sich um. Der Baum war nur wenige Schritte vom Weg entfernt und befand sich noch im Lichtkreis der Laterne. Sie wusste, Widerspruch wäre zwecklos gewesen. Ihr war kalt, das Wasser lief durch den aufgeweichten Kragen ihres Mantels über ihre nackte Haut, und sie spürte einen Moment lang nur Scham und Verwunderung, sich in einer solchen Situation zu befinden. Sie stakste über den Rasen, während die Leine lose von ihrem Hals baumelte und bei jedem Schritt gegen ihre Wade schlug. Beim Baum angekommen, drehte sie sich zu ihm um. Er war vom Weg seitlich ins Dunkel getreten. Lediglich der glühende Punkt seiner brennenden Zigarette verriet jetzt, wo er war.

Langsam zog sie ihr Höschen nach unten und wollte sich gerade in die Hocke begeben, als sie seine Stimme hörte.

»Bleib stehen!«, zischte er. Wieder benötigte sie einen Moment, um zu verstehen. So etwas wie Schamesröte schoss ihr siedend heiß ins Gesicht. Dann schloss sie die Augen, als könnte sie sich damit unsichtbar machen, und tat, gefangen zwischen Faszination und Ekel, was er verlangte.

»Wann kommst du?« Karins Stimme am Telefon klang so, wie die ganze Frau war: weich und weiblich.

»Um welche Uhrzeit geht es denn los?« Karins Geburtstagsfeier am kommenden Samstag bereitete Lena einige Bauchschmerzen. Einerseits wollte sie ihrer Freundin gratulieren, und es wäre nicht einsehbar gewesen, wenn ausgerechnet sie, die offiziell als Karins beste Freundin galt, nicht gekommen wäre. Auf der anderen Seite würde sie den ganzen Abend lang nicht nur mit Karin, sondern auch mit deren Ehemann Albrecht verbringen. Da Albrecht keine Ahnung davon hatte, wie intim die Freundschaft der beiden Frauen wirklich war, fühlte sich Lena in seiner Gegenwart stets unsicher, und es plagte sie nicht selten das schlechte Gewissen. Karins Mann war wirklich nett, und wären die Verhältnisse anders gewesen, hätte Lena sich durchaus vorstellen können, mit ihm eine kumpelhafte Freundschaft zu pflegen. So, wie die Dinge lagen, war das allerdings nicht möglich. Gleich nach Beendigung des Gesprächs – sie hatten sich auf eine Zeit zwischen halb acht und acht geeinigt – fiel Lena ein, dass sie noch gar kein Geschenk für Karin besorgt hatte und schrieb in Großbuchstaben »GESCHENK« in ihren Timer. Sie hatte das schon längst erledigen wollen, doch in den letzten Tage waren andere Dinge dazwischengekommen. Erst Majas Anruf und die Suche nach Sabrina, außerdem noch die Veränderungen am Arbeitsplatz, die sie seit Tagen an den Schreibtisch zwangen, um ihre Unterlagen zu ordnen und an Regina zu übergeben. Die Abordnung beschäftigte Lena mehr, als sie zugeben wollte, und beim Gedanken an ihre geplante Umsetzung in der kommenden Woche biss sie unwillkürlich die Zähne zusammen. Sollte ihr Sieglinde demnächst über den Weg laufen, durfte sie sich auf einiges gefasst machen, so viel war sicher. Lena blieb an diesem Abend nicht lange Zeit, um über die Entwicklungen nachzudenken, denn kurz nach Beendigung des Gesprächs mit Karin klingelte ihr Telefon erneut.

»Hast du noch etwas herausgefunden?«, wollte Jürgen atemlos wissen, ohne auch nur zu grüßen. Seiner Stimme war anzuhören, wie aufgeregt und verzweifelt er mittlerweile war. Vermutlich waren das auch seine Eltern, die Lena noch aus ihrer Jugendzeit in Erinnerung hatte. Das kleine Elektrowarengeschäft in der Ortsmitte bildete lange Zeit zusammen mit der Bäckerei, der Metzgerei und einem Textilgeschäft den Kern des Einkaufslebens. Inzwischen gab es überall Großmärkte in den Industriegebieten zwischen den Ortschaften. Kleine Geschäfte konnten sich nur noch halten, wenn die Ladeninhaber gleichzeitig auch Hausbesitzer waren.

»Was Sabrina angeht, kann ich dir nichts Neues sagen.« Sie hatte ihn bereits nach ihrem Besuch in Rodgau darüber informiert, dass auch ihre ehemaligen Mitbewohnerinnen nach Sabrinas Auszug nichts mehr von ihr gehört hatten.

»Kannst du noch einmal in die Wohnung gehen und nachsehen, ob ihr Pass da ist?«

»Jürgen, denk mal nach. Wenn sie spontan innerhalb von Europa verreist, braucht sie keinen Pass, vielleicht hat sie gar keinen. Wenn überhaupt, genügt der Personalausweis. Und wo haben wir den normalerweise?«

»Bei uns in der Tasche. Du hast recht. Aber ich bin so verdammt nervös. Wir haben jetzt sogar eine Vermisstenanzeige aufgegeben.«

»Und, was sagen die bei der Polizei?«

Jürgen atmete lautstark aus. »Sie ist volljährig, kann ihren Aufenthaltsort selbst bestimmen, es liegen keine Anzeichen für ein Verbrechen vor und so weiter. Sie haben es aufgenommen, um es an die Frankfurter Kollegen weiterzuleiten, aber viel Hoffnung hat man mir nicht gemacht.«

Lena rang einen Moment lang mit sich, entschied dann aber, die Geschichte mit dem »Kinky-Club« nicht zu erwähnen. Was spielte es schon für eine Rolle, dass Sabrina dort gelegentlich ihre Abende verbrachte. Womöglich wollte sie aber auch die Intimsphäre einer jungen Frau, die morgen schon wieder gesund und munter auftauchen könnte, nicht vor ihrer konservativen und eher spießigen Familie ausbreiten. Immerhin hatte Lena da ihre eigenen Erfahrungen im Leben gesammelt. Die entsetzten

Reaktionen ihrer Verwandtschaft auf die Tatsache, dass sie lieber mit Frauen als mit Männern ihr Leben lebte, waren ihr noch in lebhafter Erinnerung! »Was ist eigentlich mir ihrer Arbeitsstelle? Gibt es Anhaltspunkte, wo sie arbeitet, seitdem sie nicht mehr in der Rechtsanwaltskanzlei ist?«

Jürgen verneinte. »Es scheint, als sei sie dort weggegangen, ohne irgendjemandem etwas über eine neue Stelle zu erzählen. Ich habe die Personalabteilung, ihren Chef und ihre ehemalige Bürokollegin bereits mit diesen Fragen gelöchert. Sie hat fristgerecht gekündigt, einen Ausstand gegeben und wollte keinem sagen, wohin sie wechselt. Sie melde sich, sobald sie sich dort eingearbeitet habe, waren ihre Worte. Das hat sie aber nie getan, und das ist jetzt auch schon zu lange her. Sie hat selbst uns nichts davon gesagt, und wir sind davon ausgegangen, dass sie nach wie vor bei ihrem früheren Arbeitgeber beschäftigt ist.«

Lena versprach, es telefonisch weiter zu versuchen. Mehr könne sie leider im Moment nicht tun. Später am Abend, als sie mit einem Glas Wein und einem Buch auf ihrer Couch lag, ging ihr die Situation im »Kinky-Club« erneut durch den Kopf. Was mochte eine junge Frau dorthin ziehen?

Am Ende der Woche hatte Lena ihren Schreibtisch aufgeräumt und verabschiedete sich freitags um den frühen Nachmittag herum von Regina.

»Lass uns ab und zu die Mittagspause zusammen verbringen«, schlug Regina vor, und Lena nickte lächelnd. Dann packte sie den Karton mit ihrem privaten Kram ins Auto und beschloss, erst einmal das Wochenende zu genießen und nicht früher als Montag über die folgenden Monate in ihrem neuen Team nachzudenken. Den restlichen Nachmittag wollte sie nutzen, um das letzte Geschenk für Karin abzuholen. Ein paar wunderschöne Ohrringe, silberne Hänger mit einem blassblauen Mondstein, hatte sie bereits gekauft, dazu wollte sie einen Band mit Kurzgeschichten von Katherine Mansfield besorgen.

In Offenbach angekommen, stellte sie ihr Auto in einem Parkhaus in der Ziegelstraße ab. Sie ging von dort aus das Salzgässchen hinauf in Richtung Wilhelmsplatz. In der Kaffeerösterei Laier kaufte sie japanischen Grüntee, Tamaes bevorzugte Sorte, und frisch gerösteten Kaffee mit leichtem Haselnussaroma. Vorbei an einem Pulk asiatischer Touristen, die kichernd die kleine Skulptur des »Streichholz-Karlchen« fotografierten, ging sie in den »Buchladen am Markt« an der Ecke schräg gegenüber. Dort wurde sie sofort fündig. Als sie das Buch an der Kasse in Geschenkpapier einwickeln ließ, sprach sie jemand von der Seite an.

»Lena?«

Die Frau war in ihrem Alter, aber im Gegensatz zu ihr, die wie üblich Jeans, Pulli und Lederjacke trug, mit ihrem hautengen schwarzen Samtkleid und dem kurzen, weit schwingenden Mantel darüber wahnsinnig elegant gekleidet. Vielleicht erkannte Lena sie deshalb erst auf den zweiten Blick. »Sonja!«, entfuhr es ihr überrascht. Die beiden Frauen umarmten sich zur Begrüßung herzlich. »So ein Zufall. Wir haben uns ja lange nicht gesehen.«

Die ehemaligen Studienkolleginnen hatten sich seit ihrem Abschluss nur ungefähr ein halbes Dutzend Mal getroffen. Sonjas Lebensweg war so ganz anders verlaufen als Lenas, und die Berührungspunkte waren dadurch immer weniger geworden.

»Komm, wir gehen um die Ecke einen Kaffee trinken«, schlug Sonja vor und packte ihre ehemalige Kommilitonin gleich am Ellbogen, um sie zur Tür hinauszudirigieren.

»Ich entwische dir schon nicht«, lachte Lena und ließ sich gerne mitziehen. Die beiden Frauen hatten sich während ihres Studiums der Sozialpädagogik an der Fachhochschule in der Frankfurter Nordweststadt gut verstanden. Bereits während sie ihr berufspraktisches Jahr in einer Behindertenwerkstatt in

Offenbach absolvierten, war für Sonja klar, dass sie diesen Berufsweg nicht weiterverfolgen würde. Sie war deshalb nicht lange in der Sozialarbeit geblieben und recht bald aus den drögen Amtsstuben geflohen.

»Zu wenig Kohle für die anstrengende Arbeit«, hatte Sonja eines Tages lapidar verkündet und sich selbstständig gemacht. Scherzhaft meinte sie damals, sie lebe ihre soziale Ader eben auf eine andere Art und Weise aus, denn sie betrieb eine kleine, aber lukrative und hochklassige Escort-Agentur. Zwei Dutzend handverlesene Frauen aller Altersstufen arbeiteten für sie, die meisten von ihnen inzwischen hauptberuflich. Lena fand daran nichts Anrüchiges und hatte ihre ehemalige Kommilitonin am Anfang ihrer Selbstständigkeit hin und wieder in deren altem Büro besucht und dabei auch einige der Escortdamen gesehen. Durch die Bank sehr attraktive und topgepflegte Frauen.

Sonja selbst war im landläufigen Sinne viel weniger attraktiv als ihre Angestellten. Zwar trug sie ihr naturblondes, sehr helles Haar lang, glatt und stets modisch geschnitten, und sie kleidete sich in Nobelboutiquen ein. Aber um wirklich schön zu sein, standen ihre Augen ein wenig zu eng, war die schmale Nase etwas zu lang und der Mund etwas zu breit. Dennoch ging von der zierlichen Frau eine ungeheure Energie aus. Sobald Lena das Wort Zielstrebigkeit hörte, musste sie an Sonja denken, die ebenfalls schwierige Phasen in ihrem Leben gemeistert und stets ihre Ziele vor Augen gehabt hatte. Wer mit ihr in einem Raum war, fühlte eine Lebenskraft, die nie zu versiegen schien. Als die beiden Frauen sich im Raucherbereich eines belebten Cafés niederließen, fühlte Lena sich wieder zurückversetzt in die Zeit ihres Studiums, als sie alle große Pläne geschmiedet und die Zukunft in rosaroten Farben gesehen hatten.

Inzwischen war vieles von dem Lack abgeblättert.

»Und – noch immer im Sozialdienst?« Sonja lächelte bei dieser Frage warmherzig und zog ihre dünnen und sehr teuer aussehenden Lederhandschuhe aus.

»Es gibt Veränderungen, wenn auch nicht von mir initiiert«, klärte Lena sie über die aktuellen Geschehnisse auf. »Und wie läuft es bei dir?«

Sonja wartete, bis der Kaffee serviert wurde, und nippte an ihrer Tasse. »Mein Laden läuft gut«, setzte sie an. »Hauptsächlich, weil ich mich persönlich um viele Dinge kümmere, nicht zuletzt auch um meine Mädels.«

Sonjas Einstieg in die Begleitagentur war bereits während des Studiums erfolgt. Wie viele ihrer Mitstudentinnen war auch sie darauf angewiesen gewesen, nebenher Geld zu verdienen. Da ihr Geschmack schon damals etwas kostspieliger war – tatsächlich hielt man sie in Anbetracht ihrer edlen Outfits eher für eine der BWL-Studentinnen aus dem Fachbereichsgebäude nebenan –, kamen für sie keine Nachhilfestunden oder die Betreuung von Ferienfreizeiten für gesellschaftlich benachteiligte Jugendliche infrage. In der Agentur nahm sie Telefonate an und managte die Buchungen, war aber selbst nie im Service tätig.

»Machen wir uns nichts vor, es geht nicht nur um Restaurantbesuche oder Begleitung zu irgendwelchen Events. Es geht um Sex, und in der Beziehung bin ich nicht käuflich!«, lautete ihre Devise. Dass die frühere Besitzerin dennoch Sonja die Übernahme ihres Geschäfts anbot, hing mit Sonjas Diskretion, ihren exzellenten Umgangsformen und ihrer Geschäftstüchtigkeit zusammen.

»Privat ist alles unverändert. Ich bin einfach kein Beziehungsmensch.«

Lena erinnerte sich an kurze Affären der Freundin mit meist wesentlich älteren Männern.

»Außerdem habe ich mir inzwischen eine Eigentumswohnung im Frankfurter Westend geleistet. Erste Sahne, sage ich dir. Teilen möchte ich die mit niemandem.« Sonja zog eine Packung Zigaretten aus ihrer Handtasche und wühlte ein Streichholzbriefchen hervor. Als Lena es sah, versteifte sie sich etwas in ihr. Sonja folgte ihrem Blick. »Der ›Kinky-Club‹. Kennst du den Laden?« Ratschend fuhr ein Streichholz über die Zündfläche. Sonja lehnte sich entspannt zurück, verschränkte die Arme über der Brust und stieß eine aromatische Rauchwolke aus.

»Merkwürdig. Vor ein paar Tagen war ich abends mal dort.« Lena erzählte von der vermissten Schwester ihres Schulfreundes, die auch so ein Streichholzbriefchen hatte. Sonja machte eine wegwerfende Handbewegung.

»Das muss nichts bedeuten. Wer weiß, woher sie das hatte. Ich zum Beispiel war lange nicht mehr dort und habe es mit Sicherheit von einer meiner Frauen. Einige von ihnen verkehren regelmäßig dort.« Bei den letzten Worten hatten sich ihre Augen ein wenig verengt, so, als studiere sie deren Wirkung auf Lena ganz besonders intensiv.

»Du meinst, sie gehen mit ihren Kunden dorthin?«

»Wenn der Kunde es wünscht, ja.«

Beide Frauen schwiegen eine Weile. Sonja rauchte und ließ ihre Blicke durch den Raum wandern, Lena starrte einen Moment auf den Tisch.

»Was genau hast du mit dem ›Kinky-Club‹ zu tun?« Sie blickte Sonja fragend an. Die zögerte einen Moment, bevor sie die Arme auf den Tisch legte und ihr Gesicht näher zu Lena brachte. Es musste nicht jeder im Raum mithören, was sie jetzt sagte.

»Meine Agentur habe ich ja damals mit einem, sagen wir, klassischen Angebot übernommen. Habe allerdings auch sehr schnell gemerkt, dass sich der Markt inzwischen verändert hat. Die Nachfrage für bestimmte … Praktiken … ist gestiegen. Auch bei den hochklassigen Kunden.«

Lena wusste, was gemeint war. Sonjas Vorgängerin hat zu ihrer Zeit in den besten Kreisen verkehrt und war sogar zu Opern- oder Sportbällen eingeladen gewesen. Natürlich gab ihr die exklusive Boutique in einer der Nebenstraßen der Fressgasse den Anstrich einer absolut seriösen Geschäftsfrau, dabei wusste *tout* Frankfurt, womit sie in Wahrheit ihr Geld verdiente. Allerdings wäre niemand jemals auf die Idee gekommen, offen darüber zu sprechen. Sie war für ihre absolute Diskretion bekannt und beliebt, die ihr umgekehrt auch zuteilwurde. Sonja selbst pfiff auf die öffentlichen Auftritte. Sie war nicht weniger verschwiegen – ein absolutes Muss für die gehobenen Ansprüche dieser Branche –, legte jedoch keinen Wert darauf, sich in der Gesellschaft zu bewegen. Im ersten Moment glaubte Lena deshalb, Sonja wolle ihr von einer Neuigkeit ganz anderer Art erzählen, zum Beispiel, dass sie eine Galerie, eine Boutique oder etwas Ähnliches eröffnet habe. Doch da hatte sie sich geirrt. »Zunehmend mehr Männer fragten ganz offen nach bizarren Spielen.« Sie schaute Lena vielsagend an. Deren Blick wanderte wieder zu dem Streichholzbriefchen. Natürlich! Die stilisierte Frauenfigur ließ ein paar Handschellen baumeln!

»Fesselspielchen also.«

Sonjas Lippen kräuselten sich, fast amüsiert. »Das gehört inzwischen schon fast zum Standardprogramm. Nein, es geht viel weiter. Fesseln, kunstvolles Bondage und leichte Peitschenspiele sind das eine, das eher harmlose Ende des Spektrums. Am anderen Ende stehen wesentlich härtere Praktiken. Die bieten die normalen Mädchen nicht an. Und genau darauf habe ich mich spezialisiert.« Mit einem nachdrücklichen Nicken ließ sich Sonja wieder in ihren Stuhl zurücksinken und steckte sich eine weitere Zigarette an. Lena schaute ihr dabei zu.

»Das heißt … die Agentur ist nicht mehr so wie früher«, setzte sie dann lahm an. Sonja schüttelte den Kopf, ohne ihre blassblauen Augen von Lena abzuwenden. Sie sah aus, als wüsste sie nicht genau, ob sie mit ihrer Erklärung nicht doch zu weit gegangen war. Prüfend. Natürlich wusste sie über Lena und deren sexuelle Orientierung Bescheid, hatte einige ihrer früheren Freundinnen sogar kennengelernt. Daraus konnte Sonja schließen, dass ihre Freundin nicht gerade erzkonservativ war. Und Lena war nicht geschwätzig. Hatte nie ein Wort in der Fachhochschule darüber verloren, wie Sonja ihre Kohle verdiente. Aber wie sie zu Sadomasochismus mit seinen teilweise sehr harten Ausprägungen stand, konnte Sonja nicht einschätzen.

Lena kratzte sich gedankenverloren am Kopf, bevor sie eine Frage an Sonja richtete. »Der ›Kinky-Club‹ ist also, ähnlich wie deine Agentur, auf besondere Wünsche spezialisiert?«

Sonja nickte schweigend.

»Wenn also Sabrina dort verkehrt, kann man daraus schließen, sie ist ebenfalls so veranlagt?«

»Es ist davon auszugehen, dass sie entweder selbst sadomasochistisch veranlagt ist oder jemanden begleitet hat, der auf SM-Spiele steht. Denn nichts anderes bietet der ›Kinky-Club‹.«

»Vielleicht war sie einfach nur neugierig«, sinnierte Lena. Sonja lachte leise auf.

»Sie war öfter dort, sagst du. Also … niemand, der nicht ein gewisses eigenes Interesse an der Sache hat, geht da öfter hin. Das ist nicht wie so eine kleine Stripshow, wo sich auch mal Opa und Oma vom Land amüsieren. Das zieht nur die Leute an, die das mögen.«

Lena drehte ihre leere Kaffeetasse zwischen den Händen. »Und du? Magst du das auch?«

Zunächst sah es so aus, als wollte Sonja nicht antworten. Dann nickte sie leicht. »Ich mag das auch. Ja.«

In Lenas Augen standen tausend Fragen, doch Sonja entschied, dass es für heute genug war. »Am besten gehst du noch mal in den Club und siehst dir die Show an. Wenn du Gefallen daran findest, kannst du auch eine der besonderen Vorführungen besuchen.« Lena wollte etwas erwidern, aber Sonja schnitt ihr sofort das Wort ab. »Frag mich jetzt nichts mehr. Du verstehst es besser, wenn du es dir ansiehst.« Mit diesen Worten zog sie das Streichholzbriefchen heran, holte einen Stift aus ihrer Tasche und schrieb ein paar Worte auf die Innenseite. Dann schob sie es Lena zu. »Der Besitzer des Clubs ist ein alter Freund von mir. Er heißt Gerhard Rohloff, Freunde nennen ihn Gerd. Gib ihm das, und bitte ihn, dir deine Fragen zu beantworten.«

Lena las, was Sonja geschrieben hatte. *»Gerd, Lena ist eine sehr gute Freundin von mir. Hilf ihr ein wenig auf die Sprünge. Sonja«*

»Dieser Mann ist ein alter Freund?«, versicherte Lena sich.

»Der Preis für die Agentur war nicht von Pappe. Ablösung der Räume, die Kunden- und die Mitarbeiterinnenkartei, das ganze Know-how. Du kannst dir ja vorstellen, dass meine Bank damals nicht begeistert war. Eine Sozialarbeiterin, die gerade ihr berufspraktisches Jahr absolvierte und keine greifbaren Erfahrungen als Geschäftsfrau hatte! Madame Amelie, meine Vorgängerin, ist mir mit einer Ratenvereinbarung zwar sehr entgegengekommen, aber gereicht hat das auch nicht. Dazu kamen zum Neustart ja noch der professionellere Internetauftritt und eine gründliche Renovierung der Geschäftsräume. Gerd war damals der Einzige, der mich unterstützt und mir einen großzügigen Kredit eingeräumt hat. Zu absolut fairen Konditionen. Er wusste, dass er alles zurückbekommen würde. Dafür schicke ich heute meine Mädels mit ihren Kunden in seine Etablissements, auch in den ›Kinky-Club‹.«

Dem Mann gehörten also mehrere Läden im Bahnhofsviertel!

»Okay, ich gehe noch mal hin. Wer weiß, vielleicht kennt er Sabrina ja.« Lena steckte die Streichhölzer ein.

»Ups!« Sonja tippte sich an die Stirn. »Vielleicht kenne ich sie ja auch!«

»Du meinst, sie arbeitet vielleicht für dich?«

»Nein, das wüsste ich. Meine Ladys arbeiten zwar alle unter einem Pseudonym, doch ich prüfe sie auf Herz und Nieren, habe von allen die Realdaten. Der Name, den du vorhin genannt hast, ist nicht dabei. Allerdings bewerben sich mehr Mädchen bei mir als ich nehme, und wie du weißt, habe ich ein sehr gutes Personengedächtnis. Wäre sie also mal bei mir gewesen, wüsste ich das.«

Lena tastete in ihrer Lederjacke herum, aber sie hatte das Foto nicht bei sich.

»Macht nichts!« Sonja griff nach ihrer Tasche, winkte den Kellner herbei und bezahlte mit den Worten: »Lass mich das bitte erledigen, ich freue mich so über unser zufälliges Treffen« die gesamte Rechnung, wobei sie großzügig nach oben aufrundete.

Erst danach setzte sie ihren Gedankengang fort. »Komm doch morgen früh zu mir in die Agentur und bring das Bild mit. Ich zeige dir die neu gestalteten Räume, wir trinken einen Kaffee zusammen, und ich schau mir das Foto an. Wenn ich die Frau als Bewerberin kenne, weißt du zumindest, dass du auf der richtigen Spur bist.«

Lena rollte sich auf die Seite und legte ihre rechte Hand auf Tamaes festen und flachen Bauch. Die Japanerin schlief tief und gab ihr wieder einmal Rätsel auf. Sie hatte nie verstanden, wie der innere Mechanismus ihrer Freundin funktionierte. Wenn Tamae bei ihr schlief, konnte sie scheinbar nichts und niemand wecken. Doch wenn sie beide bei einer ihrer seltenen Reisen in einem Hotel übernachteten, genügte das geringste Geräusch, um die Japanerin aus dem Schlaf zu reißen.

Lena warf einen Blick auf den Wecker neben ihrem Bett. Es war vier Uhr morgens. Die Zeit, zu der sie wach wurde, wenn bestimmte Gedanken sie quälten. Sie beobachtete ein paar Minuten die zarten Gesichtszüge ihrer Geliebten. Im Wachzustand befand sie sich stets in einer Art angespannter Erwartung. Im Schlaf wirkte das schmale, helle Gesicht ganz leicht und unbekümmert. Sie schien keine dunklen Träume oder Gedanken zu haben, zumindest heute Nacht nicht.

Tamae und sie hatten sich leidenschaftlich geliebt, und zu Lenas Überraschung und Freude war ihre Freundin dieses Mal sehr anschmiegsam gewesen. So, wie sie sie nur selten erlebte. Lena schloss die Augen, um sich die leidenschaftlichen Momente noch einmal ins Gedächtnis zu rufen. Tamaes geschlossene Augen, der Duft ihrer Haut, der sich mit zunehmender Erregung veränderte, die Laute, die sie ausstieß, wenn Lena ihre Fingerspitzen über die empfindsamen Stellen ihres Körpers gleiten ließ. Vorsichtig hob Lena ihr Gesicht über die Flut schwarzer Haare auf dem Kissen, sog Tamaes Geruch ein. Plötzlich schob sich eine andere Erinnerung zwischen sie und ihre Geliebte. Sie wollte diese Gedanken sofort wegschieben, die Tür in ihrem Gedächtnis wieder schließen, weil sie wusste, es würde wehtun. Es ging nicht, natürlich nicht. Die Entwicklung der vergangenen Tage hatte zu viele verschüttete Gefühle in ihr hervorgerufen. Nach all diesen Jahren wurde ihr klar, dass sie sich diesen Gefühlen stellen musste. Die Erinnerung bannen, die bis heute noch über ihrem Leben hing und sie festhielt in einer völlig irrealen Hoffnung, der Idealvorstellung eines Gefühls, das sich so nicht mehr wiederholen ließ. Nie wieder. Es wurde Zeit, diesem Gespenst in die Augen zu sehen. Nur so würde sie sich davon befreien können, auch wenn ihr das als die qualvollere Lösung vorkam.

Der Abend, an den sie sich so schmerzhaft wie begierig erinnerte, lag fünfzehn Jahre zurück. Doch das war nur die rational messbare Zeit. Der Gefühlsaufruhr, der Majas Anruf hervorgerufen hatte, zeigte, wie lebendig in Wirklichkeit noch alles in ihrem Inneren war. So, als gäbe es die Zeit dazwischen nicht.

Lena schnaufte unwillkürlich und wälzte sich auf die andere Seite, in der Hoffnung, weiterschlafen zu können. Es gelang ihr nicht, zu aufwühlend waren die Gedanken, die sie immer wieder in die Vergangenheit zurückführten.

Darüber wurde es fünf Uhr. Keine Chance, wieder einzuschlafen. Sie beschloss aufzustehen und die Gunst der Stunde zu nutzen, um endlich einmal wieder joggen zu gehen.

Dreißig Minuten später stellte sie ihr Rad auf dem Parkplatz am Mainufer ab. An der Carl-Ulrich-Brücke, die Offenbach mit dem Frankfurter Stadtteil Fechenheim verbindet, verkündete ein Großplakat den geplanten Neubau des Bauwerks. Gänzlich unbeeindruckt von dieser Tatsache tummelten sich Schwäne und Stockenten in Ufernähe, die Köpfe begierig gereckt in der Hoffnung auf Futter. Die Zeit der Rentner, die die Tiere allen kritischen Stimmen zum Trotz fütterten, war noch nicht gekommen. Der Tag war noch nicht ganz hell, um diese Uhrzeit tummelten sich die Jogger und Radfahrer hier, dazwischen schlenderten frühe Spaziergänger mit ihren Hunden.

Lena schob sich eine Mütze übers Haar und lief langsam und locker am Ufer entlang in Richtung Bürgel und Rumpenheim. Sie passierte das rotbraune Gemäuer des Isenburger Schlosses und wurde schneller. Gleichmäßig setzte sie ihre Schritte. Jetzt wurde ihr ganzer Körper warm, er arbeitete wie ein gut geöltes Uhrwerk. Ein Pulk Läufer kam ihr entgegen, sie roch ihren Schweiß, Möwen flogen kreischend über das Wasser und segelten dicht über ihren Kopf hinweg, während sie der sanften Biegung des Mainbogens folgte. Nach einer halben Stunde drehte Lena um und joggte zurück, unterbrach zwei Mal für Dehnübungen und gemächliches Laufen, bevor sie wieder ihr Rad bestieg. Als sie in ihre Wohnung zurückkehrte, waren fast zwei Stunden vergangen. Aus der Dusche hörte sie Wasser laufen. Sie schmiss ihre Klamotten in die Ecke und ging ins Bad.

»Hast du noch Platz für mich?« Ihr Lächeln wurde mit einem lüsternen Blick erwidert, und Tamae zog sie in der engen Duschkabine an sich. Sie küssten sich unter dem warmen Wasserstrahl, dann glitt die Hand der Japanerin zwischen Lenas Schenkel. Der Tag nahm jetzt doch noch einen guten Anfang.

Sonja Elmering stand am Fenster ihres Büros im fünfzehnten Stock eines älteren Bürohauses am Kaiserlei-Kreisel und sah hinüber zu der Stelle, wo rein theoretisch die Grenze zwischen Frankfurt-Oberrad und Offenbach sein musste, aber nicht zu erkennen war. Dort drüben gingen die Wohnhäuser fast ineinander über. Hier, am Kaiserlei, wuchsen die Großstadt Frankfurt am Main und ihre kleine, ungeliebte Schwester Offenbach ebenfalls stärker zusammen, umspült vom Verkehrslärm des Kreisels und der ihn durchschneidenden A661. Kein Wohnraum, sondern Geschäftshäuser und Büros waren hier entstanden. In den vergangenen Jahrzehnten war rege und zunehmend attraktiv gebaut worden. Und es würde noch mehr werden, erst vor Kurzem hatten sich die Bürgermeister beider Städte auf ein ehrgeiziges neues Projekt geeinigt.

Sonja kehrte an ihren Schreibtisch zurück und tippte einige Daten in ihr Laptop ein. Die Buchungen für die Mädchen liefen telefonisch oder per Internet. Obwohl also bisher kaum einer ihrer Kunden ihr Büro je betreten hatte, waren die Räumlichkeiten sehr geschmackvoll eingerichtet. Die Farben Schwarz und Weiß dominierten, kombiniert mit einigen warmen Rottönen. Alles war klar und ohne jeden überflüssigen Schnickschnack. Noch nicht einmal eine Pflanze hatte es hierhergeschafft. Lediglich eine lebensgroße silberne Plastik, die eine nackte Frau zeigte, deren Hände hinter dem Rücken mit Handschellen gefesselt waren, stand im Eingangsbereich, der fast übergangslos in das große Zimmer führte, in dem Sonja gerade saß. Ihr Blick fiel auf den Bildschirm der kleinen Videokamera, die an der Haustür angebracht war. Nach ihrem gestrigen Gespräch erwartete sie Lena im Laufe des Vormittags, doch noch tat sich nichts.

Zeit genug, sich über ein paar geschäftliche Dinge Gedanken zu machen.

Eines ihrer besten Mädchen, Natalie, war bei einem Stammkunden ausgefallen. Der Mann, ein schwerreicher Schwede, buchte Natalie jedes Mal. Er würde sich nur schwer davon überzeugen lassen, eine andere Frau zu nehmen.

Tamara, eine brünette Schönheit, könnte ihm dennoch gefallen. Sonja hatte ihr eine Nachricht auf Band hinterlassen und hoffte auf einen baldigen Rückruf.

Lena lenkte ihren alten Golf durch den samstäglichen Verkehr aus der Stadt hinaus zum Kaiserlei. Dort zogen Discount-Baumärkte und Outlets auch an diesem Tag wieder eine Menge Einkaufswütige an. Lena schob eine CD ins Laufwerk, das beste Mittel, um einigermaßen entspannt durch solche Verkehrssituationen zu kommen. Sofort als ihr »k.d. langs« wuchtige und gleichzeitig ungemein berührende Version von »Crying« entgegenschallte, fühlte sie sich weit von der nervösen Unruhe um sie herum entfernt, obwohl sie einen Teil des Weges im Schneckentempo zurücklegten musste. Es war ihr egal, denn sie fühlte mit dem Song, spürte den Schmerz, der sich in jedem einzelnen Ton verbarg.

Sonjas Agentur befand sich in einem unauffälligen, schmucklosen Gebäude in der Nähe eines Hotels. Als Lena ihren Golf in eine der wenigen freien Lücken vor dem Haus bugsierte, fiel ihr Blick auf Sonjas Porsche, den sie anhand der Initialen und den Ziffern ihres Geburtstags erkannte. Daneben stand ein neuer, chromblitzender Mercedes. Wenn er einer ihrer Escortdamen gehörte, verdienten die tatsächlich nicht schlecht in dem Gewerbe!

Oben kam ihr Sonja schon entgegen. »Die Geschichte mit Sabrina …«, begann sie, unterbrach sich gleich darauf selbst, weil das Telefon klingelte. »Bin sofort bei dir«, murmelte sie und eilte zurück an ihren Schreibtisch. Lena ließ sich in einen der überdimensionalen Sessel plumpsen und wartete.

»Danke Tamara«, hörte sie die Freundin in den Hörer sagen, und gerade als Sonja das Gespräch beendete und eine neue Ziffernfolge wählte, kam aus einer Tür im hinteren Teil der Büros eine Frau. Sie sah umwerfend aus mit ihrem hüftlangen honigblonden Haar und den großen bernsteinfarbenen Augen. Als sie dicht an Lena vorbeiging, erkannte diese erst aus ganz kurzer Distanz, wie stark das Gesicht der Frau geschminkt war. Von etwas weiter entfernt sah sie einfach nur aus wie eine junge Frau, die gerade aus dem Urlaub zurückgekommen und frisch verliebt war. Ein gesunder Hauch von Bräune und der Schimmer der Riviera-Sonne schienen auf ihrem Teint zu liegen. Ihr eng anliegendes, dunkelgrünes Kleid zeigte eine tadellose Figur, und sie balancierte unglaublich geschickt in schwindelerregend hohen Schuhen. Lena fragte sich beim Anblick solcher Wesen, wie lange sie wohl benötigten, um dieses überirdische Aussehen zu erreichen. Die Frau winkte Sonja zu, die in gedämpftem Ton ein weiteres Telefonat führte, und verschwand durch die Eingangstür. Neugierig schlenderte Lena zum Fenster. Tatsächlich stieg die Schönheit in den Mercedes, der ihr vorhin aufgefallen war. *Bingo!*, dachte sie und betrachtete einen Moment lang ihren am linken Kotflügel etwas zerbeulten, inzwischen über zehn Jahre alten Golf.

»Das eben war Maribelle, eine Neueinsteigerin. Ein echtes Model, doch jetzt mit Mitte dreißig schon ein bisschen zu alt für den Job. Sie ist von Natur aus masochistisch veranlagt. Unser Fotograf hat gerade noch einmal neue Fotos von ihr für den Internetauftritt gemacht. Dabei geht sie jetzt schon ab …«, Sonja machte mit einem leichten Grinsen eine schnelle Handbewegung nach oben. Dann wurde sie wieder ernst. »Hast du das Foto dabei?«

Lena holte die Kopie aus der Tasche und gab sie ihr.

Sonja blickte einen Moment lang auf das Gesicht von Sabrina Marx, dann verneinte sie. »Diese Frau ist hier nie aufgetaucht. Tut mir leid.«

»Es war einen Versuch wert.«

»Dabei kennst du sie nicht einmal.«

»Ich habe sie noch als kleines Mädchen in Erinnerung. Ihr Bruder ist ein netter Kerl, und ich wollte ihm den Gefallen nicht abschlagen.« Hatte sie das eben tatsächlich gesagt? *Obwohl er mir meine erste und bisher einzige große Liebe ausgespannt hat,* hätte sie fortsetzen können. Aber das wäre in jeder Hinsicht ungerecht gewesen und gehörte nicht hierher. Es ging um Sabrina. Lena zögerte einen Moment. »Na ja, ehrlich gesagt, am Anfang war ich nicht gerade begeistert davon, in Frankfurt eine wildfremde Frau zu suchen. Inzwischen hat mich aber so etwas wie Neugier gepackt. Ich frage mich, was mit ihr geschehen ist.«

Zurück in der Wohnung ließ der Mann ihr ein Bad ein. Sie war so durchgefroren, dass sie die Hitze des Wassers auf ihrer Haut wie einen Schmerz empfand. Unter der dicken, knisternden Schaumschicht fühlte sie sich plötzlich wohlig geborgen und lehnte den Kopf mit geschlossenen Augen an den Badewannenrand. Fürsorglich hatte er dort ein zusammengerolltes Handtuch hingelegt, und einen Moment lang glaubte sie, das Spiel sei bereits zu Ende. Als sie die Augen öffnete, stand er vor ihr und sah sie an. Und an seinem Blick erkannte sie, dass es noch lange nicht vorbei war.

Danke, dachte sie und schloss wieder die Augen.

»Fräulein Borowski!« Frau Kasulkes Stimme schallte aus der Tiefe des Hausflurs zu Lena, die bereits die halbe Treppe hochgestiegen war. Zögerlich ging sie die knarzenden Stiegen wieder hinab. Verdammt, sie würde sich doch nicht schon wieder einen Vortrag über den wöchentlichen Putzplan anhören müssen?! Dieses Mal nicht.

»Da wollte jemand zu Ihnen!« Vermutlich der besseren Dramatik wegen folgten auf diese Worte eine kleine Pause. Erst als Lena fragend ihre Augenbrauen nach oben zog, geruhte die Hausmeisterin fortzufahren. »Ein Mann!«

Aha, daher wehte der Wind. Die Kasulke versuchte ihr klarzumachen, welch überraschendes Vorkommnis ihrer Meinung nach ein solcher Herrenbesuch bei Lena doch war. Sie allerdings konnte sich nicht vorstellen, wer das gewesen sein könnte.

»Er bittet Sie, ihn anzurufen. Wollte in irgendein Café hier in der Nähe gehen, um zu warten.« Mit diesen Worten wurstelte die Hausmeisterin umständlich einen mehrfach gefalteten Zettel aus ihrer blau-weiß geblümten Kittelschürze und hielt ihn Lena hin. Die musste wohl oder übel die Treppe ganz heruntersteigen und ein paar Schritte auf die Kasulke zugehen, um die Nachricht entgegenzunehmen. Sie wäre jede Wette eingegangen, dass die neugierige Hausmeisterin bereits schon einen Blick darauf geworfen hatte!

»Vielen Dank«, sagte Lena artig und stieg eilig wieder nach oben. Der Blick der Hausmeisterin folgte ihr, bis sie nicht mehr zu sehen war.

»Ich bin in Offenbach. Bitte ruf mich an. Jürgen«, stand auf dem Zettel, darunter eine Handynummer.

»Das hat mir gerade noch gefehlt«, murmelte Lena, als sie ihre Wohnungstür mit Schwung zufallen ließ. Warum kam er hierher, und weshalb hatte er nicht wenigstens vorher angerufen? Er würde doch hoffentlich nicht von ihr erwarten, ihm ihr Wochenende zu opfern? Sofort schämte sie sich ihrer Gedanken und schalt sich ungerecht. Sie konnte Jürgen die Sorgen um seine jüngere Schwester nicht verdenken. Nachdem sie eine Kanne Tee aufgesetzt hatte, wählte sie die Nummer. Jürgen meldete sich beim ersten Klingeln.

»Sag nichts. Ich weiß, es wirkt wie ein Überfall. Aber ich bin gestern Abend ganz spontan losgefahren«, sagte er, sobald er ihre Stimme hörte. Zehn Minuten später saß er in Lenas Wohnzimmer und nippte nervös an dem noch viel zu heißen Tee. »Ich war schon dort, in Sabrinas Wohnung.« Mit diesen Worten legte er einen Ring mit zwei Schlüsseln auf den Couchtisch. »Es sieht alles so aus, wie du es mir beschrieben hast. Aufgeräumt und leer, und ohne den geringsten Hinweis darauf, was passiert ist.«

Oder auch nicht passiert ist, falls alles nur ein Irrtum ist, dachte Lena, sagte aber nichts.

»Jede Menge Post war im Briefkasten, der ist seit mindestens zwei Wochen nicht mehr geleert worden. Aber auch hier – nichts Persönliches.«

Ein kleines Glöckchen fing bei diesem Stichwort in Lenas Gedächtnis an zu bimmeln. Sie sprang auf. »Das habe ich ja total vergessen!« Die Post, die Mechthild ihr in die Hand gedrückt hatte, musste noch irgendwo hier liegen. Tatsächlich fand sie den Stapel im Flur unter ein paar Werbeprospekten.

»Zeig her!« Jürgen nahm die Umschläge an sich. Alles Firmenpost, unpersönliche Reklame. Erst als Lena einen der Briefe etwas genauer betrachtete, fiel bei ihr der Groschen.

Endlich entdeckten sie eine Spur. Genauer gesagt, Lena entdeckte sie. Denn Jürgen hielt sie zwar in Händen, konnte aber nichts damit anfangen.

»Wer ist das?« Karins Blick ruhte fragend auf Jürgen. Lena musste grinsen, als sie neben der verständlichen Neugier auch einen Funken Eifersucht in den Augen ihrer Freundin wahrnahm. Karin wusste von Tamae. Dass Lena mit einem Mann zu ihrer Geburtstagsfeier erschien, verwirrte sie jedoch. Zumal es nicht zu übersehen war, wie vertraut sie und Jürgen miteinander waren.

»Sandkastenliebe!«, flüsterte Lena lächelnd und zwickte Karin heimlich in den Po. Die errötete und vergewisserte sich mit einem schnellen Blick, dass ihr Mann nichts mitbekommen hatte. Dann folgte sie Lena und ihrem Begleiter misstrauisch ins Wohnzimmer, in dem sich bereits ein paar andere Gäste aufhielten. Lena kannte die meisten von Karins Freunden oberflächlich. Bekanntschaften, die auf Festen wie dem heutigen entstanden und dann im Jahresrhythmus wieder aufgefrischt wurden. So wunderte sich auch keiner der Anwesenden über den Mann in ihrem Schlepptau, vermutlich hielten sie ihn für ihren Freund. Jürgen, der in einem Billighotel an der Sprendlinger Landstraße abgestiegen war, hatte Lena zum Dank für ihre Hilfe zum Essen einladen wollen, und sie hatte ihm vorgeschlagen, stattdessen mit zu Karins Feier zu kommen. »Sie ist meine beste Freundin, und ich will auf keinen Fall absagen. So musst auch du den Abend nicht in einem anonymen Hotelzimmer verbringen und kommst auf andere Gedanken und ich zu meiner Feier. Heute Abend kannst du sowieso nichts mehr ausrichten«, redete sie ihm zu.

Sie standen in Karins und Albrechts großer Wohnung in Offenbach-Bieber. Im Vergleich zur teilweise arg heruntergekommenen Innenstadt merkte man dem gutbürgerlichen Stadtteil die frühere Eigenständigkeit an. Hier lebte man geruhsamer, obwohl auch hier der Fluglärm des nahe liegenden Flughafens allgegenwärtig war.

Während Karins Mann Albrecht den ihm unbekannten Neuankömmling so herzlich begrüßte, als sei er ein alter Bekannter, übergab Lena dem Geburtstagskind seine Geschenke.

Über den immer noch leicht irritierten Blick der Freundin schmunzelnd, folgte sie ihr in die Küche. Karin nahm ein zusätzliches Gedeck aus dem Geschirrschrank. Lena zog die Augenbrauen fragend hoch. »Kein Büffet?«

»Nö, heute mal ein anständiges Essen!« Sie lachte und zeigte auf Albrecht, der sich gerade am Backofen zu schaffen machte. Als er wieder hinausgegangen war, klärte Lena Karin in knappen Worten über ihren Begleiter auf.

»Er ist ein alter Schulkamerad, der seine auf mysteriöse Weise verschwundene jüngere Schwester sucht.«

»Vielleicht hat sie ihre große Liebe kennengelernt und ist mit ihm durchgebrannt. Oder mit ihr!« Karin war unheilbar romantisch.

Lena blies kurz die Backen auf. »Ich weiß nicht. So langsam kommt mir die Sache selbst ganz komisch vor.« Sie erwähnte vorsichtshalber nichts von dem Hinweis, der sich in Sabrinas Post gefunden hatte, und auch nichts vom »Kinky-Club« und seinem speziellen Angebot im Bahnhofsviertel. Aus dem Wohnzimmer drang Musik, der die beiden Freundinnen folgten.

»Hey, was ist das? Hört sich gut an«, fragte Lena Albrecht, der für die Musikauswahl zuständig war.

»Die ›Troggs‹. Sachen aus den Sechzigern.«

»Passt zum Essen – irgendwie«, meinte eine Frau mit lackschwarzem Haar und tiefrotem Lippenstift, einer Dozentin der Hochschule für Gestaltung, wie Lena wusste.

»Du meinst, die Generation vor uns hat sich bei Partys nicht aufs Büffet gestürzt, sondern an einen Tisch gesetzt?«

»So zumindest habe ich es aus meinem Elternhaus in Erinnerung. Da ich heute einen runden Geburtstag feiere, soll es auch etwas Besonderes sein.« Karins einladende Geste brachte Bewegung in die Anwesenden. Die Gruppe wechselte vom Wohnzimmer mit seinen gemütlichen Sesseln, Poufs und Sofas in ein daran anschließendes Esszimmer, dessen große, raumhohe Schiebetüren Albrecht gerade zuvor geöffnet hatte.

»Oh« und »Ah« tönte es anerkennend beim Anblick des liebevoll gedeckten Tisches. Alle wurden aufgefordert, sich an den auf einem Beistelltischchen bereits arrangierten Gläsern zu bedienen. Ein Aperitif aus Pfirsichlikör und Sekt, wie Albrecht verkündete.

»*A tavola*«, rief der Hausherr, der einen Hang zum Italienischen hatte. Während der Sommerferien fuhr er mit ein paar Kumpels, alles Berufsschullehrer wie er, jedes Jahr in die Toskana. Dort hatten sie gemeinsam ein altes Haus mit einem großen Grundstück gepachtet. Den Sommer über werkelten und renovierten sie dort ein wenig herum und versuchten, Wein und Oliven anzubauen.

Karin genoss derweil die Zeit als Strohwitwe in Offenbach, besonders seit sie Lena kannte, denn es war praktisch die einzige Zeitspanne des Jahres, in der die beiden Frauen sich ganz ungezwungen treffen konnten. Karin fuhr jedes Jahr erst zum Ende der Ferien für zwei Wochen nach Italien. Danach zeigte sie einen ironischen Überdruss an allem, was Toskana oder Lehrer hieß. »Die Gegend ist ja ganz nett, aber für mich viel zu weit vom Meer weg und damit zu trocken. Und dauernd diese weinseligen Abende, an denen alle kollektiv davon träumen, auszusteigen aus dem deutschen Beamtenbetrieb, um Olivenbauern zu werden.

Natürlich denkt kein Mensch daran, dass sie sich das alles nur leisten können, gerade weil sie alle Beamte sind und krisenfeste und teils üppige Gehälter kassieren«, frotzelte sie so manches Mal, die Augen übertrieben verdreht.

Bei Tisch kreisten die Gespräche um die üblichen Themen – Filme, Bücher, Politik. Jürgen wirkte entspannt und war schnell in ein Gespräch mit einer blonden, lebhaften Museumspädagogin verwickelt.

Es wurde tatsächlich ein schöner Abend, und als sie und Jürgen sich als letzte Gäste von Karin verabschiedeten, rief die ihr noch etwas nach.

»Mittwoch – Yoga?«, und Lena bestätigte mit einer Handbewegung. Vermutlich würden sie vorher sowieso noch telefonieren.

Karin Leonhardt schloss die Wohnungstür hinter Lena und Jürgen. Sie fragte sich einen Moment lang, wie es ihr wohl gehen würde, wäre Lenas Begleiter an diesem Abend tatsächlich mehr gewesen als lediglich ein alter Schulfreund. Solange die beiden Frauen sich kannten, hatte Lena sie mit Albrecht teilen müssen. Und seit geraumer Zeit musste Karin Lena mit Tamae teilen. Obwohl man das vermutlich nicht miteinander vergleichen konnte. Die wenigen Dinge, die Lena ihr über die Japanerin erzählt hatte, ließen nicht auf eine tiefe und feste Bindung schließen. Eigentlich wusste sie wenig darüber, wie Lena Beziehungen sah. Sie hatte von Anfang an Karins Ehe akzeptiert, niemals auch nur den geringsten Versuch gemacht, sie ganz für sich alleine haben zu wollen oder gar einen Keil zwischen sie und ihren Mann zu treiben. Obwohl Karin Albrecht liebte und auf gar keinen Fall die Beziehung zu ihm infrage stellte oder gar beenden wollte, war Lena in ihrem Leben immer wichtiger geworden. Karin war nicht lesbisch, sie fragte sich manchmal, ob sie überhaupt wirklich bisexuell war. Vielleicht war Lena einfach die einzige

Person neben Albrecht, die in ihr Liebe auslöste. Gäbe es Lena in ihrem Leben nicht mehr, Karin wäre sich nicht einmal sicher, ob sie sich jemals wieder nach einer Frau umsehen würde. Sie liebte Lena schon so lange auf ihre beständige und ruhige Art, die niemals im Widerspruch zu Lenas Lebensführung zu stehen schien. Doch was, wenn Lena und Tamae sich eines Tage trennten und Lena mit einer anderen eine Beziehung hätte? Ginge es dann mit ihnen beiden auch so weiter, oder würde diese fragile Balance der Beziehungen instabil werden? Was, wenn Lena eine wirklich tiefe Bindung einginge. Wäre dann noch Platz für Karin? Gedanken, die sie manchmal nervös machten. Heute war ihr wieder klar geworden, wie wenig sie über das Leben ihrer Freundin wusste. Da suchte Lena schon seit Tagen nach einer jungen Frau, ohne dass Karin auch nur eine Ahnung davon hatte. Sie wollte Lena ihre Hilfe anbieten, sie unterstützen und beschloss, sie gleich am Montag anzurufen.

»So nachdenklich?«

Karin schrak zusammen, sie hatte Albrecht nicht kommen hören. Er beobachtete seine Frau vom anderen Ende des langen Flures, die Hände in den Taschen seiner Cordhose vergraben. Karins Blick glitt über seine mittelblonden, bereits reichlich grau durchsetzen Locken, die wie üblich ein bisschen zu unordentlich waren, das schmale, fast schon asketische, glatt rasierte Gesicht mit den grauen Augen hinter der Nickelbrille und seine schlanke Gestalt. Albrecht war körperlich genau das Gegenteil von ihr. Fest, kantig, kein Gramm Fett am Leib.

»Weniger nachdenklich als erschöpft«, beantwortete sie seine Frage, ging auf ihn zu und ließ den Kopf an seine Brust sinken. Der weinrote Pullover kratzte ein bisschen, aber das war ihr egal. Tief atmete sie den vertrauten Duft ihres Mannes ein, während er sie an sich zog und mit einer Hand über ihr Haar fuhr.

»Alle haben sich köstlich amüsiert. Sogar der Begleiter von Lena«, murmelte er, um gleich darauf herzhaft zu gähnen. »Zunächst dachte ich, deine Freundin hat endlich mal einen

Freund. Aber er sagt, er sei nur zu Besuch.« Wieder gähnte Albrecht, dieses Mal ausgiebiger.

Karin, die keinesfalls ein Gespräch um Lenas Beziehungsleben führen wollte, zog ihren Mann in Richtung Badezimmer. »Lass uns schlafen gehen und morgen weiterreden«, schlug sie vor. Wohl wissend, wie wenig interessant das Thema morgen für ihn sein würde. Erfahrungsgemäß drehten sich Albrechts Gedanken immer nur um das, was gerade im Raum stand, am nächsten Tag wäre Lenas Begleiter für ihn schon wieder vergessen.

»Gute Idee!« Noch einmal gähnte Albrecht, dann ging er ins Schlafzimmer hinüber, während Karin im Bad verschwand.

In der Nacht zum Sonntag schlief Lena unruhig. In ihren Träumen verfolgte sie jemand, ohne dass sie erkennen konnte, wer es war. Als ihr Wecker klingelte, wollte sie sich zunächst einfach wieder zusammenrollen und weiterschlafen, bis ihr Jürgen in den Sinn kam. Sie waren zum Frühstück verabredet, also quälte sie sich aus dem Bett.

Wie sehe ich denn aus, stöhnte sie beim Anblick ihres Spiegelbildes. Sie hatte am Vorabend einen Tick zu viel getrunken, und das machte sich jetzt mit einem hämmernden Schmerz hinter der Stirn bemerkbar. Ganz abgesehen von den dunklen Schatten unter den Augen. Nach einer langen heiß-kalten Dusche fühlte sie sich besser und sah wieder wacher aus. Kurz darauf klingelte es an der Tür.

Jürgen hatte eine kleine Reisetasche dabei. Er war aus dem Hotel ausgecheckt und würde am Nachmittag zurück nach Norddeutschland fahren. Sie gingen in ein kleines Café.

»Eigentlich ist es totaler Quatsch, dass ich hierhergekommen bin«, sinnierte er, während er sich schwer auf einen Stuhl fallen ließ. »Außer an der Wohnungstür zu klingeln, den Hausmeister und die Nachbarn zu fragen, konnte ich nichts tun.«

»Immerhin hast du jetzt einen Wohnungsschlüssel.«

»Den ich dir gerne hierlassen möchte. Ich habe mich in der Wohnung umgesehen, aber nichts gefunden, was ich auch nur annähernd mit Sabrinas Verschwinden in Verbindung bringen kann. Es wäre nett von dir, in ein paar Tagen noch einmal hinzufahren und nach der Post zu sehen. Vielleicht kommt ja doch noch etwas, das uns weiterhilft.«

Lena dachte an den einen Brief, der noch aus der Wohngemeinschaft stammte. Jürgen hatte ihn achtlos beiseitegelegt, hielt ihn für Werbung. Lena hingegen war plötzlich wie elektrisiert gewesen. Es passte auf einmal alles zusammen. Der »Kinky-Club«, Sabrinas seltsames Verhalten und dieses Angebot einer Mitgliedschaft in einer speziellen Internet-Community, für die eine Legitimation mit dem Personalausweis notwendig war. Die Unterlagen sahen, wenn man keinen zweiten Blick darauf warf, aus wie harmlose Reklame. Vermutlich gewollt, falls so ein Antrag in falsche Hände geriet. Sie kämpfte immer noch mit sich, ob sie Jürgen an ihren Überlegungen teilhaben lassen sollte. Wenn sie sich irrte, Sabrina in den nächsten Tagen wieder auftauchte und sich alles als harmlos herausstellte – dann hätte sie seine Schwester in ein merkwürdiges Licht gerückt. Aber was, wenn die Spur wirklich heiß war? Sie musste mehr über Sabrina erfahren. »Was weißt du eigentlich über die Beziehungen, die deine Schwester hatte?«

»Mit Männern?«

»Oder mit Frauen.«

Jürgen lachte kurz auf und sah Lena fragend von der Seite an. »Worauf willst du hinaus?«

»Wissen, wie sie so drauf war.«

Jürgen überlegte. »Sie hatte als Teenager zwei eher belanglose Beziehungen. Nichts wirklich Ernstes. Nachdem sie nach Frankfurt gezogen war, gab es keine Anzeichen für jemanden in ihrem Leben.«

»Also – wir wissen, dass sie keine feste Beziehung hatte. Zumindest ist es dein Kenntnisstand.«

Er nickte, die Unterlippe vorgeschoben und konzentriert in seinem Kaffee rührend.

»In der WG ist aufgefallen, dass sie viel Zeit im Internet verbrachte, auch gelegentlich über Nacht weg war. Erzählt hat sie darüber nichts, aufgetaucht ist dort auch niemand.«

»Und weder der Hausmeister noch die direkten Nachbarn haben sie mit jemandem gesehen.«

»Hast du Oksana kennengelernt?«

Jürgen verdrehte lachend die Augen. »Das ist ja eine komische Marke. Aus der Wohnung roch es merkwürdig. Würde mich nicht wundern, wenn sie dort drinnen Hanf züchtet.«

Lena grinste kurz. »Hast du dich nie gefragt, warum Sabrina aus einem Haus mit Garten in einer guten Wohngegend und einer WG mit zwei netten Frauen weggezogen ist in eine Umgebung, die man wirklich nicht als besonders angenehm bezeichnen kann? In ein derartig anonymes Hochhaus, wo keiner den anderen kennt?«

Jürgen überlegte eine Weile. »Nicht wirklich. Das Haus in … äh … wie heißt der Ort?«

»Rodgau-Jügesheim.«

»Also – das Haus kenne ich ja nicht, das habe ich nie gesehen. Ich kann nicht beurteilen, wie groß die Diskrepanz zu ihrem neuen Wohnumfeld ist. Wie du weißt, beschränkt sich meine Kenntnis der Stadt Frankfurt und ihrer Umgebung darauf, dem Stadtplan zu folgen. Aber diese Wohnung in Schwanheim …«, er hob verständnislos die Hände, schwieg einen Moment. »Das Haus passt nicht zu ihr. Nicht so, wie ich sie kannte. Aber vergiss nicht, sie ist schon vor ein paar Jahren hierhergezogen. Seither haben wir uns nicht mehr so oft gesehen. Nur, wenn sie nach Hause kam, und das war immer seltener der Fall.«

»Es muss zu den anderen Veränderungen in ihrem Leben passen. Sie kündigt den Job, wo man sie kennt, zieht aus einer kleinen Wohngemeinschaft in eine anonyme Gegend, erzählt ihrer Familie nicht mehr viel über sich«, nahm Lena den Faden wieder auf.

»Wozu soll das denn passen?«

»Zu jemandem, der sein Leben ändert und nicht will, dass Familie, Freunde, Kollegen etwas davon mitbekommen.«

»Entschuldige Lena, du sprichst, als wüsstest du bereits mehr. Wenn ja, dann sage es mir!« Jürgen zerriss gedankenverloren das dritte Zuckerpäckchen, um seinen Inhalt auf dem Tisch zu verstreuen.

»Okay. Es gibt etwas, das mich stutzig macht. *Aber* – ich sage dir gleich, ich kann mich irren, und ich will deine kleine Schwester auch nicht in ein falsches Licht rücken. Wenn sich die ganze Chose hinterher als eine Häufung von Zufällen herausstellt und nichts dran ist, dann gib einfach meiner blühenden Fantasie die Schuld.«

»Mach schon. Worum geht es?« Seine Anspannung war ihm ins Gesicht geschrieben.

»Sabrina ist hin und wieder in einen Club im Bahnhofsviertel gegangen. Kein normaler Striptease-Laden, dort gibt es sogenannte Bondage-Vorführungen. Oder so etwas Ähnliches, in dem Bereich kenne ich mich nicht besonders gut aus.«

Jürgens Miene drückte Unverständnis und Verblüffung aus, er signalisierte ihr mit einem Nicken weiterzusprechen.

»Also – wie oft sie dort war, und was sie wirklich an dem Programm angezogen hat, weiß ich nicht.«

»Vielleicht hat sie ja auch nur jemanden begleitet«, warf Jürgen ein und wurde ein bisschen rot. Ob er seine Frau hin und wieder nach Hamburg in solche Lokale schleppte? Lena musste wider Willen grinsten. »Ich meine, falls sie tatsächlich einen Freund hat, der auf derlei steht«, schob er nach.

Lena dachte an die professionellen Begleiterinnen aus Sonjas Agentur, zog es aber vor, Jürgen gegenüber diese bisher mehr als nur theoretische Möglichkeit im Moment besser unerwähnt zu lassen. Gleichzeitig fiel ihr ein, was sie bei ihrem ersten Besuch im Club vergessen hatte zu fragen. Ob und wenn ja mit wem Sabrina dort gewesen war! »Gestern, als wir die Post durchgesehen haben, war auch ein Schreiben von einer Internet-Community für

Erwachsene dabei. Irgendwelche Formulare mit Freischaltcodes, für die man eine Legitimation einholen muss, indem man mit den Unterlagen und seinem Personalausweis zur Post geht.«

»Eines der Dinger, die ich weggeworfen habe?«

»Genau. Als ich es sah, habe ich mich gefragt, ob Sabrina sich tatsächlich in dieser Szene bewegt.«

»Warum hast du mir das nicht gesagt?« Er schien wütend zu werden.

»Jürgen! Wenn ich dir gegenüber gestern erwähnt hätte, dass deine Schwester vielleicht in der Sadomaso-Szene aktiv ist oder Kontakte dorthin hat, wärst du mir womöglich gleich an die Gurgel gegangen. Und – denk daran, was ich vorhin gesagt habe. Ich kenne Sabrina nicht, eventuell hat sie gar nichts mit dieser Szene zu tun, und es gibt ganz harmlose Erklärungen.«

Jürgen schaute sie an, immer noch verärgert.

»Ach Scheiße! Ich bin mir einfach nicht sicher. Glaubst du, ich suche jeden Tag nach verschwundenen Landeiern!« Lena erschrak selbst über ihren harten Ton.

Jürgen atmete tief aus und ließ einen Moment lang den Kopf hängen. Dann schaute er sie an. »Du bist mir nichts schuldig, Lena. Gar nichts. Alles, was du tust, ist einfach ein Freundschaftsdienst für einen ehemaligen Schulkameraden und Freund. Ich hoffe jedenfalls, dass du mich als solchen betrachtest.«

Lena schnappte nach Luft, so unvorbereitet traf sie seine Bemerkung. Ein Bild aus längst vergangenen Tagen blitzte in ihrem Kopf auf. Ganz kurz, dann war es wieder weg. Es hatte mit Schuld zu tun, mit Freundschaft und mit dem Geheimnis, das sie und Jürgen verband. Ein Umstand, über den sie jetzt lieber nicht nachdenken wollte. »Wirke ich so, als wollte ich euch nicht helfen? Dann tut es mir leid.« Ihre Stimme war sanft geworden.

»Lena, mir muss es leidtun. Ich mute dir vielleicht zu viel zu. Das wollte ich gar nicht. Weißt du, wie hilflos ich mich fühle? Unsere Eltern, die sind krank vor Sorge, die Polizei kann oder will im Moment noch nichts tun, und du wohnst hier, ich dachte, es ist einfacher, dich zu bitten ...« Er brach ab, fuhr sich mit der Hand übers Gesicht und seufzte erneut. Lena legte ihre Hand auf seinen Arm.

»Eine gute Freundin von mir kennt den Besitzer des Clubs. Vielleicht weiß er etwas über Sabrina. Mit wem sie zusammen war, oder so.«

»Dann bleibe ich hier und geh mit dir zusammen hin!«

Lena überlegte. Einerseits war die Vorstellung, nicht noch einmal alleine in den Club gehen zu müssen, angenehm. Andererseits konnte es sein, dass das Auftauchen von zwei Leuten genau den gegenteiligen Effekt hatte, den sie sich durch Sonjas Notiz erhoffte. »Wenn wir dort zu zweit aufkreuzen, erfahren wir im schlimmsten Fall gar nichts. Das wirkt unter Umständen einfach ein bisschen zu ... massiv auf manche Leute.« Sie dachte dabei durchaus auch an die Erfahrungen, die sie selbst in ihrem eigenen Job schon gemacht hatte. Die Leute redeten eher, wenn sie sich nicht bedrängt fühlten. Außerdem schien ihr Jürgen in seinem emotional aufgewühlten Zustand nicht gerade der ideale Begleiter zu sein. Eine weitere Frage kam ihr in den Sinn. »Hast du dir Sabrinas Computer angeschaut?«

Jürgens Miene sprach Bände. »Versucht habe ich es, aber ich bin am Passwort gescheitert.«

Lena nickte, ihre Gedanken wanderten schon weiter. »Vielleicht kenne ich jemanden, der das übernehmen kann. Ist es okay für dich, wenn ich nächste Woche noch mal in Sabrinas Wohnung gehe und eine Freundin mitnehme?«

»Wenn sie vertrauensvoll ist, warum nicht.«

Lena dachte an Tamae, die Verschwiegenheit in Person, und lächelte versonnen. »Sie wird kein Sterbenswörtchen darüber verlieren, ganz egal, ob wir etwas finden oder nicht.«

Jürgen war es schwergefallen, wieder nach Hause zurückzufahren. Mehr als einmal hatte er mit sich gehadert, das Handy schon in der Hand gehabt, um noch einmal ein Hotelzimmer zu buchen. Lena konnte ihn verstehen. Tatsächlich bewirkt hatte sein Ausflug überhaupt nichts. Es war wohl weniger ein logisches als ein gefühlsmäßiges Muster, das Menschen in solchen Situationen so handeln ließ. Nachdem er abgereist war, fühlte Lena sich auf eine seltsame Weise leer. In ihrem Kopf bewegten sich die Gedanken wie in einem Kreis, und sie merkte, wie wenig sie sich auf etwas anderes als die verschwundene Sabrina konzentrieren konnte. So entschloss sie sich, mit ihrer Detektivarbeit fortzufahren.

»Ja?« Tamaes Stimme am Telefon klang wie immer so, als störe man sie bei etwas ungeheuer Wichtigem. Als Lena mit ihrer Bitte an sie herantrat, schwieg sie erst einmal lange. Dann seufzte sie. »Du willst also, dass ich mit dir in die Wohnung einer wildfremden Frau einbreche und ihren Computer hacke?«

»Einbrechen tun wir nicht, wir haben das Einverständnis ihres Bruders. Und den Computer hacken wir ja nur, um in Erfahrung zu bringen, was passiert sein könnte. Also, hilfst du mir dabei oder nicht?«

Sie diskutierten noch eine Weile darüber, ob das Einverständnis des Bruders sie tatsächlich dazu berechtigte, in Sabrinas Privatsphäre einzudringen. Schließlich gab Tamae überraschend nach. Als Lena eine Viertelstunde später bei ihrer Freundin im nahe gelegenen Frankfurt-Oberrad ankam, stand diese schon vor dem Haus, die Hände tief in den Taschen ihrer schweren dunklen Jacke vergraben.

Eine weitere halbe Stunde später schloss Lena die Tür zu Sabrinas Wohnung auf, und die Freundinnen betraten die Welt einer Frau, die sie beide nicht kannten.

Tamaes erste Reaktion auf Lenas Bitte war Ablehnung gewesen. Womöglich würde sie Sachen zutage fördern, die sie lieber im

Verborgenen gelassen hätte. Doch dann überlegte sie schnell. Wenn sie es nicht tat, würde Lena jemand anderen finden, der ihr bei ihrer Suche half. Und dann konnte sie keinen Einfluss mehr darauf nehmen, was an die Öffentlichkeit kam und was nicht. War es da nicht besser, zu kooperieren? Dennoch fluchte sie, kaum dass das Gespräch beendet war. Wieso konnte Lena mit dieser blöden Sache nicht einfach aufhören! Missmutig schlüpfte sie in ihre dicke schwarze Jacke, die ein wenig zu mächtig wirkte für ihre schmale Figur. Sie hatte sie an einem der Tage gekauft, an denen das Bedürfnis, sich zu verstecken, besonders groß gewesen war. Sie griff nach ihrem Schlüsselbund und vergewisserte sich, dass ein USB-Stick dranhing. Dann ging sie hinunter auf die Straße, um dort auf Lena zu warten.

Jürgen hatte offenbar gründlich gelüftet, die Wohnung wirkte nicht mehr so stickig wie beim ersten Mal, als sie hier gewesen war. Tamae, die auf der gesamten Fahrt kaum drei Worte gesagt hatte, schaute sich misstrauisch um.

»Der Computer ist dort drüben«, wies ihr Lena den Weg ins Schlafzimmer. Während die Japanerin den Rechner hochfuhr, schlenderte Lena durch die Wohnung. Kaum etwas hatte sich seit ihrem ersten Besuch verändert. Ein kleiner Stapel Post lag im Flur auf einem Schränkchen, vermutlich hatte Jürgen ihn dort abgelegt. Lena sah die Umschläge durch, ging anschließend ins Schlafzimmer, wo Tamae grübelnd vor dem Computer saß. Zwei gleich aussehende Kleiderschränke standen dem Bett gegenüber. Lena öffnete den Ersten. So akkurat und ordentlich wie alles in der Wohnung hingen und lagen auch hier Kleidungsstücke, die sie zum größten Teil ohne Weiteres als Businessklamotten identifizieren konnte: graue, beige und dunkelblaue Hosenanzüge und Kostüme mit dazu passenden, teils hellen, teils intensiv farbigen T-Shirts und Blusen. Wäsche und Strümpfe lagen in Schubladen. Alles in allem nicht viel, aber jedes Stück picobello. Lena schloss die Schranktür und öffnete den Schrank daneben.

»Wow«, entfuhr es ihr leise. Alles in diesem Schrank war schwarz. Sie fuhr mit der Hand hinein, zog ein paar Sachen heraus. Kurze, knappe Röcke, einige aus Leder, ebensolche Hosen, schmal und körpernah geschnitten. Sämtliche Pullover und T-Shirts waren von gehobener Qualität, ebenso die Wäsche. Jedes einzelne Stück sah sündhaft teuer aus! Ob Jürgen das nicht aufgefallen war? Vermutlich nicht, Männer hatten dafür doch nicht so den Blick. Auf jeden Fall schien Sabrina Marx in ihrem Privatleben einen völlig anderen Kleidungsstil bevorzugt zu haben als im Beruf.

Lenas Blick fiel auf den großen schwarzen Koffer, der auf dem Schrank mit den Privatklamotten lag. Während Tamae konzentriert das Passwort für den Computer suchte, griff sich Lena einen neben dem Schrank stehenden Tritthocker und zog den Koffer herunter. Ein paar Staubflocken rieselten dabei mit hinab. Also, den hatte Jürgen sich offensichtlich nicht angesehen. Schnaufend stellte sie das Ungetüm auf dem Boden ab. Merkwürdig, einen voll bepackten Koffer auf dem Kleiderschrank zu lagern! Als sie die Schlösser aufspringen ließ und einen Blick hineinwarf, schnappte Lena nach Luft.

»Das ist ja der Hammer!«, murmelte sie, als Tamae gerade mit einem lauten »Ja!« den Zugang zu Sabrinas Computer geknackt hatte.

Fassungslos schaute Lena auf den Inhalt des großen Koffers. Einige der Dinge konnte sie gar nicht auf den ersten Blick identifizieren. Erst bei näherer Betrachtung erkannte sie neben Dildos, einigen Latexkleidern und Augenbinden auch Kopfmasken, Harnesse und extreme High Heels – Schuhe, in denen kein normaler Mensch laufen konnte! Der ganze Koffer war voller SM-Utensilien! Das wies nicht auf einen einmaligen Ausflug hin und auch nicht auf ein rein theoretisches Interesse. Sabrina Marx, das wurde Lena jetzt endgültig klar, war in dieser Szene zu Hause.

Im selben Moment, in dem sie den Deckel wieder zurückfallen ließ, rief Tamae sie zu sich. »Schau dir das an! Das war in ihren Favoriten gespeichert, eine Seite, auf der sie täglich war. Manchmal mehrfach.« Ihr schmaler Finger wies auf den Bildschirm, auf dem jetzt gerade der Zugang zu einer Internetpräsenz zu sehen war.

»Tauchen Sie ein in die Welt des lustvollen Schmerzes, der sinnlichen Qual. Egal ob dominant/devot oder sadistisch/masochistisch. Hier finden Sie ihr Gegenstück, den Menschen, der genau Ihre Wünsche und Sehnsüchte erfüllt.«

Darauf folgte ein Hinweis , dass die folgenden Seiten »explizit erotisches Material« enthielten und nur von Menschen über 18 besucht werden durften.

»Das ist ja wohl ein Witz«, meinte Lena.

»Wer kontrolliert das denn?«

»Wirst du gleich sehen.« Die schlechte Laune war von Tamae abgefallen wie ein welkes Blatt im Herbst von einem Baum. Sie schien auf einmal voll in ihrem Element und öffnete gleich darauf eine Seite, die ein großes Schlüsselloch zeigte. Darin wurden Zugangsname und ein Passwort abgefragt. »Das bekommt nur, wer sich mit einer Kopie des Personalausweises dort angemeldet hat. So kontrollieren die das«, informierte sie Lena, die an Sabrinas geheimnisvolle Post dachte. Es schien, als ob die junge Frau sich noch auf einer weiteren Seite dieser Art hatte anmelden wollen. Tamae setzte ihre Arbeit indessen konzentriert fort. Schon klackerten ihre Finger wieder auf der Tastatur. Gleich darauf betraten die beiden Frauen einen virtuellen Raum. Wenn es noch den geringsten Zweifel gegeben hätte, welche Vorlieben die verschwundene junge Frau hatte, spätestens in diesem Moment war er zerstreut. Denn Lena und Tamae betraten die geheime Welt der Sabrina Marx.

»Ihr Name in dieser Community ist Katinka.« Tamae klickte ein paar Links an. Es gab eine Seite für Kontaktanzeigen, einen Chat, allgemeine Informationen, Sicherheitshinweise, Kurzgeschichten, eine Bildergalerie und noch einiges mehr.

»Himmel, da brauchen wir ja Tage, um uns da durchzufinden«, stöhnte Lena.

»Wir fangen am besten damit an, ihre E-Mails in dieser Runde zu checken«, murmelte Tamae. Schnell stellte sich heraus, dass dieser Bereich sehr viel stärker geschützt war als die übrigen. »Da komm ich nicht rein«, musste sie nach einiger Zeit gestehen. »Aber ich habe etwas anderes entdeckt. Sie hat einige Kontaktanzeigen in diesem Forum geschaltet. Die meisten so im Abstand von sechs bis acht Wochen. Die Letzte liegt allerdings schon über sechs Monate zurück. Danach kam nichts mehr.«

»Vielleicht hat sie es aufgegeben?«

»Oder die Person gefunden, die sie suchte.«

»Kannst du die Anzeige mal aufrufen?«

»Bin schon dabei.« Kurz darauf erschien der Text auf dem Bildschirm. »Alles klar«, murmelte Tamae, nachdem sie ihn gelesen hatten.

Sie saß, in einen weichen weißen Frotteebademantel eingehüllt, auf der Couch. Der Mann war in die Küche gegangen, sie hörte Geschirr klappern. Nach dem nächtlichen Ausflug im Regen hatte das heiße Bad gut getan. Er hatte sie genau beobachtet, während sie sich wusch, abtrocknete und danach mit dem duftenden Öl einrieb, das er ihr gereicht hatte. Stumm war er mit seinen Blicken an ihrem Körper auf- und abgewandert. Wie sie sehr wohl wusste, ohne die üblichen Begehrlichkeiten. Seine Wünsche waren anders als die der meisten Männer, die sie vor ihm gekannt hatte. Die ganze Zeit über wurde kein Wort zwischen ihnen gewechselt, und sie fragte sich, was er in der Küche machte. Dann rief er sie.

»Komm, Essen ist fertig!«

Langsam stand sie auf und ging zu ihm hinüber. Das Licht in der Küche war gedämmt. Er hatte den Tisch dort liebevoll gedeckt. Eine rote Rose stand in einer schmalen, hohen Vase und zwei

Kerzen brannten links und rechts davon. Sie konnte jedoch nur ein Gedeck entdecken. In einem großen, tiefen Teller lagen Spaghetti angerichtet, darauf eine dampfende und appetitlich nach Kräutern riechende Tomatensoße. In einem Kristallglas funkelte roter Wein. Der Mann setzte sich an den Tisch und streute scheinbar gedankenverloren aus einer Porzellanschale etwas geriebenen Parmesan über sein Essen. Sie blieb abwartend stehen, sie wusste nicht, was sie tun sollte.

»Dein Platz ist da unten«, teilte er ihr mit einer knappen Kopfbewegung mit, ohne sie auch nur anzusehen. Ihr Blick folgte der Bewegung und entdeckte einen Hundenapf, der neben der Küchentür auf dem Boden stand.

»Und zieh den Bademantel aus!«

Sie ließ sich nackt auf alle viere nieder. Das heiße, duftende Essen brachte ihren Magen dazu zu reagieren. Sie hatte seit dem Frühstück nichts zu sich genommen und spürte das in diesem Moment sehr deutlich. Als sie ihr Gesicht dem Napf näherte, bemerkte sie eine Besonderheit. Die Spaghetti gehörten zu der extralangen Sorte. Sie würde es kaum schaffen, sie ohne Besteck problemlos zu essen.

»Achte darauf, keine Flecken zu machen«, teilte er ihr in diesem Moment mit emotionsloser Stimme mit. »Sonst werde ich dich bestrafen. Und dieses Mal richtig!«

Die Worte hallten noch durch den Raum, als sie spürte, wie sich die feinen Härchen auf ihren Armen aufrichteten. Dann beugte sie sich hinunter und versuchte, nur mit den Lippen und der Zunge die Nudeln aufzunehmen.

Weder Lena noch Tamae kannten sich in der gängigen Terminologie der SM-Szene gut genug aus, um den Text in seiner vollen Bedeutung verstehen zu können. Dennoch jagte er zumindest Lena einen kalten Schauer über den Rücken.

»Was bedeutet das denn – extrem devot … sucht absolut dominanten Mann, der sie unterwirft und über ihre Grenzen führt … 24/7 angestrebt?«

Tamae verzog angeekelt den Mund. »Das hier ist … krank!«, stieß sie hervor.

Lena legte ihrer Freundin beruhigend die Hand auf den Arm. »Wir wissen jetzt zumindest, dass Sabrina auf so was steht. So wie es aussieht, nicht nur gelegentlich oder um irgendeine Neugier zu befriedigen, sondern wahrhaftig. Fragt sich nur, ob sie diesen absolut dominanten Mann gefunden hat.«

»Vermutlich schon. Und er hält sie in irgendeinem Kellerverlies gefangen.«

Lena lachte unwillkürlich auf. »Wie kommst du denn darauf?«

»Lies das mal.« Tamaes Finger zeigte auf eine der Kontaktanzeigen des Forums.

»Ich unterwerfe dich meinen Fantasien und meiner absoluten Macht«, las Lena vor.

»So ein Quatsch«, kommentierte Tamae schmallippig.

Lena las weiter und richtete sich Augenblicke später empört auf. »Der Kerl will, dass sich eine wildfremde Frau ihm mit verbundenen Augen auf einem Parkplatz ausliefert? Um sie dann in seinen Kerker zu bringen? Mannomann, das ist starker Tobak!«

»Nun rate mal, was diese Sabrina sich für Annoncen gebookmarkt hat? Diese ist dabei. Und noch ein paar andere, die ähnlich dämlich klingen. Was sind das für Männer?«

Jetzt erst fiel Lena auf, wie wütend Tamae war.

»Sag mal, hattest du selbst mal mit jemandem aus dieser Szene zu tun? Du wirkst im Moment irgendwie – sehr aggressiv.«

Tamaes dunkle und unergründliche Augen schauten sie an, und Lena verspürte den Impuls, ihre Geliebte an den Schultern zu packen und zu rütteln damit diese ihr endlich sagte, was sie an der ganzen Sache so aufregte. Sie kämpfte ihn nieder. »Sag mir, was du denkst«, forderte sie die Freundin stattdessen mit ruhiger Stimme auf.

Einen Moment lang sah es so aus, als wollte Tamae nicht antworten, dann tat sie es doch. »Ich denke, dass sich hier in diesem Forum ein paar Arschlöcher herumtreiben, die den Frauen, die auf so etwas stehen, ganz schön gefährlich werden können.«

Damit stieß sie den Stuhl zurück, stand auf und schaute eine Weile schweigend aus dem Fenster. Lena machte sich genervt daran, den Drucker einzuschalten. Sie würde die Kontaktanzeige ausdrucken und Sonja zeigen. Wer sonst könnte ihr diese kryptischen Begriffe erklären? »Was hat sie sonst noch für Seiten gespeichert?«, wollte sie dann von Tamae wissen.

Tamae kam zurück und ließ sich wieder auf dem Stuhl nieder. »Hier, alles ähnliche Seiten. Sieht so aus, als hätte diese Frau nichts anderes mehr im Kopf gehabt.«

»Hast du dir ihre persönlichen Dateien angesehen? Ist da etwas dabei?«

»Nein.« Tamaes Antwort kam überraschend schnell. Dann schob sie Lena das rote Notizbuch zu, das neben dem Computer lag. »Hier hat sie einige Sachen notiert. Namen, Adressen, Telefonnummern. Unverfängliche Sachen, Friseur, Zahnarzt und so. Sieht alles ganz normal aus. Ganz hinten habe ich noch mehr verschlüsselte Passwörter und Zugangscodes gefunden. Vielleicht war sie noch bei anderen Foren angemeldet. Um die alle zu knacken, bräuchte ich ein bisschen mehr Zeit.«

Lena warf einen Blick hinein, konnte aber auf den vorderen Seiten nichts Auffälliges feststellen. In dem roten Buch befand sich keine einzige der Internetadressen, die die junge Frau ständig angewählt hatte. Selbst wenn jemand die ominöse letzte Seite aufschlug, einen Hinweis auf Sabrina Marx' Passion konnte man dort nicht finden. Und selbst wenn der gesuchte Mann, so sie ihn denn gefunden hatte, unter denen war, deren Kontaktdaten in Sabrinas Buch standen, wie sollte sie ihn herausfinden? Sie konnte schlecht jemanden anrufen und fragen, ob er wohl ein »absolut dominanter Mann« sei und eine SM-Beziehung mit Sabrina Marx hatte. Einer Eingebung folgend ging Lena ins Wohnzimmer zurück. Dort standen in einem der Schränke hinter einer Glasscheibe Bücher, von denen sie einige herausnahm. Ein paar Krimibestseller und Liebesromane, romantischer Kitsch. Dann fiel ihr Blick auf die Reihe dahinter.

»Die Geschichte der O.« fand sich dort. Weitere Bücher hießen »Jezebels Träume«, »Schmerzen der Lust« und Ähnliches. Keine wirkliche Überraschung mehr. Aus einer Intuition heraus griff Lena nach einem Buch, das stärker zerlesen aussah als die anderen.

»Es spricht der Meister«, lautete der Titel, und als sie es aufschlug, überschwemmte ein kleiner Adrenalinflash ihren Körper. Das Buch trug eine handschriftliche Widmung.

»Für meine Sklavin und ihre gehorsame Demut. Ich werde deine Grenzen neu definieren und dich zu meinem Eigentum machen. Dein Meister.«

Er saß mit übereinandergeschlagenen Beinen auf einem der Küchenstühle und rauchte langsam eine Zigarette. Dabei ließ er die Augen nicht von ihr, die es inzwischen geschafft hatte, den Hundenapf leer zu essen. Mund, Nase und Wangen waren sicherlich völlig verschmiert. Rote Soßenspritzer verteilten sich auf ihren nackten Brüsten und dem weiß gekachelten Boden.

Ungerührt rauchte er zu Ende und drückte den Stummel sorgfältig aus.

»Schau, was du am Boden angerichtet hast.« Seine Stimme war leise, ließ die Worte fast beiläufig klingen. Beschämt schaute sie sich um. Er stand auf, bewegte sich langsam um sie herum und blieb hinter ihr stehen. Sie hörte an seinem tiefen Atem, wie gut ihm die Situation gefiel. Von hinten schob er einen Fuß zwischen ihre Knie und drückte ihren rechten Schenkel zur Seite.

»Weiter auseinander«, murmelte er dabei, und als sie die Schenkel so weit gespreizt hatte, wie es ihr nur eben möglich war,

drückte sein harter Lederschuh noch ein wenig nach, bis sie leise aufstöhnte. Mit einem schnellen Griff fasste er ihr in genau diesem Moment zwischen die Beine und zog seine Hand zwischen ihren Schamlippen durch. Sie war so nass, wie er es wohl erwartet hatte, denn er schnalzte anerkennend mit der Zunge, während sie es nicht verhindern konnte, erneut zu stöhnen. Ihr Unterleib brannte wie Feuer. Dieses Spiel mit seinen klaren Regeln erlaubte es ihr, jeden eigenen Gedanken auszuschalten, sich ganz auf ihre Fantasien und das zu konzentrieren, was er von ihr verlangte und was er mit ihr machte. Sehr schnell war sie auch dieses Mal wieder in diesen schmerzvoll peinigenden Zustand geraten, in dem sie sich fallen lassen konnte und der sie mit großer Zuverlässigkeit mehr erregte, als das Zusammensein mit irgendeinem anderen Menschen.

»Leck den Boden sauber«, befahl er ihr. Seine schwarzen, glänzend polierten Schuhe schritten an ihr vorbei. Während sie noch immer auf den Boden unter sich sah und dabei auch ihre dunklen Brustwarzen betrachtete, die sich bei seiner Berührung schon fast schmerzhaft hart zusammengezogen hatte, zündete er sich erneut eine Zigarette an. Der aromatische Duft des Rauches zog an ihrer Nase vorbei, und obwohl sie selbst nie geraucht hatte, fand sie diesen Duft äußerst erregend. Vielleicht, weil er für sie direkt mit dem Mann verbunden war. Langsam senkte sie ihr Gesicht tiefer auf den Boden hinunter und begann, mit der Zunge die Soßenkleckse von den Fliesen aufzulecken.

Auf der Rückfahrt schwieg Tamae beharrlich. Lena setzte sie an ihrer Wohnung in der Wiener Straße ab und hoffte einen kurzen Moment lang, ihre Geliebte würde sie hineinbitten. Doch Tamae schlug die Beifahrertür zu und stapfte, ohne sich umzudrehen, davon. In Lena stieg erneut Ärger auf. Sie konnte mit vielen Dingen umgehen, auch mit Tamaes schroffem Benehmen und ihrer manchmal abweisenden Art. Doch seit ein paar Tagen schwankten deren Gemütszustände so stark, dass es kaum noch auszuhalten war. *Vielleicht spüre ich es auch einfach stärker, weil ich selbst so durcheinander bin,* dachte Lena entschuldigend.

Sie verspürte keinerlei Lust, den Abend alleine zu verbringen. Kurz entschlossen rief sie Karin an. Die gähnte erst ausgiebig in den Hörer und sagte dann zu, sich mit ihr zu treffen.

Lena saß im Restaurant »Fleischeslust« und wartete auf ihre Freundin.

Es war früher Abend, und sie hatte einen Platz an einem der großen Fenster zum Wilhelmsplatz hin ergattert. Es war noch Zeit, bis Karin kommen würde, und Lena holte das Buch heraus, das sie aus Sabrinas Wohnung mitgenommen hatte. Auch sie war verunsichert von einigen Dingen, die sie in Sabrinas Computer gefunden hatten. Aber im Gegensatz zu Tamae wollte sie zumindest verstehen, was es damit auf sich hatte. Innerhalb von kurzer Zeit war sie zwei Mal mit dieser dunklen Welt in Berührung gekommen. Bei Sonja, die sich als dominant bezeichnete. Und bei Sabrina Marx, die die devote Seite verkörperte. Zumindest Sonja schien unter ihrer Veranlagung nicht zu leiden und hatte sogar ein florierendes Geschäft daraus gemacht. Alles was Lena bisher über Sabrina wusste, hinterließ bei ihr ebenfalls nicht den Eindruck, dass die junge Frau litt. Ihr selbst kamen diese Dinge fremd und bizarr vor, dennoch wollte sie niemanden verurteilen. Lena dachte an ihre Teenagerzeit. Damals hatte man auf dem Land noch Lesben, Schwule und alle anderen sogenannten Perversen in einen großen Topf geworfen. Tat es vielleicht in einigen Gegenden immer noch, wie sie aus der Zeit ihrer ehrenamtlichen Arbeit für die Lesbenberatungsstelle wusste. Dort waren die abendlichen Telefonsprechstunden überdurchschnittlich häufig von Frauen frequentiert worden, die in ländlicher Umgebung lebten. Natürlich fühlte sie sich keineswegs dazu verpflichtet, sich mit allen anderen sogenannten Randgruppen solidarisch zu erklären. Doch ein bisschen mehr hätte sie gerne über diese dunkle Seite der Lust gewusst, bevor sie sich ein Urteil bildete. Sie bestellte bei der Kellnerin ein Glas Grauen Burgunder, schlug das Buch auf und vertiefte sich in ihre Lektüre.

Die Geschichte spielte in Berlin und handelte von einem Meister, einem sogenannten »Dom«, abgeleitet vom Ausdruck »Dominus«. Er erzählte die Liebesgeschichte mit seiner Sklavin, die er »Sub« nannte. Die ersten Seiten überflog Lena. Sie beschrieben das Kennenlernen der beiden. Die Sklavin war weder eine bekennende Sadomasochistin noch wusste sie, auf welche Praktiken ihr neuer Bekannter stand. Dom und Sub verliebten sich also ineinander, ohne die jeweiligen sexuellen Präferenzen zu kennen. Nach und nach näherte er sich in Gesprächen mit ihr dem Thema, das seine Sexualität beherrschte. Besuchte mit seiner neuen Geliebten eine Fotografie-Ausstellung zum Thema Bondage, verband ihr im Bett die Augen, spielte kleine Fesselspielchen. Und beobachtete genau, wie sie auf all das reagierte. Als Sub sich nichts ahnend darauf einließ, nahm er sie mit in einen Club, und Lena vermutete eine Ähnlichkeit zum »Kinky-Club«.

Lena trank einen Schluck ihres Weins und schaute nachdenklich auf die Straße hinaus. Ob Sabrina auch von ihrem Partner in den Club ausgeführt worden war? Oder hatte sie den schon vorher für sich entdeckt? Im selben Moment betrat Karin das Restaurant und steuerte sofort auf ihren Tisch zu.

»Hallo Süße«, flüsterte sie und hauchte Lena links und rechts einen Kuss auf die Wange. Erfreut stellte Lena fest, dass ihre Freundin schon die neuen Ohrringe trug.

»Die stehen dir aber wirklich gut«, schmunzelte sie, und Karin nickte.

»Dein unschlagbarer Geschmack. Ich bin ganz hingerissen! – Was liest du denn da?« Karin verhedderte sich beim Ausziehen ihres Mantels in ihrem Schal und zeigte gleichzeitig auf das Buch. Erst als sie sich gesetzt und die beiden Frauen auch ihr Essen bestellt hatten, berichtete Lena ihr vom heutigen Tag.

Sie spürte die winzigen Unebenheiten der Küchenfliesen mit ihrer Zunge und schmeckte unter der fruchtigen Tomatensoße etwas Scharfes, fast schon Metallisches. Vermutlich das Putzmittel, mit dem der Boden normalerweise gereinigt wurde. Als der letzte Klecks aufgeleckt war, hob sie ihren Oberkörper wieder an, ohne den Mann dabei anzusehen. Ihre Arme zitterten leicht, und auch die Schenkel brannten durch die ungewohnte Stellung.

Wieder trat er hinter sie, und auch dieses Mal fand er sie offen und nass.

»Dann kommt jetzt also die Belohnung!« War es möglich, dass seine Stimme eine Spur amüsiert klang? Die Frau spürte nur ein starkes Verlangen. Es war mehr als nur körperlich. Sie wollte sich ihm ausliefern, ganz und gar. Dieses Gefühl war so stark, so beherrschend, dass sie es ihm am liebsten gesagt, nein herausgeschrien hätte. Doch noch konnte sie sich zurückhalten. Er führte sie, würde sie immer weiterführen und sie an den Punkt bringen, dem sie entgegenfieberte, seit sie sich auf den Weg zu ihm gemacht hatte. Jeder Befehl, jedes Wort von ihm brachte sie dem ein kleines Stück näher, und sie wünschte sich so sehr, er möge diese Grenzen überschreiten, die sie schmerzhaft intensiv fühlen ließen, was sie so sehr brauchte.

Der Mann schaute auf den kleinen weißen Resopaltisch, auf dem er bereits einige Dinge arrangiert hatte. Nach kurzem Zögern griff er nach einer mittelgroßen Mohrrübe.

»Hier!« Er hielt ihr das Gemüse vors Gesicht, und sie öffnete brav den Mund und nahm es zwischen die Zähne.

»Damit darfst du dich jetzt ein wenig vergnügen.«

Dieses Mal kehrte er nicht zum Stuhl zurück, sondern bewegte sich hinter ihrem Rücken ein kleines Stück weg von ihr. Mehr würde er ihr nicht dazu sagen, ihr lediglich mit schmerzhaften Strafen signalisieren, wenn sie ihn nicht verstanden hätte und etwas tat, was ihm nicht gefiel. Das war es, was das Spiel so aufregend für sie machte. Er gab manchmal Befehle, die sie interpretieren musste. Sobald sie diverse Szenarien in ihrem Kopf durchspielte, fing sie an, innerlich zu glühen, versuchte, sich die aufregendsten Dinge vorzustellen, zu denen ihre Fantasie fähig war. Für eines davon musste sie sich entscheiden. Allein ihre Fantasien brachten sie manches Mal schon an den Rand ihrer Beherrschung, denn sie spiegelten ihre geheimsten Sehnsüchte wieder. Doch nicht immer wurden ihre Wünsche befriedigt, denn der Mann richtete sich nicht nach ihr, sondern nur nach dem, was er gerne wollte. Und das galt es nun herauszufinden.

Lena hätte alle möglichen Reaktionen von Karin erwartet, nur nicht die, die tatsächlich kam.

»Du hast Tamae eingeweiht? Warum nicht mich?« Ihre blauen Augen wurden noch runder, als sie es normalerweise schon waren.

»Tamae hat ein Foto von Sabrina gefunden.«

»Bei dir?«

Lena zögerte. »Es ist mir im ›Orange Peel‹ aus der Jacke gerutscht.« Beide schwiegen einen unbehaglichen Moment lang.

»Wir beide waren lange nicht mehr tanzen«, murmelte Karin, mehr zu sich selbst.

Lena verzog entschuldigend den Mund. Mit Karin ging sie selten aus und wenn, dann sowieso nur ins »La Gata«, in das Tamae keinen Fuß setzte. »Und – du bist keine Hackerin. Ich brauchte Tamae, um in Sabrinas Computer zu kommen.«

Karin nickte. Wie meistens lenkte sie ein. »Trotzdem Lena, sei vorsichtig. Diese merkwürdige Szene, da hört man so viel.«

»Ach ja? Was denn? Ich zumindest habe vor Majas Anruf und der ganzen Sucherei nach Sabrina so gut wie nie etwas davon gehört.«

»Dann lies mal die Zeitung. Vor Kurzem wurde eine Frau umgebracht. Sie wohnte im Kreis Offenbach. Und soll ich dir was sagen? Sie hatte einen dieser SM-Typen im Internet kennengelernt, und der hat sie alle gemacht.« Karin nickte heftig, und nur der Umstand, dass gerade das Essen gebracht wurde, hielt die beiden Freundinnen davon ab, sich weiter in dieses Thema zu vertiefen.

»Warum hängst du dich bei der Suche nach einer fremden Frau eigentlich so rein?«, wollte Karin wissen, nachdem sie ihre Mahlzeit beendet hatten.

Lena zögerte. Sie hatte Karin bisher nichts von Maja erzählt, sie ahnte gar nichts von der Art der Beziehung zwischen Lena und ihrer alten Freundin.

Karins forschender Blick ruhte auf ihr, und ohne es zu wollen, stiegen Bilder in Lena auf und sie fing an zu erzählen. »Als Teenager hatte ich eine beste Freundin, Maja. Wir sind zusammen aufgewachsen, in dieselbe Schule gegangen, waren unzertrennlich. Irgendwann spürte ich, dass ich mehr für sie empfinde, als reine Kameradschaft.«

»Oh, erzählst du mir deine Coming-out-Geschichte?«, machte Karin und beugte sich interessiert ein wenig mehr zu Lena über den Tisch.

»Eines Abends, wir waren mit ein paar Jungs aus der Clique zum Zelten an einen Baggersee gefahren, konnte ich es kaum noch aushalten. Plötzlich spürte ich ihre Nähe so intensiv, dass ich ganz unruhig wurde. Immerzu musste ich sie ansehen. Ich war völlig verunsichert.«

»Das kann ich mir gut vorstellen«, murmelte Karin.

»Während die Jungs ein nächtliches Bad nahmen, saßen Maja und ich am Lagerfeuer. Es kommt mir vor, als sei es gerade gestern gewesen.« Lena blickte einige Sekunden vor sich hin, bevor sie fortfuhr. »Auf einmal fragte mich Maja, was mit mir los sei. Eine Frage, die mir Angst gemacht hat. Ich wusste, dass ich es ihr sagen sollte, gleichzeitig brachte allein der Gedanke mein Herz so heftig zum Klopfen, dass es unmöglich schien. Was, wenn Maja mich auslachen, mich von sich stoßen würde, sobald ich ihr meine Liebe gestehen würde?«

»Und? Hast du es ihr gesagt?« Karins Stimme klang belegt.

»Das war nicht nötig. Maja hatte wohl dasselbe gespürt. Sie hat mich einfach hochgezogen. Wir sind in unser Zelt gegangen. Dort war alles ganz einfach, obwohl wir beide noch so unerfahren waren.« Lena schluckte schwer. Die Spannung, die sie seit Tagen gespürt hatte, fiel schlagartig von ihr ab und machte einem Glücksgefühl Platz. »Es war unsere erste Nacht und für mich das erste Mal überhaupt, dass ich nach zwei enttäuschenden Versuchen mit Jungs etwas empfand. Mein Glück schien vollkommen zu sein. Bis Maja sich einige Wochen später von mir distanzierte. Sie wolle irgendwann heiraten und Kinder bekommen, sagte sie. Es war eine schreckliche Zeit für mich.«

»Wie seid ihr miteinander umgegangen, danach?«, wollte Karin wissen.

»Das war nicht schwierig. Maja hatte sich lange vorher als Austauschschülerin für die USA beworben. Von dort aus ging sie direkt als Au-Pair nach Australien. Als sie zurückkam, war ich schon in Frankfurt. Es dauerte lange, bis ich jemanden annehmen konnte. Du warst es, die mich aus meinem emotionalen Schneckenhaus geholt hat.«

Karin griff nach Lenas Hand, drückte sie fest. »Als du Tamae kennengelernt hast, war ich die Erste, die es erfuhr. Hattest du damals denn gar keine Angst, dass ich dich verlassen könnte?«

Lena schaute ihre Freundin an. Sie spürte die Wärme, die Karin in ihr auslöste, das Vertrauen, das sie in sie hatte. »Doch, Angst hatte ich schon, ich hoffte einfach, dass sich nichts zwischen uns ändert.«

Das hatte sich auch nicht. Karin war zwar irritiert gewesen, aber Lenas Offenheit hatte sie schließlich überzeugt.

»Und diese Maja, was hat sie überhaupt mit der verschwundenen Frau zu tun?«

»Maja hat einen der Jungs aus unserer Clique geheiratet. Jürgen ist der Bruder von Sabrina, der Frau, die vermisst wird.«

»Maja war also deine erste Liebe«, murmelte Karin.

Lena sprach nicht weiter. Sie hatte Karin so viel erzählt und doch noch nicht alles. Doch für diesen Abend war es genug. Die Gedanken schmerzten immer noch, fühlten sich an wie scharfe Schnitte in ihrer Seele.

Erst später, als sie sich vor dem Restaurant voneinander verabschiedeten, kam Karin noch einmal auf Lenas aktuelle Mission zurück. »Pass auf dich auf. Und wenn ausnahmsweise ich dir mal etwas helfen kann, dann sag Bescheid!« Lena versprach es, während sie beide sich in entgegengesetzten Richtungen zu ihren geparkten Autos aufmachten.

Zu Hause angekommen spürte Lena auf einmal, wie wenig sie geschlafen hatte in den beiden letzten Nächten, und vielleicht war es diesem Umstand zuzurechnen, dass sie beim Leeren ihrer Taschen nicht bemerkte, dass etwas fehlte. Der Schlüssel zur Wohnung von Sabrina Marx war nicht mehr da!

Nachdem Lena sie abgesetzt hatte, ging Tamae eilig in ihre Wohnung und schlug die Tür hinter sich zu. Sie blieb einen längeren Moment dort angelehnt stehen, drehte sich auf dem Absatz um und ging wieder hinaus auf die Straße. Lenas alter Golf war nirgendwo mehr zu sehen, und Tamae war schon auf dem Weg zur Straßenbahn, als sie es sich anders überlegte. Es würde ewig dauern und mit mehrfachem Umsteigen verbunden sein, wenn sie die öffentlichen Verkehrsmittel nahm. Kurz entschlossen lief sie zum nächstgelegenen Taxistand.

»Schwanheim«, instruierte sie den Fahrer. Eine halbe Stunde später betrat Tamae zum zweiten Mal an diesem Tag die Wohnung von Sabrina Marx. Vorsichtshalber schloss sie die Tür von innen ab und ließ den Schlüssel halb gedreht stecken. So konnte sie sich ganz sicher sein, nicht gestört zu werden. Zielstrebig lief sie ins Schlafzimmer und setzte sich wieder an den Computer.

Die Räume in dem großen Bürocontainer für die Querschnittsabteilung waren hoppladihopp eingerichtet worden, das war nicht zu übersehen. Norbert Müller stand in seinem zukünftigen Büro und blickte auf eine Reihe verschlossener Umzugskartons. Darin befanden sich Akten, und die sollten eigentlich in einen abschließbaren Schrank wandern. Doch leider war dieser Schrank noch nicht geliefert worden, genauso wenig wie die Unterschränke seines Schreibtischs und die Telefone und PCs mit Internetanschluss.

Der Teamleiter fuhr sich mit der Rechten durch sein widerspenstiges graues Haar. Es war kurz nach halb acht, in einer knappen Stunde war die erste Besprechung des Querschnittsteams angesetzt, das er leiten sollte. Ein Umstand, der ihn stolz machte. Schließlich war er mit Anfang fünfzig einer der dienstältesten Sozialarbeiter und brachte Erfahrungen aus den unterschiedlichsten Ämtern mit.

Seine Feinde hätten es anders ausgedrückt. Einer, der seit jeher von einem Posten zum anderen geschoben wurde, nur, damit man ihn nicht zu befördern brauchte.

Norbert Müller war vor zwei Wochen von Märkle über seine Versetzung informiert worden. Seither hatte er sich insgeheim gefragt, warum er für die Leitung dieses Teams auserkoren worden war. Eine Ablehnung kam nicht infrage, denn danach wäre ihm vermutlich auch nichts Besseres mehr angeboten worden. So beschloss er, nicht darüber nachzudenken und das Beste aus der ganzen Sache zu machen. Wenn das Team erfolgreich arbeitete, färbte das sicherlich auch auf ihn ab. Wenn nicht, konnte er noch immer damit argumentieren, die Zeit habe nicht gereicht, oder die Aufgabe sei zu unpräzise formuliert worden, oder das Personal sei zu knapp gewesen. Oder etwas anderes. Denn Norbert Müller besaß eine ganz besondere Begabung. Er entdeckte immer Gründe, an denen Dinge scheitern konnten.

Norbert warf wieder einen Blick auf die Liste der Teammitglieder. Tatjana Brunk aus dem Ausländeramt, Andrea Geissler und Klaus Schade aus dem Sozialamt sowie Ilona Helmers, eine Fallmanagerin des Vermittlungsteams der Arbeitsförderung. Dazu zwei Mitarbeiter des Sozialdienstes, Benno Krug und Eileen Schwarz. Und dann noch diese arrogante Lesbe, die genau wie er aus dem Jugendamt kam. Lena Borowski. Eine, die auch glaubte, die Weisheit mit Löffeln gefressen zu haben.

»Effizient arbeiten heißt für mich nicht, den ganzen Tag mit unnötigen und viel zu langen Diskussionen zu verbringen«, hatte sie einmal bei einer Fortbildung zu ihm gesagt. Ausgerechnet als er eine Diskussion geleitet hatte. Sehr gut geleitet, wie er fand. Es gab ausreichend Raum und Zeit für die Darlegung verschiedener Fälle und Gesichtspunkte. Dass sie mit dem Pensum nicht fertig geworden waren, war ja nicht seine Schuld gewesen. Auch wenn Leute wie diese Borowski genau das zu glauben schienen. Aber der würde er es schon zeigen. Immerhin war er ein Sozialarbeiter des alten Schlages. Da ging es noch um Menschen, und die Arbeit war wertvoll per se. Und nun kam diese neue Generation, die Evaluationen durchführte und Teamsitzungen auf eine Stunde reduzieren wollte. Aber nicht mit ihm. Er war jetzt hier verantwortlich und würde sich das Heft nicht aus der Hand nehmen lassen. Auch nicht von dieser Kampflesbe!

»Herzlich willkommen im innovativen Querschnittsteam!« Marianne Maibaum, Sozialdezernentin des Landkreises Offenbach und damit zuständig für die Bereiche Jugend, Soziales, Senioren und Frauen, strahlte dem Anlass entsprechend. Sie war, wie meistens, ganz in Weiß gekleidet, was ihre etwas kräftigen Oberschenkel unvorteilhaft betonte, aber gut zu ihrem akkurat und kurz geschnittenen hellblonden Bob passte. Wie üblich leuchteten ihre Lippen signalrot, eines ihrer Markenzeichen, genauso wie die roten Schuhe, die sie stets trug. »Ich bedanke mich bei Ihnen für Ihre Bereitschaft, so schnell und unbürokratisch beim Aufbau einer neuen Einheit vor Ort mitzuwirken.«

Einige der Anwesenden schauten sich vorsichtig um. Es war kein Geheimnis, dass nicht alle Mitglieder des Teams ganz freiwillig hier waren. Dass Märkle allerdings ausgerechnet Norbert Müller als Teamleiter vorgeschlagen und wohl auch durchgesetzt hatte, erstaunte ausnahmslos jeden. Doch Frau Maibaum, die fröhlich weiterplapperte, schien das nicht zu wissen. Sie sprach von einer großen Chance und von Synergieeffekten.

Lena hing nach der Hälfte der Ansprache bereits ihren eigenen Gedanken nach. Sie blickte aus dem Fenster. Wie sie alle bereits von Norbert Müller erfahren hatten, gab es noch diverse technische und organisatorische Probleme. Andrea Geissler, eines der Teammitglieder, die vom Sozialamt kam, hatte bereits laut die Vermutung geäußert, das zuständige Hauptamt, allgemein nicht gerade als schnelle Truppe bekannt, würde vermutlich dafür sorgen, dass vor Ablauf der Projektlaufzeit gar keine Leitung gelegt würde.

»Unter dem Stichwort ›man weiß ja nie‹ warten die doch bestimmt ab, ob unser Projekt über das Jahr hinaus überhaupt weitergeführt wird, bevor sie auch nur einen Finger rühren.«

Alle lachten. Norbert Müller allerdings sehr gequält. Lena fand es beruhigend, dass einige Ämter tatsächlich auch gute Leute geschickt hatten, sodass davon auszugehen war, Ergebnisse zu erzielen.

Während die Maibaum weiterschwafelte, tauchte draußen ein kleines Mädchen in Lenas Blickfeld auf. Sie trug eine gestrickte rot-weiße Mütze mit Ohrenwärmern und Bommeln, dazu eine dunkle Jacke, die zu groß und zu schwer für das zarte Kind wirkte. Kurz nahm sie ihre Mütze ab, und Lena fühlte sich an Mechthild erinnert. Die Kleine hatte eine ähnliche Frisur. Ihre dünnen Haare hatte man ihr einfach in Kinnhöhe abgeschnitten, der Pony war zu kurz. Die Kleine kratzte sich am Kopf, setzte ihre Mütze wieder auf, ging weiter. Suchend, wie Lena fand. Die großen Kinderaugen irrten herum, einen Moment lang schien sie genau durch das kleine Fenster des Containers zu ihr hereinzuschauen. Kurz hatte Lena den Eindruck, die ängstlichen Augen des Mädchens seien Hilfe suchend auf sie gerichtet, bevor die Kleine wieder wegsah und langsam weiterging. Dann war sie um die Ecke gebogen, und Lena sah sie nicht mehr.

»Jetzt wünsche ich Ihnen bei Ihrer neuen Aufgabe viel Erfolg. Meine Unterstützung jedenfalls ist Ihnen sicher!« Frau Maibaum lächelte erleichtert in den höflichen Applaus hinein, schüttelte Norbert Müller noch einmal kräftig die Hand und war gleich darauf verschwunden. Wenige Minuten später ließ sie sich von ihrem Fahrer mit dem Dienstmercedes wieder in ihr Büro fahren.

»Dann wollen wir mal!« Norbert Müller klatschte in einer etwas hilflos wirkenden Geste in die Hände. Alle zogen ihre Notizblöcke hervor, und die erste Teambesprechung nahm ihren Lauf.

»Lena, das sind deine Akten.« Norbert Müller schob Lena einen Stapel zu. Es war Mittag. Die vorangegangene Besprechung hatte sich um bestimmte Familien und Einzelfälle gedreht, die als »bisher beratungsresistent« eingestuft wurden.

»Wir sind uns im Klaren darüber, dass dieses Team es hier mit einer kleinen Gruppe von Klienten zu tun hat, Leute, die bisher weit davon entfernt sind, mit uns zu kooperieren oder sich aus eigener Initiative aus ihrer momentanen Situation zu lösen oder überhaupt lösen zu wollen«, hatte er eingangs erzählt.

»Also der Bodensatz«, murmelte jemand in der Runde.

Norbert nickte, fuhr aber fort mit seiner Rede. »Wir zahlen und zahlen, Lebensunterhalt, Miete, Krankenversicherung, Erstausstattung, sind Vormund für Kinder, deren Väter unbekannt sind, finanzieren Kurse zur Wiedereingliederung, Schuldnerberatung, allgemeinen Lebensführung, dazu Kochkurse, Sprachkurse, psychologische Beratung, Suchtberatung und so weiter. Unsere Hilfeempfänger reagieren darauf entweder gar nicht, oder sie tauchen ab, sobald es irgendwo zu eng wird, weil man etwas von ihnen fordert, und tauchen an einer anderen Stelle im System wieder auf. Da fängt dann die ganze Chose von Neuem an. Oft wissen wir es gar nicht, sind auch untereinander zu wenig vernetzt. Ganz zu schweigen von den Akten, die unsere Leute noch beim Arbeitsamt, den Justizbehörden, der Bewährungshilfe oder dem Finanzamt haben.« Norbert schaute über seine Lesebrille hinweg auf das Team. Alle machten sich Notizen. Natürlich waren seine Worte nicht überraschend, schließlich arbeiteten sie alle schon eine geraume Zeit hier und wussten sehr genau, wie unterschiedlich ihre Klienten waren. Es gab die hoch motivierten, die es oft ganz schnell selbst wieder herausschafften. Ein weiterer Teil der Klienten war ansprechbar, nahm Unterstützung an, hatte aber wenig eigene Ressourcen. Und dann gab es noch diejenigen, die sich jeder Hilfe verweigerten, Gründe dafür gab es viele. Sicherlich hatte jedes einzelne Mitglied des Teams auch den übergeordneten Gedanken der Arbeit im Kopf. Theoretisch zumindest, denn sie waren alle in der Vergangenheit immer ein bisschen betriebsblind gewesen, schauten mehr auf die Aufgaben des eigenen Amtes und weniger auf das große Ganze. So wurde selbst Lena ein bisschen nachdenklich, als sie in ihre Unterlagen blickte, wo drei typische Fälle notiert waren.

»Frau P. ist 32 Jahre, hat drei minderjährige Kinder, die Kindsväter sind laut ihrer Aussage unbekannt oder selbst Hartz-IV-Empfänger. Zwei der Kinder wurden ihr bereits zu einem früheren Zeitpunkt entzogen, sie leben jetzt bei Pflegeeltern, da die Kindsmutter dem Alkohol zuneigt und sie vernachlässigt und schwer misshandelt hat. Das dritte Kind, ein dreijähriger Junge, ist retardiert und lebt noch bei der Mutter. Sie hat Auflage, regelmäßig Kontakt zum sozialen Dienst zu halten. Frau P. hatte noch nie ein sozialversicherungspflichtiges Arbeitsverhältnis. Wie die Sozialfahndung feststellte, ist sie abends oft nicht erreichbar. In der Nachbarschaft tuschelt man, sie gehe gelegentlich in der Cosy-Bar auf den Amateurstrich. Ihre Ansprechpartner bei uns bisher: Jugendamt – als Vormund, Sozialamt – Leistungen nach Hartz IV, Fallmanagement – Vermittlungsbemühungen in Arbeit, Schuldnerberatung – Frau P. ist chronisch überschuldet und wurde vor drei Jahren zwangsgeräumt, weil sie ihre Miete nicht bezahlte, sowie Sozialer Dienst (s.o.) und Suchtberatung (s.o).«

Die Frau war in Lenas Alter. Was mochte dazu geführt haben, dass dieses fremde Leben so ganz anders verlaufen war als ihr eigenes?

Die beiden anderen Fälle sahen ähnlich aus.

»Unsere Aufgabe wird es nun sein, den Dschungel der Zuständigkeiten und das Wirrwarr der Ansprechpartner zu lichten. Für jeden von euch gibt es fünfzig Fälle.« Ein angenehm erstauntes Gemurmel war die Antwort, und Norbert Müller grinste selbstzufrieden, obwohl er mit dieser Aufteilung nichts zu tun hatte. Die niedrige Zahl war ihm in den Schoß gefallen wie ein überreifer Apfel. »Und von jetzt an für ein Jahr seid ihr die ersten und einzigen Ansprechpartner. Egal, worum es geht, unsere Klienten kommen nun zuerst zu euch, wo alle Fäden zusammenlaufen!«

»Was ist mit Polizei und Finanzamt?«, wollte Benno Krug, ehemals Sozialdienst, wissen.

»Erste ist mit im Boot, zwei Beamte werden unsere Kontaktpersonen sein. Wie genau die Zusammenarbeit aussieht, kann ich noch nicht sagen, da warten wir noch auf Entscheidungen der höheren Ebene. Auf jeden Fall gibt es gemeinsame Besprechungen und Amtshilfe. Beim Finanzamt sieht es schwieriger aus. Da halte ich mich bedeckt, bis wir offizielle Mitteilungen bekommen.«

Lena nickte anerkennend. Egal wer das Projekt vorbereitet hatte, gemessen an der Kürze der Zeit waren die Ergebnisse völlig in Ordnung. Zumindest wussten sie alle, was zu tun war.

Nun nahm sie ihren Stapel an Arbeit und schleppte ihn in das Büro, das sie mit Andrea Geissler und Benno Krug teilen würde.

»Kaffee?« Benno hob fragend die Glaskanne. Vermutlich hatte er sie selbst mitgebracht, der sonstige Zustand des Containers ließ das jedenfalls vermuten. Andrea und Lena nickten.

»Auf gute Zusammenarbeit!« Die beiden Frauen reichten sich die Hand und nickten Benno zu, der kurz die Hand hob.

»Interdisziplinäres Team hier, kann man wohl sagen«, mit diesen Worten verschwand er in die kleine Küche. Während Andrea sich bereits in die erste Akte vertiefte, räumte Lena erst einmal ihren Schreibtisch ein, so gut es ging. Es fehlten die Rollschränke, PCs waren ebenfalls noch keine da. Sie nahm ein neues dickes Notizheft aus ihrer Tasche und schrieb auf die erste Seite das Datum. So hatte sie damals nach dem Studium angefangen. Sich alles bereits nach den Außendiensttermінen notiert, weil man nie wusste, wann einer der drei Gemeinschaftscomputer frei war. Jetzt schienen ähnliche Verhältnisse zu herrschen. Aber bei lediglich fünfzig Fällen war das sicher kein Problem.

»Die Abstimmung mit den anderen Ämtern wird Zeit kosten. Und in meinen Fallakten tummeln sich gleich mehrere Personen«, murmelte Andrea gerade vor sich hin, immer noch in ihre Unterlagen vertieft. Vielleicht hatte sie recht, und Lena unterschätzte diesen Teil der Arbeit. Dennoch wusste sie jetzt schon, dass ihr die neue Tätigkeit liegen würde. Und dass es der Politik dieses Mal ernst war, sie verteilten hier keine Bonbons, sie wollten, dass die Mitarbeiter des Querschnittsteams gute Arbeit leisten konnten. Daher die Rahmenbedingungen. Vielleicht sollte sie Sieglinde direkt ein bisschen dankbar sein …

Marianne Maibaum saß im Fond ihres Dienstwagens, neben ihr lag ein Stapel Papiere, und während sie hektisch darin herumkramte, sprach sie in schnellem Stakkato in ihr Handy. »Wer hat mir denn diesen Müller eingebrockt?«, wollte sie gerade von ihrer Referentin wissen. Dann lauschte sie in nervöser Anspannung deren Antwort.

»Natürlich lagen die Unterlagen schon eine Woche auf meinem Tisch. Aber glauben Sie wirklich, ich hatte Zeit, mir den ganzen Käse en détail durchzulesen?!«

Die Stimme am anderen Ende sprach beruhigend auf die Dezernentin ein.

»Also, dieser Märkle, gibt es denn gar keine Möglichkeit, den als Jugendamtsleiter loszuwerden?«

Der Chauffeur warf einen interessierten Blick in den Rückspiegel. Wenn die Chefin erst einmal auf 180 war, dann gab es bei der kein Halten mehr. Die Bergmann, ihre Referentin, tat im leid. Obwohl die sich die Butter nicht so schnell vom Brot nehmen ließ, dazu war sie einfach schon zu lange dabei. Hatte sich hochgearbeitet vom Lehrling in der Verwaltung. Ging normalerweise nicht ohne Parteibuch. Das war eher ausschlaggebend als Engagement und Kompetenz, wie man an vielen sehen konnte, die in den oberen Etagen der Verwaltung saßen. Im Gegensatz zu denen hatte die Bergmann ihren eigenen Kopf, es würde ihn auch gar nicht wundern, wenn die es dazu noch ohne Protektion geschafft hätte. Man hörte ja so einiges in den Vorzimmern der Macht, in denen er sich zur Genüge aufhielt.

»Frau Maibaum ist gewählt, und eine solche Amtszeit kann auch ablaufen«, hatte Carola Bergmann vor einigen Tagen im kleinen

Kreis kühl erklärt. »Im Gegensatz zu uns, wir dienen unserem Arbeitgeber ja immerhin als Beamte auf Lebenszeit.«

»Ha!«, hatte Mielke, der stellvertretende Jugendamtsleiter, geschnaubt. Erstaunlich, denn der junge Mann hielt sich normalerweise ganz zurück.

»Frau Maibaum muss von uns unter allen Umständen hundertprozentig unterstützt werden!«, rief Alice Tumb-Grimmler aus. Die war hinreichend bekannt für ihren Opportunismus.

»Wes Brot ich ess, des Lied ich sing«, murmelte die Bergmann mit Augen, so kalt wie Bergseen im Januar. Jeder wusste, worauf sie anspielte, und die Tumb-Grimmler wurde tatsächlich rot. Noch wenige Monate vor der letzten Wahl, die die Maibaum von irgendeinem norddeutschen Gestade hierhergespült hatte, weil die Partei einfach dringend eine Frau aufstellen musste, hatte sich die Tumb-Grimmler noch an den jetzigen Landrat herangeschleimt. Und nun antichambrierte sie bei der Maibaum mit einem uralten Konzept zur Verbesserung des Sozialen Dienstes, das schon von zwei ihrer Vorgänger abgelehnt worden war. Warum die Maibaum ihrerseits zunächst so darauf abfuhr, konnte keiner genau sagen. Außer der Bergmann, aber die schwieg in der Öffentlichkeit. Es sollte wohl nicht jeder wissen, dass die Maibaum nach Anerkennung lechzte, aber fachlich von vielen Dingen keine Ahnung hatte. Und insgeheim rieb Carola Bergmann sich vermutlich die Hände, die Tumb-Grimmler klammheimlich doch noch torpediert zu haben. Immerhin war das neue Querschnittsprojekt ihrer eigenen Initiative zu verdanken und warf nun die sowieso veralteten Pläne der anderen über den Haufen.

»Wer gegen den Landrat punkten will, muss neue Wege gehen«, hatte die Referentin neulich bei einem Dienstessen am Rande einer Veranstaltung für Demenzkranke ihrer Chefin gegenüber fallen lassen. Die guckte erst misstrauisch von ihrem Gurkensalat auf. Dann, als Carola weiter ausholte, interessiert, um kurze Zeit später die Bergmann mit der Ausarbeitung des

Projektes zu betrauen. Die kriegte es sogar fast kostenneutral hin, sodass die Maibaum keinerlei Schwierigkeiten hatte, das Ding durch sämtliche Ausschüsse zu bekommen.

»Ich hatte die Idee, etwas Neues zu schaffen und es in einem Pilotprojekt zu testen«, waren ihre Worte gewesen, als sie das Projekt vorstellte. Carola Bergmann war in dieser Rede nicht mehr vorgekommen, aber das machte nichts. Oder vielleicht doch, aber die Referentin war daran gewöhnt. Gut möglich, dass sie der Maibaum irgendwann die Rechnung für ihre bodenlose Arroganz präsentieren würde.

»Guten Tag, mein Name ist Lena Borowski vom Kreis Offenbach.« Lena hielt ihren Dienstausweis hoch. Berthold Wagner, der Mann, dem sie gegenüberstand, schaute mehr als erschrocken bei ihrem Anblick. »Darf ich reinkommen?«

Er bat sie zögerlich hinein, doch wenige Sekunden später schien er es zu bereuen. »Muss ich Sie eigentlich reinlassen?«, fragte er jetzt leicht aggressiv, als sie sich in einem kahlen, engen Flur gegenüberstanden. Lena verneinte mit einer leichten Kopfbewegung.

»Müssen Sie nicht. Aber Sie haben eine neue Küchenzeile beantragt. Da begutachten wir die momentanen Verhältnisse. Wenn Sie das nicht möchten, gibt's auch kein Geld!«

Der Mann starrte sie an. Blutunterlaufene Augen, ein dicker Bauch in einem speckigen, verwaschenen Feinrippunterhemd undefinierbarer Farbe. Die Bierfahne hing überall in der Wohnung. Lena atmete so flach wie möglich, während sie den Mann ansah und auf seine Antwort wartete.

»Kommen Sie rein«, sagte er schließlich und machte eine unwirsche Handbewegung. Lena folgte ihm und betrat das Wohnzimmer. Ein fleckiger Teppichboden, jede Menge Zigarettenbrandlöcher. Der Raum war fast leer, bis auf eine

Couchgarnitur, auf der ein eingedelltes Kissen und eine zerschlissene Decke vermutlich gerade als Ruhelager gedient hatten. Davor stand ein riesiger Flachbildfernseher, neben dem einige moralisch bedenkliche DVDs lagen. Am Fenster stand ein Teleskop. Lena betrachtete das riesige Ding interessiert, doch als sie darauf zugehen wollte, stellte der Mann sich ihr in den Weg. Seine Augen flackerten.

»Herr Wagner, wo ist denn Ihre Küche?«, wollte Lena wissen.

Wieder wies der Mann in eine Richtung, und sie bat ihn vorzugehen. Er trug eine graue Jogginghose, die frisch gewaschen aussah, und darunter braun-beige karierte Hausschlappen, keine Strümpfe. Das gräuliche Haar war sauber, aber vom Liegen zerdrückt, und der ganze Mann roch nach altem Schweiß.

Lenas Blick glitt schnell über die Einrichtungsgegenstände. Hängeschränke, Vorratsschrank, Herd, Kühlschrank, Spüle. Es war alles da. »Sie haben bei uns eine neue Küche beantragt«, wiederholte sie erstaunt.»Aber hier steht doch alles.«

Der Mann glotzte sie verständnislos an. »Mir steht doch alle zehn Jahre eine zu!«

»Wie kommen Sie darauf? Solange die Sachen noch in Ordnung sind, brauchen Sie doch nichts Neues.«

Der Mann fing an, etwas von einem Kumpel zu erzählen, der günstig ein paar Möbel abgeben würde. »Der geht wieder nach Marokko. Hat genug von dem Scheiß hier!« Es klang, als wollte er Lena anklagen, für was auch immer.

Die begriff. »Sie wollen also so eine Art Schnäppchen machen?« Der Freund würde eine getürkte Rechnung ausstellen und wäre vermutlich nie wieder greifbar. Und Herr Wagner würde das vom Amt abgezockte Geld anderweitig unter die Leute bringen. Die Konjunktur ankurbeln. Zumindest die am Kiosk! »Tut mir leid«, sagte sie so freundlich wie möglich. »Aber da sind Sie einer Fehlinformation aufgesessen. Zuschuss für neue Möbel gibt es vom Amt nicht aus ästhetischen Gründen, sondern nur dann, wenn etwas kaputt ist.«

Berthold Wagner musterte seine Küche mit einem merkwürdigen Blick. Lena würde sich nicht wundern, wenn er in ein paar Tagen erneut vorspräche. Mit einer auf wundersame Weise dezimierten Einrichtung!

»Übrigens, für die kommenden zwölf Monate bin ich Ihre einzige Ansprechpartnerin im Amt, egal, worum es geht.« Er stierte sie immer noch an, und Lena hoffte, dass sie sich verständlich genug ausgedrückt hatte. Geld für eine Küche konnte er sich abschreiben. In diesem Moment klingelte das Telefon, und Herr Wagner verschwand nach kurzem Zögern in der Diele. Lena schlenderte ins Wohnzimmer zurück. Dem Gemurmel nach befand sich ihr Klient in dem zweiten Raum der Wohnung, dem Schlafzimmer, wie sie vermutete. Neugierig nutzte sie die Gunst des Augenblicks und näherte sich dem Teleskop. Ein erster, kurzer Blick bestätigte ihre Vermutung. Berthold Wagner war ein Spanner, der die Wohnungen des Hauses gegenüber beobachtete. Besonders eine, auf die das Teleskop jetzt gerichtet war. Lena schaute angestrengt hindurch. Doch dort drüben war alles leer, kein Mensch zu sehen. Als Herr Wagner sein Telefonat beendet hatte und ins Wohnzimmer kam, stand sie an den Türrahmen gelehnt.

»Schönes Teleskop haben Sie da.«

Wagner blinzelte nervös. »Ich interessiere mich für Astronomie«, würgte er dann hervor.

Lena hatte das deutliche Gefühl, dass da noch mehr war. »Es schadet nie, den Überblick zu behalten, oder?«

In diesem Moment ging ein Ruck durch den Mann, und Lena fragte sich unwillkürlich, woran er dachte. Wagner öffnete den Mund, als wolle er etwas sagen. Doch wie aus einem anderen Impuls heraus, presste er die Lippen wieder zusammen. Lena kannte solche Reaktionen. Selbst wenn er vorgehabt hätte, etwas zu sagen, verkörperte sie doch eine Institution, der die meisten Bewohner hier im Quartier äußerst misstrauisch entgegenstanden. Man kooperierte nicht mit den Behörden! Lena kannte diese

Reaktionen zur Genüge. Das gegenseitige Misstrauen machte ihr ihre Arbeit nicht leichter. Pragmatisch hakte sie das Thema innerlich ab. Egal, was es war, es schien nicht wichtig zu sein.

»Also dann, falls noch etwas ist, melden Sie sich bitte bei mir im Büro.« Sie ging mit schnellen Schritten davon und atmete erst wieder tief durch, als sie die Wohnung verlassen hatte.

»Hier ist Sonja. Lena, falls du noch auf der Suche nach der verschwundenen jungen Frau bist, ruf mich bitte zurück. Entweder in der Agentur oder auf meinem Handy.« Sie sprach die Nummern noch einmal auf, damit endete die Nachricht auf Lenas Anrufbeantworter.

Lena ließ ihre Tasche auf einen Stuhl im Flur fallen und ging, sich den Nacken massierend, ins Wohnzimmer. Der erste Tag im neuen Team war gar nicht so schlecht gelaufen. Die meisten der neuen Kolleginnen und Kollegen waren engagierte Leute mit der Bereitschaft, aus dem ungeliebten Baby etwas zu machen. Natürlich waren sich alle einige darüber, dass es für die Maibaum ein Prestigeprojekt war, mit dem sie sich gegen den amtierenden Landrat profilieren wollte. Die Meinungen darüber, ob sie das überhaupt schaffen könnte, gingen aber weit auseinander. Selbst im eigenen politischen Lager war sie nicht ganz unumstritten. Es würde vermutlich ganz schön aufregend werden, wenn die heiße Phase des Wahlkampfs erst begann. Lena setzte Wasser auf, um sich einen Tee zu kochen, und ging die Post durch. Rechnungen, Reklame. Und ein Umschlag, abgestempelt in Rendsburg. Zartlila Papier, dunkellila Tinte. Daran hatte sich nichts geändert.

Maja!, schoss es ihr durch den Kopf. Was mochte sie bewogen haben, ihr zu schreiben? Dass sie den Brief mit der Post schickte und nicht ihrem Mann mitgegeben hatte, war vermutlich ein Hinweis darauf, dass sie ihn als etwas Vertrauliches zwischen sich und Lena betrachtete.

Hastig riss die das Kuvert auf. Ein einzelner Briefbogen lag darin.

»Liebe Lena, du wunderst dich sicherlich über diesen Brief, wie du dich auch über meinen Anruf gewundert hast. Nach so langer Zeit voneinander zu hören, aus einem so undurchsichtigen und beunruhigenden Anlass, wäre eigentlich das Letzte, was ich gewollt hätte – im Falle, dass es von mir beeinflussbar gewesen wäre.
Ich möchte diesen Weg wählen, um dir nicht nur für deine Kooperation, was Sabrina betrifft, zu danken. Mir liegt am Herzen, dass du weißt, wie gern ich dich immer noch habe. Als Freundin, die du mir einmal warst und vielleicht irgendwann einmal wieder sein wirst. Wir waren damals so jung, und mir sind bestimmte Dinge über den Kopf gewachsen. So schön es war, es hätte niemals von Dauer sein können. Leider war es uns nicht möglich, danach wieder zu unserer Freundschaft zurückzukehren, was ich immer sehr bedauert habe. Aber ich wünschte, wir könnten irgendwann wieder aufeinander zugehen und an unsere alte freundschaftliche Verbindung anknüpfen. Meinst du, das ginge?
Herzlichst, Maja«

Lena saß einen Moment wie erstarrt, bis das Pfeifen des Wasserkessels sie aus ihrer Versenkung holte. Während sie mechanisch den Tee aufgoss, dachte sie über Maja nach. Sie wusste genau, was sie meinte. Zurück zur alten Freundschaft, die so eng und vertraut war, bevor die Liebe dazukam. Die Liebe, die sie bis jetzt nicht überwunden hatte. Noch immer saß der Stachel tief, sooft sie auch an Maja dachte, an diese Zeit voller körperlicher und seelischer Entdeckungen, Geheimnisse und atemberaubender Lust. Die dann so abrupt endete und sie und Maja so weit auseinandertrieb, dass es unmöglich gewesen war, wieder zur alten Vertrautheit und reinen Freundschaft zurückzukehren. Und nun, nach all den Jahren, brachte das Schicksal sie wieder zusammen, wenngleich auch in einer völlig anderen Konstellation. Maja war nicht lesbisch, war es nie gewesen. Was auch immer ihr die Affäre mit Lena bedeutet hatte – es war nie auf Dauer angelegt gewesen. Nun war sie mit Jürgen verheiratet und schien glücklich zu sein. Lena hatte sich in der Vergangenheit oft gefragt, ob ihre erste große Liebe noch an sie dachte. Wenn ja, mit welchen Gefühlen? Eine ehrliche Antwort darauf hatte sie nicht gesucht, denn manchmal lebt es sich mit einer vagen Hoffnung besser als mit einer klaren Absage. Womöglich war sie im Beruf deshalb so auf Direktheit und Klarheit bedacht. Wie um diese für sie nie ganz beendete Geschichte, die sie aus ihrer Vergangenheit mit sich herumschleppte, wieder wettzumachen.

Lena wusste, dass es noch etwas gab, das ungeklärt war, es hing mit der unglücklichen Liebe zu Maja zusammen, und es betraf Jürgen. Und es war aktuell, denn auch wenn sie es sich bisher nicht eingestanden hatte – die Tatsache, dass sie sich verpflichtet fühlte, nach Sabrina zu suchen, hatte nicht nur etwas mit alter Schulkameradschaft zu tun.

Behutsam faltete sie das Blatt wieder zusammen, schob es in den aufgerissenen Umschlag, ging ins Wohnzimmer und legte den Brief in die Schublade ihrer Kommode, in der sie ihre persönliche Korrespondenz aufbewahrte. Sie würde alles daransetzen, um herauszufinden, was mit Sabrina geschehen war. Und danach wäre es an der Zeit, die Vergangenheit endgültig ad acta zu legen.

»Was hast du herausgefunden?«

Sonjas Stimme am anderen Ende klang geschäftsmäßig, als sie antwortete. »Eine Kollegin, die ihr Geschäft von Dietzenbach aus betreibt, hat bei mir nachgefragt, ob eine meiner Frauen bei ihr einspringen kann. Eines ihrer Mädchen ist scheinbar spurlos verschwunden. Der Beschreibung nach könnte es sich um deine Bekannte handeln.«

Lena spürte, wie der Jagdinstinkt sie plötzlich packte. Irgendwie hatte die Geschichte mit Sabrina nun Hand und Fuß bekommen, die junge Frau war für sie aus dem diffusen Licht der Beschreibungen heraus zu einer lebenden und atmenden Person geworden, die sie finden wollte. »Dietzenbach, das trifft sich ja gut.« Sie lachte bei diesen Worten kurz und dunkel auf, und Sonja fuhr fort, indem sie ihr die Adresse diktierte.

»Diese Bekannte betreibt ebenfalls einen Escortservice?«, fragte Lena noch einmal nach.

»Sie hat ein Studio. Dort arbeiten einige Frauen, die sich mit den Freiern durchaus auch mal in einem Club verabreden. Vielleicht ist das ja eine heiße Spur. Das Mädchen, das ausgefallen ist, sollte mit dem Kunden in den ›Kinky-Club‹ gehen. Romina – sie heißt im wahren Leben Edith, aber rede sie bloß nicht so an – wurde von dem Kunden angerufen, als seine Buchung nicht kam. Ich konnte ihr ganz kurzfristig mit einem meiner Models aushelfen, sie ist mir also noch einen Gefallen schuldig.«

Schon wieder jemand, der Sonja etwas schuldete und der ihr, Lena, nun weiterhelfen sollte. Die kramte nun gerade nach der Kontaktanzeige, die sie aus Sabrinas PC hatte. »Ich habe etwas gefunden, das ich nicht verstehe. Was bedeutet: ›extrem devot … sucht absolut dominanten Mann, der sie unterwirft und über ihre Grenzen führt … 24/7 angestrebt‹?«

»Den meisten SM-Anhängern genügt es, ihre Spiele gelegentlich zu spielen und auch nur dann in ihre jeweiligen Rollen zu schlüpfen. 24/7 dagegen ist ein Kürzel für Leute, die eine SM-Beziehung auch über gelegentliche Spiele hinaus wollen. Eine feste Partnerschaft, die vierundzwanzig Stunden am Tag sieben Tage die Woche lebbar ist. Das heißt, beide begeben sich nicht aus ihren Rollen heraus auf eine gemeinsame Augenhöhe zwischen den Spielen, sondern das Gefälle zwischen dominant und devot bleibt immer erhalten. Das spricht für eine Person, die sich nichts sehnlicher wünscht, als sich jemandem mit Haut und Haaren auszuliefern, sich komplett zu unterwerfen.«

Lena dachte an die vielen Annoncen, die Sabrina aufgegeben hatte. »Ist es so schwierig, jemanden zu finden in dieser Szene, wenn die Bedingungen so klar formuliert sind?«, wollte sie von Sonja wissen.

Die lachte kurz und unfroh auf. »Wenn du mich fragst – hier den geeigneten Partner zu finden ist fast noch schwieriger als im sogenannten normalen Leben. Über die Frage, was genau dominant bedeutet und wie man das in der Realität lebt, gehen die Meinungen weit auseinander! Es gibt zu viele Leute, die Dominanz mit schlechtem Benehmen, mit Rohheit oder auch mit Sadismus verwechseln. Leider treiben sich in der privaten Szene auch Männer herum, die einen Hass auf Frauen haben oder sich an ihnen abreagieren wollen. Echte Dominante sehen in ihrem devoten Part aber eher etwas ungemein Wertvolles, das eine entsprechende Behandlung verdient. Sie sind sich dessen bewusst, wie sehr ihnen der andere vertraut, und versuchen, immer die Balance zwischen beider Bedürfnisse zu halten. Es ist schwierig zu erklären, wenn man es selbst noch nicht erlebt hat.«

»Ehrlich gesagt komme ich mir vor wie von einem anderen Stern, wenn ich dich reden höre.« Lena rieb sich die Stirn. »Und das mit den Grenzen?«

»Man kennt, was man kennt, und weiß, was man liebt. Wer sein Spektrum erweitern und über diese Grenzen hinausgehen will, sollte sich nur jemandem anvertrauen, der wirklich damit umgehen kann. Obwohl wir alle Codeworte benutzen – also ein Wort, auf das hin das Spiel verlangsamt, und eines, auf das hin es sofort gestoppt wird –, braucht es viel Vertrauen. Ich gebe dir mal ein Beispiel. Einer meiner privaten Spielpartner mag es, ganz und gar in Folie eingewickelt und in einen Sarg gesperrt zu werden.«

Lena spürte, wie sich ihr die Haare sträubten, und sie musste einen erschreckten Ausruf unterdrücken.

Sonja lachte wieder leise am anderen Ende. »Das kannst du dir nicht vorstellen, oder?«, fragte sie sanft, bevor sie fortfuhr. »Für ihn ist es das höchste der Gefühle. Normaler Sex gibt ihm gar nichts, der arme Kerl hatte Jahre lang keinen Orgasmus, bevor er merkte, worauf er wirklich abfuhr. Auf jeden Fall fingen wir harmlos an, ich wickelte ihn ein und saß dabei, dann ging ich ins Nebenzimmer, dann kam der Sarg dazu, und inzwischen sage ich ihm immer, ich gehe weg und lasse ihn alleine. Das würde ich selbstverständlich nie tun. So erweitere ich seine Grenzen. Aber, auch wenn es ihm in seinem Sarg gefällt, könnte es doch sein, dass er plötzlich Panik kriegt, Herzrasen, oder seine Nase ist verstopft, und die Atemlöcher in der Folie reichen nicht aus. Dann muss ich in der Nähe sein, um ihn ganz schnell da rauszuholen.«

»Wie würdest du das denn merken?« Lena sah die Szene vor ihrem inneren Auge und konnte sich auf diesen Teil des Spiels keinen Reim machen.

»Mein Sarg ist eine Spezialanfertigung. Auch wenn ich nur zu meinem Privatvergnügen spiele, bin ich doch ein Profi. Innen ist eine kleine Kamera angebracht, sodass ich meinen Partner immer im Blick habe. Denn es gibt Spiele, bei denen es schwierig werden kann, sich bemerkbar zu machen, geschweige denn ein Codewort über die Lippen zu kriegen.«

Lena bedankte sich bei Sonja. »Ich hoffe, das kann ich irgendwann wieder gutmachen.«

»Lass gut sein, Lena. Du warst immer eine loyale Freundin für mich, eine der ganz wenigen, die ich habe. Ich helfe dir gerne, soweit ich kann. Melde dich, wenn du was in Erfahrung gebracht hast, ich will wissen, wie es weitergeht mit der jungen Frau.«

Es brauchte ein paar Minuten, bis Lena das Gehörte verdaut hatte. Sonjas pragmatischer Umgang mit ihrer persönlichen wie auch professionellen Neigung machte es zwar einfacher, die Dinge vom Kopf her zu verstehen, aber gefühlsmäßig waren ihr diese

Praktiken nicht ganz geheuer. Was mochte Sabrina in diese Szene gezogen haben?

Als Lena nach dem Telefonat in die Küche ging, um das Abendessen zuzubereiten, warf sie im Vorübergehen gedankenverloren einen Blick auf die glänzende, glatte Holzschale auf der Flurkommode, in der ihre Schlüssel lagen. Flüchtig streifte sie der Gedanke, dass etwas nicht stimmte, aber sie konnte das Gefühl nicht konkretisieren. In der Küche nahm sie eine Packung Vollkornspaghetti aus dem Vorratsschrank und begann, Tomaten, Zwiebeln und Knoblauch klein zu schneiden. Tamae würde später kommen, sie wollten gemeinsam essen und danach ins Kino gehen. Kurz darauf, der würzige Duft der Tomatensoße durchzog bereits ihre Wohnung, trieb dieses unbestimmte Gefühl sie noch einmal in den Flur. Hausschlüssel, Autoschlüssel und Büroschlüssel – alles war da. Lena verstand ihre eigene Unruhe nicht. Erst auf dem Weg zurück in die Küche durchzuckte sie die Erkenntnis. Der Schlüssel zu Sabrinas Wohnung, den ihr Jürgen überlassen hatte, fehlte! Eine schmerzhafte Schrecksekunde lang stand sie im Türrahmen, nur um sich gleich darauf das Gehirn zu zermartern. Hatte sie die Tür dort bei ihrem letzten Besuch abgeschlossen und den Schlüssel eingesteckt? Sie konnte es nicht mit Sicherheit sagen. Dann versuchte sie, sich daran zu erinnern, was sie an diesem Tag getragen hatte, beruhigte sich mit dem Gedanken, der Schlüssel befinde sich sicherlich in der entsprechenden Hose oder der Jackentasche. Sie würde später danach suchen, sie war sich sicher, ihn irgendwo zu haben. Jetzt musste sie den Salat noch vorbereiten und das Nudelwasser aufsetzen, Tamae würde gleich hier sein. Während sie Eisbergsalat wusch, Tomaten, Gurken, Radieschen schnitt und aus Weißweinessig, Walnussöl und frischen Kräutern eine Salatsauce rührte, wanderten ihre Gedanken schon wieder weiter. Was, wenn im Zuge dieser ganzen Suche plötzlich auch Maja bei ihr auftauchte? Welche Gefühle würde sie in ihr wecken? Es klingelte an der Haustür, bevor sie diesen Gedanken zu Ende denken konnte. Lena öffnete einer überraschend gut gelaunten Tamae.

»Du kannst schon mal den Wein entkorken«, bat sie die Japanerin und zeigte auf die Flasche Schwarzriesling, die auf dem gedeckten Tisch im Wohnzimmer stand. Sie kehrte in die Küche zurück, warf die Spaghetti ins kochende Wasser und schmeckte die Salatsoße ab. Als Tamae zu ihr kam und sie mit festem Griff von hinten umarmte, war sich Lena sicher, es würde ein wirklich schöner Abend werden.

»Was glaubst du, ist mit der jungen Frau passiert?« Tamaes Augen blickten Lena über ihr Weinglas hinweg fragend an.

»Bis jetzt habe ich nicht die geringste Ahnung. Nur, dass es irgendetwas mit ihren Vorlieben für die SM-Szene zu tun hat. Da bin ich mir ziemlich sicher.«

Tamae schob sich eine große Portion Spaghetti in den Mund und kaute eine Weile schweigend. »Was weißt du darüber?«, wollte sie dann wissen.

»Eigentlich nur das, was ich bei den jetzigen Nachforschungen erfahren habe. Und das ist nicht viel. Bin gerade dabei, mich ein bisschen in die einschlägige Literatur einzulesen.« Das Buch, das sie aus Sabrinas Wohnung mitgenommen hatte, lag im Wohnzimmer. Seit dem Abend im »Fleischeslust« war sie nicht mehr dazu gekommen weiterzulesen. »Mir sind natürlich Begriffe wie Sadismus und Masochismus bekannt. Aber ehrlich gesagt auch nicht gerade mehr.« Lena dachte kurz daran, Sonja bei Gelegenheit einmal zu fragen, was ihre Kunden sonst noch so für Vorlieben hatten. »Natürlich auch Bondage. Das kommt doch aus Japan. Weißt du etwas darüber?«

Tamae schaute sie eine Weile ruhig an, bevor sie antwortete. »Im Grunde ist es eine Art Kunst. Der Bondage-Meister fesselt sein williges Opfer auf ganz besondere Art und Weise, jeder hat seinen eigenen Stil. Der ganze Vorgang kann sich unter Umständen sogar über Stunden hinziehen. Nicht selten wird die gefesselte Person auch an den Seilen hochgezogen, sodass sie eine Zeitlang im Raum schwebt und vom Meister gedreht oder hin- und hergeschaukelt wird. In Japan hat man das bis zur Perfektion getrieben.«

»Was hat die gefesselte Person davon?«

»Abgabe von Kontrolle, totale Selbstunterwerfung, praktisch eine Art Tiefenentspannung. Für manche Leute ist das das höchste der Gefühle. Immer vorausgesetzt, man hat den richtigen Partner. Also jemandem, dem man vertrauen kann.«

Das Thema Vertrauen schien sich durch alle diese Spielarten hindurchzuziehen, stellte Lena fest. »Und der Bondage-Meister? Was hat der davon?«

»Na, das Gegenteil. Absolute Kontrolle über die andere Person und Ausübung einer Kunst. Es erfordert Können und Planung. Fesselst du jemanden zu stramm, könnte die Person Durchblutungsstörungen bekommen. Kriegt sie es mit der Angst zu tun und verlangt, losgemacht zu werden, dürfen die Knoten nicht zu fest sein. Ein Meister entfesselt, ohne die Seile durchschneiden zu müssen.«

»Woher weißt du so viel darüber?«

Tamae ließ den Kopf von einer Seite zur anderen pendeln. »Jedenfalls nicht aus eigener Erfahrung. Für mich ist das einfach zu strange. Ich habe früher, in Berlin, während meines Studiums mal eine Zeit lang in einem Club gekellnert. Dort hatten sie ziemlich schräge Veranstaltungen. Mal Karaoke, mal Schlagerparade und zwischendurch auch mal Striptease und eben Bondage. Mit einigen der japanischen Meister habe ich mich natürlich unterhalten. Für die war es immer toll, eine Landsmännin zu treffen, die ihnen auch etwas über Deutschland erzählen konnte. Einer wollte mich unbedingt als Partnerin anheuern, der hätte sogar einen ziemlichen Batzen Geld dafür springen lassen. Aber kannst du dir mich als gefesseltes Opfer vorstellen?« Tamae lachte ihr raues, dunkles Lachen, das wie so oft ohne die geringste Fröhlichkeit war.

Lena wiegte grinsend den Kopf. »Obwohl – die Vorstellung finde ich irgendwie spannend. Du mir hilflos ausgeliefert …«, sie schnalzte übertrieben laut mit der Zunge.

Tamae trank den Rest ihres Weines auf einen Zug aus und stand dann abrupt auf. »Lass uns ins Bett gehen und ausprobieren, wie weit ich gehen kann«, verlangte sie heiser und zog Lena, die sich nicht wirklich wehrte, ins Schlafzimmer.

Lena betrachtete hingerissen das vor Erregung entrückte Gesicht ihrer Geliebten. Ihre Rechte lag zwischen Tamaes Schenkeln. Es dauerte nicht lange, bis sich deren Körper in einem kurzen, von dunklen, wehklagenden Tönen und unverständlichen Worten begleiteten Höhepunkt bog. Schwer atmend ließ Lena sich auf das zerknüllte Laken fallen, die schweißgebadete Tamae rollte sich neben ihr ein. Ihre Arme umschlangen Lena, die den schmalen Rücken der Freundin streichelte und leise Koseworte flüsterte. Fünf Minuten später verkündeten tiefe Atemzüge, dass Tamae eingeschlafen war. Satt und zufrieden wie eine Katze, die gerade eine Schale Sahne ausgeschleckt hatte. Lächelnd zog Lena die Bettdecke über sie und stand leise auf. In der Küche brannte noch Licht, und sie räumte so geräuschlos wie möglich die Teller und Gläser vom Abendessen in die Spülmaschine. Nicht, dass sie befürchten musste, Tamae aufzuwecken. Die schlief wieder einmal so tief und fest, dass nichts und niemand sie hätte aus ihren Träumen reißen können. Lena war durstig, sie trank noch eine halbe Flasche Wasser, öffnete dann das Fenster, um zu lüften, und tapste über den Gang ins Bad. Ihr müder Blick streifte die Holzschale. Sie war schon fast im Badezimmer, als ihr Hirn registrierte, was sie dort gesehen hatte. Blitzschnell drehte sie sich noch einmal um. Kein Zweifel. Lena rieb sich die Augen, aber es veränderte sich nichts. In der Schale lag auf einmal wieder der Schlüssel zu Sabrinas Wohnung!

Tamae lag tief schlafend im Bett. Sie hatte sich auf den Rücken gedreht, die Arme umschlangen ihren schmalen Leib. Ihr Atem ging ruhig und gleichmäßig. Lena betrachtete die Frau, mit der sie seit einigen Jahren eine so spezielle Verbindung hatte. Sie wurde wieder einmal nicht klug aus ihr. Hatte sie den Schlüssel mitgebracht? Wenn ja, wie war sie überhaupt in seinen Besitz gekommen? Es konnte nur passiert sein, als sie beide in Sabrinas Wohnung waren. Aber wie war das möglich? Lena war mit einem Mal hellwach. Es war noch nicht spät, eigentlich hatten sie nach dem Essen ins Kino gehen wollen. Tamae würde, wie oft, wenn sie nach dem Sex bei ihr blieb, nicht nur tief und fest, sondern auch lange schlafen.

»Du bist wie ein Mann«, hatte Lena sie einmal geneckt, woraufhin ihre Freundin mit einem heftigen Wutausbruch reagierte. Seufzend stand Lena auf, um ins Wohnzimmer hinüberzugehen. Dort lag noch das Buch aus Sabrinas Wohnung. Sie goss sich noch ein Glas Wein ein und schlug es wahllos auf.

Der Fahrer wartete in der abendlichen Dunkelheit, bis seine Chefin ihm vom Eingang des kleinen Hauses aus mit einer Handbewegung bedeutete, er könne nun weiterfahren. Zum Gruß tippte er an seine Mütze und lenkte den sanft schnurrenden Dienstwagen aus der Parklücke heraus. Es war wieder ziemlich spät geworden bei den Außendiensttterminen der Dezernentin. Aber auch dieses Mal hatte kein Licht gebrannt in dem gemütlich aussehenden Einfamilienhaus am Rotkehlchenweg, einer ruhigen und guten Wohngegend in Langen. Wie lange noch würde seine Chefin allen etwas vormachen? Hier jedenfalls warteten weder Mann noch Kind auf die Dezernentin. Aber das Haus war hübsch. Naturstein, grüne Fensterläden und ein üppiger, eingewachsener Garten. Hätte er der Maibaum gar nicht zugetraut. Sie machte immer einen sehr unsentimentalen, kühlen Eindruck. Auch an Abenden wie diesem, wenn sie mal wieder von einer Sitzung zur nächsten gehechelt war und zum

Abschluss noch eine Rede bei der IHK zum Thema Jugendarbeitslosigkeit hielt, verlor sie ihm und anderen Untergebenen gegenüber nie die Fassung, zeigte kein bisschen Schwäche. Wenn man einmal von der ihr eigenen Ungeduld absah, die sie recht häufig an den Tag legte. Auf jeden Fall passte das Haus nicht dazu. Vielleicht verriet es ja eine geheime Sehnsucht nach Romantik und Geborgenheit, die man der Maibaum sonst nicht anmerken konnte? Er lächelte leise vor sich hin. Politiker, das wusste er aus langjähriger Erfahrung, steckten manchmal doch noch voller Überraschungen.

Er drehte das Radio auf seinen bevorzugten Sender. Schlagermusik erklang, Helene Fischer sang von Sehnsucht und Liebe, den wirklich wichtigen Dingen im Leben, wie er fand. Der Fahrer lächelte und fuhr gemächlich davon.

Es war wieder viel zu kalt im Haus. Marianne Maibaum fluchte lautlos vor sich hin. Sie würde nie kapieren, wie das mit den Einstellungen der Heizung hier funktionierte. Es war Hartmuts Idee gewesen, dieses kleine, fast etwas bescheiden wirkende Haus zu kaufen. Sie hätte nicht auf ihn hören sollen. Aber er war ihr immerhin klaglos hierher gefolgt und hatte mit dem Umzug auch ihren politischen Ehrgeiz unterstützt. Nicht zum ersten Mal, und sie hatte geglaubt, ihm etwas schuldig zu sein.

»Pah!«, stieß sie nach einem Blick in das leere Schlafzimmer hervor. Wenn nicht nächstes Jahr die Landratswahl anstünde! Eine Scheidung so kurz vor dem Ziel, auf das sie viele Jahre lang zugesteuert war, käme sicher nicht gut an. Man durfte die Bevölkerung nicht unterschätzen. Selbst die Nähe zu einer Großstadt wie Frankfurt änderte nichts daran, dass die Menschen in vielen ländlich geprägten Gemeinden des Landkreises noch konservativ war. Überhaupt, eine Frau saß hier noch nie auf dem Landratssessel. Da waren selbst die Bayern weiter!

Die Dezernentin schaltete im Badezimmer das Licht an und schaute prüfend in den Spiegel. Im November wurde sie fünfzig, ein Alter, das man ihr nicht ansah. Kein einziges graues Haar zeigte sich in ihrem schwedenblonden Bob, ein paar Fältchen um die Augen und den Mund verlangten große Nähe, um bemerkt zu werden. Etwas, das sie schon immer nur ganz wenigen Menschen zugestand. Auf Wahlplakaten machte sie sich jedenfalls sehr gut. Das strahlende Lächeln war geübt. Damals, als sie ihre ersten politischen Schritte in die Öffentlichkeit tat, war es ein Personal Coach gewesen, der ihr die wesentlichen Dinge beigebracht hatte. Wie man für Pressefotos lächelte, ohne zu viele Falten zu schlagen, welche Mimik und Gestik überzeugend wirkten, Souveränität und gleichzeitig Herzlichkeit ausstrahlten. Ihr Bild in der Öffentlichkeit, das war Marianne Maibaum wohl bewusst, entsprach einer ausgeklügelten PR-Strategie. Die Kratzer im Lack entstanden im Tagesgeschehen. Hier der Leiter einer Wohltätigkeitsorganisation, der ihr unter vier Augen völlige Ignoranz der Belange seines Vereins vorgeworfen hatte, dort einige Mitarbeiter der Verwaltung, die sie in letzter Zeit häufiger auflaufen ließen. Und dann der Landrat – der dickste Brocken. In der Öffentlichkeit immer freundlich, höflich, zuvorkommend. Dabei hielt er das aufgeklappte Messer stets in der Hand.

»Politik wird nicht im Schönheitssalon gemacht«, hatte er neulich ganz beiläufig in einer Dienstversammlung von sich gegeben. Maibaum, neben einer eher herb aussehenden Bürgermeisterin aus einer kleinen Gemeinde die einzige Frau im Raum, hatte die Spitze wohl verstanden. Ihre Zuträger aus den verschiedenen Ämtern bestätigten die Befürchtungen: Er nahm sie nicht ernst, zweifelte im kleinen Kreis sogar manchmal laut an ihrer Kernkompetenz. Wenigstens konnte sie sich auf die Bergmann verlassen. Ihre Referentin, diese kühl und unnahbar wirkende Person, besaß ein beachtliches Talent, Projekte zu entwickeln und auf den Weg zu bringen. Alice Tumb-Grimmler, diese ewige Nervensäge, maulte nun natürlich wieder.

»Lass mich das Projekt übernehmen. Carola Bergmann hat kein Parteibuch, also wird es auch nicht als Parteisache gewertet, was sie tut«, argumentierte sie ziemlich lahm. Es war unübersehbar, wie gerne sie selbst das Projekt bekommen hätte.

»Das geht nicht, Alice. Sie hat es angeregt und konzipiert. Wie sähe das aus, wenn ich es nun dir geben würde? Aller parteilichen Verbundenheit zum Trotz, das wäre ein Eigentor.« Sie hatte es sich aber verkniffen, die Tumb-Grimmler darauf hinzuweisen, sie könne doch selbst einmal etwas Tragfähiges auf die Beine stellen, anstatt ihr immer wieder die alten Kamellen anzutragen, die schon vor Jahren ihr Vorgänger abgeschmettert hatte, wie sie neulich gerade noch rechtzeitig von ihrer Referentin erfahren hatte. Gottlob, bevor sie Alices Vorschläge in einer großen Runde diskutierte. Inzwischen wusste sie, wie lächerlich sie sich damit gemacht hätte, nachdem diese lediglich kosmetisch überarbeiteten Vorschläge bereits mehrfach abgelehnt worden waren.

»Wir haben genügend Handlungsbedarf im sozialen Bereich. Solange die Sachen zusätzlich noch kostenneutral sind …«, lautete ihre Devise nun. Sie konnte nur hoffen, dass Alice das auch verstand. Immerhin war sie Vorsitzende einer kleinen aber wichtigen Fraktion in einer dieser winzigen Gemeinden des Landkreises. Dort galt ihr Wort etwas, und die Dezernentin wollte sie deshalb auch nicht vergrätzen. Politik war eben immer noch gegenseitiges Händewaschen.

Kostenorientiertes Denken. Noch etwas, das die Bergmann vielen anderen voraushatte. Sie arbeitete absolut effiziente Konzepte aus. Eine Seltenheit bei Leuten, die in der Verwaltung groß geworden waren. Dabei hatte sie diese Mitarbeiterin zunächst gar nicht in ihrem Dezernat haben wollen, hätte lieber jemanden aus ihrem politischen Dunstkreis eingesetzt. Wie gut, dass sie sich das noch einmal anders überlegt hatte. Kein Parteibuch war ja auch besser als das falsche. Neulich hatte sie sich mal die Akte ihrer Referentin aus der Personalabteilung kommen lassen. Mit einem Hauptschulabschluss so weit zu kommen, das war schon bemerkenswert. Natürlich hat sie selbst mit Anfang dreißig schon weiter oben auf der Karriereleiter gestanden. Mit einem entsprechenden Elternhaus, dem Jurastudium im Rücken und der langjährigen Parteizugehörigkeit ihres Vaters keine Seltenheit auf der politischen Bühne. Erstaunlicherweise fand sie in Carola Bergmanns Akte Hinweise auf verschiedene Fortbildungen. Ihre Referentin hatte neben ihrer Verwaltungsarbeit auf dem zweiten Bildungsweg einen höheren Schulabschluss gemacht, danach bei der IHK einen Lehrgang in Betriebswirtschaft belegt und mit Auszeichnung abgeschlossen.

Marianne Maibaum war nach Lektüre dieses Lebenslaufs, der von außergewöhnlichem Ehrgeiz und großer Disziplin sprach, überzeugt davon, mit dieser Mitarbeiterin das große Los gezogen zu haben. Persönliche Gefühle oder Parteibuch hin oder her, solange die Referentin weiterhin so gute Arbeit leistete, würde sie die Frau nach allen Kräften unterstützen und halten. Und wenn es mit der Arbeit einmal nicht mehr so gut klappte – es gab ja genügend Methoden, in Ungnade gefallene Mitarbeiter loszuwerden! Alice würde ihr im Falle eines schlimmen Falles dabei sicher gerne helfen …

Die Dezernentin ging in die Küche, die wie alle Räume in dem Haus teuer und funktionell eingerichtet war. Durch die all die Termine dieses Tages war sie noch nicht einmal zum Essen gekommen, und durch den vielen Kaffee, den sie stattdessen getrunken hatte, war ihr Magen übersäuert. Sie trank hastig zwei Gläser Wasser direkt aus dem Hahn und öffnete danach eine Flasche Chardonnay. Im Tiefkühler fand sie fertig portionierte kleine Gerichte, die ihre Haushälterin, die zwei Mal pro Woche kam, ihr immer dort hineinlegte. Sie entschied sich für ein leichtes asiatisches Hühnchencurry mit Reis, das sie in der Mikrowelle erhitzte. Danach wechselte sie ins Wohnzimmer, stellte ihr Weinglas und den Teller mit dem Essen auf einem niedrigen Couchtisch ab und drückte den Knopf der

Fernbedienung. Sie achtete nicht auf das reguläre Programm, ging gleich zum Teletext über, um die neuesten Nachrichten zu lesen und dabei ihr Gericht zu verspeisen. Der Teller war schon halb leer, als sie die Meldung sah:

Dietzenbach/Kreis Offenbach: In der Gemarkung Dietzenbach wurde die verstümmelte Leiche einer jungen Frau gefunden. Ein Rentner machte die grausige Entdeckung beim Abendspaziergang mit seinem Hund. Wer die Tote ist und was genau die Todesursachen sind, ist nach Polizeiangaben noch ungeklärt.

»Ach du Scheiße, schon wieder Dietzenbach«, murmelte Marianne Maibaum und stellte hastig ihren Teller ab, um einen großen Schluck Wein zu nehmen. Als wären sie nicht schon genug in den negativen Schlagzeilen mit einem abscheulichen Babymord, dem kürzlich aufgedeckten, groß angelegten Sozialhilfebetrug und der immer aggressiver werdenden Bandenkriminalität. Wer das las, musste ja denken, ihr schöner Landkreis sei ein Hort des Verbrechens.

Der Appetit war ihr vergangen, und sie schmiss den Rest ihres späten Abendessens in den Müll. Zum ersten Mal seit langer Zeit sehnte sie sich wieder nach ihrem Mann. Oder wenigstens nach ihrer Tochter, die es aber vorzog, nach dem Abitur um die Welt zu reisen. Jetzt gerade war Melanie in Neuseeland und verdingte sich dort auf einer Farm. Weiß der Henker, was in dieses Kind gefahren war. Obwohl – so schwierig zu verstehen war das nicht. Sie hatte eben die Gene ihres Vaters. Der hielt es auch nicht lange an einem Ort aus. Anfangs hatte ihr das ja gefallen. Dieser starke, selbstbewusste Mann, der auch noch erfolgreich war.

»Ein Bildhauer? Gibt es diesen Beruf denn wirklich?«, hatte ihre Mutter damals spitzlippig gefragt. Marianne Maibaum erinnerte sich gegen ihren Willen an die ersten beiden Jahre ihrer Beziehung. Sie waren so wild aufeinander gewesen, dass sie kaum aus dem Bett herauskamen. Und wenn, dann setzten sie ihr Liebesspiel eben woanders fort. Noch heute errötete sie bei dem Gedanken, wie oft sie sich hemmungslos im Garten geliebt hatten, hinter hohen Hecken, nur wenige Meter von grillenden oder lesenden Nachbarn entfernt. Hartmut hatte ihr damals immer mit der Hand den Mund verschlossen, damit ihr wollüstiges Stöhnen nicht zu hören war. Von dieser sexuellen Spannung, die ständig zwischen ihnen in der Luft lag, profitierten sie damals beide. Er schuf riesige Plastiken, die inzwischen zu schwindelerregenden Preisen gehandelt wurden, sie startete ihre Karriere in der Partei, arbeitete anfangs sogar noch in Teilzeit in einer Anwaltssozietät mit. Erst mit ihrer Schwangerschaft, sie war fast dreißig und dachte, ein Kind komme jetzt besser gelegen als später, kamen Veränderungen. Vielmehr, Hartmut veränderte sich. Seine nachlassende Lust hatte sie zunächst mit ihrem Schwangerschaftsbauch und seiner Rücksichtnahme auf sie in Verbindung gebracht. Bis sie bemerkte, dass schlicht sein Interesse an ihr nachgelassen hatte, er sich nicht mehr um sie kümmerte. Warum sie sich nicht schon damals getrennt hatten, konnte sie sich auch im Nachhinein nicht erklären. Hartmut hing sehr an seiner kleinen Tochter, das war vielleicht der eine Grund. Der andere mochte ihre beginnende politische Laufbahn gewesen sein. Es war ja auch so einfach, der Öffentlichkeit das coole Paar vorzuspielen. Seht her, wir haben alles! Ein Künstler und eine Politikerin mit einer kleinen Tochter, die der wahre Sonnenschein ist. Alle sind erfolgreich, alle sind glücklich. Und die Kleine sitzt in der Werkstatt und schaut ihrem Vater zu, während die viel beschäftigte Mama unterwegs ist. Sex blieb von dem Moment an eine schnelle Nummer zur Entspannung oder eheliche Pflichterfüllung.

Bitter schmeckte ihr heute dieses darauf folgende, jahrelange Vorspielen falscher Tatsachen, das ihr in Fleisch und Blut übergegangen war. Auch das Wegsehen, als Hartmut immer öfter und immer ungenierter seiner eigenen Wege ging. Als sie vor drei Jahren hierhergezogen waren, sah es eine kurze Weile wieder so aus, als stelle sich das alte Glück noch einmal ein. Es war ja nicht so, dass sie sich permanent stritten. Auf eine fleischlose Art waren sie sogar glücklich. Er hatte sie unterstützt, ihr zugeredet, dem Ruf ihrer Partei zu folgen und damit den nächsten großen Karriereschritt einzuleiten. Auch das Haus hatte er ausgesucht und eingerichtet. Kein großes, kühles Anwesen wie das vorherige in einer ebenso kühlen Kleinstadt in Norddeutschland. Überschaubarer, natürlicher wollte er es haben und vermittelte großen Spaß dabei, sich um alles zu kümmern, was mit dem Ausbau und dem Umzug zusammenhing.

Manchmal, wenn er es nicht sah, beobachtete sie ihn damals bei seiner Arbeit in einem abgeteilten, lichtdurchfluteten Bereich des Hauses, für das er Wände einreißen und stattdessen riesige Fenster einsetzen ließ. Ein großer, muskulöser Mann, das schwarze Haar sparsam mit Grau durchsetzt und noch so voll wie vor zwanzig Jahren. Die dunkelblauen Augen in seinem glatt rasiertes Gesicht blickten stets kritisch auf die eigene Arbeit, erst wenn er fertig war, das Objekt genau so aussah, wie er es sich vorgestellt hatte, ging ein erleichtertes Lächeln über sein Gesicht. Ihr Herz zog sich bei diesem Anblick immer schmerzhaft zusammen. Was war nur passiert? Doch inzwischen war es egal, sie brauchte der Frage nicht mehr nachzugehen, denn Hartmut hatte sie wieder einmal verlassen. Als sie nach seinem überraschenden Abgang seine persönlichen Dinge durchgesehen hatte, fiel ihr auch der Schriftwechsel mit einem spanischen Anwalt in die Finger. Hartmut hatte vor ihrer gemeinsamen Zeit lange in Südamerika gelebt, er sprach fließend Spanisch. Und sie verstand zumindest so viel, um zu begreifen, dass ihr Mann sich in Málaga ein Appartement gekauft hatte. Wutentbrannt wollte sie sofort hinfliegen, um ihn zur Rede zu stellen. Doch nach dem ersten Zorn legte sich eine Art Lähmung über ihre Gefühle. Seither funktionierte sie wie bisher. Sie ging morgens früh aus dem Haus und kam abends spät zurück. Allen, die danach fragten, erklärte sie, ihre Tochter und ihr Mann hielten sich im Ausland auf. Alle nickten verstehend, und was sie wirklich dachten, war Marianne Maibaum auch egal.

Langsam ging sie ins Schlafzimmer, betrachtete ihr großes, einsames Bett. Dann ließ sie sich bäuchlings darauf fallen und fing an, hemmungslos zu weinen.

Lena las einige Seiten in Sabrinas Buch, auf denen der Dominus detailliert beschrieb, was er mit seiner Sklavin alles machte. Sie atmete tief durch. Durfte eine Frau sich so erniedrigen lassen? Sie fragte sich, wie authentisch das Buch war. Tamae und Sonja hatten davon gesprochen, dass die Abgabe der Selbstkontrolle für viele Leute das höchste der Gefühle war. Aber ging das – sich wie ein Objekt benutzen zu lassen, jeden eigenen Willen zu unterbinden und sich einer fremden Person derartig auszuliefern? Untergrub das nicht alle Regeln einer gleichberechtigten Partnerschaft, für die Generationen von Frauen vor ihr schon gekämpft hatten? Und was für Männer waren das, die sich Dom oder Meister nannten und Frauen körperlich und seelisch demütigten? Lena fragte sich, wie Sabrina von diesen Vorlieben gemerkt haben mochte.

Nebenan stöhnte Tamae im Traum kurz auf. Kein glückliches Stöhnen, es hörte sich verängstigt an. Lena ging hinüber, hockte sich neben das Bett und strich der Geliebten sachte mit der Hand über die Stirn. Ein probates Mittel gegen deren gelegentliche Albträume, an denen Tamae normalerweise nur in fremder Umgebung litt, wodurch auch immer sie verursacht wurden. Wenige Sekunden später atmete die Japanerin wieder ruhig und gleichmäßig. Lena ging zurück zu ihrer Lektüre, aber es fehlte ihr die Lust weiterzulesen.

Mechanisch zog sie die Fernbedienung des Fernsehers zu sich und zappte sich ohne Ton durch die Kanäle. In einem der Dritten lief »Casablanca«, und sie sah sich den Schluss des Films ohne Ton an. War auch nicht nötig, es wusste ja jeder, worum es ging. Lena konzentrierte sich auf die Mimik und das Augenspiel der Schauspieler und war wieder einmal beeindruckt von Ingrid

Bergmanns Augen, als sie sich von Humphrey Bogart verabschieden musste.

Beim Abspann ging sie gewohnheitsmäßig noch einmal auf den Teletext im Hessischen Dritten. Auf der zweiten oder dritten Seite stieß sie auf die Nachricht.

Dietzenbach/Kreis Offenbach: In der Gemarkung Dietzenbach wurde die verstümmelte Leiche einer jungen Frau gefunden. Ein Rentner machte die grausige Entdeckung beim Abendspaziergang mit seinem Hund. Wer die Tote ist und was genau die Todesursachen sind, ist nach Polizeiangaben noch ungeklärt.

Ein plötzliches Kribbeln breitete sich über ihren Kopf und ihren Nacken aus. Hatte Sonja nicht eine Domina in Dietzenbach erwähnt, die ein Mädchen vermisste? Wenn das Mädchen Sabrina war … Lena wollte nicht weiterdenken. Die Vorstellung, Jürgens Schwester könnte tot sein, war auf einmal so wahrscheinlich wie erschreckend. Lena stand auf und kramte die Adresse, die Sonja ihr genannt hatte, hervor. Sie würde morgen nach der Arbeit zu dieser Romina gehen. Dann wüsste sie schnell, ob es sich bei dem vermissten Mädchen um Sabrina handelte!

Als sie auf dem Weg vom Bad ins Schlafzimmer durch den Flur kam, blieb ihr Blick wieder an dem Schlüssel hängen, der sich auf so geheimnisvolle Art wieder eingefunden hatte. Noch etwas, das sie morgen tun würde. Tamae danach fragen.

»Das kommt überhaupt nicht infrage. Sind Sie denn wahnsinnig, mir so etwas anzutragen!« Marianne Maibaums flache Hand schlug fest auf den Tisch des Konferenzraums, in dem sie mit dem Jugendamtsleiter Märkle, seinem Stellvertreter Mielke, der Bergmann und Hanna Stern, ihrer Sekretärin, saß.

Patrick Mielkes mahlender Kiefer zeugte von seiner Anspannung, als er jetzt vorsichtig den Kopf schüttelte. Seine sonstige Mimik wirkte ruhig und gelassen, wie immer.

Sein Vorgesetzter Märkle stierte mit verbissener Miene vor sich hin. Sollte er seinen Stellvertreter jetzt unterstützen oder nicht? Die Frage wäre einfacher zu beantworten gewesen, wenn er sie sich aus rein sachlichen Erwägungen heraus gestellt hätte. Doch Märkle taktierte. Die Maibaum mit einer unmöglichen Sache im Blickfeld der Öffentlichkeit ins Messer laufen zu lassen, das wäre nach seinem Geschmack. Doch was, wenn Mielkes Vorstellungen so schlecht gar nicht wären und die Dezernentin plötzlich als Vorreiterin einer innovativen Strategie galt? Die Mielke ihr quasi auf dem Silbertablett servierte? Märkle wusste genau, welche Qualitäten sein Stellvertreter hatte. Der Junge war nicht dumm. Der Blick des Jugendamtsleiters ging zur Bergmann hinüber, die scheinbar unbeteiligt dasaß und mit einem Stift spielte. Doch in ihrem Kopf ratterte es, das konnte er sehen. Würde sie sich ebenfalls auf Mielkes Seite stellen, konnten sie mit vereinten Kräften die Maibaum vielleicht doch noch überzeugen. Zum wiederholten Male fragte sich Märkle, ob die Bergmann und sein Stellvertreter etwas miteinander hatten. Es gab keine offensichtlichen Anhaltspunkte dafür, nur schnelle Blicke und Gesten, eine Art stumme Verständigung zwischen den beiden, die ihm bereits bei einigen Gelegenheiten aufgefallen war. Eine blöde Situation wäre das für ihn selbst. Denn wenn die Bergmann mit dem Mielke ins Bett stieg, wurden mit an Sicherheit grenzender Wahrscheinlichkeit dort auch vertrauliche Informationen ausgeplaudert, von denen sein Stellvertreter profitieren konnte. Ein herber Rückschlag für ihn selbst. Die aufgeregte Stimme der Maibaum unterbrach seine Gedankengänge.

»Das ist ein Himmelfahrtskommando. Niemand, wirklich niemand, ich rede jetzt von den demokratischen Parteien, würde es wagen, so etwas laut auszusprechen!«

»Eben!« Mielkes Stimme klang völlig sachlich.

»Wir reden immer um das eigentliche Problem herum. Davon, wie wichtig Kinder in unserer Gesellschaft sind. Gemeint ist damit stets nur die Geburtenrate. Kinder sind unsere Zukunft, tönt es überall, und damit denken die meisten nur an künftige, fleißige Rentenzahler und Konsumenten, die die Wirtschaft ankurbeln. Ein System, das vor dem Kollaps steht, soll mittels einer Wunschvorstellung in den Köpfen der Bevölkerung am Leben erhalten werden. Keiner traut sich, das auszusprechen, was doch offensichtlich ist. Kinder in die Welt zu setzen reicht nicht aus! Was wir für den Nachwuchs brauchen, sind Chancen auf ein anständiges Leben. Die kriegt man nicht durch Transferleistungen der Politik. Die kriegt man nur, wenn auch die Eltern sich um ihre Kinder kümmern und sie nicht seelisch und bildungstechnisch verwahrlosen lassen, bis sie im schulpflichtigen Alter oder sogar darüber hinaus sind! Wir haben jetzt schon ...«, er warf einen Blick auf die Unterlagen vor sich, »jährliche Ausgaben in Höhe von über fünfeinhalb Milliarden Euro in Deutschland, allein für Übergangsmaßnahmen für Jugendliche, die keinen oder einen miserablen Schulabschluss haben und die, da sind sich die Experten unter der Hand sowieso sicher, kaum noch einen Anschluss finden werden. Da sind die Kosten für vorgelagerte und nachgelagerte Programme und Maßnahmen noch gar nicht mit drin. Wir wissen ja, dass inzwischen über fünfzigtausend Jugendliche jedes Jahr ohne Abschluss von den Schulen abgehen. Die sind in diesem Moment bildungstechnisch kaum noch erreichbar. Da rollt eine Lawine von Menschen auf uns zu, deren Karriere als Hartz-IV-Empfänger bereits vorprogrammiert ist. Und die wiederum leben von Transferleistungen, nicht selten ein ganzes Leben lang, und zahlen ganz bestimmt nicht in die Sozialkassen ein.«

»Das ist nicht das vorrangige Problem des Jugendamtes«, wandte Märkle ein im Versuch, sich irgendwie noch an der Diskussion zu beteiligen.

»Die Anzeichen erkennen wir aber als Erste. Früher, viel früher als wir zurzeit ansetzen können, werden die Weichen gestellt.« Mielke schaffte es wie immer, seinen Vorgesetzten zu berichtigen, ohne ihm direkt zu widersprechen.

»Wir sehen doch, mit welcher besorgniserregenden Geschwindigkeit sich immer breitere Gesellschaftsschichten abkoppeln. Von Erziehung, Bildung, Arbeit. Ganz besonders in einigen unserer sozialen Brennpunkte im Landkreis haben wir das bald nicht mehr im Griff.«

»Sie wollen damit hoffentlich nicht sagen, dass die falschen Leute zu viele Kinder kriegen«, antwortete die Dezernentin provozierend langsam. Alle schwiegen. Sie seufzte und fuhr fort. »Wir holen jedes Jahr eine ganze Menge von Kindern aus den Familien heraus, das wissen Sie doch selbst gut genug!«

»Wir holen sie heraus, wenn sie körperlich misshandelt werden oder die Eltern definitiv – und auch das ist innerhalb des Amtes Auslegungssache – zu schwach sind, um sich zu kümmern. Und meist auch nur temporär. Etliche müssen wir nach Abklingen von akuten Missständen, wieder in die Familien zurückbringen. Wohl wissend, dass eine Veränderung der Lebensumstände nur zeitweise und mit Unterstützung von sozialen Diensten möglich ist. Im Klartext heißt das, wir schicken Kinder sehenden Auges in schwierigste Verhältnisse zurück, die keinerlei Chancen erkennen lassen. Denn«, bei diesen Worten beugte er sich vor und schaute die Maibaum ganz direkt an, »wir können meist nur körperliche Gewalt belegen. Gegen andere Arten von Verwahrlosung haben wir kaum eine Handhabe. Wer will denn Eltern heute vorschreiben, ob sie mit ihren Kindern sprechen oder sie einfach vor die Glotze setzen? Wer prüft nach, ob so ein junges Wesen auch mal ein Buch in der Hand hält? Und wer legt sich mit denen an, die Pornos für Achtjährige für eine geeignete Erziehungsmaßnahme halten?« Mielke spielte auf einen Fall an, der vor einigen Tagen intern diskutiert worden war. Ein Ehepaar hatte seine vier minderjährigen Kinder mit derlei Filmen versorgt und die zuständige Sozialarbeiterin aufs Übelste beschimpft, als sie es monierte. Der Maibaum schwoll langsam eine kleine, bläuliche Ader an der Stirn.

Hanna Stern hob zaghaft die Hand. »Soll ich das jetzt alles protokollieren?«

»Ach, papperlapapp. Ich sage Ihnen, wann Sie was aufschreiben sollen«, antwortete die Maibaum unwirsch. Die Dezernentin strich sich mit der Hand über die Stirn. Es war acht Uhr morgens, eigentlich eine unmögliche Zeit für eine Besprechung. Doch die Sache eilte, und ihr Terminkalender war ansonsten berstend voll.

»Ihre Haltung ist gefragt«, hatte die Bergmann ihr vor zwei Wochen gesteckt. »Wir müssen dieses Thema besprechen. Es brodelt im Jugendamt, und wenn etwas passiert und Sie von der Presse kalt erwischt werden, unvorbereitet ein Statement abgeben müssten, das wäre nicht gut. Gar nicht gut.«

Tatsächlich hatte sich im Jugendamt eine Fraktion gebildet, die von ihrer Dezernentin eine klare Aussage zu dem Thema haben wollte. Wenngleich diese auch anfangs nur eine Art vorsichtige politische Absichtserklärung sein konnte, denn im tatsächlichen Leben waren ihnen nach wie vor die Hände gebunden.

»Jede Wahrheit braucht jemanden, der sie ausspricht«, murmelte jetzt gerade jemand, und Marianne Maibaum schaute wieder auf die Aufstellung, die vor ihr lag.

»Carola, was meinen Sie dazu?«

»Patrick hat recht.«

Die Maibaum und Märkle sahen gleichzeitig hoch. Sie überrascht, er wirkte misstrauisch. Carola Bergmann spielte noch immer mit ihrem Kugelschreiber, das weiße Blatt vor ihr war leer. »Es hilft wenig, immer mehr Geld und immer mehr Sozialarbeiter in die sozialen Brennpunkte zu schicken, wenn wir doch damit nichts erreichen oder viel zu spät eingreifen. Patrick«, sie nickte ihrem Gegenüber kurz zu, »hat ja etliches Datenmaterial zusammengetragen. Unsere Sozialarbeiter vor Ort sehen tagtäglich dieses Elend und können nichts tun. Kleinkinder, die den ganzen Tag keinerlei Ansprache erhalten, vor laufende Fernseher gesetzt oder mit der brüllenden Musik ihrer älteren Geschwister terrorisiert werden. In immer mehr Vorschulklassen fallen Kinder auf, die offensichtlich nicht richtig sprechen können. Ganz einfach, weil zu Hause niemand mit ihnen spricht! Wenn sie schmutzig sind oder ohne Frühstück und ohne Pausenbrot in die Schule kommen, können wir etwas tun. Wir sorgen für rudimentäre Körperpflege, dabei wissen Sie, wie heikel auch dieses Thema ist.«

Die Maibaum winkte bei diesen Worten unbehaglich ab. »Und wir haben jetzt überall wenigstens Obst und Joghurt ab der Vorklasse, das wir diesen Kindern anbieten können, aber die Situation verändert sich nicht wirklich.«

»Die Schule kann die Eltern einbestellen«, meldete sich nun Märkle wieder zu Wort.

Carola Bergmanns Blick war voller Verachtung für so viel zur Schau getragene Ignoranz der Tatsachen. »Einbestellen schon. Wer nicht kommt, kommt nicht. Und wir haben immer noch Eltern, die uns klarmachen, ihre Kinder seien ihre persönliche Angelegenheit. Wortwörtlich hat neulich eine Mutter einer Vorklassenleiterin gegenüber zugegeben, ihre kleine Tochter regelmäßig zu schlagen und zur Strafe für jedes Fehlverhalten ohne Abendbrot ins Bett zu schicken. Mit den Worten ›das ist mein Kind, mit dem kann ich tun und lassen, was ich will‹. Kinder werden teilweise als persönlicher Besitz angesehen.« Zur Maibaum gewandt fuhr sie fort. »Glauben Sie wirklich, wir können im Sinne der Kinder etwas ändern, indem wir noch höhere Hartz-IV-Sätze und Bildungspakete verabschieden oder das Kindergeld erhöhen? Eine gezielte Förderung sähe anders aus.«

»Carola, bitte. Das ist Bundespolitik, Sie wissen ja wohl sehr genau, wie wenig Möglichkeiten wir hier auf kommunaler Ebene haben.«

»Anstöße für Veränderungen kommen ja wohl oft genug aus genau dieser politischen Ebene«, meldete sich nun Patrick Mielke wieder zu Wort, und die Bergmann nickte dazu.

»Wir wollen ja nicht gegen die Eltern arbeiten, auch nicht parallel zur Bundespolitik. Vielmehr geht es um die Entwicklung neuer Ansätze in der Unterstützung, nach dem Prinzip Fordern und Fördern«, erläuterte sie ihre und Mielkes Gedankengänge.

Die Dezernentin blickte versonnen auf ihre Referentin, deren langes Haar glatt und glänzend über die Schultern fiel. Ob sie es wohl tönte? Und für wen machte sie sich eigentlich immer so schick? Man munkelte, sie habe sich einen Sportwagen zugelegt. Marianne Maibaums Blick wanderte zu Carola Bergmanns Fingern. Kein Ring. Aber vielleicht steckte ja ein Sugar Daddy hinter den teuren Klamotten und dem Auto. Marianne Maibaum seufzte unwillkürlich auf. Wie ungerecht, dass die Jugend so schnell vorbeiraste und man ab einem gewissen Alter nur noch neidvoll auf die Jüngeren blicken konnte, die oft gar nicht begriffen, wie kurz diese verschwenderische Phase des Lebens war, mit der sie scheinbar so sorglos umgingen.

»Frau Maibaum?«

»Hm?« Sie schreckte aus ihren Gedanken.

»Was soll ich jetzt schreiben?« Hanna Stern schaute sie verunsichert an.

»Gar nichts. Gehen Sie ins Sekretariat und sagen Sie meinen Neun-Uhr-Termin ab. Wir haben hier doch mehr Diskussionsbedarf, als ich ursprünglich dachte.«

Erst als die Tür hinter der sichtlich indignierten Schreibkraft zugefallen war, widmete sich die Dezernentin wieder der Diskussion. »Was genau wollen Sie beide nun eigentlich?« Ihr Blick wanderte von Patrick Mielke zu ihrer Rechten weiter zu Carola Bergmann zu ihrer Linken.

»Ich möchte Ihre Genehmigung dafür, dass ich offizielle Daten zur Situation in unserem Landkreis zusammentragen und Fallbeispiele sammeln kann, um dann gemeinsam mit den betreffenden Sozialarbeitern Ideen für eine Verbesserung der Situation zu entwickeln. Ein erster Schritt ist ja schon mit der Installation des Querschnittsteams gemacht. Deren Arbeit möchte ich gerne in meine Auswertungen miteinbeziehen.«

»Das Team ist zunächst für ein Jahr installiert. Brauchen wir die Ergebnisse nicht früher?«

Mielke unterdrückte ein Lächeln. »Sie werden die Ergebnisse fortlaufend erhalten, als eine Art monatliches Update. Dafür übernehme ich persönlich die Verantwortung. Sie können dann zu jedem Zeitpunkt, der Ihnen genehm ist, darüber entscheiden, ob, wann und wie Sie die Ergebnisse verwerten wollen. Die Kolleginnen und Kollegen bei uns im Amt wissen selbst sehr genau, dass wir hier nichts übers Knie brechen können. Es reicht im Moment sicher aus zu wissen, dass unser Anliegen im Sinne dieser Kinder ernst genommen wird.«

Mielke und die Bergmann sahen die Dezernentin mit gespanntem Gesichtsausdruck an. Man hatte ihr gerade etwas auf dem Silbertablett serviert. Die terminliche Umschreibung besagte, sie könne die Daten nach Gutdünken für ihren Wahlkampf verwenden oder auch nicht.

»Okay. Das hört sich für mich gut an. Sie wissen selbst am besten, dass sie das kosten-, personal- und zeitneutral hinkriegen müssen.« Mielke nickte, völlig unbeeindruckt, denn nichts anderes hatte er erwartet.

»Dann lassen Sie uns mal darüber sprechen, welche Daten und Fakten Sie genau zusammentragen werden. Aber erst einmal brauche ich einen Kaffee. Sie alle auch?«

Alle nickten, bis auf Märkle, der gerade spürte, wie sich sein Magengeschwür heftig meldete.

»Dieser Schlüssel«, Lena hielt den Schlüsselbund an einem Finger hoch und zeigte ihn Tamae, »liegt erst seit gestern Abend hier. Hast du ihn mitgebracht?«

Die Japanerin zögerte einen Moment und nickte dann, betont beiläufig. »Der war in meiner Jackentasche. Keine Ahnung, wie er da hinkam, vermutlich habe ich ihn aus Versehen ganz mechanisch abgezogen an der Wohnungstür dieser Sabrina.«

Die beiden Frauen waren auf dem Weg zur Arbeit und zogen sich gerade ihre Jacken in Lenas Flur an.

»Warum hast du denn nichts gesagt? Ich fürchtete schon, ihn verloren zu haben.«

»Sorry, hab nicht dran gedacht.« Trotzdem sie die ganze Nacht über tief und fest geschlafen hatte, gähnte Tamae jetzt ganz ausgiebig, und Lena wurde das Gefühl nicht los, dass ihre Freundin sich damit aus der Diskussion hinausmogeln wollte. Allerdings gab es keinen Grund, ihr nicht zu glauben, und so hakte Lena das Thema ab.

»Was hast du gestern Abend noch gemacht?«, fragte Tamae jetzt. »Als ich irgendwann aufs Klo bin, sah ich noch Licht im Wohnzimmer.«

»Ich bin dabei, dieses Buch von Sabrina zu lesen. Da beschreibt ein sogenannter Dominus die Beziehung zu seiner Sklavin.«

»Das ist ja voll pervers«, antwortete Tamae. »Fällt das nicht unter Pornographie?«

»Eigentlich nicht.« Lena schüttelte nachdenklich den Kopf. Während sie aus der Wohnungstür traten und Lena abschloss, redeten sie weiter. »Sogenannte Szenen, also Sex, kommen bisher kaum vor und wenn, dann sind das nicht unbedingt ungewöhnliche Sachen.«

»Für uns eher schon«, kicherte Tamae und trippelte die Treppe hinunter. Lena grinste.

»Na ja, wenn du es so siehst. Aber mal im Ernst, das wirklich haarsträubende ist die Tatsache, dass er die Frau abrichtet. Wie einen Hund oder ein Pferd. Er sagt ein Wort oder schnippt mit dem Finger, und seine Sklavin hat genau das zu tun, was die beiden in einer Art Sklavenvertrag festgehalten haben.«

»Krass!«, meinte Tamae und schrie im nächsten Moment erschrocken auf. Am Ende der Treppe war unvermutet die Kasulke aufgetaucht.

»Guten Morgen!«, flötete Lena und bugsierte Tamae zur Haustür hinaus.

»Gell, Fräulein Borowski, den Hausputz haben Sie wieder vergessen«, rief der Hausdrache ihr hinterher.

»Was hat die denn?« Tamae schaute finster zurück.

»Nichts, die übt sich nur als Hausdomina«, antwortete Lena gut gelaunt, und als sie sah, dass die Hausmeisterin auf die Straße getreten war und ihnen nachstarrte, packte sie ihre Geliebte bei den Schultern und küsste sie innig auf den Mund.

»So, du wollüstiges Weib, jetzt wünsche ich dir einen schönen Tag!«

Tamae grunzte nur und stapfte eilig davon in Richtung Bahnhof.

Erst im Auto fiel Lena die Meldung über die tote Frau wieder ein. Ob man inzwischen schon mehr wusste? Während sie sich durch den morgendlichen Berufsverkehr quälte, schaltete sie das Radio ein. Vielleicht gab es ja schon Neuigkeiten. Doch bis sie in Dietzenbach ankam, hatte sie nichts gehört.

»Und, glaubst du, sie bleibt dabei, die Sache laufen zu lassen?«

Carola Bergmann und Patrick Mielke schritten nach der Besprechung eilig den Flur hinab. Beide hatten eigentlich jetzt schon wieder Termine. Dass die Maibaum sie nun doch vorläufig mit dem Projekt beauftragt hatte, war jedoch vorrangig gewesen.

Carola zog die Mundwinkel nach unten. »Sie macht es, wenn sie sich etwas davon verspricht. Aus eigenem Interesse oder gar sozialem Engagement heraus geht bei der Frau sowieso nichts.«

Mielke grinste. »Man wird ja nicht Politikerin, um sein soziales Gewissen zu erforschen, oder?«

Carola blieb abrupt stehen. »Das ist das Problem mit der Maibaum. Sie beendet Projekte mit einem Fingerschnippen«, dabei machte sie selbst eine eindeutige Handbewegung, »wenn sie davon überzeugt ist, keinen kurzfristigen politischen Nutzen daraus zu haben. Bei der sehe ich wirklich gar nichts, was auf längere Frist angelegt ist. Frustrierend ist das, alles mit enormer Energie anzukurbeln, um es dann wieder verschwinden zu sehen. Meist, bevor die Dinge Früchte getragen haben. Nach sechs Jahren im Amt hinterlässt sie ihrem Nachfolger einen Scherbenhaufen, sollte sie nicht mehr aufgestellt werden. Denk nur mal an die Geschichte mit der Planung der neuen Projekte in der Seniorenarbeit. Erst abgenickt, alles läuft, und plötzlich kommt es ihr in den Sinn, die ganze Sache zu stoppen und den Haushalt umzuschichten, bloß weil das Geld an anderer Stelle benötigt wird. Nebenbei bemerkt, bei einem ihrer Parteifreunde, der noch nie rechnen konnte! Das muss ich dann nach außen hin auch noch als Erfolg verkaufen!« Sie schüttelte energisch den Kopf.

»Deshalb also hast du auf Protokolle und verbindliche Zusagen gesetzt?«

»Als ob das etwas nützen würde. Vielleicht, dass sie gerade noch erkennt, was sie für einen Mist baut, wenn auch das wieder gestoppt wird.«

»Das Querschnittsprojekt in Dietzenbach ...«

»... wird laufen wie vereinbart. Da hängen zu viele Ämter drin, das kann selbst die Maibaum nicht bringen, die alle vor den Kopf zu stoßen, indem sie es wieder abbläst«, setzte Carola seinen Satz fort. Dann seufzte sie tief und lang. »Die haben dort scheinbar noch nicht einmal Telefone und eine gescheite Einrichtung. Dabei habe ich beim Hauptamt enormen Druck gemacht.«

Mielke lachte laut auf. »Ach, Carola, du weißt doch mit am besten, wie das hier läuft.«

»Wen habt ihr da eigentlich hingeschickt, außer dem unsäglichen Müller, für den ich deinem Chef den Hals umdrehen könnte!?«

»Die Borowski. Sozialarbeiterin bei Sieglinde Brohm.«

»Hoppla. Das ist doch eine von der engagierten Sorte. War es schwer, die loszueisen?«

»Gar nicht. Sieglinde hat sie sogar freiwillig vorgeschlagen.«

»Wollte sie sie loswerden?«

»Scheint so. Die beiden haben seit Sieglindes Beförderung ausführlich grundlegend unterschiedliche Meinungen ausdiskutiert. Das wurde dann auch durchaus mal laut.«

»Hat sie die Beförderung einer Kollegin nicht vertragen?«

»Ne, daran liegt es bei Lena nicht. Sie will mehr nachhaltige Arbeit, die Möglichkeit, mit Klienten langfristige Veränderungen anzugehen. Und Sieglinde argumentiert mit der immer dünner werdenden Personaldecke, die angeblich nicht mehr als schnelle Krisenintervention zulässt.«

»Na ja, damit kommen wir ja auch nicht wirklich weiter.« Carola Bergmann saugte an ihrer Unterlippe. »Diese Borowski wäre dann wohl voll auf unserer Linie?«

»Im Großen und Ganzen denke ich schon. Aber sie hat ihren eigenen Kopf, die lässt sich nicht so leicht lenken. Trotzdem leistet sie gute Arbeit.«

»Dann passt sie ja gut in das Team. Die anderen Ämter haben auch einige gute Leute geschickt. Wenn man bedenkt, dass die kleine Crew es teilweise mit unseren schwierigsten Fällen zu tun hat ...« Sie wiegte bedächtig den Kopf und ließ den Rest des Satzes in der Luft hängen.

»Die operieren anfangs mit fünfzig Fällen pro Person, wie du ja selbst festgelegt hast. Das ist im Vergleich zu den üblichen Quoten das reinste Paradies.« Mielke vergewisserte sich nach diesen Worten mit einem schnellen Blick, dass sie nach wir vor alleine auf dem Gang waren. »Sehen wir uns heute Abend?«

»Bei mir oder bei dir?«

»Wie wär's beim Italiener? Um acht?«

Carola Bergmann nickte und blinzelte ihm noch einmal zu. Dann eilten sie beide in entgegengesetzte Richtungen davon.

»Darf ich euch unsere Ansprechpartner von der örtlichen Polizeidienststelle vorstellen?« Norbert Müller war mal wieder in seinem Element. Er nuschelte zwei unverständliche Namen und bat dann die beiden jungen Polizisten, einen Mann und eine Frau, etwas über sich und ihre Arbeit zu sagen. Danach folgte eine allgemeine Frage- und Antwortstunde, die ergab, dass man offen und vertrauensvoll miteinander arbeiten wolle. Im Falle eines Falles, das heißt, wenn Erkenntnisse es ratsam machten, die Kooperation mit der Polizei zu suchen, seien die beiden Beamten die ersten Ansprechpartner.

»Das gilt natürlich nicht im akuten Fall. Da geht alles nach wie vor über den Notruf oder die Diensthabenden des Polizeireviers.«

Lena wartete ab, bis der offizielle Teil des Gesprächs vorbei war, und wandte sich dann an die junge Polizistin. Sie hatte sie erkannt, es war die Frau mit dem roten Pferdeschwanz, die unlängst bei der Sache mit dem gewalttätigen Ehemann ihren Einsatz hatte.

»Gestern Abend kam eine Meldung über eine Leiche, die gefunden wurde. Weiß man da schon Näheres?«

Die junge Frau schaute freundlich aber unbehaglich. »Das ist nicht unser Ressort«, versuchte sie sich aus der Affäre zu ziehen. Doch Lena blickte sie einfach weiter unverwandt an und entlockte ihr mit dieser in vielen Klientengesprächen erprobten Strategie doch noch eine Information.

»Die Frau ist wohl seit mindestens drei Wochen tot. Die Identifizierung wird schwierig.« Die letzten Worte flüsterte sie fast.

Lena blickte verständnislos. »Zähne, Phantombild, Fingerabdrücke …?«

Jetzt war es die junge Beamtin, die beredt schwieg.

»Oh Gott!« Lena spürte, wie sie ein Schwindel erfasste. Die Leiche war »verstümmelt« gewesen. Und wenn keine der drei Identifizierungsmöglichkeiten gegeben waren – konnte das ja nur eines bedeuten. Mit schreckgeweiteten Augen starrte sie die

Polizistin an. Die nickte nur leicht mit dem Kopf, als könne sie Lenas Gedanken lesen.

»Absolutes Stillschweigen der Öffentlichkeit gegenüber«, flüsterte sie noch, bevor sie und ihr Kollege die Dienststelle verließen.

»Ist dir nicht gut, Lena?« Norbert Müller gefiel es gar nicht, wenn ausgerechnet die Borowski sich zu sehr mit anderen austauschte. Misstrauisch, wie er war, hatte er ihr Gespräch beobachtet und bedauerte heftig, auf die Entfernung kein Wort verstanden zu haben. Vor allem der Grund für die Verstörtheit der Borowski interessierte ihn brennend. Doch vermutlich würde sie ihm den nicht nennen. Und tatsächlich wehrte sie ab.

»Alles okay. Danke.« Mit diesen Worten wandte sie sich ab und ließ ihn stehen. Arrogantes Luder! Die würde noch kriegen, was ihr zustand!

Seine Wut mühsam beherrschend drehte er sich um und stapfte zu seinem Schreibtisch, auf dem bereits an seinem zweiten Tag als Teamleiter ein absolutes Chaos herrschte.

»Hallo, ich bin Lena Borowski vom Kreis Offenbach. Ist deine Mama da?« Lena stand der Kleinen gegenüber, die sie gestern vor dem Container gesehen hatte. Aus direkter Nähe betrachtet wirkte das Kind noch blasser und dünner als gestern. Sie trug eine etwas zu große rote Strumpfhose und einen ausgeleierten beigen Pullover. Beides wirkte wie der neueste Schrei aus der Kleiderkammer der Caritas. Das Mädchen starrte sie erschrocken an, und Lena begriff, dass sie alleine war.

»Soll ich später noch einmal kommen?«, bot sie an. Immerhin durfte man Erziehungsversuche der Eltern nicht dadurch torpedieren, indem man Kinder dazu brachte, Fremde in die Wohnung zu lassen. Auch wenn diese in ihrem Fall in offizieller Mission kam.

Die Kleine steckte einen Finger in den Mund und schaute sie hilfesuchend an. Lena hockte sich nieder, um mit ihr auf derselben Höhe zu sein.

»Na, was willst du mir sagen?«

»Meine Mama ist nicht da«, erklärte die Kleine mit piepsiger Stimme. Im selben Moment knurrte ihr Magen, laut und vernehmlich.

»Da hat aber jemand Hunger«, grinste Lena. Was auch immer sie erwartet hatte, die Reaktion des kleinen Mädchens übertraf es. Denn das Kind ließ sie einfach an der Wohnungstür stehen, rannte ins Zimmer zurück und warf sich heulend auf ein Sofa. Lena stand einen Moment lang wie paralysiert, bevor sie das tat, was sie in solchen Situationen immer tat. Sie holte ihr Diensthandy heraus, wählte ihre eigene Büronummer an und wartete, bis die Mailbox ansprang. Zwar hatten sie im Querschnittsprojekt noch immer keine Telefone, aber ihr alter Apparat im Jugendamt war noch geschaltet. Sie sprach schnell Datum und Uhrzeit auf, ihren Aufenthaltsort und welche Situation sie vorgefunden hatte. Danach erst betrat sie die Wohnung.

Gisela Krohn, eine achtundzwanzigjährige Frau, wohnte hier, zusammen mit ihrem Mann Joachim sowie den beiden Kindern Samantha und Jennifer. Samantha war ein uneheliches Kind (»Vater unbekannt« stand in der Akte), das von Joachim adoptiert worden war. Bei Jennifer handelte es sich um die gemeinsame einjährige Tochter der Eheleute. Gisela Krohn war selbst schon seit zehn Jahren Hilfeempfängerin, hatte zuvor mit ihren Eltern und zwei Geschwistern eine Bedarfsgemeinschaft gebildet. Mehrere Maßnahmen zum Erhalt einer Arbeitsstelle waren gescheitert. Momentan wollte sie wegen der Kinderbetreuung der kleinen Jennifer keine Arbeit annehmen. Ihr Mann Joachim arbeitete, so oft sich ihm eine Stelle bot. Als Ungelernter hatte er nicht viel Auswahl, aber er zeigte sich willig, bot sich sogar über Monate hinweg als Tagelöhner auf dem Frankfurter Westhafen oder in der Kleinmarkthalle an. Beides Möglichkeiten, die man ab fünf

Uhr morgens annehmen musste, wofür das Sozialamt Joachim Krohn den Besitz eines gebraucht angeschafften Pkw der Marke BMW, Baujahr 2000, zugestand. Das Mädchen Samantha hatte als kleines Kind ein Jahr lang bei einer Pflegefamilie gelebt, als Grund wurde damals die schwere Suchtproblematik der jungen Mutter angeführt. Nach einer erfolgreichen Entziehungskur kam das Mädchen wieder zurück in scheinbar geregeltere Verhältnisse.

»Bist du Samantha?«, fragte Lena nun das weinende Kind. Das schniefte und nickte. Lena betrat die Wohnung und ließ dabei die Wohnungstür offen. Die Wohnung selbst war für vier Leute angemessen groß und einfach geschnitten. Ein kleiner Flur, von dem zur Linken eine Gästetoilette und daneben ein Bad abgingen. Zu Rechten befanden sich ebenfalls zwei Türen. Lena tippte auf ein Kinderzimmer und ein Elternschlafzimmer. Der Flur führte in einen großen L-förmigen Raum, dessen Längsfront auf einen Balkon hinausführte, rechts davon, in der quer verlaufenden Einbuchtung, befand sich eine offene Küche. Samantha hatte sich auf ein Sofa unterhalb eines der großen Balkonfenster verkrochen.

»Wann kommt denn deine Mama wieder?«, wollte Lena nun von ihr wissen.

Die Kleine schob sich stumm einen Daumen in den Mund. Lenas Blick fiel auf eine verkrustete Tasse, in der einmal Kakao gewesen war. Auf einem Teller entdeckte sie Überreste eines Marmeladenbrotes. Offensichtlich das Frühstück der Kleinen. Nur, dass es inzwischen 15 Uhr war.

»Hast du eine Telefonnummer deiner Mama? Dann rufen wir sie an?«

Samantha schüttelte den Kopf, die großen Augen immer noch erschrocken auf die fremde Frau gerichtet. Wenn die Kleine hier alleine war, wo war dann die Schwester?

»Ist Jennifer auch hier?«, probierte sie es.

»Die ist bei der Oma«, piepste Samantha, bevor sie erneut verstummte. Lena fühlte sich unbehaglich. Ein kleines Kind, das irgendwie unterernährt wirkte und offenbar seit Stunden unbeaufsichtigt in der Wohnung war. Sie fragte sich, was sie wohl bei der kleinen Schwester erwartete.

»Darf ich mich neben dich auf die Couch setzen?« Samantha nickte nach einer angemessenen Bedenkzeit. Vorsichtig ließ sich Lena nieder. Auf dem Couchtisch stand ein voller Aschenbecher, auf der Küchenanrichte sah sie ein paar geöffnete leere Pizzakartons. Die Wohnung war ansonsten aufgeräumt, aber nicht besonders sauber.

»Magst du eine Banane?« Sie zog das Überbleibsel ihres Mittagessens aus der großen Umhängetasche und hielt es Samantha hin. Die griff gierig danach und schmatzte kurz darauf selig vor sich hin. Als habe dieses Angebot das Eis zwischen ihnen gebrochen, fing sie auf einmal an zu sprechen.

»Die Mama geht manchmal weg, und dann bin ich alleine hier.«

»Was machst du denn, wenn du den ganzen Tag alleine bist?«

Nirgendwo in der Wohnung lagen Spielsachen herum. Lena konnte sich beim besten Willen nicht vorstellen, was ein kleines Kind den ganzen Tag in einer solchen Umgebung tun konnte.

»Manchmal lässt Mama den Fernseher an. Oder ich schaue aus dem Fenster.« Die Kleine deutete auf das große Fenster über der Couch. Lena beugte sich vor und blickte auf eine Reihe schmuckloser Balkone voller Müll, Wäscheständer und Satellitenschüsseln.

»Was ist denn da?«

»Da drüben wohnen zwei Jungs, die sitzen ab und zu auf dem Balkon und rauchen.«

Na Klasse, rauchende jugendliche Nachbarn als Nachmittagsunterhaltung für ein kleines Mädchen. Lena unterdrückte ein Schaudern.

»Und sonst?«

»Die alte Frau, sie kann nur auf Krücken gehen. Jeden Nachmittag kommt jemand und bringt ihr das Essen.« Samantha schaukelte auf dem Sofa vor und zurück. Ein bisschen Bananenmus hing noch in ihrem Mundwinkel, und sie nuckelte wieder an ihrem Daumen.

»Was machst du sonst so?«

»Wenn Mama da ist, schickt sie mich manchmal runter auf den Spielplatz. Da gibt es einen kleinen Hund mit drei Beinen. Der ist so süß! Aber leider darf ich keine Tiere haben. Mama sagt, die machen zu viel Arbeit.«

»Na gut, ich schreibe deiner Mama eine Nachricht, dass sie mich anrufen soll, wenn sie wiederkommt. Und du gibst die ihr. Okay?«

Die Kleine nickte, und während Lena eine Visitenkarte aus der Tasche kramte und ein paar Worte draufkritzelte, schaute sie ihr neugierig zu. Gerade als die Nachricht fertig geschrieben war, ertönte von der Tür eine scharfe, unangenehme Frauenstimme.

»Was machen Sie hier?«

Die Frau, die gerade die Wohnung betrat, war auf eine Art gekleidet, die auf einen Blick ihre soziale Zugehörigkeit verriet. Hautenge Jeans, die in hohen schwarzen Wildlederstiefeln steckten, ein kurzes Top, das bei Bewegungen den Blick auf ein Tattoo und ein Nabelpiercing erlaubte. Das blondierte Haar trug sie zum Pferdeschwanz gebunden, sie war stark geschminkt und kam ganz offensichtlich aus einem Nagelstudio, in dem sie sich lange, bunt lackierte und mit Strasssteinchen versehene falsche Nägel hatte machen lassen. Lena roch noch den scharfen Acetongeruch und hatte Mühe, ein unbeteiligtes Gesicht zu wahren.

»Wer zum Teufel sind Sie?« Gisela Krohn, denn um die handelte es sich offensichtlich, kam mit einem bedrohlichen Gesichtsausdruck näher. Lena blieb ungerührt sitzen und sah der Frau entgegen. Sie war ihr unsympathisch, aber das musste sie unterdrücken. Viel zu oft kam sie in beruflichen Zusammenhängen mit Leuten zusammen, die schnell aggressiv wirkten. Kein Grund, sich unangenehm berührt zu zeigen.

»Lena Borowski, Kreis Offenbach.« Sie hielt der Frau ihren Dienstausweis entgegen.

»Ach, so eine Beamtenschnalle. Glauben Sie wirklich, Sie könnten so einfach in unsere Wohnung spazieren? Haben wir keine Rechte?« Die Frau baute sich nun mit einem bedrohlichen Gesichtsausdruck vor Lena auf.

Erschrocken sprang das kleine Mädchen vom Sofa.

»Mama, die Frau hat mir eine Banane gegeben«, rief sie, offenbar bemüht darum, die bedrohliche Situation zu entschärfen.

»Halts Maul!« Gisela Krohn schlug ihrer Tochter mit der flachen Hand mitten ins Gesicht, ohne auch nur den Blick von Lena abzuwenden.

»Zahlen Sie uns lieber mal mehr Geld, damit wir anständig leben können. Und jetzt verlassen Sie meine Wohnung!« Ihre Stimme hatte sich nun deutlich erhoben. Während Samantha weinend am Boden saß, stand Lena auf. Sie war kalt bis ans Herz. Gallenbitter stiegen ein paar Worte in ihr hoch, die besser ungesagt blieben. Was war das nur für eine Frau.

»Wir sehen uns wieder, Frau Krohn«, beschied sie der anderen. Dabei nahm sie ihre Tasche an sich und zog eine vorgedruckte Vorladung heraus, in die sie nun handschriftlich Ort und Datum eintrug.

»Morgen früh um acht, bei mir im Büro. Sollten Sie nicht kommen, weise ich Sie darauf hin, dass alle Leistungen vorläufig gestoppt werden.« Sie knallte das Blatt Papier auf den Tisch und ging mit schnellen, sicheren Schritten auf die Tür zu. »Ach ja, bringen Sie bitte Ihre beiden Kinder mit!«

»Ich werde mich über Sie beschweren«, kreischte die Frau hinter ihr her. Samanthas Weinen wurde noch lauter, aber Lena drehte sich nicht mehr nach dem Kind um. Sie wusste zu genau, wie die Mutter darauf reagieren würde. Menschen, die ihre Wut auf Stärkere an wehrlosen Kindern ausließen, kannte sie inzwischen genug. Sie verließ schnurstracks die Wohnung und nahm sich vor, noch heute einen Vermerk für die Akte zu schreiben.

Die Augen der kleinen Samantha gingen ihr dabei nicht mehr aus dem Kopf.

»M. Romina« stand an der Klingel des Mehrfamilienhauses im Dietzenbacher Stadtteil Steinberg in einer ruhigen Straße. »M.« war dann wohl das Kürzel für »Madame«, dachte Lena, gegen ihren Willen leicht amüsiert. Noch immer rumorte die Begegnung mit der kleinen Samantha und deren Mutter in ihrem Kopf und in ihrem Herzen. Kräftig drückte sie nun auf den kleine, schwarzen Knopf und kurz darauf ertönte eine tiefe, raue Frauenstimme in der Gegensprechanlage.

»Jaaa?«, erklang es langgezogen.

»Ich bin eine Freundin von Sonja und möchte Sie gerne sprechen. Mein Name ist Borowski«, sprach Lena in den kleinen Kasten. Einen Moment lang schien die Frau am anderen Ende zu zögern, dann knackte es in der Leitung, und der Summer an der Haustür ertönte. Die Wohnung lag im vierten Stock, und als Lena oben ankam, wurde sie bereits erwartet.

Madame Romina war eine mittelgroße, vollschlanke Frau mit einem beachtlichen Busen, der sich im gewagten Ausschnitt eines engen schwarzen T-Shirts präsentierte, das sie zu einer ebenso engen schwarzen Hose trug. Die Taille zierte ein breiter goldfarbener Gürtel. Darüber und darunter zeichneten sich kleine Speckröllchen ab. Das schwarze Haar fiel Madame Romina offen auf die Schultern, gehalten von einem breiten, ebenfalls goldfarbenen Reif. Die Frau war vermutlich Mitte fünfzig und stark geschminkt, ganz besonders um die großen, klaren dunkelbraunen Augen herum.

»Sonja schickt sie?«, begrüßte sie ihre Besucherin.

»Sie sagte, sie beide haben gelegentlich beruflich miteinander zu tun und dass Sie mir in diesem Zusammenhang eventuell ein paar Fragen beantworten könnten.«

Die Augen der Frau zogen sich zusammen wie bei einer Katze, doch nach einem kurzen Abschätzen ihrer Besucherin, winkte sie Lena in die Wohnung.

»Wir gehen am besten in die Küche.« Damit dirigierte sie Lena an einigen verschlossenen Türen vorbei in eine große, gemütlich wirkende Wohnküche. Ein angefangenes Strickzeug lag dort auf einem Stuhl, auf dem Tisch sah man einen kleinen Stapel Zeitschriften. Es schien der Aufenthaltsort von Madame Romina und ihren Mädchen zu sein, wenn keine Kunden im Haus waren.

»Wollen Sie Ihre Jacke ablegen?«

Lena verneinte, sie hatte nicht vor, lange zu bleiben. Beide Frauen nahmen Platz, und Romina schaute sie fragend an.

»Wie kann ich Ihnen helfen?«

Lena zog Sabrinas Foto heraus. »Kennen Sie zufällig diese Frau?«

Romina warf nur einen kurzen Blick darauf, dann gab sie es Lena zurück. »Bevor ich Ihnen darauf antworte, möchte ich gerne wissen, warum Sie nach ihr fragen.«

Also kannte sie Sabrina! Lena spürte, wie ein leichter Adrenalinschub durch ihren Körper raste. Schnell erklärte sie ihrem Gegenüber alles.

»Und Sonja hat Sie bereits in die Feinheiten unseres Gewerbes eingeweiht?« Lena nickte nachdrücklich.

»Na schön!« Jetzt veränderte sich Rominas Gesichtsausdruck, wurde weicher, und sie lehnte sich entspannt zurück. »Sie hat hin und wieder für mich gearbeitet. Seit etwas über einem Jahr. Vor ein paar Wochen ist sie spurlos verschwunden. Meldete sich nicht ab und war urplötzlich nicht mehr zu erreichen. Das ist alles.«

»Kann es sein, dass sie vor circa drei Wochen verschwunden ist?«

Madame Romina schürzte die Lippen. »Gut möglich, ja. Wenn Sie es genau wissen wollen, kann ich nachsehen.«

»Bitte, das wäre mir eine große Hilfe.«

Die Frau stand auf und nahm einen dicken Kalender aus einem Bord über dem Kühlschrank. Gerade, als sie sich damit wieder zu Lena an den Tisch setzen wollte, kam aus dem Flur eine merkwürdige Gestalt in die Küche. Lena dachte im ersten Moment, es handele sich um einen Hund. Dann erkannte sie, dass es ein Mensch war, der sich näherte. Der Statur nach ein Mann und von Kopf bis Fuß in einen engen schwarzen Latexanzug gehüllt, krabbelte er auf allen vieren langsam auf Romina zu. Die war in das Buch vertieft, und Lena beobachtete schreckensstarr, wie sich der Latexmann zu ihren Füßen niederließ. Madame Romina trug sehr hohe schwarze Pumps, und ohne ein Wort zu sagen oder gar zu zeigen, dass sie den Mann bemerkt hatte, hielt sie ihm einen Fuß hin, den er sofort hingebungsvoll abschleckte. Dabei machte er auch vor den Sohlen der Schuhe keinen Halt. Lena spürte eine leichte Übelkeit in sich aufsteigen, als sie die rosarote Zunge immer und immer wieder aus der Haube herausschnellen und über das schwarze Leder gleiten sah. Zu bizarr war die Situation. Ungewollt in die Rolle der Voyeurin gedrängt zu werden, behagte ihr überhaupt nicht! Romina schaute völlig unbeteiligt von ihrem Kalender auf.

»Drei Wochen, das könnte hinkommen. Den letzten Termin bei mir hat sie vor ungefähr fünf Wochen wahrgenommen. Danach haben wir noch einmal telefoniert, als ich eine Anfrage hatte, die sie aber abgelehnt hat. Seither habe ich sie nicht mehr gesehen und auch nichts von ihr gehört.«

Mit einer leichten Fußbewegung und einem gezischten Wort, das Lena nicht verstand, scheuchte sie den Latexmann nun weg, offenbar hatte sie inzwischen genug von seinen Demutsbezeugungen. Das Latexbündel entfernte sich daraufhin rückwärts kriechend so lautlos, wie es gekommen war. Erst als im Hintergrund der Wohnung leise eine Tür zuschnappte, beruhigte sich Lenas Atem wieder.

»Sie haben wohl doch noch nicht sehr oft mit unserer Szene zu tun gehabt?« Die dunklen Augen der Domina blitzten belustigt auf. »Das war Paul, mein persönlicher Sklave. Wenn er Geld hat, bezahlt er den normalen Tarif. Wenn er keines hat, lasse ich ihn gelegentlich die Hausarbeit dafür machen, dass ich ihn danach ein bisschen quäle.«

»Die Hausarbeit?« Lena kam sich vor wie in einem merkwürdigen Film.

»Können Sie sich vorstellen, wie sauber dieser Küchenfußboden ist, wenn er penibel mit einer Zahnbürste geschrubbt wurde?« Ganz im Gegensatz zu ihren Worten, die ziemlich hart klangen, wurde Madame Rominas Gesicht nun weich, sie schaute Lena fast schwärmerisch an.

»Sie meinen, es macht ihm Spaß, sich so beherrschen zu lassen?«

»Kindchen, genau darum geht es doch!« Madame Romina betrachtete sie immer noch ein wenig amüsiert. »Sie können sich das nicht vorstellen, was in einem Menschen vorgeht, der sich einer anderen Person mit Haut und Haaren ausliefert?«

»Kann ich nicht, ich würde es aber gerne verstehen.«

»Oha, dann hat Sonja Ihnen noch lange nicht alles verraten von unserem Gewerbe und den Wünschen und Gelüsten, die wir befriedigen.« Die Frau stand auf und schob ihren breiten Gürtel zurecht. »Kommen Sie, ich zeige Ihnen etwas.«

Lena erhob sich zögernd. Der merkwürdigen Gestalt im Latexfummel mochte sie nicht noch einmal begegnen. Neugierig auf die Geschäftsräume der Domina war sie hingegen schon. Sie gingen aus der Küche und dann linker Hand einen langen Gang entlang. Lena war zunächst verwirrt, denn die Wohnungen hatten von außen nicht sehr groß gewirkt.

»Ich habe die Nachbarwohnung auch gekauft und eine Wand durchbrechen lassen. Für so ein Studio braucht man ein bisschen mehr Platz.«

»Und die anderen Mitbewohner des Hauses?«

»Sind überwiegend in ähnlichen Geschäften tätig. Das nennt sich Model-Appartements. Allerdings wechseln die Damen recht häufig.«

Lena fragte sich, warum Romina sich nicht im Bahnhofsviertel in Frankfurt eingemietet hatte. Schon wieder schien die Frau ihre Gedanken lesen zu können.

»Hierher können die Kunden kommen, ohne sich durch einschlägig bekannte Gegenden bewegen zu müssen. Alles läuft diskret und weit weg vom Milieu ab. Meine Stammkundschaft schätzt das sehr. Einige meiner Sklaven haben einen guten Ruf zu verlieren, die gehen höchstens mal mit Geschäftsfreunden im Rotlichtviertel einen heben. Aber ganz sicher nicht, um dort gesehen zu werden, wenn sie sich bei bestimmten Spielen entspannen. Sollten sie in dieser Gegend hier jemandem über den Weg laufen, gibt es weder Irritationen noch irgendwelchen Klatsch und Tratsch. Nur Insider wissen Bescheid.«

Romina öffnete nun eine schwere Tür und bat Lena mit einer Handbewegung in den Raum dahinter. Die blieb nach zwei Schritten stehen und schaute sich unsicher um. Eine nur durch diffuse indirekte Lichtquellen minimal erleuchtete Umgebung empfing sie. Als ihre Augen sich an die Lichtverhältnisse gewöhnt hatten, erblickte sie einen eingerichteten Raum voller seltsamer Dinge. Ein großes, hölzernes Kreuz in Form eines X war an einer Wand befestigt, und sie ging vorsichtig näher heran. Oben und unten waren Ketten mit Ledermanschetten eingelassen.

»Ein Andreaskreuz. Der Sklave oder die Sklavin, je nachdem, wird daran festgeschnallt und kann, praktisch bewegungsunfähig, auf jede erdenkliche Art bestraft werden.«

Wie zur Demonstration nahm Romina eine gemein aussehende Peitsche von einem Haken an der Wand und schlug damit einmal kräftig durch die Luft. Lena zuckte zusammen, das pfeifende Geräusch erschreckte sie, und ihr Gegenüber lachte amüsiert auf.

»Was ist das?« Lena zeigte auf schwarze Masken, die an der Wand fein säuberlich aufgereiht hingen.

»Kopfmasken, die die Wahrnehmung beeinträchtigen. Die meisten sind so konzipiert, dass die Träger nichts mehr sehen und wenig hören. Diese hier«, sie hielt ein Exemplar hoch, in das ein dicker silberner Reißverschluss quer eingenäht war, »gestattet es dem Delinquenten wenigstens zu sprechen. So er von seiner Herrin dazu die Erlaubnis hat und sie den Reißverschluss öffnet. In allen Masken sind Löcher für die Nase drin, damit die Person atmen kann.« Einen Moment schaute sie schweigend auf das Utensil in ihrer Hand, bevor sie es mit einer fast liebevollen Bewegung wieder an seinen Platz zurückhängte. »Natürlich gibt es auch Kunden, die selbst das nicht wollen, die sich wünschen, die Herrin möge sogar den Atem und somit das Leben kontrollieren. Aber so etwas mache ich nicht. Viele Sklaven wollen an die äußersten Grenzen ihrer Leidensfähigkeit gehen, und dabei gab es schon mehr als einen Unfall. Atemkontrolle ist mit das Heikelste, was es in unserer Branche gibt. Etwas für Leute, die nur auf diesem schmalen Grat zwischen Leben und Tod die höchsten Gefühle kriegen.«

»Hört sich gefährlich an, und ich frage mich immer, was genau ist der Kick dabei?«

Rominas Augen nahmen einen müden Ausdruck an, vermutlich war ihr diese Frage einfach schon zu oft gestellt worden. »Meine Sklaven lieben es, sich mir ganz und gar auszuliefern. Die Kontrolle abzugeben, den Launen und Anweisungen einer anderen Person ausgeliefert zu sein und sich dadurch fallen lassen zu können. Ganz tief und entspannt fallen lassen zu können. Für manche gehört, wie gesagt, das Spiel mit dem eigenen Leben dazu. Das höchste der Gefühle für diese Menschen ist es ja, sein Leben einer anderen Person anzuvertrauen. Auf jeden Fall sind sie danach alle extrem glücklich. Aber nicht jeder, der hierherkommt, ist auch im Leben nachgiebig oder gar devot. Ganz im Gegenteil. Sie wären erstaunt, wenn Sie wüssten, wie viele Alphatiere aus Politik und Wirtschaft die Dienste einer Domina in Anspruch nehmen.«

»Ein Beruf mit Zukunft«, schmunzelte Lena wider Willen während sie sich, nun neugierig geworden, einem Schrank mit allerlei Hilfsmitteln näherte. Darin befanden sich Kerzen, Seile, aber auch Dildos, Gleitgele und, wie überall im Raum in kleinen Schälchen verteilt, Kondome.

»Im Prinzip ja«, griff Romina den letzten Satz auf. »Doch nicht jede Frau kann es wirklich. Es ist eben beileibe nicht damit getan, auf jemanden einzuschlagen. Wir brauchen viel Sensibilität für die Psyche unserer Kunden. Denn im Grunde entscheidet sich an der Leidensfähigkeit und -bereitschaft des passiven Parts, was der dominante Teil tun kann. Auf jeden Fall im professionellen Bereich. Es sei denn, jemand will seine Grenzen neu setzen, wie das bei privaten Verbindungen ja häufig geschieht.«

Lena dachte an die Widmung in Sabrinas Buch und Sonjas erste Erklärung dazu. »Was bedeutet das genau, Grenzen neu setzen?«

»Vereinfacht gesagt macht man mit dem anderen Dinge, die er oder sie normalerweise ablehnen würde. Will jemand zum Beispiel keinen allzu großen Schmerzen ausgesetzt sein, erweitert man seine Leidensfähigkeit an diesem Punkt schrittweise. Der passive, oder, wenn Sie wollen, devote Part, macht es seiner Herrin oder ihrem Herrn zuliebe. Erträgt Dinge aus Liebe oder Verehrung, und genau das ist auch der Lustgewinn an der Sache. Oder auch nicht, in diesem Fall quält sich die Person um des dominanten Parts willen. Das bekannteste Beispiel ist da wohl dieses Buch ›Die Geschichte der O.‹, falls sie das kennen.

»Nur dem Hörensagen nach. Gelesen habe ich es nicht.« Lena ging, nun mutiger geworden, in dem Raum herum und wunderte sich über einige seltsam aussehende Möbelstücke, deren Bedeutung ihr Romina nun geduldig erklärte. Lena hörte aufmerksam zu und deutete dann auf eine Schale mit feinen Nadeln. »Wofür sind die?«

»Für Schmerzfetischisten. Auch ein Grund, warum eine Domina gut ausgebildet sein sollte, um den Kunden damit nicht an empfindlichen Stellen zu verletzen. Wir haben hier aber auch einen Klinikraum, für die spezielleren Vorlieben.«

Lena schauderte und war fast dankbar, dass Romina sie nicht dorthin, sondern wieder aus dem Raum hinaus und in Richtung Küche lotste. »Was ich nicht verstehe«, grübelte sie dabei laut, »Sabrina ist doch gar nicht dominant veranlagt. Warum hat sie hier gearbeitet?«

»Weil bei mir auch Sklavinnen arbeiten. Zum einen, weil eine richtige Domina sich nie und unter keinen Umständen von Kunden sexuell berühren lässt oder gar mit ihnen schläft. Sollte der Sklave dieses Bedürfnis haben, gibt es in allen Studios sogenannte Zofen, die auf Anweisung der Herrin diese Dienste verrichten.«

»Sabrina hat sich verkauft?« Lena war selbst überrascht, wie schockiert ihre Worte geklungen hatten.

»Wenn Sie so wollen, ja. Allerdings nur eine kurze Zeit lang. Sie ist nicht wirklich masochistisch, steht nicht auf Schmerz an sich. Ihr ging es um die totale Unterwerfung, also etwas ganz anderes, deshalb bat sie mich irgendwann, sie nur noch im Begleitservice einzusetzen. Ausdrücklich ohne Sex!«

»Bucht das denn jemand?«

»Nicht gerade viele, aber es kommt vor. Vor allem Herren, die eine Begleiterin zum Besuch einschlägiger Clubs suchen, sind an so etwas interessiert. Denn in viele dieser Etablissements kommen sie alleine nicht rein. Aber mit einer Frau an ihrer Seite können sie dann drinnen tun und lassen was sie wollen. Und mit wem sie wollen.«

»Ist der ›Kinky-Club‹ auch so ein Etablissement?«

Romina schaute überrascht auf. »Sie kennen den Club? Dann haben Sie schon eine der Vorführungen dort gesehen?«

Lena bejahte das Erstere und verneinte das Zweite.

»Dann sollten Sie das einmal tun! Aber, um Ihre Frage zu beantworten, dort findet nur so etwas wie das Vorspiel statt. Die wahren Spiele werden woanders gespielt. Fragen Sie den Besitzer des ›Kinky‹. Er hat dort noch ein zweites Etablissement, und in dem findet das statt, wovon ich vorhin erzählt habe. Und dort war auch Sabrina häufig zu finden. Auch privat, zumindest bis vor ein paar Monaten.«

»Was ist dann geschehen?«

»Ich weiß es nicht. Aber wenn Sie mich fragen, hat sie ihren Traumprinzen gefunden. Einen Meister, der es versteht, sie so zu erziehen und ihre devote kleine Seele bis in sämtliche Winkel zu besitzen. Denn das war es, was sie sich immer erhofft hat, sich mit Leib und Leben auszuliefern!«

Nach dem Besuch bei Romina schwirrten Lena tausend Gedanken durch den Kopf. Nicht nur, weil die Domina ihr beim Abschied ein Angebot der besonderen Art gemacht hat.

»Kommen Sie doch mal wieder auf eine Probestunde. Sie würden gut in meinen Laden passen. Also – überlegen Sie es sich!«

Die Vorstellung, sich von latexumhüllten Männern die Füße ablecken zu lassen, war für Lena abstoßend. Ob Sonja auch solche Sachen machte? Sie würde sie bei Gelegenheit mal mit ihren neu erworbenen Kenntnissen konfrontieren. Mal sehen, was sie dazu sagte! Lena war so in Gedanken versunken, dass sie überhaupt nicht merkte, an wem sie da im Abstand von höchstens einer Armeslänge vorbeiging.

Norbert Müller war perplex stehen geblieben, als er Lena aus dem Haus kommen sah, die fast direkt an ihm vorbeilief, ohne ihn zu sehen. Er beschloss, die Kollegin noch mehr im Auge zu behalten als bisher. Hatte sie doch eben so dreingesehen, als habe sie ein großes Geheimnis zu hüten!

Als Lena das zweite Mal in den »Kinky-Club« kam, war es später Abend. Der Club war wesentlich voller als bei ihrem ersten

Besuch. Die Bedienung hinter der Theke schien sich trotz des heutigen Andrangs an sie zu erinnern.

»Ihre Freundin ist in den letzten Tagen nicht hier gewesen«, sagte sie, als sie Lena den bestellten Wein brachte.

»Schade«, meinte die und nippte an ihrem Glas. Die Barfrau stellte noch eine kleine Schale mit Nüssen daneben. »Ist Gerd Rohloff da?«

Die Frau zog erstaunt die Augenbrauen hoch. »Kennen Sie den Chef etwa?«

»Er ist mit einer Freundin von mir gut bekannt.«

Die Schwarzhaarige blickte skeptisch.

Erst als Lena auf die Nachricht hinwies, die »eine gute Bekannte von Herrn Rohloff« ihr mitgegeben hatte, änderte sich der Gesichtsausdruck der Frau, und sie sprach daraufhin ein paar Worte in ein an der Wand befestigtes Telefon. Lena wartete und sah sich um. Der Zuschauerraum war fast voll, und auch an der Bar gab es inzwischen keinen freien Platz mehr. Als ein Gong ertönte, erstarb jedes Gespräch im Raum, und das Licht wurde noch einen Tick dunkler. Auch das Fuß-Getrappel, Hüsteln und Flüstern erstarb schlagartig, als der Vorhang der Bühne zurückgeschlagen wurde und eine sehr große, muskulöse und dabei sehr schlanke Frau heraustrat. Sie sah sich kurz im Raum um, und Lena verspürte ein Kribbeln, das sie nicht so ganz einordnen konnte. War sie neugierig, aufgeregt, abgestoßen? Die Frau auf der Bühne stellte sich vor.

»Ich bin Lady Linda und werde Ihnen heute Abend zusammen mit meinem Sklaven eine Show präsentieren.«

Nach diesen Worten öffnete sich der Vorhang ganz. Die Bühne war schwarz, Lena konnte lediglich einen großen Spiegel zwischen zwei hohen Säulen erkennen. Langsam schälte sich aus dem Dunkel die Gestalt eines Mannes, der komplett nackt war und lediglich eine der Gesichtsmasken trug, die sie am Nachmittag bereits bei Romina gesehen hatte. Das schwarze Latex bedeckte den gesamten Kopf, ließ lediglich Augen und Nase frei.

Gerade als die Frau auf der Bühne ihren Sklaven mit ein paar gezielten Schlägen ihrer Peitsche in die gewünschte Position vor den Spiegel dirigierte, trat ein Mann neben Lena.

»Mögen Sie Bondage?«, fragte er leise.

Sie wandte den Kopf. Er war groß und ein kleines bisschen zu schwer gebaut, das weiße Hemd spannte leicht an den Hüften. Dunkles Haar, an den Schläfen grau meliert, war glatt nach hinten gekämmt und fiel weich in den Nacken. Schwere Lider gaben dem Blick seiner dunkelbraunen Augen etwas Melancholisches. Doch Lena ließ sich nicht täuschen, sein Blick war hellwach und zeugte von scharfer Intelligenz. Als sie ihm schweigend das Streichholzbriefchen reichte und ihn dabei leicht berührte, spürte sie ein heftiges Kribbeln. Es war, als ob ihre Fingerspitzen in eine unsichtbare Energiequelle eintauchten. Sie zog ihre Hand erschrocken zurück. Auch er schien etwas bemerkt zu haben, in seinen Augen mischte sich Interesse mit Erstaunen.

Er nickte, als er die Nachricht entziffert hatte, und bat sie mit einer Handbewegung, ihm zu folgen. Ein letzter Blick auf die Bühne offenbarte Lena, dass die Domina gerade begann, die Arme ihres Sklaven mit einem weißen Seil auf den Rücken zu binden.

»Die gute Sonja, wie geht es ihr?«

Das Büro, in das er sie geführt hatte, war geräumig und warm. Ein großer Schreibtisch aus dunklem Holz dominierte die Einrichtung. Darauf befanden sich neben den üblichen Utensilien wie Stiften, Locher und Ablagekörben stapelweise Unterlagen, eine kleine Geldkassette, eine Sportzeitschrift und zwei Bilderrahmen, von denen Lena nur die Rückseite sah. Dahinter ein gut eingesessen wirkender Bürostuhl aus schwarzem Leder. Rundum, an drei Wänden, waren Schränke eingelassen, deren Schiebetüren allesamt geschlossen waren. An die rechte Wand gerückt befand sich eine lederne Couchgarnitur, dazwischen ein halbhoher Tisch mit einer massiven polierten Steinplatte. Darauf standen eine geöffnete Flasche Whisky und ein halb volles Glas. An der Wand dahinter hing ein künstlerisches Schwarz-Weiß-Foto in Postergröße, ein modernes Pin-up einer sehr hübschen schwarzhaarigen Frau in einem engen, glänzenden Outfit, das wegen seiner Eleganz kurz Lenas Interesse fand.

Gerd Rohloff bemerkte es. »Dita von Teese. Mögen Sie sie?«

»Ich kenne sie nicht, aber das Foto ist gut, sie ist sehr fotogen.«

»Sie hat ihre Karriere auch als Fetischmodell begonnen. Heute ist sie ein Star.«

»Sonja lässt Sie grüßen.« Lena nahm, auf seine Handbewegung hin, auf der Besucherseite des Schreibtischs Platz, während er sich in seinen Sessel dahinter fallen ließ. Hinter ihnen öffnete sich fast lautlos die Tür, und ein junger Mann kam herein, um vor Lena ein Glas Wein abzustellen. Mit einem kurzen Lächeln bedankte sie sich für diese Aufmerksamkeit, und dabei trafen sich ihre und Gerd Rohloffs Blicke für einen Moment.

»Wie kann ich Ihnen helfen?« Er schob ein paar Unterlagen zur Seite und stützte sich mit den Unterarmen auf den frei gewordenen Platz. Dabei beugte er sich weit nach vorne, und Lena nahm überrascht den schweren männlichen Duft seines Körpers war, der sich mit »Fahrenheit« von Dior mischte, einem Parfüm, das sie mochte.

»Ich suche diese Frau.«

Er betrachtete das Bild, das sie ihm zuschob. »Sie nannte sich Bambi. War ab und zu hier. Die letzten Wochen nicht.« Er lehnte sich wieder zurück, verschränkte die Hände vor dem Bauch und schaute sie abwartend an.

»Haben Sie eine Ahnung, wo sie sein könnte?«

Amüsiert zog er die Augenbrauen hoch. »Sie war Gast hier, hat manchmal bei Sessions performed. Aber näher kenne ich sie nicht, und das übliche Verhältnis zu meinen Gästen schließt nicht ein, mich um ihr Privatleben zu kümmern.«

Einen Moment lang maßen sie sich stumm. Lena fühlte sich unsicher und nervös.

»Sie sind doch kein Bulle? Das würde mir Sonja doch nicht antun?«

Lena lachte kurz auf. »Ganz und gar nicht. Ich bin eine alte Freundin von Sonja und suche die junge Frau nur, weil ihre Familie sich Sorgen macht.

»Warum genau suchen Sie sie?«

Sie erklärte es ihm so gestrafft wie möglich, und er nickte bei einigen ihrer Ausführungen.

»Gut. Sie haben ja vorhin gesehen, was für ein Repertoire wir haben. Die junge Frau, nach der Sie fragen, war gelegentlich hier. Meistens kam sie in Begleitung, und ich nehme an, das waren Kunden einer Agentur.«

Als Lena nachfragen wollte, unterbrach er sie sofort.

»Wenn Sie jetzt wissen wollen, woher ich das weiß – Instinkt. Paare, die sich kennen, verhalten sich anders.«

Lena nickte, und er fuhr fort.

»Manchmal kamen sie, um hier ein Spiel zu spielen. Also das, was Leute aus der BDSM-Szene miteinander machen, nennt man so. Spiel oder Session. Ein paar Mal kam sie auch alleine. Bei den letzten Besuchen war scheinbar ihr Partner an ihrer Seite. Jemand, zu dem sie offensichtlich eine nähere Beziehung hatte.«

Das war die Frage gewesen, die Lena noch im Kopf herumspukte. Es gab also jemanden! »Sie hat hier mit ihm auf der Bühne gestanden?«

»Nein. Das nicht.« Rohloff sah sie prüfend an, und sie fühlte sich an eine seltene Echsenart erinnert, deren Augen völlig unbeweglich sind.

»Was dann? Ich verstehe es nicht.«

»Sie hätte natürlich auf die Bühne hier gekonnt. Denn wir bieten ausdrücklich auch erfahrenen Amateuren die Möglichkeit, sich hier zu einer Show anzumelden. Auch wenn Sie vielleicht noch nicht den Zugang zu dieser Welt haben – es gibt mehr Menschen, die es wollen, als solche, die es können. Für die Show oben, im allgemeinen Raum, müssen die Protagonisten bestimmte Voraussetzungen erfüllen, die ich in jedem Einzelfall prüfe. Und Kunden von Escort-Agenturen, die nur einmalige abendliche Ausflüge buchen, bringen diese Voraussetzungen nicht mit.«

»Haben Sie nicht gerade gesagt, auch Sabrina – so heißt die Frau, die sich hier Bambi nannte – habe bei diesen Shows mitgemacht?«

Wieder schaute er sie lange an. »Es gibt hier noch eine zweite Möglichkeit, allerlei unartige Dinge zu tun. Möchten Sie sie sehen?«

Lena schüttelte beklommen den Kopf. Irgendetwas sagte ihr, es sei besser, bald zu gehen. Doch eine fast genau so laute innere Stimme behauptete genau das Gegenteil. Und etwas befahl ihr, sitzen zu bleiben.

»Dann werde ich es Ihnen erklären. Im Keller dieses Clubs befinden sich sogenannte Spielräume. Die Zugangsvoraussetzungen sind reglementierter als oben. Nach unten gelangt zum Beispiel auch nur, wer in Begleitung kommt. Ein großer Raum ist, so ähnlich wie hier, öffentlichen Sessions vorbehalten. Weitere kleinere Räume können mit einem Vorhang geschlossen werden. Oder auch nicht. Wer den Vorhang offen lässt, signalisiert, dass Zuschauer erlaubt sind. Ist der Vorhang geschlossen, gilt unser Ehrenkodex. Keiner wird auch nur einen Blick hineinwerfen, egal, was sich dahinter abspielt.«

Lenas Kehle war trocken geworden. Sie nahm schnell einen tiefen Schluck von ihrem Wein und versuchte, das Gehörte zu verstehen. »Wenn jemand Zuschauer möchte, dann ist doch die Bühne da. Warum in den Keller gehen?«

Er nickte, als könne er ihren Einwand gut verstehen. »Auf die Bühne hier oben kommen nur Leute, die ich persönlich gecheckt habe. Die machen Sachen, die geil sind, aber nicht wirklich hart. Eher etwas für SM-Touristen oder Gäste, die einfach ein Bier mit ein bisschen Quälerei dabei trinken wollen.« Ein schwaches Lächeln huschte über seine Lippen.

»Und im Keller?« Lena drehte das Weinglas zwischen ihren Fingern hin und her.

»Im Keller macht jeder, was er will. Es gibt keine Auflagen von unserer Seite. Und das bedeutet, da geht es wesentlich härter zu als hier oben.«

»Sabrina war also im Keller mit ihrem Begleiter?«

»Yepp! Unter ihrem Tarnnamen hat sie sich anfangs auch mit wechselnden Begleitern im Keller vergnügt. Wenn Sie mich fragen, nichts wirklich Hartes. Vielleicht ein bisschen Streckbank oder Spanking, also auspeitschen. Sie war nicht schmerzgeil, sondern wollte sich unterwerfen. Auf eine so intensive Art und Weise, wie es bei einem One-Night-Stand nicht geht. Die Kleine ist richtig aufgeblüht, als sie ihren Traummann gefunden hatte! Konnte die Augen nicht von ihm lassen und ist vor Devotion fast zerflossen.« Er lächelte fast liebevoll bei diesen Worten. »Der hat nur mit dem Finger geschnippt, und sie hat vor ihm auf den Knien gelegen. Mit strahlenden Augen, ein echtes Erlebnis, selbst für mich.«

»Wie sah der Mann aus?«

»Gut. Selten, dass ich das von einem anderen Mann sage. Markantes Gesicht, schlank, extrem dominantes Verhalten. Kam auch nicht mehr wieder.«

Lena versuchte, das Gehörte erst einmal zu verdauen und zu sortieren. Es dauerte eine Weile, bis sie merkte, dass Gerhard Rohloffs Nähe sie daran hinderte. Irritiert blickte sie auf und sah sich erneut seinem intensiven Blick ausgesetzt.

»Danke für Ihre Unterstützung.« Mit diesen Worten stand sie auf, auch er erhob sich, den Blick unverwandt auf sie gerichtet. Langsam kam er um den Schreibtisch herum. Lena, die vermutete, er würde sie nun aus dem Büro geleiten, wartete, und als er plötzlich direkt vor ihr stand, trat sie hastig zwei Schritte zurück, stolperte über eines der Stuhlbeine und wäre beinahe gefallen, wenn Gerhard Rohloff nicht nach ihrem Arm gegriffen hätte.

Einen Moment lang verharrten sie stumm in dieser Position, bis Rohloff sich abrupt umdrehte, um ihr die Tür zu öffnen.

»Falls der Mann noch einmal kommt oder Sabrina oder beide – würden Sie mich dann bitte anrufen?« Lena spürte, wie sie bei diesen Worten rot wurde.

»Ich würde Sie auch so anrufen, wenn ich das Gefühl hätte, Sie würden einer Einladung zum Abendessen folgen.« Lächelnd nahm er die Karte aus ihrer Hand, sorgfältig darauf bedacht, sie dieses Mal nicht zu berühren. Danach öffnete er die Tür ein Stück weiter, und sie stakste hinaus. Es war ziemlich genau fünfzehn Jahre her, als sie sich das letzte Mal so verunsichert gefühlt hatte. Bevor sie das Lokal verließ, drehte sie sich noch einmal um. Gerd Rohloff stand noch in der offenen Tür zu seinem Büro und sah ihr nach. Es war zu dunkel, um es genau zu sehen. Aber Lena hätte schwören können, dass sein Blick sehr ernst und ein wenig traurig war.

»Gerd ist einfach ein Schatz. Ich wusste, er würde mit dir reden. Normalerweise schweigt er eisern, was seine Gäste betrifft.« Sonjas Stimme klang trotz der späten Stunde sehr wach und konzentriert. Kein Wunder, denn sie arbeitete ja stets weit in die Nacht hinein. Die beiden Frauen hatten bereits den Besuch bei Romina rekapituliert und waren nun bei Lenas Besuch im Club angelangt.

»Dabei hat deine Notiz mir sehr genutzt«, meinte Lena, die beim Gedanken an den Clubbesitzer noch immer eine irritierend anregende Gänsehaut verspürte.

»Wenn du ihm nicht sympathisch gewesen wärst, hätte er trotzdem nichts gesagt. Glaub mir, der Mann ist daran gewöhnt, Dinge für sich zu behalten!« Sie lachte leise auf bei diesen Worten.

»Wart ihr … ein Paar?«

Am anderen Ende herrschte eine kurze Weile Schweigen, und Lena fürchtete schon, etwas Dummes gefragt zu haben.

Sonja seufzte lang und tief. »Ja und nein. Sagen wir mal so, wir haben es vor zwei Jahren mal kurzzeitig versucht, dabei sind wir bessere Freunde als Lover. Aber frag mich mal, ob ich es in diesem Fall nicht bedauert habe! Wenn mir einer hätte gefährlich werden können, dann er. Wenn er jemanden liebt, tut er alles für diese Frau. Ich jedenfalls kenne keinen Mann, der ehrlicher und loyaler ist als er.«

»Hat er … ist er …«, Lena geriet schon wieder ins Stottern und verfluchte ihre Unsicherheit. Wie konnte es denn sein, dass ein Wildfremder sie so verunsicherte? Dazu noch ein Mann?

»Liiert? Glaube ich nicht. Vielleicht hat er eine kleine Liebschaft laufen – so nennt er Affären –, wirklich gebunden ist er sicher nicht. Seit dem Tod seiner Frau vor ein paar Jahren trauert er. Würde mich wundern, wenn er sich neu verliebt hätte.«

Sonja stutzte nach diesen Worten. »Lena, wenn ich es nicht besser wüsste, würde ich denken, du bist an ihm interessiert!«

»Er hat mich mehr beeindruckt als jeder andere Mann, den ich kenne.«

Einige Sekunden lang schwiegen beide Frauen.

»Was heißt das denn?« Sonjas Neugier war geweckt.

»Sicher nicht, dass ich mich Hals über Kopf verliebt habe. Dennoch – er ist anziehend.«

»Da hast du allerdings recht.«

Lena fuhr schnell fort, ihr zu versichern, es gebe gar keinen Grund, sich Gedanken zu machen.

»Lena, falls du irgendwann auf heterosexuellen Pfaden wandeln willst, könntest du an keinen Besseren geraten. In jeder Beziehung! Und noch eines – meinetwegen mach dir keine Gedanken. Die Sache mit Gerd ist lange vorbei. Wir beide sind uns noch immer freundschaftlich verbunden, auch wenn wir uns höchstens einmal im Jahr über den Weg laufen. Also – falls du dich verknallst und er sich auch, dann tu einfach, wonach dir ist!«

Lena spürte ein Zucken in der Magengegend bei diesen Worten. Schon allein die Tatsache, darüber zu reden war schier unglaublich. Die Vorstellung, einen Mann auf diese Art anziehend zu finden, beunruhigte sie aufs Heftigste!

»Da kommt ja die Kollegin!« In Norbert Müllers Stimme schwang so etwas wie Genugtuung über ihre Verspätung mit, als Lena ziemlich abgehetzt um viertel nach acht das Büro betrat. Vor ihrem Schreibtisch saß Gisela Krohn, auf dem Schoß ein Kleinkind, und neben ihr stand Samantha, die an diesem Tag keine Mütze trug und noch ziemlich verschlafen aussah. So wie die Mutter auch, die im Gegensatz zum Vortag eher schlampig zurechtgemacht war. Norbert schaute ostentativ auf seine Armbanduhr, bevor er mit einem übertrieben kollegialen Grundton fortfuhr: »Ich habe der Dame schon einen Kaffee gebracht, um ihr die Wartezeit zu verkürzen.«

Andrea Geissler verdrehte an ihrem Schreibtisch im Hintergrund die Augen und tippte sich dezent an die Stirn. Lena unterdrückte ein Grinsen.

»Danke Norbert. Sehr nett von dir. Stell ihn doch bitte in das Beratungszimmer eins.« Dann fuhr sie, Norberts empörte Miene ignorierend, zu ihrer Besucherin gewandt fort: »Dann wollten wir mal, Frau Krohn!« Lena schnappte sich die Akte von ihrem Schreibtisch und forderte die Frau mit einer Handbewegung auf, ihr in einen der verglasten Beratungsräume im hinteren Teil des Containers zu folgen.

Als Norbert das Besprechungszimmer verlassen hatte, schloss sie die Tür mit Nachdruck hinter ihm. Einen Moment lang blieb der Teamleiter vor dem Raum noch stehen und sah durch die Glasscheibe zu ihr herein, seine empörte Miene sprach Bände, doch Lena ignorierte ihn mit stoischer Gelassenheit. Seine Unverschämtheit im Beisein einer Klientin konnte sie ihm einfach so nicht durchgehen lassen! Teamleiter hin oder her.

»Magst du einen Orangensaft?«, fragte sie Samantha.

Die blickte zunächst unsicher zu ihrer Mutter und, als diese ihre Tochter ignorierte und ungerührt von ihrem Kaffee trank, nickte das Kind vorsichtig. Während Lena eine Packung Saft von einem Beistelltischchen nahm und Samantha ein Glas davon einschenkte, blickte deren Mutter mit düsterem Gesicht um sich.

»Was soll ich jetzt hier? Ich habe Besseres zu tun«, maulte Gisela Krohn, kaum dass Lena sich wieder gesetzt hatte.

»Frau Krohn lassen Sie uns Klartext reden. Ihre Tochter Samantha«, Lena nickte zu dem verschüchterten Mädchen hinüber, das gerade durstig trank, »war bereits einmal in einer Pflegefamilie, aus Gründen, die Ihnen bekannt sein dürften.«

Die Frau schwieg und blickte böse auf ihr Gegenüber.

»Nun finde ich Ihre Tochter bei meinem gestrigen Hausbesuch mutterseelenalleine vor. Wie mir scheint, waren Sie längere Zeit abwesend.«

Lenas Blick wanderte zu den kunstvoll gestalteten Nägeln der Frau. Gisela Krohn zog es vor zu schweigen. Das Kind auf ihrem Arm bewegte sich leise, was bei ihr jedoch keine Reaktion auslöste. Etwas begann Lena zu irritieren, doch sie konnte es nicht greifen.

»Unseren Fallmanagern gegenüber gaben Sie an, aufgrund der Betreuung Ihrer Kinder nicht arbeiten zu können. Nun frage ich mich, wo gestern Ihre Tochter Jennifer war?«

»Geht Sie das etwas an?«, giftete die Frau plötzlich.

»Ja, das tut es. Jedenfalls wenn sich herausstellt, dass Sie uns falsche Angaben gemacht haben.«

Samantha hatte ihr Glas leer getrunken und stellte es vorsichtig auf den Tisch, den Blick konzentriert auf Lena gerichtet. Die überkam eine seltsame Rührung beim Anblick des kleinen Mädchens, das so bemüht war, alles richtig zu machen.

»Falsche Angaben? Was soll das heißen?« Die Stimmung lud sich immer mehr auf.

Lena öffnete die Akte und las ein Dokument, als sähe sie es zum ersten Mal. »Uns liegt eine anonyme Anzeige gegen Sie vor.«

In der folgenden Stille hätte man die sprichwörtliche Stecknadel fallen hören können. Gisela Krohn fand erst nach einigen Sekunden ihre Sprache wieder.

»Was für eine Anzeige? Was soll der Scheiß? Wollen Sie mich hier verar–«

»Frau Krohn, bitte, ich rede ja gerade mit Ihnen darüber, um die Sache zu klären. Kein Grund, sich aufzuregen.« Lena unterstrich ihre eigenen Worte mit einer beschwichtigenden Geste. »Gehen Sie irgendeiner Tätigkeit nach, von der wir nichts wissen?«

»Nein!« Die Antwort kam zu schnell und klang zu trotzig, um überzeugend zu wirken.

»Haben Sie denn eine Erklärung, warum Sie jemand bei uns anschwärzen will?«

Gisela Krohns Augen wurden schmal, dann sprang die Frau auf und schleuderte Lena eine Flut von Beschimpfungen an den Kopf. Die blieb äußerlich gelassen sitzen und bat die Frau ruhig, wieder Platz zu nehmen. Gerade, als es schien, Gisela Krohn würde dieser Aufforderung folgen, stürmte Norbert Müller in den Besprechungsraum. Es wirkte fast so, als habe er die ganze Zeit vor der verschlossenen Tür gelauert!

»Was ist passiert?«, fragte er mit scheinheilig betroffener Miene. Interessanterweise stellte er nicht Lena diese Frage, sondern Frau Krohn.

»Diese … diese Person hat mich beleidigt. Nur weil ich Geld vom Staat bekomme, muss ich mir noch lange nicht alles bieten lassen!«

»Nun, das lässt sich doch sicher regeln. Ich bin der Teamleiter hier –«, weiter kam Norbert mit seiner Salbaderei nicht.

»Ich gehe zum Anwalt. Sie hören von mir!« Mit diesen Worten stürmte Gisela Krohn auf den Gang hinaus und an den offen stehenden Bürotüren der Teammitglieder vorbei, die ihr verdutzt nachsahen. Lena lehnte sich mit verschränkten Armen zurück und beobachtete die Tür, während Norbert hilflos mitten im

Raum stand. Gisela Krohn hatte ihn seines Konzepts beraubt, indem sie ihn durch ihren Abgang um seine geplante Beschwichtigungsaktion gebracht hatte.

»Warum bleibst du so ruhig sitzen, willst du sie nicht zurückholen?«, fragte er mit offener Anschuldigung in der Stimme.

Lena hob die Brauen bei dieser unprofessionellen Wichtigtuerei, blieb aber gelassen. »Die kommt schon von alleine wieder.«

»Woher willst du das wissen?«

»Deswegen!« Ihr Blick lenkte seine Aufmerksamkeit auf einen Punkt hinter seinem Rücken. Als er sich umdrehte, sah er ein Mädchen, das erschrocken und verunsichert zur Tür sah, durch die seine Mutter gerade verschwunden war. Gisela Krohn hatte bei ihrem eiligen Abgang einfach ihre Tochter Samantha vergessen!

»Was für eine Anzeige war das denn?«

Andrea Geissler biss mit großem Appetit in ihren Apfel. Es war zehn Uhr, und Gisela Krohn war nach dem ersten, verunglückten Gespräch tatsächlich wieder aufgetaucht. Wenngleich sich die Frau immer noch relativ verstockt und widerwillig verhielt, gelang es Lena dieses Mal, ein etwas ergiebigeres Gespräch mit ihr zu führen, das sie nun protokollierte und mit ihren Randnotizen versah.

»Sie gehe auf den Strich, sei so gut wie nie zu Hause anzutreffen, vernachlässige ihre Kinder.«

»Was sich bei deinem ersten Besuch ja auch prompt zu bestätigen schien.«

»Das Seltsame daran ist aber, dass Frau Krohn nicht einmal gefragt hat, was in der Anzeige steht. Würdest du das nicht wissen wollen?«

Andrea schaute nachdenklich zum Fenster hinaus. »Wenn man mich zu Unrecht beschuldigt, wäre ich ahnungslos und würde es schon wissen wollen. Aber wenn nicht, ginge ich wohl davon aus, es steht genau das in der Anzeige, was ich auch mache.«

»Eben! Das wirkt, als ob sie genau weiß, was man ihr anhängt und deshalb gar nicht auf die Idee kommt, zu fragen.«

»Was ist denn mit dem Mann?« Andrea betrachtete interessiert ihren Apfelbutzen und entschied, noch ein paar kleine Bissen davon abzunagen, bevor sie den kläglichen Rest im Papierkorb versenkte.

»Macht Gelegenheitsjobs. Mal einen Tag, mal eine Woche. Ist einer von den Klienten, die tatsächlich etwas tun, um aus ihrer Misere herauszukommen. Hat nichts gelernt und immer irgendwo gejobbt, ist sich für nichts zu schade. Passt eigentlich gar nicht zu seiner Frau, was das betrifft.«

»Das haben wir ja öfter. Vermutlich wurde sie schwanger, er hat Verantwortungsgefühl bewiesen und sich, im Gegensatz zu vielen anderen seiner Geschlechtsgenossen, nicht aus dem Staub gemacht, sondern die Frau geheiratet.«

»Könnte sein, das jüngste Kind ist ein Jahr alt.«

»Dann ist sie diejenige, die bei uns bereits viele Jahre aktenkundig ist?«

»Ja. Ein hartes Kaliber. Hat mich gestern als Beamtenschnalle beschimpft.«

»Hey, hast du ihr nicht gesagt, dass du lediglich Angestellte im öffentlichen Dienst bist?«

Beide lachten amüsiert auf, aber Lena ließ der Gedanke an Samantha nicht los. »Stürmt hier raus und vergisst ihr eigenes Kind!«

»Tja, aber das fremde nimmt sie mit!«, erwiderte Andrea.

Lena dachte im ersten Moment, sie habe sich verhört. »Was meinst du damit? Welches fremde Kind?«

»Na die Kleine auf ihrem Arm. Das ist Veronica, die Tochter der Klawuns. Die hat doch ein kleines Feuermal neben dem rechten Ohr. Die Familie habe ich früher in meinem Sachgebiet bearbeitet. Mit denen hatte ich viel zu tun. Hat mich eh gewundert, warum diese Frau Krohn die Kleine dabeihatte. Vielleicht ist sie ja mit der Kindsmutter befreundet. Obwohl das auch nicht so ganz passt. Die Klawun ist ganz in Ordnung, ein bisschen einfach gestrickt, aber sie bemüht sich, ist keine von der renitenten Sorte.«

In diesem Moment wurde Lena klar, was sie vorher so irritiert hatte. Der Umgang Gisela Krohns mit dem Kind! Sie hatte sich überhaupt nicht mit der Kleinen abgegeben. Das zeugte weder von mütterlichen Gefühlen noch von großer Vertrautheit.

»Moment. Die Frau kommt hierher, lässt mich in dem Glauben, das Kind sei ihr eigenes, und dabei gehört es zu einer ganz anderen Familie?«

»Scheint so. Aber hat sie dir denn gesagt, es sei ihre eigene Tochter?«

Lena dachte nach. »Wenn ich es mir recht überlege, hat sie gar nichts gesagt. Aber was würdest du glauben, wenn eine zweifache Mutter gebeten wird, ihre Kinder mitzubringen. Natürlich nahm ich an, es ist Jennifer, Samanthas Schwester.«

Die beiden Kolleginnen schwiegen. Andrea schaute stirnrunzelnd vor sich hin, Lena hatte sich in ihrem Stuhl weit zurückgelehnt und spielte nervös mit einem Bleistift.

»Warum macht sie das? Und vor allem, wer kümmert sich denn heute um Jennifer?«

»Tja, wie es aussieht, musst du baldigst wieder dorthin. Oder zu den Klawuns, obwohl die nicht zu unseren Kunden im Querschnittsteam gehören. Die sind alle ganz pflegeleicht.«

»Ja, das habe ich gemerkt, die Kleine hat nicht einmal gemuckt.«

»Nicht mit Gewalt, meine Damen! Yoga soll guttun, nicht wehtun!«

Anke Bormeister schritt durch die Reihe ihrer Schülerinnen, die sich, wie jeden Mittwochabend, in den Räumen der

Offenbacher VHS an der Berliner Straße versammelt hatten. Um sich bei teils grotesk anmutenden Verrenkungen zu entspannen, Energie aufzutanken oder in der Hoffnung, ihre Rückenschmerzen loszuwerden.

Karin, in deren Nase es sich eine vorwitzige Staubflocke gemütlich gemacht hatte, versuchte ein Niesen zu unterdrücken, was der Ausführung ihrer Heuschrecke nicht gut bekam.

»So, nun kommen wir zur Entspannung. Begebt euch alle in die Stellung des zusammengerollten Blattes.«

Anke Bormeister, wie üblich in eine ziemlich ausgeleierte dunkelblaue Trainingshose und ein verwaschenes T-Shirt gekleidet, machte es ihren Schülerinnen vor. Karin schniefte und rollte sich eng auf ihrer Matte ein, um ja nicht noch mehr Staub abzukriegen. Ein kurzer Blick auf Lena bestätigte, was ihr gefühlsmäßiges Radar schon erfasst hatte: Die Freundin war mitnichten entspannt, sie machte weder die Übung richtig nach, noch hielt sie die Augen geschlossen. Zehn Minuten später zogen sie sich um. Da es ein reiner Frauenkurs war, verhielten sich alle ganz ungezwungen, es wurde geschwatzt und gelacht, und ein paar Unermüdliche ließen sich von der wie immer gelassen und geduldig lächelnden Yogalehrerin noch ein paar Feinheiten erklären.

»Noch was essen?« Karin schaute Lena fragend an, die jetzt erst zu bemerken schien, dass der Unterricht vorbei war.

»Klar.«

Sie verließen die Volkshochschule durch den hinteren Ausgang zum Französischen Gässchen hin, bogen von dort aus in die Herrnstraße ein, wo sie ein italienisches Lokal ansteuerten. Während des kurzen Fußmarsches hing jede ihren eigenen Gedanken nach.

Erst als sie saßen, ihre Getränke vor sich hatten und ihre Essensbestellung aufgegeben hatten, fingen sie an zu reden.

»Du bist so in dich gekehrt. Ist etwas geschehen?«

Karin, wie immer nach dem Yogakurs hungrig wie ein Wolf, zerbröselte ein Grissini auf dem Tischtuch, während Lena ihr

Weinglas betrachtete, als handelte es sich dabei um ein Mysterium. Was auch immer sie darin zu erkennen hoffte, sie schien es nicht zu finden, denn sie hob den Blick und schaute ihre Freundin mit einer Mischung aus Erstaunen, Ärger und Unsicherheit an.

»Geschehen sind viele Dinge. Einige davon kann ich nicht einordnen. Vielleicht kannst du mir ja dabei helfen.«

Karin schaute verblüfft auf ihre Freundin. Lena war normalerweise eher pragmatisch, selten hatte sie sie so gesehen, wie heute. Sie wirkte verwirrt und verletzlich. »Schieß los, um was geht es?«

»Wenn ich das so einfach formulieren könnte. Ohne, dass es falsch rüberkommt ...«

»Fang einfach an!« Karin nickte Lena ermunternd zu und machte sich über das zweite Grissini her. Sie wartete, während Lena in ihr Glas starrte und mit unruhigen Fingern am Stiel herumtrommelte.

»Worin genau liegt der Unterschied, wenn man sich in einen Mann statt in eine Frau verknallt?«

»Wie bitte?« Karin traute ihren Ohren nicht. »Was ist das denn für eine Frage?«

»Du bist ja in deinen Mann verliebt, richtig?«

Karin nickte stumm.

»Und in mich?«

Karin nickte wieder, dieses Mal von einer heftigen Röte begleitet. Wollte Lena jetzt das bestehende Arrangement infrage stellen? Das wäre nicht gut!

»War es anders, als du dich in mich verliebt hast, als bei Albrecht?«

Karin lehnte sich in ihren Stuhl zurück. Bisher war sie Lena gegenüber immer sehr ehrlich gewesen. Nun fühlte sie eine Art Panik vor der Wahrheit und überlegte, welches die günstigste Antwort auf Lenas Frage war.

»Sag mir einfach die Wahrheit«, drängte die nun, und in ihren Augen lag eine ungewohnte, quälende Unsicherheit.

»Es gibt keinen Unterschied, wenn man sich verliebt. Also – zumindest meiner Erfahrung nach.«

»Das ist doch Quatsch!«, fuhr Lena auf, und Karin wich erschrocken zurück. »Entschuldige, ich bin ein bisschen neben der Spur!« Lena griff sich an den Kopf und fuhr sich mit der Rechten durch die glänzenden schwarzen Haare. »Aber es muss doch einen Unterschied geben. Sonst könnten wir uns doch alle in Männlein *und* Weiblein verlieben, oder?«

Karin schaute die Freundin stumm an. Eine leise Ahnung regte sich in ihr. Dass es da etwas gab, das sie nicht hören wollte. »Lena, du vergisst wohl gerade, dass genau das mein Thema ist? Eigentlich bin ich eine Hetera und habe mich trotzdem in dich verliebt. Mit allem, was dazugehört. Herzklopfen, Hoffen, Bangen und nicht zuletzt einem absoluten Glücksgefühl, als ich merkte, dass auch du mir gegenüber so empfindest.«

»Du meinst, es gibt keinen Unterschied?« Lena klang enttäuscht und irgendwie – verunsichert.

»Doch. Den gibt es. Für mich. Aber nicht so sehr in der Phase des Verliebtseins als vielmehr danach.«

»Erklär mir das, bitte.«

Der Kellner kam mit der Bestellung, und als die dampfenden Teller vor den Freundinnen standen, packten die mechanisch ihre Bestecke aus. Karin überlegte. »Was mich betrifft, ich wusste immer genau, wie man mit einem Mann flirtet. Aber nicht, wie das mit einer Frau geht. Bei dir war es vermutlich genau andersrum. Der Unterschied in einer Beziehung für mich ist der, dass bei einer Frau für mich immer die Harmonie im Vordergrund steht, das, was wir gemeinsam fühlen. Dieses Wissen darüber, wie die andere tickt. Sogar bei dir habe ich das von Anfang an gefühlt!«

»Danke für das Kompliment!« Lena lachte unfroh auf.

»Ach, du weißt doch, was ich meine!« Karin konnte sich beim besten Willen nicht vorstellen, dass ihre Freundin nicht wusste, wie männlich sie mit ihrer sonst so rationalen Art teilweise in ihren Verhaltensweisen war.

»Und bei Männern?«, wollte Lena nun wissen.

»Das ist mit mehr Machtkampf, mehr Aggression verbunden. Es geht darum, Stärke zu zeigen. Letztendlich auch beim Sex. Sex mit einem Mann ist immer auch ein Spiel von Aggression. Angriff, Verteidigung. Lust aus dem Gefälle zwischen Macht und Unterwerfung, dem Moment der Verschmelzung zwischen zwei Menschen, die grundlegende Dinge des Lebens völlig anders empfinden. So geht es mir.«

»Das klingt ja fast wie nach Krieg.«

»Na ja, das liegt am Vokabular, mir ist kein besseres eingefallen. Es geht um Liebe oder Lust und wenn man Glück hat, um beides, und die Voraussetzung ist ja, dass beide es wollen, sozusagen spielerisch damit umgehen und ihre Befriedigung daraus ziehen.«

»Und wie ist es mit mir?«

»Gleichklang der Seelen?« Karin lachte verschmitzt auf, als sie das sagte. Natürlich würde Lena wissen, dass ein Stück Ironie dabei war. Dennoch – es stimmte. Mit Lena fühlte sie sich auf einer Ebene. Jede wusste, was die jeweils andere mochte, konnte sich körperlich und gefühlsmäßig darauf einstimmen. Anders als bei Albrecht fühlte sie sich Lena immer auf eine seit Urzeiten vertraute Art nah.

Beide schwiegen. Karin wälzte in ihrem Kopf die Fragen hin und her, die sie in diesem Moment bedrängten. Und da Lena und sie nicht nur ein Liebespaar, sondern auch Freundinnen waren, fragte sie schließlich nach. »Bist du in einen Mann verliebt?«

Lena schaute auf, wie aus einem Traum erwacht. »Nein. Natürlich nicht. Es ist nur … ich verstehe meine eigene Reaktion nicht, habe das noch nie erlebt!«

»Erzähl es mir!« Karin schob den halb leeren Teller mit Risotto beiseite und beugte sich vor. Lena, die in ihre Nudeln nur herumgestochert hatte, biss sich auf die Lippen und schaute orientierungslos im Raum herum.

»Es geht um die verschwundene Frau, oder?« Karin tastete sich an die Freundin heran.

»Okay, ich erzähle es dir. Aber bitte mach keine große Geschichte daraus!«

Karin nickte. Doch als Lena fertig war mit ihrer Geschichte, war sie sich nur noch einer Sache sicher – ihrer Angst, dass Lena ihr entgleiten könnte!

Schweigend saß der Mann im Sessel. Er trank in langsamen Schlucken Kaffee aus einer weißen Tasse. Sie hatte gierig ein großes Glas Wasser geleert und lag nun mit geschlossenen Augen bewegungslos auf dem Bett. Noch immer brannte ihre Haut dort, wo sie noch vor wenigen Minuten mit heißem Kerzenwachs übergossen worden war. Sehr sorgfältig hatte der Mann die empfindlichsten Stellen ausgewählt, sie hatte geweint, nicht nur vor Schmerz, sondern auch vor Glück und aus tief empfundener Dankbarkeit darüber, ihm Vergnügen bereiten zu dürfen – auserwählt zu sein. Später hatte er die Stellen mit Eiswürfeln gekühlt und anschließend das harte Wachs abgenommen. Sie fühlte sich aufgeputscht und ermattet zugleich. Ein Zustand, den sie liebte. Ihre Dankbarkeit war grenzenlos. Der Mann wusste das. Sie war sich sicher, er würde nach einer kleinen Pause mit dem Spiel fortfahren. Als sie hörte, wie er die Tasse abstellte und sich aus dem Sessel erhob, richteten sich ihre Nackenhaare auf. Gleich würde es weitergehen. Ihr war heiß und kalt zugleich. Innerlich bettelte sie darum, er möge weitergehen heute. Weiter, als sie bisher miteinander gegangen waren. Weiter, als sie sich traute, ihn zu bitten.

Im Schlafzimmer herrschte Dunkelheit. Gelegentlich huschten die Reflektionen von Scheinwerfern vorbeifahrender Autos über die Decke.

Karin lag schlaflos neben der sich unruhig herumwälzenden Lena. Sie hatte nach der Yogastunde und dem verwirrenden Gespräch im Lokal spontan beschlossen, bei ihrer Freundin zu übernachten und Albrecht, der inzwischen wohl auch rotweintrunken von seinem Männerstammtisch heimgekommen war, eine Nachricht hinterlassen. Es war von Anfang an ein fester Bestandteil ihrer Ehe gewesen, sich gegenseitig Freiräume zu lassen, und Albrecht war daran gewöhnt, dass Karin hin und wieder woanders übernachtete.

»Wir kleben nicht aneinander. Karin ist schließlich nicht mein persönlicher Besitz«, waren Albrechts Worte gewesen. Anfangs sicherlich nur dafür gedacht, sich und dem Rest der Welt zu beweisen, wie liberal und cool sie beide waren. Spätestens als Karin Lena kennenlernte, wäre es an der Zeit gewesen, das auf den Prüfstand zu stellen. Doch Karin hatte immer schon geahnt, welch schwerwiegende Folgen das für ihre Ehe haben können. Weder Albrecht noch sie selbst wollten je eine freie Ehe führen. Es ging um die persönlichen Freiräume, die man sich zugestand. Ein Ehebruch, egal mit wem, war nie vorgesehen. Und genau das war der Grund, weshalb Karin niemals mit Albrecht über die wahre Natur ihrer Beziehung zu Lena gesprochen hatte. Neben der Tatsache, dass sie ihren Mann von Herzen liebte. Hätte man sie vor die Wahl gestellt, wäre diese wohl zugunsten von Albrecht ausgegangen. Zu viel verband sie mit ihm. Kameradschaft, Freundschaft, Vertrauen und Liebe. Eine Liebe, die auch von den Gegensätzen lebte. So gleichberechtigt ihre Partnerschaft nach außen war, beide wussten sehr gut, wie stark die Rollen des alten Spiels von Mann und Frau in ihnen verankert waren. Jedes Paar, das sie kannte, spielte mit diesen Stereotypen und Klischees auf die ureigene Art und Weise.

Mit Lena war das anders. Lena brachte sie mit dieser weiblichen Nähe in absolute Höhen. Karin hatte danach oft das Bedürfnis, vor Dankbarkeit weinen zu müssen. Und Lena nahm sie in den Arm, ohne zu fragen, ohne ihr das Gefühl zu geben, sie sei schwach.

Dennoch, vor die Wahl gestellt, fürs Leben entscheiden zu müssen, hätte Karin Albrecht gewählt. Weil sie im Grunde ihres Herzens konventionell war. Und vielleicht war das der Grund, weshalb sie panische Angst davor hatte, Lena könne sich tatsächlich einmal in einen Mann verlieben. Denn in Karins Fantasie würde das das Ende ihrer Beziehung bedeuten. Und das war das Letzte, was sie wollte!

»Lass uns Freitag nach Frankfurt fahren und im ›Nachtleben‹ tanzen gehen!«

Lena schob sich nach dieser kurzen Verabredung neben Karin aus der Haustür und drückte der Freundin einen Kuss auf die Wange. Der Morgen war kühl, es schien über Nacht richtig Herbst geworden zu sein. Die klare, kalte Luft tat gut und vertrieb die letzte Müdigkeit aus ihrem Kopf. Dennoch hätte sie es vorgezogen, an diesem Morgen länger zu schlafen. Doch die Arbeit in der neuen Gruppe hatte eine eigene Dynamik angenommen, und sie hatte den Fehler begangen, ihren Terminkalender viel zu voll zu stopfen. Sie hatte sich vorgenommen, jeden ihrer fünfzig Klienten zunächst aufzusuchen, um die Leute kennenzulernen, für die sie jetzt ein Jahr lang die alleinige Ansprechpartnerin blieb. Die notwendige Nacharbeit der Außendiensttermine und die Absprachen mit den anderen Ämtern nahmen dabei wesentlich mehr Zeit in Anspruch, als sie anfangs veranschlagt hatte, das war ihr inzwischen klar geworden. Den übrigen Teammitgliedern ging es ähnlich. Bisher hatten sie sich alle auf die Schwerpunkte ihrer jeweiligen Ämter konzentrieren können. Nun gab es ein ganzes Bündel an Problemstellungen, das es zu bearbeiten galt, für viele Dinge hatten sie noch keine Routine entwickelt. Es war eine Menge Neuland für alle! Noch immer waren keine Computer eingetroffen, und die notwendige Dokumentation fand handschriftlich statt, was bei allen außer Norbert, der im mühsamen

Zwei-Finger-Suchsystem arbeitete und daher auch am PC langsam wie eine Schnecke war, länger dauerte und für Unmut sorgte. Entsprechend groß war daher später am Tag die Freude über ein paar Techniker der Telekom, die Strippen zogen, in unverständlichem Fachjargon miteinander beratschlagten und ziemlich häufig in der Zentrale anriefen, um Dinge abzuklären, die ihrer Aussage nach »nicht deutlich aus den Unterlagen hervorgingen«. Gegen Mittag kam der zuständige Sachbearbeiter des Hauptamtes, das intern für die Organisation verantwortlich zeichnete, um sich nach den Fortschritten zu erkundigen. Gleich darauf wurden die PCs angeliefert, und das war der Moment, in dem sich Lena erneut in den Außendienst verabschiedete. In einem solchen Tohuwabohu konnte sowieso keiner arbeiten. An der Tür lief ihr Norbert über den Weg.

»Na, Kollegin, wieder unterwegs?« Lena wollte mit einem knappen Nicken an ihm vorbei, doch er hielt sie kurz am Arm fest. »Alles in Ordnung bei dir?«

Lena schaute ihn verwundert an. »Was soll nach lediglich drei Tagen hier nicht in Ordnung sein? Ich arbeite mich erst einmal in meine Fälle ein, wie alle anderen auch.«

»Ich dachte nur, wegen gestern!«

Lena blickte ihn schweigend an. Seine in der Frage mitschwingende Besorgnis empfand sie als heuchlerisch, aber das konnte sie ihm ja kaum direkt ins Gesicht sagen, ohne Ärger heraufzubeschwören. »Was mich betrifft, kann ich gut die professionelle Distanz wahren«, antwortete sie ruhig. Sie blickte ihn dabei fest an, und er war der Erste, der seine Augen abwendete.

Lena wusste, dass Norbert Müller ihre kleine Spitze verstanden hatte. Wie konnte er es wagen, nach seinem scheinheiligen und unkollegialen Auftritt vom Vortag, ihr jetzt auch noch ein schlechtes Gefühl einreden zu wollen? Schon am ersten Tag war ihr klar geworden, dass Norbert Müller sie nicht mochte. Warum das so war, darüber konnte sie nur spekulieren. Ihres

Wissens waren sie beide noch nie aneinandergeraten, und es gab auch keine Machtkämpfe oder heimlichen Konkurrenzkampf. Sie hielt den Mann zwar nicht gerade für eine Leuchte seiner Zunft, respektierte aber die Entscheidung der Verwaltungsspitze, ihn als Teamleiter einzusetzen. Die vergangenen Jahre im öffentlichen Dienst hatten sie gelehrt, solche Entscheidungen nicht auf Plausibilität zu untersuchen. Egal ob Parteibuch, Netzwerk oder Väter, die zusammen im Golfclub waren –, manche Beförderungen waren nicht auf den ersten Blick nachvollziehbar, und da Lena selbst bisher keinen großen Ehrgeiz entwickelt hatte, Karriere zu machen, war es ihr meist auch egal. So auch bei Norbert. Seinen Platz jedenfalls würde sie ihm nicht streitig machen!

Sie war noch in Gedanken mit dem Teamleiter beschäftigt, als sie auf der anderen Seite der Grünfläche die kleine Samantha hinter einem der Hochhäuser hervorkommen sah. Sie war alleine und trug heute wieder ihre gestrickte Mütze, deren Ohrenwärmer sie mit bloßen Händen fest an den Kopf drückte, sowie die dicke, steife Jacke, die so ulkig nach vorne wegstand. Die Kleine schaute sich suchend um, und Lena schien es, als rufe sie nach jemandem, aber sie war zu weit weg, um etwas zu hören. Einen Moment lang war sie versucht, ihre eingeschlagene Richtung zu ändern und zu dem Mädchen hinüberzugehen, doch sofort überlegte sie es sich in Anbetracht ihrer heutigen Termine anders, und sie setzte ihren Weg fort.

Sie stand mit gespreizten Armen und Beinen mitten im Raum. Der Mann befestigte die Ledermanschetten an ihren Knöcheln und überprüfte danach noch einmal den Sitz der metallenen Spreizstange, mit der die beiden Manschetten verbunden waren und die das Schließen ihrer Beine verhinderte. Die nach oben gestreckten Arme waren ebenfalls an eine Stange gefesselt, die an einem großen, dicken in die Decke eingedübelten Haken hing. Auf diese Art bildete sie ein großes, lebendes X. Schweigend lief er um sie herum und begutachtete sein Werk. Obwohl sie nur auf den Fußballen stehen konnte, würde sie nicht umfallen können, so straff hatte er sie arrangiert. Nun griff er nach einem Knebel, schob ihn ihr zwischen die Lippen und verknotete das Band am Hinterkopf. Erst als er sich des sicheren Sitzes vergewissert hatte, sodass sie Luft bekam und dennoch nicht schreien konnte, verband er ihr die Augen mit einem breiten schwarzen Schal. Auch hier versicherte er sich, dass alles richtig saß und sie nichts sehen konnte. Zum Schluss drückte er ihr ein kurzes Stück Schnur in die Hand. Daran hing ein kleines Glöckchen. Da sie nun nicht mehr reden und somit das Codewort nicht aussprechen konnte, das den sofortigen Abbruch der Prozedur zur Folge hätte, war dies jetzt ihre einzige Möglichkeit, sich zu jeder Zeit des Spiels bemerkbar zu machen, indem sie das Glöckchen fallen ließ. Vorsichtshalber forderte er sie auf, es zu tun und schnalzte mit der Zunge, als er den klaren, hellen Ton hörte, mit dem das Glöckchen auf dem Boden aufprallte. Sie empfand tiefe Dankbarkeit ob der Fürsorge, und wenn es denn möglich gewesen wäre, hätte sich ihre Ergebenheit ihm gegenüber noch weiter gesteigert. Er war der Beste. Und er sollte es nicht bereuen, sie auserwählt zu haben! Sie stand völlig regungslos. Er musste spüren, wie mühsam sie, die jetzt ausschließlich auf ihre Ohren angewiesen war, allein durch die akustischen Reize zu erfahren suchte, was in dem Zimmer um sie herum geschah. Es erklangen dunkle, düstere Töne. Irgendein klassisches Stück, das sie nicht kannte und dessen unheimlicher Rhythmus ihr Angst einflößte – gepaart mit inzwischen fast maßloser Erregung. Seine Hände legten sich auf ihren heißen Körper und glitten langsam darüber. Seine Haut war angenehm trocken und warm. Er strich über ihre Arme, ihre Hüften und an den Seiten entlang wieder nach oben. Dort bewegte er mit seinen Handinnenflächen ihre Brustwarzen ganz leicht im Kreis. Sie spürte, wie sich die zarte Haut zusammenzog, unter seinen Händen steif wurde. Als ihre Nippel hart genug waren, nahm er sie zwischen Daumen und Zeigefinger, drückte sie zusammen und zog gleichzeitig daran. Sie wand sich unter seinen Händen. Sie konnte ein Stöhnen nicht unterdrücken, dabei drang durch den Knebel kaum ein Laut. Er hörte es wohl dennoch, denn wie zur Strafe packte er stärker zu, presste die harten Warzen fester zwischen seinen Fingern. Als er losließ, zitterte sie. Doch der Mann war noch nicht fertig. Nun schob er einen kühlen, metallenen Gegenstand über die erhitzte, zarte Haut der linken Brust. Eine Nippelklemme, die langsam zugedreht wurde, bis sie eng und fest saß. Danach widmete er sich in gleicher Weise auch der rechten Brust.

Sie spürte, wie er sich von ihr wegbewegte. Was ging im Zimmer vor sich? Trat er ein paar Schritte zurück, um sein Werk zu betrachten?

Die Klemmen hatten sich fest in ihr zartes Fleisch gedreht und jagten scharfe Schmerzen durch ihren Körper. Sie atmete schnell, versuchte sich vorzustellen, was er sah. Würde es ihm gefallen? Und was hatte er als Nächstes mir ihr vor? Ihre Finger krampften sich um das Glöckchen. Sie hielt es ganz fest, hatte sich vorgenommen, es unter keinen Umständen fallenzulassen, egal, was nun käme.

Samantha fror. Ihre nackten Hände konnte sie nicht in die Jackentaschen stecken, weil sie starke Schmerzen in den Ohren hatte und die Klappen ihrer gestrickten Mütze fest dagegen drücken musste, damit der scharfe Wind ihr nicht so zusetzte. Ihr graute davor, den ganzen Nachmittag über draußen herumlaufen zu müssen. Es war so schrecklich kalt, und sie fühlte sich schon den ganzen Morgen über elend und schwindelig.

»Stell dich nicht so an!«, hatte Mama sie angeherrscht und trotz ihrer Klagen, sich nicht wohlzufühlen, und der Bitten, zu Hause bleiben zu dürfen, nach draußen geschickt. Wie üblich sollte sie auf dem Spielplatz warten, aber dort saßen die drei Jungs von neulich, und vor denen gruselte es ihr.

Sie war auf der Suche nach Struppi, so hatte sie den kleinen, dreibeinigen Hund getauft. Es gefiel ihr, wie zutraulich er war. Seine braunen Augen ruhten immer voller Zuneigung auf ihr, wenn sie ihn streichelte. Einen verlausten Köter hatte Mama ihn genannt und Samantha verboten, mit ihm zu spielen. Aber dieses Mal wollte sie nicht gehorchen, weil sie den Hund mochte und er ihr einziger Spielkamerad war. Ihre Mutter würde die nächsten Stunden gewiss nicht nach ihr schauen, so konnte sie die Zeit nutzen, um mit Struppi zu spielen. Aber wo war der bloß? Sie konnte ihn nirgendwo entdecken.

Als sie ihm neulich gefolgt war, zurück zu den Überresten der abgerissenen Gartenhütten mit der Leiche und den drei Jungs, war sie Zeugin von etwas geworden, das sie bisher noch niemandem anvertraut hat. Erstarrt vor Angst hatte sie den dreien zugesehen bei dem, was sie taten. Seit diesem Abend hatte sie die Jungs gemieden und auch den kleinen Hund nicht mehr gesehen.

Unschlüssig stand Samantha jetzt herum. Sie wusste nicht, was sie tun sollte. Zurück in die Wohnung konnte sie nicht, auf den Spielplatz wollte sie nicht, solange die drei dort noch saßen. Einen Moment lang überlegte sie, ins Haus zurückzugehen und sich im Fahrstuhl aufzuhalten. Wenn es sehr kalt war, machte sie das manchmal. Aber seitdem ein Mann sie einmal aufgefordert hatte, ihre Strumpfhose herunterzuziehen, hatte sie Angst. Zum Glück kam eine Nachbarin, da musste der Mann sie in Ruhe lassen.

»Hey, Kleine, komm mal her!«, schrie einer der Jungs. Es war der mit den ausrasierten Haaren an der Seite, den sie immer auf dem Balkon rauchen sah. Samantha antwortete nicht und blieb, wo sie war.

»Vermisst du deinen Köter nicht?« Die Stimme gehörte demjenigen der drei, den sie nicht kannte. Samantha spürte einen heftigen Schmerz in der Brust. Ob sie wussten, wo Struppi war? Langsam trottete sie jetzt doch näher.

Der Junge, der zuletzt gesprochen hatte, zog heftig an seiner Zigarette und schwenkte sein Handy. »Ich hab was für dich. Deinen Bello Dreibein. Komm, schau es dir an.«

Seine Freunde grölten und pufften sich in die Seiten.

»Wo ist Struppi?«, fragte Samantha und schob jetzt doch ihre Hände in die Taschen, so kalt waren sie geworden. In den Ohren tobte ein scharfer, hässlicher Schmerz.

»Hier ist der Köter, komm, schau ihn dir an!«

Langsam ging sie auf die drei Jungs zu.

Einer hielt ihr sein Handy hin. Auf dem Display lief ein kleiner Film.

»Struppi!«, rief Samantha und ihre Augen strahlten, als sie den kleinen Hund sah. Er lief herum mit seinen blanken, neugierigen Augen und die drei spielten mit ihm Stöckchen holen. Alle lachten, und Struppi rannte auf seinen drei Beinchen so schnell er konnte hinterher. Plötzlich veränderte sich das Spiel, Samantha konnte gar nicht verstehen, was da genau passierte. Ihr Gesichtsausdruck wechselte plötzlich, das Lächeln verschwand und machte erst ungläubiger Bestürzung und dann purem Entsetzen Platz. Und während aus dem kleinen silbernen Apparat ein grauenerregendes Jaulen und Heulen ertönte, wurde es Samantha schlecht. Sie schwankte. Und im gleichen Moment, als die drei Jungs laut lachend und schulterklopfend den Spielplatz verließen, fühlte sie den Rasen in atemberaubender Geschwindigkeit auf sich zukommen. Den Aufprall merkte sie schon gar nicht mehr.

Die junge Türkin saß auf einem dunkelgrünen Plüschsofa und nestelte nervös an ihren Fingern herum.

»Frau Aygün, verstehen Sie, was ich Ihnen sagen möchte?« Lena beugte sich vor. Auf dem Tisch zwischen ihnen standen zwei winzige Chai-Gläser. Der starke schwarze Tee war mit viel Zucker gesüßt und schmeckte hervorragend. Doch nachdem die Frau das Getränk serviert hatte, war sie in eine Art Schockstarre gefallen und redete kein Wort mehr.

»Yusuf kann nicht einfach dem Unterricht fernbleiben. Er hat keinen Hauptschulabschluss, und wir tun alles, um ihn nun trotzdem für eine Ausbildungsstelle fit zu machen. Wenn er unentschuldigt dort fehlt, werden wir ihm die Bezüge kürzen. Das trifft letztendlich Sie alle in der Familie. Ganz zu schweigen von der Zukunft, die er sich auf diese Art verbaut.«

Die Frau schaute verschüchtert unter ihrem Kopftuch hervor. Sie sah so jung aus, Lena konnte sich kaum vorstellen, hier der Mutter eines Halbwüchsigen gegenüberzusitzen, auch wenn sie wusste, dass viele Türkinnen sehr jung heirateten. Oder besser gesagt, von ihren Familien verheiratet wurden.

»Yusuf guter Sohn«, sagte Frau Aygün schließlich. »Sie sprechen mit meine Mann«, gleich anschließend. Sie hob die Hände, als könne sie damit etwas oder jemanden beschwören und ließ sie gleich darauf resigniert sinken. Lena wollte schon ihre vorgedruckte Einladung hervorholen, um die Familie an einem der kommenden Tage zur Vorsprache zu bitten, als sich ein Schlüssel im Schloss der Wohnungstür drehte.

»Yusuf?«, rief die Frau und durch die offen stehende Wohnzimmertür erklang die Stimme eines jungen Mannes. Die beiden wechselten kurz einige türkische Worte, dann betrat der Sohn das Zimmer. Ein junger, schlaksiger Kerl mit schwarzem, an den Seiten ausrasiertem Haar, in den obligatorischen tief hängenden Jeans und einem hellgrauen Kapuzenshirt. In der Rechten hielt er ein Handy, um den Hals baumelte ein iPod, an den Fingern trug er offensichtlich falschen Schmuck. Misstrauisch blickte er auf Lena, die gelassen von ihren Unterlagen aufsah. Frau Aygün redete schnell in ihrer Muttersprache auf den Jungen ein, und Lena fragte sich, was die beiden wohl miteinander sprachen, denn der Junge zog erstaunt die Augenbrauen hoch und ließ ein übertrieben ironisches Lachen hören.

»Meine Sohn sagt, er immer in Kurs«, radebrechte die Frau.

»Das stimmt nicht«, antwortete Lena und wandte sich dann direkt an den Jungen. »Wo waren Sie in den vergangenen Tagen? Sie haben insgesamt über eine Woche lang unentschuldigt gefehlt. Ein Grund, Sie aus der Maßnahme zu nehmen, wie Sie wissen.«

Der junge Mann schaute Lena an, als wäre sie ein lästiges Insekt, das bekämpft werden musste. Nach einem unheilvollen Schweigen spuckte er ein paar türkische Worte aus, begleitet von heftigen Handbewegungen, die wie K.o.-Schläge wirkten, die einem unsichtbaren Gegner galten. Das, was er sagte, veranlasste seine Mutter dazu, ihn scharf zurechtzuweisen, das verstand selbst Lena.

»Mein Sohn tut leid«, versuchte sie, die Situation zu retten.

»Gut, dann wollen wir alle hoffen, dass er morgen wieder im Kurs ist. Fehlt er auch nur einen weiteren Tag unentschuldigt, fliegt er dort raus!«

Yusuf Aygün verzog geringschätzig den Mund und verschwand aus dem Wohnzimmer, ohne Lena auch nur zu grüßen.

»Seine Vater sehr böse, wenn hört«, flüsterte die junge Frau und schaute sie bittend an.

»Dann sollte Ihr Sohn ihm keinen Anlass mehr dazu geben. Danke für den Tee.« Lena erhob sich und wurde von Frau Aygün zur Tür gebracht, wo sie die Türkin noch einmal nachdrücklich darauf hinwies, ihren Sohn am nächsten Tag zum Kurs zu schicken.

Auf dem Weg zurück in ihr Büro kam sie am Spielplatz vorbei. Er war leer, lediglich ein dunkler Müllsack lag hinter einer der Bänke. Es war nicht ungewöhnlich, dass die Anwohner ihren Müll auf diese Art entsorgten. Manchmal flogen die Tüten aus Bequemlichkeit einfach aus dem Fenster oder wurden über den Balkon geworfen. Aufgeplatzt lagen sie dann auf dem grauen, harten Rasen, bis einer der Hausmeister, die mit öffentlichen Geldern bezahlt wurden, weil die Hausverwaltung es mit eigenen

Leuten gar nicht mehr schaffte, den Unrat wegräumte. Lena zog die Schultern hoch. Es war kühl geworden, der Wind pfiff unangenehm schneidend zwischen den Häusern durch. Sie war schon fast um die Ecke gebogen, als sie stutzte. Wie ein kleiner Film lief noch einmal das, was sie gerade gesehen hatte, vor ihrem inneren Auge ab. Dann begriff sie. Das war kein Müllsack, der dort drüben lag. Das war etwas ganz anderes!

Lena fing an zu rennen, sobald ihr klar wurde, was dort am Spielplatz lag. Mit weit ausholenden Schritten eilte sie über den Rasen und kniete sich neben das leblose Bündel am Boden. Die Mütze war dem Kind vom Kopf gerutscht und lag neben ihm auf dem schmutzigen Gras.

»Samantha, Kleine, was ist los?«, rief sie und griff nach den Händen des Kindes.

Die waren eiskalt. Sie schien schon eine Weile dazuliegen. Lena überlegte kurz. Noch vor etwas über einer Stunde war sie ihr über den Weg gelaufen. Das war die Zeit, die sie erst bei einem alkoholkranken Klienten und danach bei den Aygüns verbracht hatte. Lena fühlte die Stirn. Die glühte! Das Kind hatte mit Sicherheit hohes Fieber. Zorn auf Gisela Krohn stieg in ihr hoch. Wie konnte sie ihr krankes Kind bei diesen Temperaturen einfach auf die Straße hinausschicken! Lena kramte ihr Diensthandy hervor und rief einen Krankenwagen. Das Kind musste sofort in ärztliche Behandlung! Während sie wartete, rieb sie Samanthas kalte Hände zwischen den ihren. Jede Minute kam ihr vor wie eine Stunde, und ihre Nervosität steigerte sich von Atemzug zu Atemzug. Plötzlich flatterten Samanthas Lider, und sie murmelte etwas. Lena half ihr, sich aufzusetzen, trug sie zur Bank und zog die Jacke so fest wie möglich um das Mädchen.

»Gleich kommt ein Doktor, der wird dir helfen«, beruhigte sie das Kind. Frau Krohn würde sie erst informieren, wenn sie

Samantha in guter Obhut wusste. Diese Frau sollte ihr nicht in letzter Minute noch einen Strich durch die Rechnung machen! Samantha schaute starr geradeaus, dann verkrampfte sich das Kind auf einmal und begann zu schreien. Lena lief ein Schauder über den Rücken. Noch nie zuvor hatte sie jemanden so voller Schmerz wehklagen hören. Dabei kamen keine lauten Töne aus ihrem Mund, sondern leise, so unterdrückt, als wolle das Mädchen niemanden mit ihrem Leid belästigen.

»Struppi!«, stammelte das Kind schließlich, kaum fähig, das Wort auszusprechen. »Sie haben Struppi totgemacht!« Jetzt fing sie an, den Oberkörper vor- und zurückzuschaukeln, den Blick irgendwo ins Nichts gerichtet.

»Wer hat das getan?«, fragte Lena leise, die keine Ahnung hatte, worum es ging.

Langsam drehte Samantha den Kopf. »Die drei Jungs mit dem Handy.« Ihre Augen sahen Lena auf eine so schmerzvolle und hilflose Weise an, dass sie das Mädchen jetzt ganz fest an sich zog.

»Wer ist Struppi?«

Von Ferne hörte sie bereits die Sirene des Krankenwagens.

»Der kleine Hund. Wir haben miteinander gespielt. Er hat nur drei Beine. Aber er ist ganz süß. Und jetzt …«, krampfhaft schluckte das Mädchen ein paar Mal, dann flossen erneut Tränen. Lena hatte noch nie jemanden so schmerzhaft weinen sehen. Ganz still saß die Kleine da, während das Wasser wie aus einem Sturzbach über ihre Wangen floss. In dem Moment hielt der Krankenwagen auf der Straße vor ihnen.

»Ich werde sie dafür bestrafen«, sagte Lena mit fester Stimme und half Samantha, aufzustehen. Zumindest versuchte sie es, aber dem Kind knickten die Beine weg, und der Sanitäter hob bei dem Anblick gleich die Trage aus dem Wagen.

»Sind Sie die Mutter?«

»Jugendamt«, sie reichte ihm ihre Visitenkarte. »Ich habe die Kleine gefunden, sie heißt Samantha Krohn, und ich werde die Mutter benachrichtigen, sobald ich sie gefunden habe.« Lena wusste, dass das, was sie gerade tat, nicht ganz in Ordnung war. Aber wer wusste schon wirklich, wo Gisela Krohn gerade steckte. Sie würde sie gleich anrufen, konnte und wollte jedoch nicht vorab deren Einwilligung einholen. Sie würde es auf sich nehmen, wenn sie deswegen Ärger kriegte. Die Sanitäter legten Samantha auf die Trage. Sie suchte noch einmal Lenas Blick, eine stumme Bitte in den Augen.

»Versprochen ist versprochen. So machen es doch Freundinnen, oder?« Lena drückte dem Mädchen noch einmal fest die Hand. Samantha schniefte, dann wurde sie in den Krankenwagen gehoben, der gleich darauf mit quietschenden Reifen anfuhr. Lena atmete tief durch, holte ihre Unterlagen und ihr Diensthandy heraus und wählte Gisela Krohns Nummer.

»Ich konnte Sie nicht früher benachrichtigen, denn Ihr Telefon war laufend besetzt!«

Wütend standen Lena und Gisela Krohn sich in der Wohnung der Frau gegenüber. Es war jetzt zwanzig Minuten her, dass Samantha abgeholt worden war. Lena, die danach kurz im Büro vorbeigeschaut hatte, bevor sie zur Wohnung der Krohns ging, hatte dabei die ganze Zeit über versucht, die Mutter des Mädchens zu erreichen. Noch als sie vor der Tür stand, den Finger auf dem Klingelknopf, war besetzt. Dennoch öffnete Gisela Krohn erst nach einigen Minuten, sichtlich verärgert über die Störung. Wobei auch immer.

»Dieses Gör macht nichts wie Ärger«, schimpfte die Frau und stieß dann mit einem ihrer aufwendig gestalteten Nägel nach Lena. »Und wenn ich rauskriege, dass sie gar nicht befugt sind, meine Kleine einfach einliefern zu lassen – dann beschwere ich mich bei diesem … diesem Müller! Ihrem Chef!«

Lenas Augen verengten sich. Ihre Stimme klang eiskalt, als sie antwortete. »Sie sind eine miserable Mutter. Ginge es nach Ihnen, würde Ihre Tochter vermutlich bis heute Abend dort gelegen haben. Seien Sie froh, dass ich sie gefunden habe. Sonst hätte ich Ihnen ein Verfahren angehängt, von dem Sie sich nicht so schnell erholt hätten.«

Verblüfft über den harten Ton schwieg die Frau.

»So, und jetzt möchte ich Ihre Tochter Jennifer sehen!«

Sofort versteifte sich die andere wieder. »Die ist bei der Oma«, sagte sie leise, mit zornsprühenden Augen.

»Ziehen Sie sich an. Wir gehen gemeinsam dorthin.« Lenas Ton klang so autoritär, dass die Frau gar nicht auf die Idee kam zu widersprechen. Mit einem bedauernden Blick auf den Kaffee, der neben einem Telefonapparat auf dem Couchtisch stand, zog sie ihre Jacke über. Ein schneeweißes, für eine Hartz-IV-Empfängerin außergewöhnlich teuer aussehendes Stück. Lena musste wieder an die anonyme Anzeige denken. Sie schob es weg. Nach dem, was mit Samantha passiert war, musste sie einfach sichergehen, dass nicht auch die kleine Schwester krank oder stark vernachlässigt war. Alles andere war jetzt nachrangig.

Stumm fuhren die beiden Frauen mit dem Aufzug nach unten, um anschließend mit einem Taxi zu Gisela Krohns Mutter zu fahren. Die Frau war Lena so unsympathisch, dass sie sie keinesfalls in ihrem normalerweise auch zu dienstlichen Zwecken genutzten Privatwagen mitnehmen wollte, und mit öffentlichen Verkehrsmitteln dauerte es ihr zu lange. Wenig später klingelten sie an der Tür einer Wohnung in einer anderen, wenngleich nicht viel besseren Gegend als der, in der Gisela Krohn wohnte. Eine verlebt aussehende Frau öffnete ihnen, schwer atmend, als habe sie sich gerade angestrengt oder als leide sie an Asthma. In ihren schwammigen Zügen erkannte Lena die Tochter. Vermutlich würde Gisela Krohn als ältere Frau genau so aussehen.

»Gisela – du?«

»Mama, die Frau hier kommt vom Jugendamt.«

Bei diesen Worten schien es, als ob Mutter und Tochter einen kurzen Blick wechselten. Erschrocken die eine, beschwörend die andere.

»Sie will die Kleine unbedingt sehen.« Dabei rollte sie mit den Augen, um auszudrücken, was sie von Lenas Ansinnen hielt.

»Kommen Sie herein.« Frau Krohn senior winkte die beiden Frauen in einen schmalen, dunklen Flur. An einer überfüllten Garderobe vorbei ging es in ein überhitztes Wohnzimmer. Der Fernseher lief ohne Ton, ein Teller mit Keksen stand auf einem Tisch, daneben lagen eine Brille und ein angefangenes Patiencespiel.

»Sie schläft«, flüsterte die ältere Frau und nickte zu dem Bündel Mensch hinüber, das auf eine hellblaue Wolldecke gebettet auf der Couch lag. Vorsichtig näherte sich Lena der Kleinen. Sie lag auf dem Rücken, die Fäustchen geballt und die kleine Nase in die Beuge eines Ellbogens gedrückt, neben dem rechten Ohr leuchtete ein kleines Feuermal. Lena erkannte das Kind sofort.

»Das ist die kleine Tochter der Familie Klawun«, sagte sie und drehte sich zu den durch ihre Worte wie paralysiert wirkenden Frauen um. »Frau Krohn, wo ist Ihre Tochter Jennifer?«

Tamae Kimura saß auf dem breiten Fensterbrett ihres Wohnzimmers und starrte auf den kleinen begrünten Innenhof des Mehrfamilienhauses hinaus. Von Zeit zu Zeit nippte sie an einer weißen Porzellanschale mit grünem Tee, ihrem bevorzugten Getränk, ansonsten blieb sie völlig unbeweglich. Es war jetzt ein paar Tage her, dass sie sich an Sabrina Marx' Computer vergewissert hatte, dass diese keinerlei Unterlagen aufbewahrte, die in irgendeinem Zusammenhang mit ihrer beider Vergangenheit standen. Vorsichtshalber hatte sie die Wohnung noch einmal auf andere verräterische Dinge untersucht. Doch weder im Notizbuch noch im Schreibtisch fand sich etwas aus der Zeit, in der sich ihre Wege gekreuzt hatten. Die Wohnung war so penibel sauber und aufgeräumt, dass es keinerlei Schwierigkeit dargestellte, alle infrage kommenden Winkel schnell zu durchsuchen. Allerdings war Tamae dabei auf ein geheimes Versteck gestoßen, und dort war ihr etwas in die Hände gefallen, das Lena bei ihrer Suche helfen könnte. Doch wie sollte sie es ihr geben, ohne von ihrem zweiten Besuch dort zu erzählen? Und wenn sie es tat, würde Lena wissen wollen, warum. Dann müsste Tamae ihr wohl oder übel die Wahrheit sagen. Oder zumindest etwas, das der Wahrheit ziemlich nahe kam. Aber das war egal, denn alles, was mit der Sache zu tun hatte, verursachte Tamae fast schon körperliche Schmerzen. Nein, Lena durfte nichts erfahren. Schon vor langer Zeit hatte sich Tamae entschieden, einen Teil ihrer Vergangenheit auszublenden, bestimmte Erinnerungen einfach nicht mehr zuzulassen. Und dabei sollte es bleiben. Nachdenklich nagte sie an ihrer Unterlippe. Sie dachte an das Foto, das Sabrina Marx so gut versteckt hatte. Doch nicht gut genug für sie, Tamae. Ein Mann, bei dessen Anblick selbst Tamae nicht anders konnte, als ihn als gutaussehend zu beschreiben. Dunkles Haar, markantes Gesicht. Doch das hervorstechendste Merkmal dieser Physiognomie waren seine Augen. Ein direkter Blick, ohne das geringste Lächeln. Bestimmend, stark, selbstbewusst. Es hätte jeder sein können. Doch die Widmung und das Datum erklärten etwas anderes. Das Foto trug auf der Rückseite ein Datum, das einen Tag vor fünf Monaten auswies. Darunter nur der Satz: »Ich beherrsche dich und deine Gedanken. Immer! M.«

Tamae, die die Bedeutung ihres Fundes gleich begriff, hatte das Bild einfach eingesteckt, anstatt es irgendwo zu platzieren, wo Lena es bei ihrem nächsten Besuch, so es einen gäbe, finden könnte. Sie hatte nicht groß darüber nachgedacht, welche Schwierigkeiten es bereiten würde, es an Lena weiterzugeben. Nun war sie nicht mehr im Besitz des Schlüssels zu Sabrinas Wohnung und ärgerte sich über ihre Unachtsamkeit. Die konnte sie sich nur mit der Anspannung erklären, die sie an dem Tag befallen hatte, als Lena das Bild aus der Jacke gerutscht war und sie Sabrina erkannte. Und die seither nicht mehr von ihr gewichen war. Sie musste eine Möglichkeit finden, Lena das Foto zu geben! Dann wäre diese Sucherei nach Sabrina vielleicht schnell beendet, und sie alle könnten wieder zur Tagesordnung übergehen und ihr Leben in Ruhe weiterleben.

Tamae rutschte von der Fensterbank und beschloss, einen kleinen Spaziergang zu machen. Sie hatte das dringende Bedürfnis nach frischer Luft.

Gisela Krohn und ihre Mutter schauten sich betreten an.

»Also – ich will jetzt wissen, wo das Mädchen ist!«

»Bei Bekannten«, log die Jüngere und senkte vor Lenas durchbohrendem Blick die Augen. Keine der drei Frauen sagte etwas. Gisela Krohn nagte an ihrer Unterlippe, es war deutlich zu sehen, wie sehr sie nach einem Ausweg aus der Bedrängnis suchte. Lena nahm ihr Handy aus der Tasche und rief im Büro an. Benno Krug hob ab.

»Benno? Hier ist Lena.« Sie erklärte dem Kollegen kurz, sie benötige seine Hilfe. »Wir suchen ein Kind, Jennifer Krohn, ein Jahr alt. Ich gebe dir gleich eine Adresse durch, bei der sich die Kleine angeblich befindet, leg nicht auf.« Sie richtete erneut ihren Blick auf die Mutter des verschwundenen Kindes. Kein Wort glaubte sie der, aber bevor sie jetzt selbst noch einmal kreuz und quer durch die Stadt fuhr, um sich weitere Lügen auftischen zu lassen, wollte sie sie mit ihrer Unaufrichtigkeit konfrontieren. »Also, wo befindet sich Jennifer? Geben Sie mir die Adresse, ein Kollege wird das sofort überprüfen!«

Wut schimmerte in den Augen von Gisela Krohn, und einen Moment lang überlegte Lena, einen weiteren Kollegen hinzuzuziehen, um sie hier zu unterstützen, bevor es womöglich zu

Handgreiflichkeiten kam. Doch dann mischte sich die Großmutter des Mädchens ein.

»Sag es ihr. Die Sache fliegt jetzt sowieso auf.« Mit diesen Worten wollte sie ihre Tochter am Ellbogen greifen, doch die riss sich los, setzte sich an den Tisch und verbarg den Kopf in den Händen.

»Jennifer lebt nicht mehr«, flüsterte sie dann. Lena blickte entsetzt zu der älteren Frau, die nun mit traurigem Gesicht zur Bestätigung nickte.

Lena hob ihr Mobiltelefon ans Ohr. »Benno, Kommando zurück, ich brauche die Polizei hier!«

Die Situation war bizarr. Gisela Krohn saß am Tisch, und das Beben ihrer Schultern verriet Lena, dass sie weinte.

»Bitte gehen Sie nicht zu hart mit ihr ins Gericht.« Ihre Mutter wirkte nun ebenfalls völlig aufgelöst. »Sie hat nichts getan, das Kind war krank und lag eines Tages tot im Bett. Sie hatte Angst und deshalb niemandem etwas gesagt, einfach so getan, als lebte Jennifer noch. Meine Tochter bereut das bestimmt schon.« Die Stimme der Frau klang flehentlich, aber auch erleichtert darüber, dass die Zeit der Lügen vorbei war.

»Sie weint nicht, weil sie womöglich etwas falsch gemacht hat, sondern, weil sie aufgeflogen ist«, bemerkte Lena kühl. Es schien ihr in diesem Moment alles klar zu sein. Für ein totes Kind bekam man kein Geld vom Amt, also hatte Gisela Krohn einfach so getan, als lebe Jennifer noch. Wenn die überhaupt eines natürlichen Todes gestorben war! Aber das zu klären, war nun die Aufgabe der Polizei, die tatsächlich kurz darauf eintraf.

»Könnte es sich bei der toten Frau um Sabrina handeln?« Jürgens Stimme am anderen Ende des Telefons klang hoffend und bangend zugleich. Lena, die immer noch ganz mitgenommen war von den Ereignissen des Tages, schob lustlos einen halb leer gegessenen Teller Bami Goreng vor sich auf dem Tisch hin und her. Was sollte sie Jürgen sagen? Das, was sie befürchtete, oder die schreckliche Wahrheit?

»Die Frau ist noch nicht identifiziert, das dauert noch«, war ihre schwache Auskunft.

Die junge Polizistin, die ihr heute wieder in der Sache Krohn über den Weg gelaufen war, hatte auf ihre diesbezügliche Frage nur stumm mit dem Kopf geschüttelt.

Lena beschloss, Jürgen erst einmal zu beruhigen. Da er nichts von den neuesten Erkenntnissen bei Madame Romina wusste, sollte er eine nicht identifizierte weibliche Leiche in Dietzenbach nicht unbedingt mit seiner Schwester, die ja in Frankfurt wohnte, in Verbindung bringen. Jürgen schnaubte laut, als sie ihn bat, sich nicht zu viele Gedanken zu machen.

»Frankfurt und der Kreis Offenbach, das sind verschiedene Welten. Natürlich bleibe ich dran und halte dich auf dem Laufenden. Denk einfach daran, dass sich die Polizei sonst auch bei dir melden würde, sie wissen ja schließlich, dass deine Schwester vermisst wird.« Es dauerte noch eine Weile, bis er sich beruhigt hatte, und erst als Lena noch mehrfach wiederholte, sie melde sich auf jeden Fall sofort bei ihm, legte er auf. Lena ging ins Wohnzimmer hinüber, ihr Magen schmerzte, und zwischen Haaren und Schädeldecke schien ein kleiner Specht zu sitzen. Die hämmernden Kopfschmerzen begleiteten sie nun schon seit Stunden. Die Geschichte mit Gisela Krohn war so unglaublich wie schlicht. Eine Frau, die ihr totes Kind im Wald verscharrt und bei offiziellen Besuchen einfach die Tochter einer anderen Familie mitnimmt. Die Klawuns ahnten, wie sich inzwischen herausgestellt hatte, überhaupt nichts davon, glaubten ihre Tochter bei Gisela Krohns Mutter, die die Kleine tagsüber hütete, in besten Händen. Nun musste noch die Frage geklärt werden, was der Kindsvater wusste. Und Samantha. Beim Gedanken an das verzweifelte Weinen des kleinen Mädchens wurde Lena ganz kalt vor Wut. Wer auch immer ihr das angetan hatte, den kleinen Hund, den sie so liebte, zu töten, den würde sie finden.

Trotz der Magenschmerzen goss sie sich einen Whisky ein und setzte sich damit in das dunkle Wohnzimmer. Es war ganz ruhig im Haus, eine Seltenheit um diese Uhrzeit. Lena trank den hochprozentigen Alkohol und spürte der Wärme nach, die er in ihr auslöste. Als sie so dasaß, alle Glieder schwer wie Blei, kroch einen Moment lang die Verzweiflung in ihr hoch, die Situationen wie die heutigen in ihr auslöste. Doch dann strafften sich ihre Schultern. Nein, sie würde sich nicht von der Hoffnungslosigkeit einholen lassen. Was sie Samantha versprochen hatte, würde sie halten und gleich morgen früh die drei Übeltäter suchen. Ungeschoren sollten die nicht davonkommen!

Patrick Mielke und Carola Bergmann saßen im »White Elephant«, einem kleinen indischen Restaurant im westlichen Teil Offenbachs, und aßen mit gutem Appetit. Obwohl an diesem Abend nur zwei der anderen Tische besetzt waren, unterhielten sie sich mit gedämpfter Stimme. Neben Carolas Teller lag ein Timer, in dem sie sich zuvor noch einige Dinge notiert hatte.

»Diese Frau hat uns also für ein Kind zahlen lassen, das nicht mehr lebt?«, wollte sie zwischen zwei Bissen Dahl-Linsen wissen.

Patrick nickte. »Die Borowski hat ihr wohl so zugesetzt, dass der Schwindel jetzt aufgeflogen ist. Nun wird ermittelt.«

»Keine gute Presse«, murmelte Carola, tupfte sich die Lippen mit einer Serviette ab und nahm einen Schluck von ihrem Rosé.

»Kommt darauf an.« Der stellvertretende Jugendamtsleiter kaute erst hingebungsvoll an seinem Lammcurry, bevor er fortfuhr. »Du könntest es als Erfolg verkaufen. Immerhin hat eine Mitarbeiterin unseres neuen Teams die Sache aufgedeckt. Da kriegt das Projekt gleich von Anfang an den richtigen Touch. So nach dem Motto: direkt vor Ort, Kräfte bündeln, Synergieeffekte nutzen macht Sinn. Das sind doch die Schlagworte, mit denen deine Dezernentin so gerne operiert.«

»Hey, was höre ich denn da aus deinen Worten heraus!«, fragte Carola mit gespielter Empörung, wurde aber gleich wieder ernst. »Du hast recht, ich muss das genau auf diese Weise anpacken. Die Borowski als gelungenes Beispiel darstellen und so weiter.«

»Das wird ihr nicht gefallen. Lena ist nicht eitel.«

»Hm«, brummte Carola, »dann eben eine Nummer kleiner. Soll mir auch recht sein.«

Eine Weile aßen sie schweigend weiter.

»Es gibt übrigens schon Ärger im Team. Norbert Müller war heute bei mir, unterstützt von Sieglinde Brohm.«

Carola Bergmann hob erstaunt die Augen. »Worum ging es denn dabei?«

»Tja, das ist das Merkwürdige daran. Die beiden haben sich über eben diese Lena Borowski beschwert. Ihre angeblichen Eigenmächtigkeiten will Müller nicht mehr hinnehmen. Die Brohm will sie aber auch nicht zurückhaben.«

»Was soll dann das Ganze?«, fragte Carola mit verständnislosem Blick.

»Wenn du mich fragst, wollen sie Lena einfach klein halten. Der Müller weiß genau, wie wenig er alleine ausrichten kann, und hat sich deshalb die Brohm an seine Seite geholt.«

Carola Bergmann stieß die Luft zwischen ihren geschlossenen Lippen aus, was wie ein langgezogenes »Pfff« klang. »Verstehe ich nicht. Was genau wollten die beiden denn bezwecken?«

»Im Klartext: Lena Borowski eine Abmahnung erteilen.«

»Was?« Carola ließ sich mit gefurchter Stirn in ihrem Stuhl zurückfallen und fuchtelte in einer eindeutigen Geste vor ihrem Gesicht herum. »Sind die verrückt geworden? Die Frau hat gerade so einen Coup gelandet und dann wollen sie sie klein halten?«

Patrick grinste. »Als sie bei mir waren, hatten die beiden noch gar keine Ahnung, was gerade los war. Der Müller hatte irgendwelche Notizen dabei, die besagten, dass Lena mit einer Klientin in Streit geraten sei und sich dabei ›unangemessen‹ verhalten habe. Außerdem fand er es nicht in Ordnung, dass sie die kleine Krohn ins Krankenhaus einliefern ließ, bevor sie die Mutter informierte. Keine Ahnung, was er ihr damit unterstellen will.«

»Der spinnt doch, der Müller!« Carola Bergmann widmete sich wieder ihrem Essen. »Aber er scheint es ziemlich eilig zu haben, ihr einen Schuss vor den Bug zu verpassen, wenn der schon nach so kurzer Zeit kommt!«, fuhr sie dann nachdenklich fort.

»So tickt der. Kein Wunder, dass der keine Karriere mehr macht.«

»Mit Ausnahme der Leitung im Querschnittsteam. Von Märkles Gnaden, um ihn wegzuloben!« Carola verdrehte die Augen bei diesen Worten. »Was genau hat denn die Brohm davon, wenn diese Frau Borowski eine Abmahnung kriegt?«, wollte sie nun wissen.

Patrick zuckte die Schultern. »So genau weiß ich das nicht. Vermute aber, sie hat sich über Lenas Renitenz in manchen Dingen geärgert und unterstützt den Müller nur, um selbst noch ganz elegant ein Hühnchen mit der Borowski zu rupfen. Ohne nach außen in Erscheinung zu treten.«

Carola Bergmann hatte inzwischen ihr Mahl beendet und schob den leeren Teller von sich. Eine Weile sah sie gedankenverloren ins Leere. »Dabei bräuchten wir mehr so mutige Sozialarbeiterinnen wie sie …«

Etwas Ungesagtes hing nach diesen Worten zwischen den beiden in der Luft. Patrick legte die Gabel weg, griff nach Carolas Hand und strich mit dem Daumen sanft über ihre Finger. Als sie die blauen Augen hob, sah er diese Verletzlichkeit, die sie im Job stets so gut verbergen konnte. Das war ein Grund, warum er sich in diese Frau verliebt hatte – ihre Gefühlstiefe, die sie ihm nach und nach offenbarte. Denn Carola Bergmann war, ihrem Image im Job zum Trotz, eine ungeheuer gefühlvolle und verletzliche Frau. Die in ihrem bisherigen Leben allerdings gut gelernt hatte, genau dies zu verbergen.

Ein tiefer Seufzer erklang, dann schaute sie weg, aber nicht schnell genug. Er hatte dieses Aufblitzen schon gesehen, das sich wie ein feuchter Schleier manchmal über ihre Augen legte.

»Niemand wird es dir falsch auslegen, wenn du Lena Borowski in ihrer Haltung unterstützt«, versuchte er, sie zu beruhigen. »Persönliche Motive könnte dir ja nur unterstellen, wer dein kleines Geheimnis kennt. Und auch das nur, wenn man sich irgendwelche merkwürdigen Dinge zusammenkonstruiert.«

»Wenn es bekannt wird, ist es nicht gerade ein Karriere-Booster!«

»Ich bin sicher, noch nicht einmal die Personalabteilung weiß über deine Mutter und deine Geschwister Bescheid.«

»Halbgeschwister«, murmelte Carola, die nun von der Last der Vergangenheit niedergedrückt schien, so eingefallen sanken ihre Schultern nach vorne.

Patrick, der die ganze unerfreuliche Geschichte ihrer Herkunft kannte, befürchtete schon, seine Freundin würde nun in eine der Stunden oder manchmal sogar Tage dauernden Phasen von Mutlosigkeit verfallen. »Egal, es ist doch keine Schande!«, wiederholte er.

»Na ja, für solche Leute wie die Maibaum, die mit dem goldenen Löffel im Mund und Puderzucker im Hintern geboren wurden, vermutlich schon.«

»Vergiss die Maibaum. Wenn du mich fragst, wird die von der Partei sowieso schnellstens ausgewechselt, falls sie nicht Landrätin wird. Orientiere dich an anderen Leuten. Leute, die auf ihre einfache Herkunft stolz sind, weil sie dokumentiert, wie weit man trotzdem aufsteigen kann!«

Carola Bergmann hob den Kopf und lächelte Patrick schief an. »Du hast recht. Manchmal schlägt mein Gefühl eben doch über dem Verstand zusammen.« Sie richtete sich wieder auf und atmete tief durch. »Und jetzt sag mir, was mit der Maibaum passieren wird!«

Patrick Mielke lächelte breit. »Erst wenn du mir sagst, was heute der Landrat von dir wollte!«

»Du denkst also, die Partei ist der Maibaum überdrüssig?«

Der Tisch war inzwischen abgeräumt. Carola Bergmann und Patrick Mielke saßen bei der zweiten Runde Getränke, die Köpfe dicht beieinander.

»Yepp. Eindeutig. In meinem und den anderen Ortsvereinen wird die Frage immer lauter gestellt, ob sie nur ihre eigene Show abzieht oder wirklich für die Partei arbeitet. Und die Kreistagsfraktion ist inzwischen in Erklärungsnotstand. Echte Freunde hat sie sich mit ihrer etwas egozentrischen Art dort sowieso nicht gemacht.« Patrick kannte sich in parteiinternen Angelegenheiten gut aus. Er saß im Ortsverein seiner Heimatstadt Rodgau, der größten Stadt im Kreis, und verfügte über ein gutes Netzwerk. Carola hatte keinen Grund, an den Worten ihres Freundes zu zweifeln. Wenn aber die Partei nicht mehr absolut hinter der Dezernentin stand und sie womöglich bei der Landratswahl unterging, dann war ihr politisches Schicksal besiegelt. Das wiederum konnte auch Carola selbst nicht ganz gleichgültig sein. Sie musste in diesem Fall zusehen, ihre Schäfchen rechtzeitig ins Trockene zu bringen.

»Das weiß der Landrat wohl inzwischen auch«, sagte sie langsam.

»Was wollte er denn von dir?«

»Woher weißt du eigentlich, dass ich bei ihm war?«

Patrick grinste und schaute Carola vielsagend an. »Sagen wir mal – Verbindungen.«

So eng die beiden auch befreundet waren, ein paar Geheimnisse hatten sie sich bewahrt. Gerade im beruflichen Bereich.

»Okay. Also – offiziell wollte er sich bei mir über das neue Projekt erkundigen. Hat mir gratuliert zu dem tollen Konzept und so weiter.«

Nach diesen Worten legte sie eine kleine Kunstpause ein und trank von ihrem Wein. Patrick zog die Augen zusammen und nickte langsam mit dem Kopf, eine Aufforderung an seine Freundin, fortzufahren.

»Dazwischen ließ er auf seine elegante Art durchblicken, wie wenig er von der Maibaum hält. Sie sei eitel und bringe keine nachhaltigen Dinge zustande. Und wie schade er es findet, wenn – ich zitiere wörtlich – ›ein so begnadetes Talent‹ wie ich mit ihr unterginge. Dabei hat er angedeutet, es gebe durchaus die Möglichkeit, das Projekt auch nach der Wahl weiterzuführen. Ohne die Maibaum und in seinem eigenen Dezernat! Natürlich nur, wenn auch er mit den Erfolgen in Verbindung gebracht werde.«

»Ups. Das heißt also, er hat dir einen Job angeboten?«

»Na ja, so direkt natürlich nicht. Er wollte einfach mal vorfühlen. Vielleicht auch meine Loyalität testen.«

»Und du?« Patrick Mielkes Gesicht wurde ernst, wenn nicht sogar besorgt.

»Habe mich so loyal wie nötig und so interessiert wie möglich gezeigt.« Carola Bergmann fuhr sich nervös durchs Haar bei diesen Worten.

»Verdammt schwierig, sich da richtig zu verhalten.«

»Kannst du laut sagen. Ich werde ja wohl kaum meine eigenen Projekte boykottieren, nur um dem Landrat auf die vage Chance hin, in sein Dezernat zu wechseln, einen Vorteil zu verschaffen. Andererseits, zeige ich mich der Maibaum gegenüber zu loyal, bin ich nach der Wahl sowieso draußen. Du weißt selbst, dass eine Referentin ohne Parteibuch kaum eine Chance hat.«

Patrick Mielke überlegte eine Zeit lang schweigend. »Vielleicht gibt es doch noch eine Möglichkeit, beidem gerecht zu werden.«

»Wie soll das gehen?«

»Indem du sowohl ihm als auch ihr die Chance gibst, sich mit einem Erfolg in der Öffentlichkeit darzustellen.«

»Sozusagen als verstecktes Angebot an ihn?«

Patrick Mielke grinste und nickte. »Bei einem Querschnittsprojekt sollte das doch kein Problem sein.«

»Bisher sind nur Leute drin, die aus dem Maibaum-Dezernat kommen.«

»Hm. Dann musst du einen anderen Weg finden, damit auch der Landrat sich im Licht der Erfolge dort sonnen kann.«

»Hey, Herr Mielke, Sie sind Mitglied der anderen Partei, Sie müssten die Maibaum unterstützen!« Spielerisch drohte sie ihm mit dem Finger.

»Das schon, aber ich bin auch ganz und gar verliebt in eine Frau, die mir definitiv mehr bedeutet als meine Partei!« Mit diesen Worten beugte er sich vor und küsste Carola Bergmann schnell direkt auf den Mund.

Das durchdringende Klingeln des Weckers riss Lena aus einem unruhigen und wenig entspannten Schlaf. Es war neun Uhr morgens, und sie realisierte erst nach einigen Minuten im Dämmerschlaf, dass sie kurzfristig für diesen Freitag freigenommen hatte. Um einige Dinge zu erledigen, die ihrer Meinung nach wichtiger waren als Schreibtischarbeit oder Klientenbesuche. Schwankend stolperte sie ins Bad, um eine halbe Stunde später frisch geduscht und einigermaßen wach in der Küche einen Kaffee zu brauen, bevor sie sich auf den Weg zu Samantha machte.

»Darf ich zu ihr?«

Lena überreichte einer gestresst aussehenden jungen Ärztin ihre Karte. Wie gut, dass es sich noch um die alte Visitenkarte handelte, mit der Bezeichnung Jugendamt darauf. Darunter konnten sich die Leute – im Gegensatz zu einem Querschnittsteam – wenigstens etwas vorstellen.

»Sie haben die Kleine einliefern lassen?« Die Ärztin fuhr sich mit einer müden Handbewegung über die Stirn. Lena nickte.

»Wie geht es ihr denn?«

»Sie ist unterernährt, dehydriert, hat eine schwere Mittelohrentzündung, aber die Antibiotika schlagen gut an. Das Fieber ist schon wieder runter. Ihr Gesamtzustand und die Krankheit alleine können aber nicht die alleinigen Auslöser für den Zusammenbruch sein.«

»Ich weiß, sie hat gestern zudem einen Schock erlitten, da kam wohl eines zum anderen.«

»Mir ist dennoch schleierhaft, wie man ein Kind in diesem Zustand in die Kälte hinausschicken kann. Das Mädchen hätte ins Bett gehört«, murmelte die Ärztin und nickte Lena zu. »Gehen Sie ruhig zu ihr, sie wird sich freuen. Von der Familie war noch niemand da.«

Lena biss sich auf die Lippen. Von den Geschehnissen in Dietzenbach würde sie der Ärztin besser nichts erzählen.

Samantha Krohn lag in einem schlecht riechenden Zimmer mit drei anderen kleinen Patientinnen zusammen und lächelte schwach, als sie Lena erkannte. Die hatte auf dem Weg ins Krankenhaus Orangensaft, Bananen und Schokokekse gekauft, die sie nun auf Samanthas Nachtschränkchen deponierte.

»Wie geht es dir?«, wollte sie wissen.

»Wo ist meine Mama?«, fragte Samantha stattdessen ängstlich, ohne auf die Frage einzugehen. Lena fühlte sich nicht wohl bei dem Gedanken, dem Mädchen womöglich bald die Wahrheit sagen zu müssen. Wie erklärt man einem Kind, dass die eigene Mutter unter dem Verdacht der Kindstötung verhaftet wurde? Lena hatte keine Ahnung, ob auch Samanthas Stiefvater in die Sache verwickelt war. Wenn ja, würde auch er nicht so bald am Krankenbett seiner Stieftochter erscheinen. Sie entschloss sich zu einer Notlüge.

»Sie kommen bald, aber vorher müssen sie noch ganz viele Fragen beim Sozialamt beantworten.«

Das Mädchen sagte nichts darauf, sondern blickte auf seine ruhig auf der Bettdecke liegenden Hände. Kleine, ein wenig schrumpelige Hände mit abgekauten Nägeln. Lena musste aufstehen und ein paar Schritte vom Bett weggehen, weil allein der Anblick dieses geduldigen kleinen Mädchens in ihr heftige Regungen auslöste. Am liebsten hätte sie Samantha mitgenommen und ihr einen Tag lang all das Glück und die Freude geschenkt, die dieses Mädchen vermutlich bisher nicht kennengelernt hatte.

Sie atmete tief durch, ging dann zurück und setzte sich wieder neben das Bett. »Samantha, du hast gestern von drei Jungs mit Handys gesprochen. Kannst du mir sagen, wie die aussehen?« Ihre Stimme klang betont sachlich, um das Mädchen nicht schon wieder aufzuregen. Dennoch schimmerten sofort Tränen in deren Augen. Stockend berichtete die Kleine, wer die drei waren und wo sie wohnten. Lena holte ihren Notizblick heraus und schrieb alles mit.

»Also – die zwei Jungs vom Balkon gegenüber und ein dritter, den du nicht kennst?«

Samantha nickte, die Lippen krampfhaft geschlossen, doch die bebenden Mundwinkel verrieten ihren Schmerz.

»Und diese drei haben den kleinen Hund totgemacht?« Lena redete so leise wie möglich, um die anderen Kinder im Zimmer nicht zu beunruhigen.

Wieder nickte Samantha, die Mundwinkel bebten heftiger.

»Woher kannten sie dich denn eigentlich und wussten von dir und dem Hund?«

Samantha starrte sie nun voller Angst an. Lena lächelte beruhigend und nahm eine der kleinen Hände. Sie lag warm und vertrauensvoll in ihrer, und in Lenas Innerem schien ein Band zu reißen. Etwas, das viel zu lange angespannt gewesen war. Sie schluckte heftig an einem Gefühl, das ihr nicht geheuer war.

»Ich will dir helfen, aber du musst mir auch alles sagen, ja?«, bat sie stattdessen.

Das Mädchen blickte an die Decke, so, als sähe sie dort oben etwas, das anderen Menschen verborgen war. Erst nach einer ganzen Weile begann sie, stockend zu sprechen. Lena schrieb anfangs mit, doch ab einem bestimmten Punkt ließ sie ihren Block sinken und lauschte fassungslos den gemurmelten Worten. In ihren Gedanken fügten sich auf einmal alle Mosaiksteinchen aneinander und bildeten ein Szenario des wahren Grauens.

Sie hätte warten müssen auf die Polizei. Oder direkt dorthin gehen sollen. Sie wusste es. Aber Lena war wütend. So wütend wie selten in ihrem Leben. Auf einmal verstand sie es, wenn Leute davon sprachen, jemanden schlagen zu können! Selbstverständlich würde sie die Schuldigen ausliefern, aber zuerst wollte sie diese Ungeheuer vor sich sehen, zumindest einen kurzen Moment lang das Gefühl haben, einem von ihnen oder besser sogar noch allen zugleich Schmerzen zufügen zu können. Die Art von Schmerzen, die sie anderen zufügten, ohne darüber nachzudenken. Die Art von Schmerzen, die sie der kleinen Samantha zugefügt hatten.

Als Lena aus dem Krankenhaus kam, war sie fast blind vor Wut. Und sie war es noch, als sie in der Ausbildungswerkstatt in Dietzenbach ankam. Dort wurden junge Menschen ohne Schulabschluss fit für eine Ausbildung gemacht. Ein freier Bildungsträger erhielt öffentliche Gelder und beschäftigte Dozenten und Sozialarbeiter, die mit Unterricht und Unterstützung bei Bewerbungen und Behördengängen fachliche und soziale Kompetenzen förderten. Das Ziel war ein Hauptschulabschluss und – wenn es gut lief – ein Praktikum oder ein Ausbildungsplatz. Die Chance nutzten leider nur circa fünfzig Prozent der Klienten, der Rest ging andere Wege, die sich nicht selten zu einem späteren Zeitpunkt wieder mit denen der betreuenden Behörden kreuzten.

Die Schüler befanden sich gerade in einer Pause. Eine Horde junger Menschen hielt sich im Innenhof des Gebäudes auf. Lena erkannte Yusuf Aygün sofort. Die charakteristische Frisur, das laute, machohafte Gehabe und eine Traube von Freunden, die sich um ihn versammelt hatte, machten es ihr leicht. Mit schnellen Schritten eilte sie über den Hof und riss dem völlig überrumpelten jungen Mann das Handy aus der Hand, mit dem er gerade die Runde seiner Gefolgsleute amüsierte. Ein Blick genügte ihr, um zu wissen, dass das, was sich darauf befand, in jedem Falle die Konfiszierung des Mobiltelefons berechtigte. Was sie dann auch einem erschrocken herbeieilenden Sozialarbeiter nachdrücklich erklärte.

»Yusuf Aygün hat, zusammen mit zwei seiner Kumpels, einen kleinen Hund zu Tode gequält und das Ganze mit seinem Handy gefilmt. Diesen Film hat er dann einer Fünfjährigen, die verzweifelt diesen Hund, ihren Spielgefährten, suchte, vorgeführt. Dieses Kind ließen er und seine zwei Spießgesellen einfach in der Kälte auf einem Spielplatz liegen, als sie durch diese brutale Vorführung einen Schock erlitt und zusammenbrach.«

Lena legte eine Pause ein, um ihre Worte wirken zu lassen. Die Dozenten und Sozialarbeiter der Ausbildungswerkstatt schauten sie teils unangenehm berührt, teils entsetzt an. Sie befanden sich in einem engen, völlig vollgestopften Raum, der den Mitarbeitern des Projekts als Büro diente. Durch die großen Glasscheiben konnten sie Yusuf im Kreise einiger seiner Kumpanen sitzen sehen. Er hatte sein großspuriges Gehabe noch nicht abgelegt, blickte jedoch häufig nervös zu ihnen herüber.

»Aber – das Schlimmste kommt erst noch. Dieses Handy«, sie hielt das konfiszierte Mobiltelefon hoch, »zeigt noch weitaus abscheulichere Dinge. Wir haben hier nach dem Film mit dem Hund eine Massenvergewaltigung, gefilmt in einem Keller, vermutlich irgendwo hier in der Siedlung und begangen an einer jungen Frau, die es zu identifizieren gilt. Und vorher eine Sequenz aus einem Snuff-Film. Mehr habe ich mir nicht angesehen! Wer weiß, auf wie vielen Mobiltelefonen sich diese Filmchen inzwischen schon befinden.«

Es war kein Geheimnis, dass mit solchen Sachen ein reger Handel betrieben wurde. Je ekliger, desto teurer.

Lena knallte das Handy auf den Tisch vor sich und fast im selben Moment öffnete sich die Tür und die beiden Polizeibeamten, die sie bereits in den Büros des Querschnittsteams kennengelernt hatte, traten ein.

»Gut, dass sie da sind«, sagte Lena leise zu der Polizistin. »Das hier ist starker Tobak. Aber das kleine Mädchen im Krankenhaus wird Ihnen noch ein paar Dinge erzählen, die es Ihnen erleichtern werden, die unbekannte Leiche zu identifizieren. Wo Sie mich finden, wissen Sie ja.« Mit diesen Worten drehte sie sich um und ging hinaus, mit dem dringenden Bedürfnis nach frischer Luft.

»Es ist so unglaublich!« Lena sprach ins Telefon, Karin hörte zu. »Samantha hat vor ein paar Wochen eine tote Frau in dem ganzen Unrat gefunden, der nach dem Abriss der illegalen Hütten dort herumlag. Genauer gesagt, hat sie lediglich eine Hand herausragen sehen. Weil ihre Mutter ihr ständig eingeschärft hat, mit der Polizei rede man unter keinen Umständen, wendet sich die Kleine an die einzigen Leute, die sie außer ihren Eltern noch kennt, weil sie sie häufig auf dem Balkon im Wohnblock gegenüber sieht. Die Gebrüder Aygün, einer davon ist in einem unserer Programme in der Ausbildungswerkstatt, der andere noch keine dreizehn. Die wiederum bringen ihren Freund Benjamin mit, und diese drei Teenager eignen sich die Leiche der jungen Frau an.«

»Das ist ja entsetzlich, warum haben die das gemacht?« Karins Stimme war es deutlich anzumerken, wie ekelhaft sie das Szenario fand.

»Wenn ich dir das erzähle, flippst du aus!«

Es war schon für Lena schwer zu verstehen gewesen. Tatsächlich hatten die drei Jugendlichen die Leiche ausgebuddelt, in einen alten Teppich gewickelt und dann in einen unbenutzten Kellerraum in einem der Häuser gebracht. Die Erklärung für all das hatte sich auf den Handys der Jugendlichen gefunden. Neben den schon bekannten Filmchen gab es auch ein paar, die sehr deutlich die Abtrennung verschiedener Gliedmaßen sowie einige andere unappetitliche Dinge zeigten. So stolz waren die drei auf ihre vermeintlichen Heldentaten, dass sie die Fotos und Videos rege an andere Smartphonenutzer geschickt und dafür sogar kassiert haben. Alle drei Jugendlichen waren gut darauf zu erkennen.

»Die haben die Leiche als ein gutes Geschäft betrachtet. Ohne die geringste Pietät oder ein wie auch immer geartetes Unrechtsbewusstsein. Das, was von der Frau danach noch übrig war, haben sie im Wald vergraben, wo die Leiche kürzlich gefunden wurde.«

»Hat die Kleine davon gewusst?«

»Samantha hat lediglich beobachtet, wie sie die Leiche aus dem Gerümpel gezogen haben. Aber das Mädchen hätte nicht einmal gewusst, wem sie es hätte anvertrauen sollen. Und nachdem sie auf dem Video die Qualen ihres einzigen Spielkameraden mit ansehen musste, war ihre kleine Kinderseele derart überfordert, dass sie zusammengebrochen ist und mir schließlich alles erzählt hat.«

Karin schwieg eine lange Weile. »Ich würde dich jetzt gerne in den Arm nehmen«, murmelte sie dann. Lena spürte ihre Zuneigung zu der Freundin wie eine warme Flamme im Bauch. Karin war so einfühlsam, und gerade jetzt, nach einem solchen Tag, tat ihr das mehr als gut.

»Kannst du ja. Heute Abend!«

»Du willst trotzdem ausgehen?« Karins Stimme klang ungläubig.

»Glaub mir, das ist die beste Therapie. Ich bin so fertig, ich brauche etwas, das mich total raushaut aus dieser Stimmung, zumindest eine Zeit lang. Laute Musik, die in den Ohren dröhnt, und dazu richtig abhotten!«

»Gut, dann um neun. Früher ist ja eh nichts los, und später kriegt man keinen Barhocker mehr.«

Lena legte auf und dehnte ihren schmerzenden Rücken. Auch dem täte mehr Bewegung gut. Oder eine Sonderschicht Yoga!

Doch dafür fühlte Lena sich zu unruhig. Alles, was sie heute gesehen hatte, hätte alleine schon ausgereicht, dass sich einem der Magen umdrehte. Die Jugendlichen befanden sich nun in sicherem Gewahrsam der Polizei. Die Ermittlungen liefen auf Hochtouren, um den Verbleib von Kopf und Fingern der unbekannten Toten zu klären, damit die Leiche endlich identifiziert werden konnte. Der Gedanke, dass es sich bei der Unbekannten um Sabrina handeln könnte, ließ Lena erschaudern.

Das »Nachtleben« in der Frankfurter Innenstadt war mal wieder gut besucht. In der Nähe des Lokals hatten sich verschiedene Gruppen von Leuten gebildet, wobei einige dieser Ansammlungen dem regen Austausch betäubender oder anregender Substanzen dienen dürften. Nicht ganz ungefährlich in Anbetracht der hohen Dichte von Gesetzeshütern, die sich abends gerne in der direkten Umgebung der nahe gelegenen Konstablerwache aufhielten.

»Hey!«, rief jemand, als Lena sich dem Eingang des Lokals näherte. Zuerst erkannte sie die Ruferin nicht. Es war Oksana. Heute trug sie ihr Haar offen – lange und beeindruckend dichte Dreadlocks ergossen sich über den schmalen Rücken der jungen Frau bis fast zum Po. Die dünnen Beine umspannte dieses Mal eine schmale schwarze Lederhose. Darüber hatte sie zwei in undefinierbaren dunklen Farben schimmernde Pullover übereinander gezogen. Ihr schmales Gesicht wirkte harmlos und freundlich, auch als Karin, die gerade aus der nahen U-Bahn-Station herbeieilte, nun zu Lena trat. Lena erwiderte den Gruß der jungen Frau mit einer Handbewegung und nickte in Richtung des Eingangs.

»Willst du auch hinein?«

Oksana grinste. »Nö, ich verkaufe nur ein bisschen was an die Nachtschwärmer. Braucht ihr was?«

Lena dachte an den eindeutigen Geruch, der damals aus der Wohnung der jungen Frau gedrungen war, und verneinte.

»Schade, aber wenn ihr es euch anders überlegt …«, ihr auffordernder Blick schloss Karin mit ein. Oksana wandte sich bereits zum Gehen, als sie sich noch einmal Lena zu umdrehte. »Ach – da war übrigens jemand in Sabrinas Wohnung!«

Lena, die auf dem Weg in das Kellerlokal war, blickte überrascht auf. »Mann oder Frau?«

»Eine Frau, eindeutig. So eine große, mit langen schwarzen Haaren. Asiatin.« Oksana nickte, wie zur Bestätigung ihrer eigenen Worte.

»Ach so, ja, die war mit mir zusammen dort.« Lena hob dankend die Hand, schon wieder halb abgewandt.

»Nee, die, die ich meine, war alleine da. Ich habe sie nämlich zufällig kommen sehen. Am Sonntag, nachmittags. Sie kam und hat die Tür aufgeschlossen. Mit einem eigenen Schlüssel.«

»Was?« Während Karin ihr bedeutete, sie ginge schon vor, trat Lena nun mit verdutztem Gesichtsausdruck näher an Oksana heran.

»Sie hatte einen Schlüssel. Hat aufgeschlossen, ist hineingegangen. Und erst ungefähr zwei Stunden später wieder gegangen.«

»Und du hast wohl zufällig die ganze Zeit hinter der Tür gestanden?« Lenas Mund war trocken und ihre Worte klangen dumpf.

»Natürlich nicht. Es kam jemand zu Besuch. Und als ich dem die Tür geöffnet hab, muss sie gerade gegangen sein. Mein Besuch fragte mich nämlich, ob bei uns eine Asiatin neu eingezogen wäre, weil er ihr auf dem Gang begegnet ist.«

Lena griff sich in einer etwas hilflosen Geste an den Kopf. »Du bist sicher, dass sie alleine kam?«

Oksana nickte, mit großen, wachen Augen. »Absolut!«

Lena wollte sie schon fragen, ob sie womöglich an jenem Nachmittag ein bisschen zu viel ihrer eigenen Waren oder vielleicht wieder etwas Hochprozentiges oder womöglich beides zusammen intus gehabt hatte. Doch das wäre wohl unverschämt gewesen. Immerhin war Oksana wirklich freundlich und hatte sich daran erinnert, Lena Bescheid zu sagen. Dann gab es ja auch noch die Sache mit dem Schlüssel. Auf einmal wusste sie, dass Oksana die Wahrheit sagte. Tamae hatte am vergangenen Sonntag den Schlüssel zu Sabrina Marx' Wohnung an sich genommen, um noch einmal alleine dorthin fahren zu können. Bei ihrem darauffolgenden Besuch bei Lena hatte sie den Schlüssel klammheimlich wieder zurückgebracht. Um ein Haar wäre das alles auch gar nicht aufgefallen. Die große Frage war, warum hatte Tamae das getan?

In dem Kellerlokal war es wie üblich ziemlich voll und warm. Die Musik war so laut, dass man kaum sein eigenes Wort verstehen konnte. Karin hatte es sich bereits an der Bar gemütlich gemacht, es war ihr Lieblingsplatz in dieser Disco. Ihr fragender Blick blieb an Lena hängen, die ihr bedeutete, sie würde ihr später erzählen, woher sie Oksana kannte. Eigentlich war sie heute hergekommen, um sich den Frust über alles, was mit Samantha zusammenhing, von der Seele zu tanzen, doch als sie kurz darauf auf der Tanzfläche stand, die gerade unter den satten, groovigen Bässen von Massive Attack vibrierte, stellte sie verärgert fest, wie wenig das Abschalten an diesem Abend funktionierte. Trotzig versuchte sie es weiter, schloss die Augen, nur um wieder ein kleines Mädchen vor sich zu sehen, das Dingen ausgesetzt war, die kein Mensch und schon gar kein Kind erleben sollte. Es war nicht das erste Mal, dass Lena mit erschütternden Verhältnissen konfrontiert war. Wer als Sozialarbeiterin in einem Ballungsgebiet wie Rhein-Main arbeitete, musste hart im Nehmen sein, egal wo man eingesetzt wurde. Das Jugendamt war da keine Ausnahme, vielmehr bedeutete es, immer auch Fürsprecher der Schwächsten dieser Gesellschaft zu sein. Und in Anbetracht der Dinge, die sie bereits gesehen hatte, war die Geschichte mit Samantha eigentlich harmlos. Wenn man so ein Wort im Zusammenhang mit Lieblosigkeit und Vernachlässigung überhaupt gebrauchen durfte. Doch Samantha war einfach mehr als ein Fall für sie geworden. Sie hatte heute schon wiederholt darüber nachgedacht, warum gerade bei diesem Kind ihr eigenes Schutzschild so durchlässig war. Professionelle Distanz in ihrem Beruf bedeutete normalerweise auch, solche Gefühle nie zu nahe an sich heranzulassen.

Es kotzt mich an, immer so distanziert zu sein, dachte sie in einer plötzlichen Gefühlsaufwallung. Maja schoss ihr durch den Kopf. Die Konfrontation mit ihren immer noch heftigen Gefühlen der ersten Geliebten ihres Lebens gegenüber hätte sie ebenfalls fast aus der Bahn geworfen.

Es kommt alles zusammen, dachte sie. Und jetzt auch noch Tamae, die irgendetwas vor ihr verbarg. Lenas Augen suchten Karin, die keine Lust zum Tanzen verspürte und noch immer an der Bar saß, völlig zufrieden damit, Lena und die anderen Leute um sie herum zu beobachten. Auch an ihr war Lena eine Veränderung aufgefallen. Es lag in ihrem Blick, der etwas Vorsichtiges bekommen hatte. Es musste mit dem Abend zu tun haben, als sie ihr von ihrem Besuch im »Kinky-Club« und den verstörenden Gefühlen in der Nähe von Gerd Rohloff erzählt hatte. Dennoch würde sie für Karin jederzeit die Hand ins Feuer legen. Sollte sie verunsichert sein über Lenas ungewöhnliche Gefühle einem Mann gegenüber, so ließ sie es sich zumindest nicht bewusst anmerken.

Auf einmal schoss Lena ein Gedanke durch den Kopf. Jeder Mensch lebt in seiner eigenen Hölle, hatte sie irgendwann einmal gelesen. Sie wusste nicht genau, von wem dieser Spruch stammte. Doch dass er ihr ausgerechnet jetzt einfiel, war sicherlich kein Zufall. Was wusste sie eigentlich von den Menschen, die ihr nahestanden? Tamae war ihr in vielerlei Hinsicht schon immer ein Rätsel, dennoch schmerzte Lena der offensichtliche Betrug, den die Freundin mit dem Entwenden des Wohnungsschlüssels an ihr begangen hatte. Karin hörte ihr zu, doch was ging in ihr vor, wenn Lena von Dingen aus dunklen Parallelwelten erzählte, die sie nicht mehr nachvollziehen konnte? Sonja kannte sie am längsten von allen Freundinnen in Frankfurt. Dennoch war das, was die ehemalige Studienkollegin ihr über sich und ihre Profession und auch ihre eignen sexuellen Vorlieben erzählt hatte, unbekannt und neu gewesen. Erschrocken erkannte Lena in diesem Moment, auf einer dunklen, überfüllten Tanzfläche, dicht an dicht im Gedränge mit fremden, zum Rhythmus der Musik tanzenden Leibern, wie weit entfernt sie im Grunde ihres Herzens von den Menschen war, die ihr nahestanden. Mit diesem Gedanken wurde ihr schlagartig auch klar, dass sie genau das immer gewollt hatte. Seit der verunglückten Liebe zu Maja hatte sie nie mehr jemanden wirklich an sich herangelassen. War zufrieden mit Beziehungen, die ein bestimmtes Stadium nicht verlassen würden. Denn weder Tamae noch Karin würden Lena je in die Situation bringen, über eine feste Beziehung nachdenken zu müssen!

Es war kurz nach Mitternacht, als Karin und Lena aufbrachen. Der Laden war inzwischen mehr als rappelvoll, und vor dem Eingang hatte sich eine lange Schlange gebildet. Jeder Abgang wurde mit freudigem Gejohle begrüßt, weil dann endlich wieder Leute eingelassen wurden. Lena dröhnten die Ohren, sie presste beide Hände fest dagegen, um den Druck zu lindern.

»Kommst du noch mit zu mir?«, bat sie Karin, die schwach lächelnd zusagte.

»Muss dann aber irgendwann heim.«

Lena drückte ihr fest die Hand, bevor sie in die S-Bahn-Station hinunterstiegen.

»Wer war jetzt eigentlich die junge Frau?«, brachte Karin das Gespräch wieder auf die Begegnung mit Oksana, und Lena erklärte es ihr so kurz wie möglich. »Die Frau, die sie beschrieben hat, kann nur Tamae gewesen sein.«

Karin wirkte grüblerisch, als Lena die Geschichte mit dem Schlüssel erzählte. »Wenn Tamae noch einmal in der Wohnung war, kann das ja nur bedeuten, dass sie und Sabrina sich kannten. Oder dass sie dort etwas gesehen hat, was sie in Ruhe noch einmal ansehen wollte. Was anderes fällt mir dazu nicht ein.«

Die Bahn fuhr ein und die beiden Frauen suchten sich in einem weitgehend leeren Waggon zwei Plätze, die so weit wie möglich von den anderen Fahrgästen entfernt waren.

Ruckelnd fuhr der Zug an. Lena rekapitulierte die letzten Tage. »Auffällig war auf jeden Fall ihr Interesse an dem Foto von Sabrina. Allerdings erwähnte sie mit keinem Wort, ob sie sie kannte oder nicht. Natürlich habe ich Letzteres angenommen.«

»Auf jeden Fall muss ich Tamae direkt fragen. Das geht gar nicht, dass sie mich beschwindelt und ich merke es und sage nichts!«

»Da gebe ich dir recht. Nach allem was du mir über sie erzählt hast, wird sie vermutlich zuklappen wie eine Auster, aber ansprechen musst du es.«

Lena lachte unfroh auf. Karins Vergleich mit einer Auster war sicherlich nicht verkehrt. Viel schlimmer war die Erkenntnis, wie wenig sie tun konnte, sollte es wirklich so sein.

Wenn Karin in Lenas Armen lag, konnte sie die Augen schließen, und die ganze Welt blieb draußen. Es gab nichts und niemanden, der sie aus dieser ekstatischen Versenkung herausholen konnte. Manchmal, wenn sie zusammen geschlafen hatten, erlebte Karin eine Art Katzenjammer, verbunden mit schlechtem Gewissen Albrecht gegenüber. Oder auch Lena gegenüber, wenn sie dachte, sie gebe auch ihr nicht genug. In dieser Nacht war Lena ganz besonders weich und hingebungsvoll, ging zärtlich auf ihre

Geliebte ein, und Karins Gefühle schwappten über. Während die beiden Frauen einander mit sanften Bewegungen liebkosten, ihre erhitzte Haut spürten und sich gegenseitig mal zärtliche, mal anzügliche Dinge ins Ohr flüsterten, überkam Karin ein immenser Drang, Lena zu verzeihen. Das Wort jedenfalls spukte in ihrem Kopf herum, ohne Verbindung zu irgendwelchen konkreten Dingen aufzunehmen, die es zu verzeihen galt. Lena war ihr gegenüber jederzeit aufrichtig, davon war Karin überzeugt. Irgendwann begriff Karin in ihrer sich steigernden Erregung, dass es ihr selbst auch gar nicht um etwas Konkretes ging, sie sich vielmehr an dem Gefühl einer immer stärker werdenden Durchlässigkeit und Hingabe labte. Die auch einschloss, alles, was Lena eventuell tun könnte, als gegeben hinzunehmen, auch wenn es für sie selbst nicht nachvollziehbar sein sollte. Eine Empfindung, das dem Gefühl des bedingungslosen Verzeihens ziemlich nahe kam und das sie daher auch nicht anders benennen konnte. Sie wollte Lena glücklich machen, denn Lena machte sie glücklich. Bedingungslos. Kurz bevor sie den gefühlsmäßigen Gipfel der Lust erreichte, der körperliche würde in kurzem Abstand folgen, wie sie sehr wohl wusste, beschloss Karin also, Lena alles zu gönnen. Auch, wenn es die Affäre mit einem Mann sein sollte.

»Ich liebe dich«, flüsterte sie heiser in Lenas Ohr. Und noch nie zuvor hatte sie es derartig ernst gemeint.

»Wir müssen reden!«

Tamae sah an diesem Samstagmorgen sehr müde aus, wie Lena erstaunt feststellte. Und überrascht. Es kam äußerst selten vor, dass Lena ihre Freundin in deren Wohnung besuchte. Tamae bewachte ihr Domizil, als habe sie den Hope-Diamanten unterm Bett versteckt. Noch nie hatte Lena eine Nacht hier verbracht. Und zum allerersten Mal kreuzte sie gänzlich unangemeldet bei ihrer Geliebten auf. Tamae sah sie an und nickte dann mit resigniert niedergeschlagenen Augen. Lena interpretierte es als Eingeständnis ihrer Schuld, behielt ihre grimmige Miene dennoch bei. Man wusste nie. Tamae war ein harter Brocken!

»Ich will gar nicht lange um den heißen Brei herumreden. Du warst in Sabrinas Wohnung? Nachdem wir gemeinsam dort waren?«

Tamaes Miene zeigte weder Verlegenheit noch Reue, was Lena im ersten Moment noch wütender machte. Dann erkannte sie etwas anderes in den Augen ihrer Geliebten. Tamaes Blick hatte etwas Ängstliches, und Lena fragte sich unwillkürlich, ob die Freundin in etwas Ungesetzliches verwickelt war. Die Japanerin ließ sich im Wohnzimmer in einen ihrer riesigen, cremefarbenen Sessel sinken, und Lena tat es ihr nach. So saßen sich die beiden Frauen einen Moment lang stumm gegenüber, bevor Tamae anfing zu sprechen. Typischerweise begann sie ihre Beichte nicht mit einer Entschuldigung oder irgendwelchen Ausflüchten.

»Sobald ich das Foto sah, war mir klar, dass ich etwas tun musste.«

»Du kennst Sabrina?«

»Kennen ist zu viel gesagt. Sie und ich sind uns in einer Selbsthilfegruppe begegnet, vor ungefähr zweieinhalb Jahren. Wir haben uns seither nicht mehr getroffen, ich wusste noch nicht einmal mehr ihren Namen.«

Lena verstand nicht, worauf das Ganze hinauslief und ließ Tamae daher einfach weiterreden, ohne ihr Fragen zu stellen.

»Als wir beide in der Wohnung waren, habe ich den Schlüssel an mich genommen, um später in Ruhe noch einmal alles durchsuchen zu können.«

»Was hast du denn in Sabrinas Wohnung gesucht? Wart ihr ein Paar oder was?«

»Sabrina ist nicht lesbisch.«

»Wonach hast du dann gesucht?«, wollte Lena noch einmal wissen.

»Es ging um dich«, flüsterte Tamae.

Lena, die nun gar nichts mehr begriff, schlug mit der Faust auf den Tisch. »Entweder du sagst mir jetzt sofort, was los ist, oder ich stehe auf und gehe, und wir sehen uns nie mehr wieder!«

»Bitte Lena, das will ich nicht. Kannst du mir nicht einfach vertrauen und nicht fragen, warum und wieso ich das getan habe?« Tamaes Stimme war leise und bittend, was so überhaupt nicht zu ihr passte.

Verblüfft ließ Lena sich in ihrem Sessel zurücksinken. »Nein, das kann ich nicht«, sagte sie dann langsam. »Vertrauen ist keine Einbahnstraße.«

Einen Moment lang dachte sie an Karin, von der sie Tamae auch nichts erzählt hatte, doch den Gedanken schob sie gleich wieder weg. Hier ging es um etwas anderes, hier stand auch Lena selbst in der Verantwortung Jürgen und seiner Schwester gegenüber. Er hatte ihr den Schlüssel und damit den Zugang zu Sabrinas Leben anvertraut. Sie sah, wie Tamae sich quälte, aber seltsamerweise hielt sie das nicht davon ab, die Freundin weiterhin unter sanften Druck zu setzen. »Worum ging es in dieser Selbsthilfegruppe?«

Tamae seufzte laut auf und schob ihre schlanken Hände zwischen die Schenkel, wo sie unruhig auf dem blauen Stoff ihrer Jeans herumkratzten. Nach einigen Sekunden hob sie den Kopf, und ihr Blick war kalt und distanziert, sie hatte sich wieder hinter ihrem Schutzschild verkrochen.

Und Lena wusste, Tamae würde ihr nun alles erzählen.

»Es war einmal ein junges japanisches Mädchen«, begann Tamae in einem merkwürdig fremden Singsang. »Sie war frühreif und für ein japanisches Kind mehr, als es in ihrer Kultur gestattet ist, an Sexualität interessiert. Die Familie lebte in Düsseldorf, und für deutsche Verhältnisse war nichts Ungewöhnliches an ihrer Neugier. Mit fünfzehn verliebte sie sich in einen jungen Mann aus der japanischen Gemeinde, der sie auch zu lieben schien. Die beiden gingen eine Zeit lang miteinander aus, lange Zeit verlief diese junge Liebe eher harmlos, doch irgendwann wurde mehr daraus, und sie hatten Sex. Das Mädchen war glücklich, sie glaubte, es sei alles wunderbar. Doch der junge Mann entpuppte sich als ziemliches Schwein, der die Hingabe seiner Freundin völlig falsch interpretierte. Eines Abends fuhr er mit ihr auf einen Parkplatz. Sie tauschten Zärtlichkeiten aus, als plötzlich eine Horde Jungs dazukam. Sie rissen die beiden aus dem Auto, und das Mädchen wurde von sieben Männern hintereinander vergewaltigt. Wenn sie anfangs noch geglaubt hatte, ihr Freund würde sie befreien, so musste sie schnell feststellen, dass sie sich höllisch getäuscht hatte. Er schaute zu, und sie begriff, dass die ganze Sache ein abgekartetes Spiel war. Einer der jungen Männer hatte ein Messer, das er ihr bei der Vergewaltigung an den Hals hielt und das im Gerangel später zu Boden fiel. Nachdem sich alle bedient hatten, ließen sie die junge Frau einfach im Wald liegen. Verletzt, blutend, zutiefst schockiert und gedemütigt. Sie schleppte sich nach Hause, wo es ihr gelang, durch den Keller ins Haus der Eltern zu gelangen. Dort duschte sie und zog sich um. Über das Erlebnis sprach sie nie mit jemandem, sie ging auch trotz einiger Verletzungen nicht zum Arzt. Ihr Freund wurde wenige Tage später mit durchgeschnittener Kehle in einem Waldstück gefunden. Das Messer neben ihm gehörte einem seiner Freunde … Der Fall wurde dennoch nie gelöst.«

Tamae schaute Lena während ihres Berichts nicht an. Alles, was sie sagte, klang auf eine grauenerregende Art unbeteiligt, als habe es gar nichts mir ihr zu tun. Ihr Oberkörper schaukelte leicht vor und zurück, und Lena erinnerte sich an Samantha, wie sie auf der Bank am Spielplatz gesessen und ebenfalls von entsetzlichen Dingen erzählt hatte. Lena fühlte eine merkwürdige Kälte in sich aufsteigen, und zum ersten Mal in ihrem Leben verspürte sie den Wunsch, einfach aufzustehen, wegzugehen und sich einzubilden, alles sei nur ein Traum gewesen. Ein Albtraum, der nichts mit ihrem Leben, ihren Gefühlen und deshalb auch nichts mit ihrer Geliebten zu tun hatte. Doch das, was Tamae erzählte, betraf nun auch sie, sie würde nie wieder so tun können, als wisse sie nichts davon. Natürlich beantwortete das auch viele Fragen, die sich Lena in der Vergangenheit öfter gestellt hatte, nur war sie sich gar nicht mehr sicher, ob sie es wirklich hatte wissen wollen. Tamae, die die Augen fest auf einen Punkt hinter dem großen Fenster ihres Wohnzimmers gerichtet hatte, erzählte weiter.

»Viele Jahre später besuchte das Mädchen in Frankfurt eine Selbsthilfegruppe für Vergewaltigungsopfer. Die Dämonen der Vergangenheit hatten ihren Schutzschild durchbrochen und quälten sie. Sie hoffte, mit anderen Frauen gemeinsam wieder so stark werden zu können, um sie zurückzudrängen. Dabei lernte sie auch eine junge Frau namens Sabrina kennen. Die war ebenfalls einer Vergewaltigung zum Opfer gefallen. Weil sie aus einem kleinen Dorf stammte und das Gerede der Leute fürchtete, hatte sie die Tat nicht angezeigt, sich aber Hilfe bei einer Beratungsstelle geholt. Das Problem, mit dem sie dabei konfrontiert wurde, war ziemlich übel. Sie hatte zwar nicht die Vergewaltigung, wohl aber die Macht des Mannes über sie genossen. Ein Gefühl, das immer stärker in den Vordergrund drängte. Sex alleine konnte sie nicht befriedigen, die Unterwerfungsfantasien beherrschten sie immer stärker. Davon erzählte sie in der Gruppe offen und wurde mit einigen extrem abweisenden Reaktionen konfrontiert. Besonders, als die Frauen in der Gruppe merkten, wie ernst es ihr damit war. Die Todesangst, die sie bei der Vergewaltigung verspürt hat, war für sie nicht nur etwas Schlimmes, sondern auch etwas Erregendes gewesen, wie sie im Nachhinein spürte. Sabrina verließ die Gruppe nach einiger Zeit wieder, weil sie feststellen musste, dass sie dort keine Lösung für ihre Probleme fand. Man gab ihr den Rat, psychologische Hilfe in Anspruch zu nehmen. Auch die Japanerin verließ die Gruppe bald darauf aus einem ähnlichen Grund. Sie schaffte es zwar zum ersten Mal in ihrem Leben, über die Vergewaltigung zu sprechen. Über das, was danach geschah, aber nicht. Bisher hat sie mit keinem einzigen Menschen darüber gesprochen.« Tamaes Augen senkten sich kurz auf ihre Hände, bevor sie fortfuhr. »Als ich Sabrina auf dem Foto erkannte, bin ich zutiefst erschrocken. Denn aus der Zeit mir ihr in der Gruppe wusste ich, dass Sabrina ein Tagebuch führte, das so eine Art Therapie für sie selbst darstellte. Deshalb war mein einziger Gedanke, sie könnte womöglich etwas über diese Selbsthilfegruppe in ihren Unterlagen oder ihrem Computer aufbewahrt haben, das mit mir in Verbindung gebracht werden könnte. Ich wollte nicht, dass mein Geheimnis auf diese Art bekannt wird. Auch nicht, oder gerade nicht dir gegenüber.« Sie zögerte einen Moment, bevor sie weitersprach. »Denn du bedeutest mir etwas. Mehr, als jeder andere Mensch auf dieser Welt, auch wenn ich dir das nie gesagt habe.«

Nach diesem Satz schwieg sie, schwiegen sie beide. Die Eine erschöpft, die Zweite verwirrt.

Lena hielt das Foto des Mannes in der Hand, der vermutlich Sabrinas Liebhaber war, des Mannes, der sich ihr Meister nannte. Tamae hatte es ihr nach ihrem Geständnis in die Hand gedrückt, und sie war gegangen, ohne noch ein weiteres Wort zu sagen. Das Geständnis ihrer Freundin hatte sie stumm gemacht. So sehr sie es auch wollte, sie konnte Tamae in diesem Moment keine versöhnlichen Worte sagen, und Tamae hatte ihr unmissverständlich bedeutet, keine körperliche Nähe zulassen zu können. So konnte Lena sie noch nicht einmal in den Arm nehmen und sie auf diese Weise trösten. So war das mit Tamae. Die Japanerin war ein Kopfmensch, der alle Probleme im Leben vernünftig löste und nicht empfänglich war für emotionale Regungen. Lena spürte eine Veränderung in ihrer Beziehung, so, als ob nun all das, was sie trennte, im Vordergrund stand und weniger das, was sie verband. Tamae hatte mit ihrem Geständnis eine Grenze überschritten, die von ihnen beide gewollte Distanz aufgehoben. Lena ahnte, dass es sie beide Zeit kosten würde, die Balance wieder herzustellen. Nun galt es, mit dem unliebsamen Wissen irgendwie klarzukommen. Lena wusste nur noch nicht, wie.

Zunächst wollte sie die Identität des Mannes herausfinden, und dazu schlug sie nun den Weg in die Innenstadt ein. Sie fuhr von Oberrad aus die Offenbacher Landstraße entlang nach Sachsenhausen hinein und von dort aus über die Schweizer Straße und die Untermainbrücke. Währenddessen dröhnten Tamaes Worte noch immer in ihrem Kopf, sie sah Szenen vor sich, die die Freundin erlebt und die sie traumatisiert hatten. *Wenn die erste große Liebe einem so viel Schmerz bereitet, vergisst man das nicht,* dachte sie, und gleichzeitig leistete sie im Geiste bei Tamae Abbitte. Denn ihr eigenes traumatisches Erlebnis mit der Liebe war zwar auch für sie selbst extrem schmerzhaft gewesen, doch nicht vergleichbar mit dem, was Tamae erlebt hatte!

Ein paar Minuten später lenkte Lena ihren Golf die Kaiserstraße hinauf in Richtung Bahnhof. Sie würde jetzt gleich versuchen, Gerhard Rohloff zu finden, um ihn nach dem Mann auf dem Foto zu fragen. Im Bahnhofsviertel herrschte an diesem Samstagmorgen dichtes Gedränge, sie musste mehrfach um den Block fahren, bevor sie sich in eine winzige Parklücke vor einer Stripteasebar in der Moselstraße quetschen konnte. Dort drin herrschte schon reger Betrieb, und Lena hoffte, auch den »Kinky-Club« offen zu finden. Doch sie wurde enttäuscht, die Tür war fest verschlossen, und weder auf ihr Klopfen noch auf ihr Klingeln rührte sich etwas. Unschlüssig nagte sie an ihrer Unterlippe und beschloss dann, es im Stundenhotel nebenan zu versuchen. Sonja hatte ihr gegenüber ja angedeutet, Gerhard Rohloff habe mehrere Etablissements, vielleicht gehörte dieses auch dazu. Tatsächlich nickte der schläfrig wirkende ältere Mann, der hinter einem altmodischen Empfangstresen Zeitung las.

»Sie haben Glück. Der Chef ist hier. Er hat noch etwas zu erledigen, aber Sie können so lange da drüben Platz nehmen.« Er wies auf eine kleine Sitzgruppe. Dunkelrote Plüschsessel unter einer vor Staub grauen Palme. Als Lena sich vorsichtig setzte, wirbelten ein paar Flöckchen auf und brachten sie zum Niesen. Hier saß definitiv selten jemand. Wozu auch. Die Gäste dieses Hotels hatten andere Dinge im Kopf und vermutlich keine Zeit zu verlieren. Nach ungefähr einer Viertelstunde hörte sie oben eine Tür klappen, und gleich darauf kam Gerhard Rohloff die Treppe herunter. Er trug an diesem Vormittag einen hellgrauen Anzug und ein roséfarbenes Hemd mit einer dunkelroten Seidenkrawatte. Unter seinem Arm klemmte eine schwarze, flache Aktentasche. Noch bevor sein Angestellter ihm Lenas Besuch ankündigen konnte, sah er sie und blieb überrascht auf dem Treppenabsatz stehen.

»Hallo«, sagte sie und spürte, wie eine unbekannte Hitze ihr den Hals emporstieg. Hatte sie die starke Anziehungskraft, die Rohloff beim ersten Mal auf sie ausgeübt hatte, in den letzten Tagen zu einer einmaligen Angelegenheit herabgestuft, so wurde sie nun eines Besseren belehrt. Sobald sein Blick sie erreicht hatte, floss eine Hitzewelle von ihrer Kehle zu ihrem Unterleib hinab. Sexuelle Anziehung, die sie sonst nur bei Frauen erlebte.

»Frau Borowski. Welch eine Überraschung!« Sein Lächeln überraschte und freute sie gleichermaßen. Er kam die Treppe nun ganz herab und ging auf sie zu, reichte ihr die Hand, und als sie sie ergriff, schlug die Luft zwischen ihnen zusammen. Verlegen zog sie ihre Finger zurück, und auch Rohloff schien einen Moment aus dem Takt gebracht.

»Sagen Sie doch bitte Lena zu mir«, hörte sie sich sagen und nestelte umständlich das Foto aus ihrer Jacke.

»Gerd«, antwortete er knapp und schaute ihr ein paar Sekunden länger als nötig in die Augen, bevor er auf das Foto sah, das sie ihm entgegenstreckte.

»Das ist der Mann. Dieses Gesicht und diesen Blick vergisst man nicht so leicht.« Er erinnerte sich offenbar genau, wonach Lena ihn gefragt hatte, und bestätigte ihre Vermutung.

Lena sah ihm immer noch ins Gesicht. Seine Haut war straff und sein Haar noch etwas feucht. Vielleicht kam er gerade aus der Dusche? Sie fragte sich, ob er hier wohnte.

»Sie haben Glück, mich hier zu erwischen. Eigentlich wohne ich in Bad Homburg, bleibe nur manchmal hier, wenn ich nachts keine Lust mehr zum Fahren habe«, murmelte er gedankenverloren, bevor er das Foto wendete, die Widmung las und es ihr dann ohne erkennbare Gefühlsregung zurückgab. Sie standen nah beieinander, und Lena trat einen Schritt zurück, weil sie merkte, wie sehr sie seine Nähe verwirrte.

»Wenn ich nur wüsste, wo ich ihn finden kann«, sagte sie.

»Trinken Sie einen Kaffee mit mir?«

Erst als sie nickte, bat er seinen Angestellten, bei einem Italiener in der Nähe zwei Latte macchiato zu holen. Sie nahmen beide Platz, und er ergriff erneut das Wort.

»Mir war bereits damals so, als Ihre verschwundene Bekannte mit ihm bei mir im Club aufkreuzte, als ob ich den Mann von früher her kenne. Mir fiel nur einfach nicht mehr ein, woher. Vermutlich, weil es Jahre her und in einem völlig anderen Zusammenhang war. Inzwischen weiß ich es wieder.« Er machte eine kleine Pause und bat sie um Nachsicht dafür, kurz telefonisch einen anstehenden Termin verschieben zu müssen. Während er ins Foyer ging, um sein Telefonat zu führen, entspannte Lena sich ein wenig. Es kam ihr so vor, als habe jemand den Schleudergang in ihrem Leben gedrückt. Alles flog ihr um die Ohren und alles ein wenig zu schnell. Es hatte selten Wochen gegeben, in denen so vieles auf einmal passiert war. Erschöpft strich sie sich mit gespreizten Fingern durchs Haar.

Der Angestellte kam zurück und stellte zwei große Gläser auf den niedrigen Tisch zwischen den Sesseln. Der Kaffee roch verführerisch, und Lena, die am Morgen aufgrund der bevorstehenden Begegnung mit Tamae keinen Hunger verspürt hatte, nippte nun genießerisch an dem knisternden Milchschaum.

Rohloff kam zurück und steckte im Laufen das Mobiltelefon in die Jackentasche. »So, das ist erledigt.«

Lena lehnte sich in dem Sessel zurück, und als er sie ansah, huschte ein Grinsen über sein Gesicht.

»Beugen Sie sich noch einmal nach vorne«, bat er, und bevor sie sich versah, fuhr er mit dem Finger über ihre Oberlippe. »Sie haben einen entzückenden Milchbart gehabt«, erklärte er lächelnd und stürzte sie schon wieder in ein Gefühlschaos, von dem er aber in diesem Moment nichts zu bemerken schien. Vielmehr setzte er nun einen ernsten Blick auf. »Der Mann ist mir aus der Zeit bekannt, als meine Frau noch lebte. Sie ist vor drei Jahren gestorben.« Bei den letzten Worten hob er leicht die Hände, als wolle er keinerlei Kommentare oder Beileidsbekundungen dazu hören, und Lena begriff sofort warum, als sie den Schmerz sah, der in seinen Augen aufblitzte. »Marie hatte eine Kunstgalerie hier in Frankfurt. Nichts Großes, sie hatte sich eher auf neue und unbekannte und vor allem europäische Künstler spezialisiert. Und in diesem Zusammenhang habe ich den Mann schon einmal gesehen. Leider habe ich gar keine Ahnung mehr, wie das alles zusammenhing.«

»Sie wissen also nicht, ob er ein Kollege, ein Künstler oder ein Kunde war?«

Rohloffs Miene drückte Bedauern aus. »Ich habe mir den Kopf darüber zermartert, wollte Sie aber erst anrufen, wenn es mir eingefallen ist.«

Lena schoss eine Frage durch den Kopf. Sie wusste nicht, wie sie sie stellen sollte, ohne pietätlos zu wirken. »Gibt es eine Möglichkeit … jemanden … der sich vielleicht noch daran erinnern könnte?«

Rohloff dachte kurz nach, bevor er die Hand hob und mit den Fingern schnippte. »Doch! Eventuell gibt es jemanden. Meine Frau hat die Galerie zwar im Prinzip alleine geführt, aber sie hatte eine Mitarbeiterin, die ihr bei der Vorbereitung von Ausstellungen und ähnlichen Dingen geholfen hat.«

»Ihr Name?«, flüsterte Lena, die sich auf einmal kurz vor der Auflösung des letzten Geheimnisses sah.

»Engelhardt, Eberhard, Engelbrecht, irgendetwas in der Art.« Rohloff griff sich an den Kopf, als könnte er seinem Gedächtnis damit auf die Sprünge helfen. »Sorry, aber im Moment fällt es mir nicht mehr ein. Ich mache Ihnen einen Vorschlag. Zu Hause gehe ich die Geschäftsunterlagen meiner Frau noch einmal durch. Sobald ich den Namen gefunden habe, rufe ich Sie an. Okay?«

»Danke!« Fast gleichzeitig standen sie auf, und Lena lächelte ihn dankbar an.

»Gehen Sie mit mir essen?«, fragte er und schaute ihr wieder ganz direkt in die Augen. »Heute Abend, in der Maaschanz?«

Das Lokal kannte sie, es lag in Sachsenhausen, fast direkt am Main. Sie war noch nie dort gewesen. Lena schaute ihn an, dann auf den Boden. Seine direkte Art hatte sie überrumpelt, gleichzeitig zog etwas in ihrem Magen, als stünde sie unter Strom. »Der Tag heute ist ziemlich turbulent«, erklärte sie langsam.

»Dann lass uns Ruhe hineinbringen.«

Dass er unvermittelt zum Du übergegangen war, verunsicherte sie mehr als die Tatsache, dass er nun ihre Hände zwischen seine nahm, die warm und trocken waren, und sie sich einen Moment lang so sicher fühlte, weil sie tatsächlich dachte, er könne damit für sie die Welt anhalten.

Sie stöhnte auf, als sie sich auf die Seite drehen wollte. Ihr Körper fühlte sich an, als wäre er durch den Wolf gedreht worden. Sprachlos schaute sie an sich herab, betrachtete all die Stellen, die noch die Spuren der Spiele der vergangenen Nacht trugen. Für jede einzelne hatte sie ihm gedankt. Er hatte es auch dieses Mal wieder geschafft, sie gerade so weit zu bringen, dass sie nicht abbrach und sich dennoch hinterher stets fragte, wie sie all die Schmerzen und Demütigungen aushielt. Die Antwort war einfach: Sie tat es für ihn und damit gleichzeitig für sich. Das Gefühl, ihm zuliebe Dinge zu ertragen, die andere Menschen schaudern lassen würden, ließ sie fliegen. So fühlte sie sich oft, wenn sie mit ihm zusammen war. Nach oben geschleudert und gleichzeitig, als falle sie. Hätte sie es jemandem erklären müssen, sie hätte die Fahrt auf einer Achterbahn genommen. Nur, dass ihr Flug gleichzeitig nach oben und nach unten führte und tausendmal intensiver war. Er lag neben ihr, schlief tief und fest, wie immer auf dem Rücken, ein Arm lag unter dem Kopf, der andere an seiner Seite. Die Decke war ein Stück heruntergerutscht, und sie betrachtete seinen breiten, muskulösen Oberkörper. Er sah gut aus, würde ihr vermutlich auch gefallen haben, wenn er sich nicht als der erwiesen hätte, der er war. Ihr Beherrscher, ihr Meister. Nie würde sie es wagen, ihn anders anzusprechen. Sie blickte zur Decke und spürte den Empfindungen ihres Körpers nach. Ganz zum Schluss ihrer Spiele hatte er sie geliebt. Es war ihre Belohnung, nicht seine. Sie kam schon nach wenigen Sekunden, gleich, als er in sie eingedrungen war das erste Mal und danach immer wieder. Es war, als wollte ihr Körper die über Stunden aufgebaute Spannung durch besonders heftige Höhepunkte abbauen. Nun ging es ihr besser als jemals zuvor in ihrem Leben. Selten hatte sie sich so entspannt und geläutert gefühlt. Jetzt gab es nur noch eines, was sie sich wünschte. Dieses Mal hätte sie die Kraft, ihn darum zu bitten, nahm sie sich vor. Sobald er aufwachte. Sie schlief danach nicht mehr, sie wartete ungeduldig darauf, dass der Mann neben ihr erwachte.

»Ist Mama böse auf mich?« Samantha war immer noch blass und sah in dem Krankenhausbett klein und verletzlich aus.

Lena griff nach ihren Händen und versuchte, so aufmunternd wie möglich zu lächeln. »Nö, die kann nicht kommen, weil es ihr auch nicht gut geht«, log sie, die Wahrheit musste noch zurückgestellt werden. Das Mädchen blickte traurig und ratlos drein. Lena hatte viele Kinder erlebt, die trotz aller Vernachlässigung an ihren Eltern hingen, für alles und jedes Entschuldigungen fanden und sich manchmal mit Zähnen und Klauen selbst an die schrecklichsten Verhältnisse klammerten, alles ertrugen, solange sie nur bei ihrer Familie bleiben konnten. Samantha war ihrer Mutter bereits einmal weggenommen worden, vielleicht hatte sie wenigstens damals erlebt, wie schön es woanders sein konnte. Das wäre gut, denn Lena spukte eine Idee im Kopf herum, sie wollte Samantha helfen. Allerdings verspürte sie in diesem Fall das dringende Bedürfnis, keinesfalls politisch korrekt zu handeln. Denn das hätte bedeutet, alles daran zu setzen, die Familie zusammenzuhalten. Selbst wenn ein nicht unbedeutender Teil dazu von übergeordneter Stelle geleistet werden musste, wäre doch zu gegebener Zeit ihre eigene Meinung gefragt. Und die sagte ihr klar und deutlich, wie sehr sie sich wünschte, Samantha würde in Verhältnissen aufwachsen, die dem Mädchen eine Chance für ein besseres Leben zugestanden. Bei ihrer Mutter, da war sich Lena sicher, bekäme sie die nicht. Gisela Krohn hatte ihre Tochter dazu benutzt, den Tod der kleinen Jennifer geheim zu halten, sie zum Lügen angestiftet und ihr Angst gemacht vor Ämtern und vor der Polizei. Sie kümmerte sich nicht um das Kind, ließ es zu oft alleine oder schickte es stundenlang aus dem Haus, aus Gründen, die man noch nicht kannte. Während die Mutter das Geld vom Amt für künstliche Nägel, Klamotten und Schminke ausgab, hungerte Samantha. Nach Essen, Wärme, Zuneigung und mehr. Lena spürte das kalte Elend, wenn sie an die Frau dachte. Dennoch zwang sie sich jetzt zu einem Lächeln. »Sag mal, wie war das denn bei der Familie, bei der du einmal warst. Da war doch auch ein Hund?«

Samantha nickte und als Lena sie ermunterte, fing sie an zu erzählen. Von einer »ganz lieben Frau«, die den Kindern immer Kuchen gebacken hatte, und einer Familie, bei der dreimal am Tag eine Mahlzeit auf den Tisch kam. Sie beteten vor dem Abendessen, und den Kindern wurden Märchen vorgelesen. Es gab einen großen Garten und einen alten, gutmütigen Hund. Und während Samantha davon erzählte, entspannte sich das kleine Gesicht. Ihre Augen, die noch vor Kurzem so unglücklich dreingesehen hatten, fingen an zu glänzen, der Mund, viel zu ernst für ein so junges Leben, zeigte immer öfter ein kleines Lächeln. Und als Samantha alle ihre Geschichten erzählt hatte, strahlte sie. Und sie war erschöpf. Lena saß an ihrem Bett, bis sie einschlief. Sanft strich sie dem Mädchen die Haare aus der Stirn und verließ das Krankenzimmer erst, als die Dämmerung hereinbrach.

Sie hatte es so gewollt, ihn praktisch angebettelt. Obwohl er es hasste, auf Wünsche und Forderungen einer Kreatur einzugehen, die sich ihm bedingungslos als Sklavin ausgeliefert hatte, hatten sich ihre Fantasien auch in seinem Kopf verselbstständigt. Ihr Leben in seiner Hand, die Balance an der Grenze zum Tod … es war die Erregung dieser Macht, die er spürte. Doch zuerst hatte er sich darauf beschränkt, ihr mit einem kleinen Chirurgenmesser ein paar Schnitte beizubringen. Sein Interesse war ein rein forschendes: Wie würde sie auf das Fließen des Blutes reagieren? Erstaunlicherweise wurde ihr beim ersten Mal schlecht, weil sie es sehen konnte. Erst als er ihr die Augen verband, konnte sie es über sich ergehen lassen. Aber auch nicht mehr. Es bescherte ihm keine Reaktion, die ihm gefiel. Sie blieb zu passiv dabei, zeigte zu wenig wirkliche Dankbarkeit. Nicht wie bei den Wachsspielen, die bereits Narben auf ihrer Haut hinterlassen hatten, so heiß ertrug sie sie inzwischen. Im nächsten Versuch hatte er ihr den Kopf unter Wasser gedrückt, so lange, bis sie wie wild um sich schlug. Aber Wasser war nicht sein Element, und erst als er vor einigen Tagen die blauen Flecken an ihrem Hals sah, die sie sich trotz seines Verbotes selbst bei einer ihrer kleinen Aktionen im heimischen Bett beigebracht hatte – weswegen er sie danach hart bestrafte –, kapierte er, was ihr den ultimativen Kick geben würde.

Jetzt stand sie neben ihm, gefesselt, und musste zusehen, was er mit der Anderen machte. Es war ihr Wunsch gewesen, einmal beim Dominieren einer zweiten Frau dabei zu sein. Mit der er jetzt genau die Spiele spielen würde, die seine Sklavin sich auch wünschte. Die zweite Frau lag vor ihm. Er hatte sie stramm geschnürt, nur noch wenig Haut war unter den dicken Seilen zu erkennen. Sie lag auf den Knien, vornübergebeugt, die Schultern fielen schwer nach vorne. Noch lag ihr Oberkörper auf einem Schemel abgestützt, den er gleich entfernen würde. Vorher schob er die Schlinge der Kette so über das Bündel Mensch zu seinen Füßen, dass er sie mit dem langen Ende an einem der großen Haken, die an der Decke hingen, befestigen konnte. Er lief um die eingeschnürte Frau herum, deren Gewicht ohne den stützenden Schemel einzig auf ihren Knien und der Kettenschlinge zwischen den Seilen an ihrem Rücken ruhen würde. Sie hielt die Augen geschlossen, der Mund stand offen und gab ihr ein leicht dümmliches Aussehen. Er schlug ihr ins Gesicht, nur um zu sehen, wie sie reagierte. Ein leichtes Seufzen, mehr kam nicht. Sein Blick glitt über die Knebel, die auf einem Beistelltischchen lagen. Er wählte einen mit einem besonders großen Ball aus und schob ihn ihr fast zärtlich in den Mund, zog ihn am Hinterkopf straff. Dann nahm er die Kopfhaube. Sie sah schon jetzt nichts mehr, war bereits in ihrer eigenen Welt. Auch als er ihr die Haube überstreifte, zeigte sie, bis auf ein leichtes Stirnrunzeln, keine Reaktion. Eine Weile ließ er sie so hängen. Sie konnte nichts sehen, nichts sagen, sich nicht bewegen. Ein Anblick, der in ihm diese starken Gefühle auslöste, die er inzwischen so dringend brauchte. Er war der Herr über ihren Körper, ihre Gefühle und bald auch über Leben und Tod. Wie schade, dass er seine Neigungen so spät erst entdeckt hatte! Dafür lebte er sie seit einigen Jahren umso intensiver aus. Langsam hob er die Hand und legte sie ihr auf die Kehle. Gerade fest genug, um in ihr eine Reaktion auszulösen, die er am Zucken ihres Kopfes feststellte. Dann legte er die zweite Hand über die Atemöffnung der Maske, ihrer einzigen Sauerstoffzufuhr, und verschloss sie. Langsam wanderte sein Blick zur Uhr, und er zählte die Sekunden, die die Frau jetzt noch von ihrem Tod trennten …

»Hast du den Namen herausgefunden?«

Gerd Rohloff schaute amüsiert auf Lena, die, kaum dass sie sich zu ihm an den Tisch gesetzt hatte, mit ihrer Frage herausplatzte.

»Habe ich. Aber nun sage ich dir erst einmal etwas Angenehmeres. Ich freue mich nämlich, dass du meiner Einladung gefolgt bist, und hoffe, wir werden einen schönen Abend miteinander verbringen.« Mit diesen Worten winkte er einen Kellner herbei und bestellte für sie beide einen Champagnercocktail zum Auftakt. Lena biss sich auf die Lippen. Noch vor einer halben Stunde war sie ziemlich verzweifelt vor ihrem Kleiderschrank gestanden. Eine Situation, die sie so nicht kannte. Für dieses Treffen schien nichts gut genug zu sein, alle Klamotten, die sie normalerweise trug, schienen zu diesem Anlass nicht zu passen.

Schließlich hatte sie sich für einen kurzen, engen schwarzen Rock entschieden. Darüber trug sie einen etwas älteren aber immer noch sehr edel aussehenden dunkelblauen Kaschmirpullover, den sie einmal im Ausverkauf erstanden hatte. Strümpfe, Stiefel und der lange, dünne Schal, den sie sich um den Hals geschlungen hatte, waren ebenfalls schwarz. So fand sie sich ganz ansprechend, und Rohloff zumindest schien sie auch in diesem Aufzug zu gefallen.

»Auf uns«, sagte er gerade und hob das Glas, um mit ihr anzustoßen.

»Wirst du nicht in deinem Club vermisst?«

Er blickte amüsiert auf. »Falls du es noch nicht weißt, ich habe mehrere Läden in Frankfurt und kann sowieso nicht überall gleichzeitig sein. Aber abgesehen davon, auch der Chef hat bei uns noch das Recht auf einen freien Abend. Hin und wieder!«

»Ein kleiner Gruß aus der Küche.« Mit diesen Worten brachte ein Kellner, der eine lange weiße Schürze trug, ein paar Amuse-Bouches an den Tisch. »Rote-Bete-Schaum und Rose vom Wildschweinschinken«, erklärte er und stellte frisch duftendes Brot und verschiedene Buttersorten dazu.

Lena hatte den ganzen Tag nichts gegessen, nun lief ihr buchstäblich das Wasser im Munde zusammen. Einen Moment lang probierten sie die Appetitanreger schweigend, wobei sie sich gegenseitig musterten. Lena war klar, dass dieses Abendessen eine Veränderung ihrer Beziehung zueinander markierte. Doch näher darüber nachdenken wollte sie nicht, der Tag hatte ihr bereits mehr an Kraft abgerungen, als sie glaubte, aushalten zu können.

»Ich dachte, so ein Abendessen sorgt für ein paar entspannte Stunden. Das brauchen wir doch alle einmal«, erklärte ihr Rohloff gerade. Wieder einmal schien es ihr, als habe er ihre Gedanken gelesen, und ein merkwürdiger Schauer durchfuhr sie. Er lächelte, und sie griffen nach den Speisekarten. Rohloff entschied sich für Fisch, und Lena wählte Lamm. Dann gab Rohloff bei dem herbeigeeilten Kellner ihre Bestellung auf, inklusive eines Weins, dessen Auswahl aufgrund ihrer unterschiedlichen Essenswünsche etwas dauerte, doch dann gab es vorerst nichts, was sie von ihrem Gespräch abhalten oder ablenken würde.

»Den Namen der früheren Mitarbeiterin meiner Frau habe ich in den Unterlagen gefunden. Nun können wir nur hoffen, dass die Frau inzwischen nicht umgezogen ist, geheiratet hat oder womöglich aus anderen Gründen nicht mehr erreichbar ist.«

»Hast du es schon probiert?«

Er nickte. »Unter der alten Telefonnummer ging aber niemand dran. Ich werde morgen noch einmal anrufen.«

»Kann ich …«, setzte Lena an, aber er hob sofort ablehnend beide Hände.

»Nein. Ich helfe dir, bin aber nicht bereit, einfach persönliche Daten einer Fremden weiterzugeben, die nicht für mich, sondern für meine verstorbene Frau gearbeitet hat. Okay?«

Sein Ton ließ keinen Widerspruch zu, und Lena spürte wieder die Kraft des Mannes, der ihr hier gegenübersaß. Urplötzlich dachte sie daran, in welchen Kreisen Gerd Rohloff normalerweise verkehrte und wie schwierig es sicherlich war, sich innerhalb des Milieus zu behaupten. Sie erinnerte sich an ihre erste Begegnung, seinen hellwachen und intelligenten Blick, und ihre Augen glitten zu seinen starken Händen, die nun formvollendet kleine Brotstücke abbrachen und sie mit etwas gesalzener Butter bestrichen. Ob auch er schon einmal jemanden umgebracht hatte? So wie Tamae es getan hatte? Natürlich konnte sie irgendwie verstehen, was ihre Geliebte dazu bewogen hatte, auch wenn sie es gleichzeitig entsetzte. Der Schock über deren Geständnis vom Vormittag saß immer noch tief.

»Woran denkst du?« Sein Blick fing ihre Gedanken ein, sie wurde sofort ruhiger.

»Es ist so viel passiert in den letzten Tagen«, antwortete sie und tunkte den letzten Rest Rote-Bete-Schaum mit einem Stück Brot auf.

»Vielleicht ist deine Suche bald vorbei. Dann wird es ruhiger.«

Er kannte ja nur einen Teil der Geschichte. Wusste nichts von Samantha, den drei Jugendlichen, nichts von Tamae und auch nichts von Lenas eigener Gefühlsverwirrung, die die Erinnerung an Maja und nicht zuletzt auch er selbst ausgelöst hatten. Ganz zu schweigen von ihren beruflichen Veränderungen. Doch dann stellte sie zu ihrer eigenen Überraschung fest, wie sich ihre Sinne auf ihn und diese Situation ausrichteten und sie langsam anfing, sich in Rohloffs Nähe zu entspannen.

»Wie bist du dazu gekommen, diesen Club aufzumachen?«, hörte sie sich fragen und kurz darauf versank sie in seiner Welt, die er so anschaulich und schillernd darzustellen wusste, dass Lena fast vergaß, dass es dabei nicht um den Austausch amüsanter Anekdoten ging, sondern darum, womit er sein Geld verdiente.

»Danke für den Abend.«

Lena und Rohloff standen vor dem Lokal, und sie wollte sich von ihm verabschieden.

»Ich bringe dich natürlich zu deinem Wagen«, sagte er. Lena zögerte eine Sekunde zu lange. Sein Blick wurde melancholisch. »Ich will mich nicht aufdrängen, nur sichergehen, dass du gut nach Hause kommst oder wenigstens gut zu deinem Auto.

»Ich parke an der Kirche. Es sind nur ein paar Schritte«, sagte sie schließlich. Sie gingen eine Weile schweigend nebeneinanderher. Lena fühlte sich auf einmal unbehaglich. Der Abend war angeregt verlaufen, so etwas wie Vertrauen war aufgekommen. Jetzt spürte sie Rohloffs physische Nähe so intensiv, dass es sie nervös machte. Rohloff selbst schien nichts zu bemerkten. Erst als sie bei Lenas Wagen angekommen waren, brach er das Schweigen.

»Ich würde dich gerne wiedersehen.«

Lena entschloss sich, ihn über einen wesentlichen Punkt ihrer Lebensführung zu informieren. »Ich schlafe nicht mit Männern.«

Etwas wie Irritation glitt über sein Gesicht, dann hatte er sich wieder im Griff. Es gab also doch noch Dinge, die Gerd Rohloff überraschten! Wie beruhigend.

»Und ich schlafe nicht mit wesentlich jüngeren Frauen«, entgegnete er.

»So hat jeder seine Prinzipien.«

Sie maßen sich stumm mit begehrlichen Blicken, die ihre Aussagen Lügen straften.

»Vielleicht sollten wir uns wieder treffen, wenn wir bereit sind, diese Prinzipien über Bord zu werfen«, schlug er vor.

»Ich weiß nicht, ob ich das so bald schaffen werde.« Lena spürte erneut Nervosität in sich aufkeimen.

»Dann sollten wir üben. Jetzt, wo ich weiß, dass es dich gibt, kann ich viel Geduld dafür aufbringen.« Mit diesen Worten zog er sie leicht an sich und küsste sie auf die Wange. Dann drehte er sich um und ging davon, die Hände tief in den Taschen seines Mantels vergraben und ohne sich auch nur noch einmal umzusehen.

Die hübsch zurechtgemachte Frau saß im Wagen, den Blick wie hypnotisiert auf die fünf vor ihr in den Himmel ragenden Hochhäuser gerichtet. Ihre Hände waren um das Lenkrad verkrampft, sie zwang ihren Blick, über die chromglänzende Kühlerhaube zu schweifen, als müsse sie sich angesichts der betonharten Symbole ihrer Vergangenheit nun selbst daran erinnern, wo sie heute stand, wo sie wirklich hingehörte. Der herbe Duft von Leder war betäubend. Alles roch neu, das Auto war erst ein paar Wochen alt. Ein teures Symbol ihres beruflichen Erfolges. Für sie stellte der Wagen in diesem Moment weniger Statussymbol als Schutz dar. Hier zu sitzen, bedeutete, die zu bleiben, die sie inzwischen geworden war. Sobald sie ausstieg, würde sie wieder an die erinnert werden, die sie einmal gewesen war.

Einige Minuten später fiel dennoch die Autotür hinter ihr mit einem satten Geräusch zu. Carola Bergmann eilte mit gesenktem Kopf zu einem der Hochhäuser hinüber. Der unebene, gepflasterte Weg, auf dem sich Grasbüschel und Unkraut breitmachten, führte durch einen ungepflegten Rasen voller brauner und kahler Stellen. Leere Dosen und Tüten eines nahe gelegenen Schnellimbisses lagen herum, eine dünne Plastiktüte bläht sich im leichten Wind, als wolle auch sie schnellstmöglich fort von hier. Der Spielplatz war leer bis auf ein schwarzhaariges, ungesund aussehendes Mädchen, das am Rande des mit grauem Sand gefüllten Kastens saß, in dem sie mit den Füßen scharrte, während sie verloren vor sich hinstarrte. Eine Sekunde lang empfand sie Mitleid mit der Kleinen – mehr als ihr lieb war. Konnte fast ihre Gedanken lesen und sich die Einsamkeit vorstellen, die in dieser kleinen Kinderseele wohnte. Sie zwang sich, wegzusehen und weiterzugehen.

Sie fröstelt, trotz des milden Herbsttages, und zog die elegante Lederjacke enger um sich. Die offen stehende Eingangstür des Hauses war mit schwarzem Stift beschmiert. Sie betrat das Treppenhaus, in dem es nach kaltem Zigarettenrauch und schlechter

Körperhygiene roch und lief mit schweren Beinen in den ersten Stock.

»Oh, hoher Besuch!«, rief ihre jüngere Schwester aus. Sie war klein und dick, das schlecht gefärbte Haar hing strähnig um das bereits jetzt schon leicht aufgedunsene Gesicht. Eine unverwechselbare Visitenkarte des Alkohols, der oft die einzige Konstante im Leben dieser Menschen hier war. Sie schaute in den Spiegel neben der Flurgarderobe. Das schwarze Kleid saß perfekt, ließ sie noch schmaler wirken, als sie war. Stiefel, Jacke und Tasche waren karamellfarben, etwas heller als ihr Haar, das frisch geschnitten und glänzend auf die Schultern fiel.

Sie spürte die Anspannung im Nacken, wäre in diesem Moment am liebsten davongelaufen. Doch das lag ihr nicht, war sie doch in den vergangenen Jahren zur Kämpferin geworden. Carola Bergmann, Referentin der Sozialdezernentin, galt in ihrem Job als kühl, zielorientiert und effizient. Da würde sie das hier doch locker schaffen. Sie straffte ihre Schultern und ging zur Tür, die ins Wohnzimmer führte.

Lena lenkte ihren Golf auf den Parkplatz vor dem Haus in Frankfurt-Schwanheim, in dem sich Sabrina Marx' Wohnung befand. Sie schnappte sich das Buch, das sie in der letzten Nacht fertig gelesen hatte. Einer Nacht mit wenig Schlaf und vielen Gedanken.

Womöglich hatte dieses Buch ja als Vorlage gedient, für die Art von Beziehung, wie sie dem Mann vorschwebte, der es Sabrina geschenkt hatte. Die Handschrift stimmte mit der der Widmung auf dem Foto überein. Sie musste es von dem Mann haben, den sie ihren Meister nannte. Lena wollte das Buch zurückbringen, bevor Sabrina Marx womöglich doch wieder auftauchte und es sicherlich nicht toll finden würde, dass sich während ihrer Abwesenheit Wildfremde in ihrer Wohnung aufgehalten hatten. Außerdem beunruhigte sie der Gedanke, Tamae könnte in der Wohnung etwas verändert haben. Doch schnell stellte sich heraus, dass ihre Freundin sehr sorgfältig vorgegangen war. Lena legte das bisschen Post, das sie aus dem Briefkasten gefischt hatte, auf den Flurschrank. Dann warf sie einen Blick in die beiden Zimmer. Nichts hatte sich verändert. Im Bad roch es nach Kloake, deshalb drückte sie die Toilettenspülung und ließ im Waschbecken und der Dusche kurz das Wasser laufen. Dann lüftete sie. Vom Fenster im Wohnzimmer aus schaute sie über den Main, der heute unter dem herbstgrauen Himmel braun und schlammig wirkte. Zum ersten Mal fragte sie sich wirklich, ob Sabrina Marx nicht womöglich schon lange tot war. Alles, was sie erfahren hatte, sprach dafür, dass die junge Frau krankhafte Unterwerfungsfantasien hatte. Was, wenn ein Unbekannter oder der Mann auf dem Foto das ausgenutzt hatte? Die Tote aus Dietzenbach fiel ihr wieder ein. Nachdem man eindeutige Beweise auf den Handys der drei Jugendlichen gefunden hatte, war es wahrscheinlich nur noch eine Frage der Zeit, bis Kopf und Finger der Toten gefunden waren.

Ob es sich um Sabrina handelte? Die Frage hatte sie in den letzten Tagen lieber weggeschoben, aber hier, in der Wohnung der Verschwundenen, schlich sich diese Befürchtung nun wieder in ihr Bewusstsein. Etwas rumorte in ihrem Magen, und einen Moment lag fürchtete sie, ihr würde übel. Sie presste eine Hand auf den Bauch und wartete, bis sich das Gefühl wieder legte. Dann stand sie noch ein paar Minuten orientierungslos im Raum. Es gab hier nichts mehr zu tun für sie. Sie schloss das Fenster und ging. In der Wohnung gegenüber war es still. Falls Oksana am Vorabend wieder ihre Verkäufe getätigt hatte, war sie sicher sehr spät ins Bett gekommen. Lena nahm eine ihrer neuen Visitenkarten, schrieb noch einmal ganz groß »Danke!« auf die Rückseite und schob sie ihr unter der Tür durch, bevor sie sich zum Gehen wandte. Wenn es nach ihr ging, würde sie am liebsten nur noch einmal kommen, um das Foto zurückzubringen, sobald der Mann identifiziert war. Den Briefkasten konnte auch der Hausmeister leeren! Als sie zurück über den Rasen zum Parkplatz ging, fiel ihr ein Auto auf. Es war schon bei ihrer Ankunft dort gestanden, doch sie hatte es lediglich im Unterbewusstsein registriert. Nun schaute sie noch einmal genauer hin. Ein Sportwagen der oberen Preisklasse, ungewöhnlich für diese Gegend, wenn man einmal von den schwarzen, aufgemotzten Karossen einiger junger Männer mit zu viel Goldschmuck absah, die damit abends durch das Bahnhofsviertel kreuzten.

Der Wagen hatte Klasse, und obwohl Lena nicht wirklich viel davon verstand, denn dazu fehlte ihr das Interesse, gefiel ihr das Auto. Wenige Minuten später, auf ihrem Weg zurück nach Offenbach, hatte sie es schon wieder vergessen.

Stimmengewirr von einem Dutzend Leute empfing sie in dem engen Wohnzimmer, der Zigarettenqualm hing zum Schneiden dick in der Luft.

»Ah – da kommt ja meine Älteste«, rief ihre Mutter bei ihrem Anblick aus.

»Herzlichen Glückwunsch zum Fünfzigsten, Mutter!« Carola Bergmann beugte sich über die schwere, schwammige Frau im rosa Jogginganzug, küsste sie auf die schlaffe, puderbestäubte Wange und überreichte ihr ein Geschenk. Ein kleines Päckchen, in glitzerndes Pink gewickelt, die Lieblingsfarbe ihrer Mutter.

»Stell es da rüber.« Die Beschenkte warf nicht einmal einen Blick darauf, und ihre Tochter stellte das Mitbringsel zu einer ganzen Reihe von Geschenken, die sich bereits auf einem an die Wand gerückten Tisch befanden. Ihre Mutter hustete röchelnd, bevor sie das Wort wieder an sie richtete.

»Du kommst spät!« Wie immer lag ein unverhohlener Vorwurf in ihrer Stimme. Carola nickte lächelnd, jede Erwiderung hätte unweigerlich zum Streit geführt. Ihr Blick schweifte über die Anwesenden. Neben ihren zwei Halbschwestern und dem jungen Halbbruder – einem Nachzügler, den die Mutter mit 42 Jahren bekommen hatte – saßen die zwei Brüder ihrer Mutter sowie ein paar Bekannte und Nachbarn auf den scheinbar aus allen Winkeln des Hauses zusammengetragenen Stühlen. Der aktuelle Lebensgefährte, ein übergewichtiger ehemaliger Schlosser, der sich in Frührente befand, stand wie so oft in einem gräulichen Unterhemd auf dem kleinen Balkon und rauchte. Er rauchte viel, und er ging dazu immer auf den Balkon. Sie hatte er keines Blickes gewürdigt und würde es erfahrungsgemäß auch nicht tun. Carola war es egal. Die Männer im Leben ihrer Mutter waren gekommen und gegangen, es gab keine Notwendigkeit, sich an sie zu gewöhnen oder gar freundlich zu ihnen zu sein. Eine angeschnittene Torte sowie eine Platte mit Kuchenstücken befanden sich auf dem Esstisch, den Carola Bergmann noch aus Kindertagen kannte.

»Nimm dir Kaffee in der Küche«, flüsterte ihre Schwester ihr zu. Sie nickte und ging in den schmalen Raum hinüber, wo sie Tassen, Unterteller, Kaffeelöffel und zwei Thermoskannen fand. Mit einer gefüllten Tasse kam sie zurück und lauschte den Gesprächen, ohne sich selbst zu beteiligen. Es ging um Nachbarschaftsstreitigkeiten, eine Fernsehshow und die Ungerechtigkeit, die es den Reichen erlaubte, reich zu sein, wo es doch so viel Armut in Deutschland gab. Carola verzog geringschätzig die Mundwinkel. Sie dachte an die vielen Tage, an denen sie sich schon als Kind das Frühstück selbst machen musste und alleine zur Schule gegangen war. Meistens war sie das einzige Familienmitglied, das morgens aufstand. Die Mutter, schon damals viel zu träge, etwas am eigenen Leben zu verbessern, ihre wechselnden Männerbekanntschaften, die in unregelmäßigen Abständen geborenen Halbgeschwister, deren Väter unregelmäßig auftauchten und noch unregelmäßiger zahlten, die unvermeidliche Sozialhilfe und die von der Mutter stets in den Mittelpunkt ihres Daseins gestellten eingebildeten und tatsächlichen Krankheiten bildeten die Konstanten des Familiendaseins. Carola war das schwarze Schaf, für ihren Wunsch nach Zuwendung, Bildung und einem besseren Leben hatte hier niemand Verständnis. Sie dachte an all die Nachmittage, die sie nach der Schule hungrig nach Nahrung und Bildung in der örtlichen Bücherei verbracht hatte. Alles war besser als das, was sich in ihrem sogenannten Zuhause abspielte. Hier in dieser Wohnung gab es immer noch kein einziges Buch. Sie brauchte noch nicht einmal in die Regale sehen, um es zu wissen. Es genügte ein Blick in die Augen ihrer Halbgeschwister.

»Meine Älteste, die hatte einfach Glück im Beruf«, rief gerade ihre Mutter auf die Frage einer der Gäste, was Carola denn so mache. »Die arbeitet in der Verwaltung. Hat sich ins gemachte Nest gesetzt. Beamte, die leben doch wie die Maden im Speck!« Auf dem Oberteil ihres Jogginganzugs prangte ein fettiger Sahnefleck.

»Ich arbeite für meinen Job ziemlich hart«, entgegnete Carola kalt. Einen Moment lang herrschte betretene Stille im Raum.

»Arbeit? Mir erzählt keiner was von harter Arbeit. Ich hab gearbeitet, ich!«, schrie die Mutter. Dabei schlug sie sich mit der geballten Faust auf die Brust, mitten in den Sahnefleck hinein. »Ich hab vier Kinder groß gezogen.«

Geboren, dachte Carola. *Mehr nicht. Kinder in die Welt zu setzen, um sie mit gelegentlichen Mahlzeiten aus der Dose abzuspeisen, mit einem Fernseher, der Tag und Nacht läuft, und mit Schlägen als einzige körperliche Zuwendung ist eine Schande.*

Doch sie schluckte den Ärger hinunter, griff nach einem der Schnapsgläser, die gerade herumgereicht wurden, und schüttete das brennende Getränk in sich hinein.

Sie blickte sich in der Wohnung um, dieser Enge, die nicht nur aus den baulichen Gegebenheiten resultierte. Sie erinnerte sich an das Gefühl von Freiheit, nachdem sie gegangen war. Die Zeit in einer Wohngemeinschaft mit zwei anderen jungen Frauen. Ihre Ausbildung bei der Verwaltung und den Aufstieg, der ihr dort gelungen war. Sie, das Ghettokind, diskutierte heute auf Augenhöhe mit Leuten, die aus den besseren Vierteln kamen und eine bessere Ausbildung hatten. Dass sie es ohne Hochschulstudium, ohne Parteibuch und ohne eine Affäre mit einem einflussreichen Politiker geschafft hatte, darauf war sie stolz. Und das ließ sie sich nicht in Abrede stellen und auch nicht vermiesen. Ihre Zeit hier war vorbei. Lange schon. Carola stand auf.

»Ich muss jetzt gehen!«, sagte sie bereits eine halbe Stunde, nachdem sie gekommen war, und überließ die Frau, die sie in diese Welt hineingeboren und die darauf folgenden 32 Jahre allein gelassen hatte, wieder ihrer eigenen Gesellschaft.

Sie saß in dem Raum mit dem großen Fenster und blickte auf das dunkle Meer hinaus. Sie hatte nicht viel davon gesehen. Seit sie hier mit ihrem Herrn und Meister angekommen war, hatte sie dieses Zimmer nicht verlassen. Etwas juckte an ihrer Stirn, und sie hob die Hand, um sich zu kratzen. Die Ketten klirrten leise. Ohne einen Blick auf die Uhr hinter ihr zu werfen, wusste sie, dass ihr Meister inzwischen schon mindestens drei Stunden fort war. So lange hatte er sie noch nie alleine gelassen. Inzwischen hatte sich die Heizanlage heruntergeschaltet, und eine unangenehme Kühle kroch über den Boden, auf dem sie saß. Sie war nackt und alles, was sie hätte wärmen können, ihre Kleidung, Kissen, Decken, befand sich außerhalb ihrer Reichweite. Als sie an ihn dachte, überflutete sie erneut diese tiefe Dankbarkeit und der Wille zur absoluten Hingabe an ihn. Alles, das hatte sie ihm geschworen, würde sie für ihn tun. Und noch mehr als das, was sie zu tun bereit war, wünschte sie sich, dass er von ihr verlangte. Sie lebte nur für das, worum er sie bat, wozu er sie nach seinem Belieben zwang. Ihr Kopf sank nach vorne, und sie spürte, wie ihre eigenen Tränen auf den Schenkeln heiße Spuren hinterließen. Nichts im Vergleich zu dem, was er vergangene Nacht mit den Kerzen getan hatte. Sie hatte ihn angefleht, nicht aufzuhören, selbst als er es wollte und sagte, es sei genug. Das heiße, brennende Wachs über ihre Haut fließen zu spüren, gerade auch an ihren empfindlichsten Stellen, gab ihr das Gefühl, sich ihm ganz und gar auszuliefern. Und doch würde immer ein Rest bleiben, ein Rest, den er nicht zu erfüllen bereit war. Eifersucht flammte in ihr auf. Sie wusste, dass er es konnte, und hatte ihn mehrfach auf Knien und in aller Demut gebeten, ihr diesen Wunsch zu erfüllen.

»Du wirst warten, bis es deinem Meister gefällt. Als Sklavin hast du bei mir keine Wünsche frei. Schon vergessen?«, hatte er sie beim letzten Mal angeherrscht. Tränenüberströmt lag sie danach im Bett, bevor er sich von ihrem Gefühlsausbruch gestört fühlte und sie auf den Bettvorleger verbannte, wo sie, nackt und ohne Decke, schrecklich fror und kein Auge zutun konnte. Im Gegensatz zu ihm, der bereits wenig später tief und gleichmäßig atmete. Ihre Hand- und Fußschellen waren so eng aneinanderzogen, dass sie noch nicht einmal im Traum daran denken konnte, heimlich ins Bett zurückzukriechen. Ganz abgesehen davon, dass ihr sehr wohl klar war, wie ihre Strafe dafür ausgesehen hätte. Seither hatte sie dieses Thema nicht mehr angeschnitten.

Viel später, ihre Tränen waren bereits wieder getrocknet und die Luft im Raum war so kühl, dass sie jede Bewegung vermied, drehte sich ein Schlüssel im Schloss. Seine Schritte erklangen, kamen erst näher, nachdem er in der Küche und im Bad gewesen war.

Stumm stand er vor ihr, die ein paar Zentimeter zu ihm hinüberrobbte und dankbar vor Glück seine Schuhe küsste. Er sagte nichts, auch nicht, als er sich wieder umdrehte und sie dort ließ, wo sie war. Erst als die Kälte erneut durch ihren Körper kroch, fiel ihr auf, dass er die Kissen und die Decken mitgenommen hatte.

Als Lena am Montag um neun Uhr das Containerbüro der Querschnittsabteilung betrat, blickte Norbert sie mit einem triumphierenden Blick an, den sie nicht deuten konnte. Kommentarlos setzte sie sich an ihren Schreibtisch. Nach ihrem gestrigen Besuch in Sabrinas Wohnung war sie noch einmal zu Samantha gefahren. Die Kleine wusste inzwischen, dass ihre Eltern in Polizeigewahrsam waren.

»Sie wird wohl zur Oma kommen«, hatte man ihr gesagt. Ein Umstand, bei dem Lena sicherlich auch ein Wörtchen mitzureden hatte. Doch noch war Samantha nicht so weit, das Kind hatte sich jetzt zudem eine schwere Bronchitis und eine Blaseninfektion zugezogen und würde vorläufig im Krankenhaus bleiben.

Zu Hause angekommen, checkte Lena ihre Mobilbox und den blinkenden Anrufbeantworter. Insgesamt zwei Nachrichten. Eine davon stammte von Tamae. Sie bat um einen Rückruf. Die zweite kam von Rohloff. Er hatte die ehemalige Mitarbeiterin erreicht und wollte ihr morgen das Foto zeigen. Lena solle ihm eine Kopie in sein Büro faxen, die Nummer sprach er ihr auf. Nach dem Treffen mit der Frau würde er Lena wieder anrufen.

Sie war erschöpft ins Bett gefallen und Sekunden später in einen tiefen, traumlosen Schlaf gefallen, der erst durch den Wecker unterbrochen wurde.

Tatsächlich fühlte sie sich inzwischen besser.

Ihr PC war noch nicht hochgefahren, als Norbert bereits vor ihrem Schreibtisch auftauchte. »Carola Bergmann will dich sprechen. Du sollst um elf in ihrem Büro sein.« Damit drehte er sich um und stapfte zurück zu seinem Schreibtisch. Andrea Geissler und Benno Krug tauschten einen Blick, bevor sie Lena ansahen.

»Habt ihr eine Ahnung, was die Bergmann von mir möchte?«

»Nö. Aber ich könnte mir vorstellen, dass sie Informationen aus erster Hand will. Etwas, das Norbert ihr wohl nicht liefern konnte«, sagte Benno.

Lena horchte auf. »Norbert? Was meinst du damit?«

Benno schaute unsicher von ihr zu Andrea, die verständnislos den Kopf schüttelte. »Na ja, Norbert ist am Donnerstag ins Landratsamt gefahren, zu irgendeiner wichtigen Besprechung.«

»Wann sind seine Besprechungen eigentlich mal nicht wichtig«, brummte Andrea und verzog in Gedanken an Norberts

Wichtigtuerei, die er selbst bei den geringsten Anlässen an den Tag legte, das Gesicht. Lena sah ihren Terminkalender durch und verschob ihre für den heutigen Vormittag geplanten Außendiensttermine auf einen der folgenden Tage.

»Übrigens, es gibt Neuigkeiten von der unbekannten Toten«, murmelte Benno, der ebenfalls gerade an seinem PC arbeitete, zwischen zwei Schlucken Kaffee.

»Tatsächlich?« Lena fühlte sich wie elektrisiert.

»Armes Ding«, brummelte Benno.

»Man hat sie vor ihrem Tod gefoltert«, ergänzte Andrea.

»Nicht gefoltert«, fiel Benno wieder ein. »Das war was anderes. Sadomaso-Zeug.«

Lena hatte das Gefühl, gleich schreien zu müssen.

»Also, sie hatte eindeutige Male, und die Klamotten, die sie trug ...« Andrea schüttelte heftig den Kopf.

»Ist sie ... ich meine, hat man sie ...«

»Du meinst, ob sie dabei umgebracht wurde? Scheint so zu sein, obwohl sich unsere Freunde von der Polizei da sehr zurückhalten. Du sollst es bitte auf keinen Fall weitersagen.«

»Und warum wisst ihr dann davon?«

Andrea und Benno tauschen einen schnellen, verschwörerischen Blick.

»Die Frau wurde identifiziert. Sie ist eine von Bennos ehemaligen Klientinnen. Man hat ihn schon gestern zu Hause und heute ganz früh noch einmal hier vernommen.«

»Wer ist es?«

Andrea antwortet nicht auf ihre Frage, sondern spann ihre eigenen Gedanken weiter: »War eine Zeit lang abgestürzt. Hatte sich aufgerappelt und schien ein geregeltes Leben zu führen. Jetzt das!«

»Wie heißt sie?« Lenas Stimme überschlug sich fast.

Benno fuhr, zu Andrea gewandt, fort. »Die Frau lebte hier in der Siedlung, hatte von ihrem Großvater eine dieser illegalen Gartenhütten übernommen, in der sie auch ums Leben kam.«

Lena lauschte atemlos.

Benno drehte sich jetzt zu ihr herum. »Sie hieß Marion Krüger.«

Lena schrie innerlich auf, wie am Spieß. Dann war es, als sei etwas Schweres von ihrem Herzen gefallen. Sie atmete vor Erleichterung tief aus und verbarg den Kopf in den Händen. Die beiden anderen schauten sie erstaunt an, aber sie winkte nur ab.

»Es ist einfach schrecklich, wenn so etwas hier ganz in der Nähe passiert.« Sie hatte nicht die Kraft, ihnen etwas zu erklären.

»Vielen Dank, dass Sie so kurzfristig gekommen sind.« Carola Bergmann bat Lena mit einer knappen Handbewegung, Platz zu nehmen. Einen Moment lang musterten sich die beiden Frauen verstohlen. Bisher hatten sie noch nie direkt miteinander geredet, und Lena, die sich nach den Eröffnungen des heutigen Tages inzwischen wieder einigermaßen beruhigt hatte, fragte sich, was die andere von ihr wollte.

»Ich bereite eine Pressekonferenz vor. Wir werden zu der Angelegenheit Krohn Stellung nehmen. Nach allem, was ich weiß, sind Sie diejenige, die mir am meisten über die Geschehnisse vor Ort sagen kann.«

»Was möchten Sie wissen?«

In der nächsten Viertelstunde befragte die Referentin sie anhand einer Liste von Stichworten. Lena merkte schnell, dass ihr Gegenüber ganz besonders an den Lebensumständen von Samanthas Familie interessiert war.

»Wie geht es dem Mädchen jetzt?«

Lena erzählte von ihrem Besuch im Krankenhaus. Es entging ihr nicht, wie die Bergmann dabei leicht die Stirn runzelte. »Natürlich habe ich mich an die Vorgaben der Polizei gehalten. Weder Suggestivfragen gestellt noch das Mädchen nach dem befragt, was sie selbst vielleicht weiß, und ihr auch nichts zu den laufenden Verfahren gesagt. Das ist Sache der Kripo und der Kinderpsychologin.«

Die Bergmann entspannte sich merklich bei diesen Worten. »Sie wissen ja, dass ich das Projekt in Dietzenbach konzipiert habe. Es geht dabei darum, neue Wege zu gehen und nachhaltigere Möglichkeiten zur Lösung allgemein bekannter Probleme zu finden. Einige unserer Klienten gezielter und vor allem schneller ansprechen zu können.« Die Referentin machte eine kurze Pause und vergewisserte sich mit einem schnellen Blick Lenas Aufmerksamkeit. »Ihnen ist vermutlich selbst sehr genau bekannt, wie beschränkt unsere Möglichkeiten in manchen Fällen sind. Ausgelegt auf schnelle Intervention, die oft genug nicht mehr ist als Krisenbewältigung. In einer Zeit, in der bei vielen Menschen die Krisen auf der Tagesordnung stehen.«

Lena legte die Unterarme auf den Tisch und schaute ihr Gegenüber aufmerksam an.

»Lassen Sie es mich kurz machen«, fuhr die Bergmann fort. »Mir gefällt Ihr Engagement, der Biss, den Sie bei Ihrer Arbeit zeigen, und Ihr lösungsorientierter Ansatz, der Blick über den Tellerrand hinaus!«

Lena nickte und fragte sich, worauf die Referentin hinauswollte.

»Nicht jeder sieht das so«, ergänzte die trocken und blickte dabei ernst auf das Blatt, das sie gerade aus der Mappe vor sich gezogen hatte. Handschriftliche Notizen, wie Lena erkennen konnte.

»Am Donnerstag hat Norbert Müller bei Herrn Mielke vorgesprochen. Er zeigte sich nicht zufrieden mit Ihrer Arbeit und bezichtigte Sie des eigenmächtigen Handelns.«

Lena blickte ungerührt auf die Unterlagen der Referentin, die wiederum gespannt ihre Reaktion verfolgte. Als Lena nichts sagte, fuhr sie fort. »Können Sie sich das erklären?«

Lena sah bei dieser unverhohlenen Anschuldigung ihres neuen Vorgesetzten auf. Ruhig antwortete sie Carola Bergmann. »Herr Müller hat mich nicht direkt angesprochen auf mein angebliches Fehlverhalten. Ist es nicht das, was er als Teamleiter tun sollte?«

Die unaufgeregte Erwiderung brachte Carola Bergmann ein wenig aus dem Konzept. »Vermutlich schon. Können Sie denn mit den Anschuldigungen etwas anfangen?«

Lena wiegte den Kopf hin und her. »Herr Müller will vermutlich alles korrekt abwickeln, und ich rechne es seiner Unerfahrenheit in Führungsfragen zu, wenn er nicht immer die üblichen Wege einhält.«

Chapeau!, dachte Carola Bergmann. Von der Borowski konnte man ja fast noch etwas lernen in puncto Loyalität. Dabei sprach sie klar aus, was sie wirklich von diesem Müller hielt. Was hatte Märkle sich nur dabei gedacht, ausgerechnet diesen Mann als Teamleiter einzusetzen.

»Was mich betrifft«, fuhr Lena ungerührt fort, »bin ich sicherlich etwas unorthodox. Mir schien es aber wichtig, ein kleines Mädchen, das krank war und unter Schock stand, sofort ins Krankenhaus bringen zu lassen.«

»Es geht auch darum, dass Sie angeblich mit einer Klientin aneinandergeraten sind.«

»Das war die Mutter der Kleinen. Ich hielt es für angebracht, mit ihr Tacheles zu reden. Sie ist schon seit ihrer Jugend bei uns im Hilfebezug, und es lag eine Anzeige vor. Da müssen ein paar direkte Nachfragen gestattet sein. Anders erreichen wir manche Menschen leider nicht. Ausfallend wurde jedenfalls nur die Klientin!«

Carola Bergmann nickte und schrieb sich etwas auf. Dann blickte sie auf und sah in ein ruhiges Gesicht mit offenen grünen Augen. Lena Borowski machte ganz und gar nicht den Eindruck, etwas verbergen zu wollen. Doch in ihrem Blick loderte ein kleines Flämmchen. Carola Bergmann konnte ein Lächeln nicht unterdrücken. Dieser Müller würde sich bestimmt nicht so bald wieder trauen, Kollegen anzuschwärzen. Wenn sie Glück hatte, würde sie ihn kaltgestellt bekommen, ohne sich selbst die

Finger schmutzig zu machen. »Frau Borowski, ich möchte Ihnen ganz ausdrücklich sagen, wie gut ich Ihre Arbeit finde. – Und die Dezernentin natürlich auch«, schob sie hastig nach. »Wie sich herausstellte, haben sich die Anschuldigungen bereits in Luft aufgelöst, es gibt eine Bestätigung, dass Gisela Krohn in der fraglichen Zeit, als ihre Tochter zusammenbrach, nicht erreichbar war. Sie hat telefoniert.« Carola machte eine kleine Kunstpause. »Beruflich, sozusagen. Die Frau arbeitet seit ihrer Heirat mit Joachim Krohn schwarz für eine Telefonsexagentur. Vorher hat sie sich wohl gelegentlich in einer einschlägig bekannten Bar außerhalb der Stadt prostituiert. Darauf bezog sich auch die Anzeige, wie Sie wissen. Da hat wohl jemand eine Veränderung nicht ganz mitbekommen.« Sie lächelte kurz und freudlos, bevor sie fortfuhr. »Nach diesen neuen Erkenntnissen können wir sogar prüfen, ob sie weitere unrechtmäßige Leistungen erhalten hat.«

»Deshalb hat sie auch nicht gleich geöffnet, als ich an der Tür war.«

»Vermutlich. Ich werde Herrn Müller darüber informieren, dass Sie aus unserer Sicht keinerlei Fehlverhalten begangen haben. Übrigens wurde er von Frau Brohm begleitet, das sollten sie noch wissen.« Sie schaffte es, ihrer Stimme diesen leicht zerstreuten Ton zu geben, der es einem ermöglichte, die unglaublichsten Dinge zu sagen und dabei wie ein Versehen aussehen zu lassen.

Lenas Augen verengten sich bei dieser Information, wie Carola Bergmann sehr wohl registrierte.

»Die beiden habe ich bereits einbestellt und werde ihnen heute mitteilen, dass Sie meine vollste Unterstützung haben. Wir brauchen Leute wie Sie!« Bei den letzten Worten senkte sie die Stimme, damit Lena Borowski spürte, wie ernst es ihr war.

»Danke«, antwortete Lena knapp. Sie würde gleich merken, ob die Bergmann ernst meinte, was sie sagte. »Frau Bergmann, es gibt da etwas, bei dem ich vermutlich bald ihre Unterstützung brauche.«

Ihr Gegenüber zog fragend die Augenbrauen hoch und nickte Lena zu, eine Aufforderung, weiterzusprechen.

»Es geht um die kleine Samantha Krohn.« Lena erzählte, was sie vorhatte. Die Bergmann hörte zu und schwieg nach Lenas Ausführungen eine ganze Weile.

»Gut! Wenn es soweit ist und wir dafür eine Möglichkeit sehen, können Sie mit mir rechnen!«, erwiderte sie schließlich mit fester Stimme.

Die beiden Frauen standen auf und reichten sich zum Abschied die Hände. Lena raffte ihre Unterlagen zusammen und wollte gerade Carola Bergmanns Büro verlassen, als Marianne Maibaum hereingestürmt kam. Mit voller Wucht schleuderte die Dezernentin Lena die Tür entgegen, die dadurch aus dem Gleichgewicht kam. Sie musste, um nicht zu fallen, mit den Armen rudern und dabei loslassen, was sie in ihren Händen hielt: Jacke, Autoschlüssel und ihr Timer, Kalender und Notizblock in einem, segelten zu Boden.

»Entschuldigung«, stieß die Maibaum aus und wollte sich dann mit einer vermutlich immens wichtigen Frage, die sie in dieser Eile ins Büro ihrer Referentin getrieben hatte, an Carola Bergmann wenden. Doch stattdessen fiel ihr Blick auf die am Boden verstreuten Unterlagen von Lena Borowski. Die und Carola Bergmann wurden daraufhin Zeuginnen eines beeindruckenden Schauspiels. Marianne Maibaum klappte ihren Mund wieder zu und wurde käsebleich. Die wie üblich rot geschminkten Lippen leuchteten auf einmal wie eine hässliche Narbe in dem weißen Gesicht, und ihre Augen waren ungläubig aufgerissen. Dabei deutete sie auf einen der am Boden liegenden Gegenstände und fragte mit tonloser Stimme, zu Lena gewandt: »Wie kommen Sie zu einem Foto meines Mannes?«

Alle drei Frauen erstarrten in ihren Bewegungen und bildeten sekundenlang ein Stillleben aus Überraschung, Ungläubigkeit und Spannung. Carola Bergmann trat instinktiv einen Schritt zurück. Als wollte sie signalisieren, mit dieser Angelegenheit nichts zu tun zu haben.

Als die Maibaum, noch immer völlig perplex, nach dem Foto am Boden griff, kam Lena ihr zuvor. Sie hatte das Bild mitgenommen, um es zu fotokopieren und anschließend über ein öffentliches Fax an Rohloff zu senden. Nach der ersten Schrecksekunde fing sie sich wieder.

»Das ist jemand anderes«, sagte sie leichthin, da sie eine Verwechslung vermutete.

»Ich werde ja wohl meinen eigenen Mann erkennen!« Wütend riss die Dezernentin ihr das Foto aus der Hand, und noch ehe Lena eingreifen konnte, hatte sie es nicht nur mit grimmigem Gesicht ausgiebig gemustert, sondern auch umgedreht. Sie schnappte nach Luft, als sie die Widmung las. »Hat er … hat er … Ihnen das geschrieben?« Im Verlauf dieses kurzen Satzes steigerte sich ihre Stimme von einem fast unhörbaren Flüstern zu einem Schrei.

Carola Bergmann trat hinter ihre Chefin und schloss nachdrücklich die Tür zum Sekretariat. Worum auch immer es hier ging, das war keine Sache für die Öffentlichkeit.

»Das Foto gehört nicht mir, sondern einer Bekannten.« Lenas Stimme klang auf einmal brüchig.

»Ach! Und Sie schleppen es zufällig mit sich herum!«

»Frau Maibaum, kann ich Sie mal unter vier Augen sprechen?«, fragte Lena.

Die Augen der Dezernentin huschten zwischen ihr und der Bergmann hin und her. »Frau Bergmann ist meine Referentin. Sie bleibt! Was auch immer Sie mir zu sagen haben –«

Weiter kam sie nicht. Carola Bergmann legte ihrer Chefin kurz die Hand auf den Arm. »Frau Maibaum, ich denke, dass es sich hier um eine private Angelegenheit handelt und Sie beide das wirklich unter sich klären sollten.«

Die Politikerin wollte noch etwas erwidern, ließ es dann aber. »Gut«, meinte sie dumpf. »Aber bleiben Sie in der Nähe!«

Carola hätte am liebsten den Kopf geschüttelt. Was befürchtete ihre Chefin denn bloß? Lena Borowski sah nicht so aus, als ob sie gleich auf sie losgehen würde. Außerdem hatte Patrick ihr neulich erzählt, die Sozialarbeiterin lebe ganz offen lesbisch. Sie hatte sicher kein Verhältnis mit Hartmut Maibaum. Was auch immer die Geschichte mit dem Foto sollte, es würde sich schon klären lassen. Und wenn nicht – sie wollte unter keinen Umständen Zeugin einer Demütigung ihrer Vorgesetzten werden. Denn das würde ihr die Maibaum nicht verzeihen, so unbeteiligt sie auch in dieser Angelegenheit sein mochte. Die Politikerin war keine Frau, die Leute um sich haben wollte, die zu viel von ihr wussten.

Mit einer zustimmenden Kopfbewegung ging Carola daher schnell aus dem Zimmer. Um im angrenzenden Sekretariat ihre Mitarbeiterin ganz eilig mit einem völlig unwichtigen, aber länger dauernden Auftrag außer Haus zu schicken. Dann setzte sie sich an den Schreibtisch und drückte vorsichtig den Knopf der Gegensprechanlage. Die Dinge, die da drin besprochen wurden, nicht offiziell zu kennen, war eine Sache. Sie dennoch zu wissen, eine andere …

Nachdem Lena ihr die ganze Geschichte in der Kurzversion erzählt hatte, beruhigte sich Marianne Maibaum vorerst. Nur ihre Finger, die unruhig an einem Jackenknopf ihres Kostüms nestelten, verrieten sie.

»Es geht also um eine junge Frau, die vermutlich mit meinem Mann zusammen ist?«

Lena nickte. Sie hatte der Sozialdezernentin eine so harmlos wie möglich klingende Geschichte über eine Affäre erzählt. Es war der kleinstmögliche Nenner, auf den sich die Dinge reduzieren ließen. »Frau Maibaum, wenn Sie wissen, wo Ihr Mann ist, dann lässt sich das alles sehr schnell klären. Ein Anruf, und die Familie der jungen Frau ist beruhigt.«

»Mein Mann hält sich im Ausland auf«, murmelte die Dezernentin. So aufgelöst und unruhig hatte Lena die Frau noch nie gesehen. Sie tat ihr leid. Doch die Aura der Unnahbarkeit, die sie um sich verbreitete, machte es nicht einfach, ihr Trost zu spenden.

»Wann haben Sie denn zuletzt von ihm gehört? Wissen Sie, wo er ist?«

Die Politikerin biss sich auf die Lippen, dann straffte sich ihre Gestalt und Lena wurde Zeugin, wie sie sich in die Frau zurückverwandelte, die sie vor der Entdeckung des Fotos war. »Ich kläre das mit meinem Mann, das ist eine Privatangelegenheit. Bitte geben Sie mir das Foto!« Fordernd streckte sie die Hand danach aus.

Lena schüttelte den Kopf. »Das geht nicht, es gehört mir nicht, daher kann ich es Ihnen auch nicht geben.« Vorsichtshalber zog sie ihre Unterlagen näher an sich heran.

Die Maibaum sah aus, als habe man ihr eine Ohrfeige verpasst. »Gut«, fuhr sie dann leise fort. »Ich erwarte in jedem Fall absolute Diskretion. Haben wir uns verstanden?«

Lena nickte.

»Mein Mann wird die junge Frau bitten, bei ihrer Familie anzurufen. Was danach geschieht, geht weder Sie noch sonstige Außenstehende etwas an.«

Als die beiden Frauen kurz darauf das Büro verließen, stand Carola Bergmann an der offenen Tür ihres Sekretariats, als habe sie gerade jemanden verabschiedet. Weder der Dezernentin noch Lena wäre es eingefallen zu vermuten, die Referentin habe ihr Gespräch heimlich belauscht.

»Die Maibaum fliegt nach Spanien. Hat völlig überraschend alle Termine abgesagt.« Carola Bergmanns Stimme drang gedämpft durch den Hörer.

»Und was ist mit der Pressekonferenz?« Patrick Mielke saß, die Füße auf den Schreibtisch gelegt, in seinem Büro. Es war Mittagspause und er hoffte, nicht gestört zu werden.

»Die wird stattfinden!« Die Stimme seiner Freundin klang berechnend. »Ich werde Söder dazubitten.«

»Den Landrat? Deine Chefin wird dich in der Luft zerreißen, wenn sie das erfährt!«

»Wenn sie was erfährt? Ich werde ihr sagen, dass die Einladungen bereits rausgegangen waren, bevor sie mich über ihre Abwesenheit informiert hat. Es konnte ja niemand ahnen, welche dringenden privaten Erledigungen sie plötzlich in die Ferne führen. Absagen kommt nicht infrage. Und Söder ist als Landrat ihr offizieller Vertreter.«

Patrick musste an ihr Gespräch im »White Elephant« denken. »Was für ein Glück, dass die Presseerklärung bereits fertiggestellt war …«

»Ja«, erwiderte Carola Bergmann lächelnd. »Was für ein Glück …!«

Der Herbst hatte innerhalb der letzten Tage den Sommer gänzlich vergessen lassen. Ein kalter Wind pfiff durch die Bäume und kräuselte das Wasser des Maunzenweihers, der idyllisch im Offenbacher Stadtwald lag. Ein paar Enten flogen an einer Stelle auf und landeten schnatternd wieder an einer anderen. Lena saß auf einer Bank an dem kleinen Teich und starrte vor sich hin. Lediglich ein jüngeres Paar war ihr auf dem Weg hierher begegnet. Auch am Weiher war kaum jemand zu sehen. Zwei Frauen führten ihre Hunde aus, ein Rentner fütterte die Enten, die nun heftige Revierkämpfe aufführten. Der Himmel hing grau und feucht über allem. Das trübe Wetter passte zu Lenas Stimmung.

Bei dem Gespräch mit Tamae hatte sie ein ungutes Gefühl beschlichen, das sie noch nicht wieder losgeworden war. Es hatte nichts mit dem zu tun, was ihre Geliebte getan hatte, sondern damit, welche Gedanken es in Lena ausgelöst hatte. Die ganze Suche nach der verschwundenen Sabrina, ihr Engagement in dieser Sache war ja letztendlich auf ein bestimmtes Ereignis in ihrem Leben zurückzuführen, dem sie sich hier noch einmal stellte. Hätte sie die Sache überhaupt so intensiv verfolgt, wenn sie nicht in Jürgens Schuld stünde?

Lenas Gedanken kehrten zurück zu dem Abend, als Maja ihren Abschied feierte, bevor sie ins Ausland ging.

Lena saß zwischen den gut gelaunten Gästen und starrte ungläubig hinüber zu dem Paar, das ein wenig abseits unter einem Apfelbaum stand, die Hände ineinander verschlungen. Lena war wütend, und weil sie wütend war, hatte sie bereits zu viel Cola mit Rum getrunken. Maja blickte zu ihr herüber, sie schien besorgt, doch dann ging sie mit ihrem Begleiter weiter ins Dunkel der Nacht hinein.

Lena kannte das Auto des jungen Mannes, näherte sich ihm, hilflos in ihrer Verzweiflung. Schwankend stieg sie ein, der Schlüssel steckte. Ihr war schlagartig schwindelig und übel, sodass sie das Fenster öffnen musste, dennoch startete sie den Motor. Wo war das Licht? Brauchte sie überhaupt Licht? Der Wagen ruckelte, und sie begriff, dass die Handbremse noch angezogen war.

»Lena, Lena, um Himmels willen, steig aus!« Der junge Mann stand wie aus dem Nichts vor ihr auf der Straße, die Augen vor Schreck weit aufgerissen. Er fuchtelte mit den Armen in der Luft herum. Lena spürte Tränen, die heiß über ihre Wangen liefen. Was, wenn sie einfach losführe? Einfach auf ihn drauf …? Der Mann vor ihr auf der Straße verschwand aus ihrem Gesichtsfeld. Nein, das würde nichts nützen, würde ihr Maja nicht zurückbringen. Sie wusste auf einmal, was sie wollte. Was sie tun musste, um den Schmerz zu lindern. Nichts mehr spüren, nichts mehr denken. Es war sowieso alles sinnlos. Sie wollte Gas geben, davonfahren, bis zum Steinbruch und darüber hinaus … wofür lohnte es sich denn noch zu leben? Ihre unsicheren Finger fanden die Handbremse, lösten sie.

Jemand riss die Tür auf und schmiss sich neben sie auf den Sitz.

»Halt an!«, schrie er und versuchte, ihr ins Lenkrad zu greifen. Lena drückte trotzig das Gaspedal durch, und sie flogen durch die Nacht.

Sie erinnerte sich an seinen Schrei und einen dumpfen Schlag.

Lena ließ nach dem Aufprall vor Schreck den Fuß vom Gaspedal rutschen, sie schlitterten über die Straße auf einen weicheren Untergrund. Der Motor erstarb, und plötzlich war es totenstill.

Er stieg aus, rannte zurück. Auf der Straße lag ein dunkles Bündel. Lena kniff die Augen zusammen, doch der Nebel lichtete sich nicht, auch nicht, als sie endlich den Lichtschalter fand. Zwei bleiche Strahlen durchbrachen die Dunkelheit vor ihr. Doch was war hinter ihr? Mühsam kletterte sie aus dem Auto, stand schwankend auf der Straße.

»Du hast ein Reh überfahren. Mann, Lena, was ist denn los? Wie kann man nur so besoffen sein!«

Er wusste es nicht! Er wusste nicht, dass sie am liebsten *ihn* überfahren hätte. Oder sich selbst umgebracht. Ahnte nichts von ihr und Maja! Und hatte sie gerade vor einer großen Dummheit bewahrt.

»Danke, Jürgen«, flüstert Lena. »Danke.«

Jürgen hatte nie von ihrer Affäre mit Maja erfahren und Maja nichts von der nächtlichen Aktion mit dem Auto. Wäre da nicht Jürgens Bemerkung beim Frühstück neulich gewesen, sie hätte gar nicht gewusst, ob er sich noch daran erinnerte.

Ihr Diensthandy klingelte und riss sie aus ihren Gedanken. Es war Rohloff.

»Lena? Wolltest du mir nicht ein Foto schicken?«

Das hatte sie ganz vergessen! »Die Sache hat sich geklärt, der Mann heißt Hartmut Maibaum. Er ist mit unserer

Sozialdezernentin verheiratet.« Sie erzählte Rohloff kurz, was sich am Vormittag zugetragen hatte. Danach schwiegen sie beide lange.

»Wenn du mit mir darüber reden möchtest, komm in den Club oder ruf mich an. Ich bin jederzeit für dich da.«

Mit diesen Worten legte er auf. Lena blieb noch eine Weile sitzen, spürte ihren Gefühlen nach. Es nützte nichts, die erhoffte Klarheit blieb aus, und so erhob sie sich, um zurück zum Auto zu gehen.

Marianne Maibaum landete mit einer Iberia-Maschine um kurz vor ein Uhr nachts in Malaga. Trotz des schockierenden Gesprächs mit Lena Borowski, ihrer überstürzten Reisepläne und des langen Fluges – sie hatte in Madrid umsteigen müssen – war sie hellwach. Das Adrenalin puschte ihren Körper seit dem Vormittag auf Hochtouren. Im Gegensatz zu Frankfurt herrschten hier noch angenehme Temperaturen, und sie nahm ihren Trenchcoat über den Arm. Sie trug lediglich eine kleine Reisetasche sowie eine Handtasche bei sich und war daher unter den ersten Passagieren, die den Flughafen verließen. Dem Taxifahrer hielt sie einen Zettel hin mit der Anschrift, die sie aus Hartmuts Unterlagen kannte, und der Mann fuhr brummend los.

Ihr Ziel lag im Osten der Stadt, in einer schmalen, langgezogenen Straße, die vom Paseo Maritimo weg nach Norden führte. Die angegebene Nummer entpuppte sich als ein größerer Wohnblock mit mindestens zwanzig Wohneinheiten. Trotz der späten Stunde waren noch etliche Leute auf den Straßen unterwegs, und Marianne Maibaum stieg aus, ohne den Taxifahrer zu bitten, einen Moment zu warten. Sie war sich ganz sicher, Hartmut hier zu finden. Nur die Vorstellung, er könne in Begleitung einer unbekannten Frau sein, bereitete ihr Unbehagen. Zunächst schien es, als habe sie sich geirrt. Auf ihr Klingeln – tatsächlich standen lediglich die Initialen H.M. auf Briefkasten und Klingelschild – rührte sich nichts. Sie trat ein paar Schritte auf die Straße zurück und schaute an der Fassade nach oben. Ein sinnloses Unterfangen, wusste sie doch anhand des Schildes lediglich, in welchem Stockwerk sich die gesuchte Wohnung befand, aber weder, welches der Fenster dazugehörte, noch, ob sich das gesuchte Appartement vielleicht auf der der Straße abgewandten Seite des Bauwerks befand. Ein junges Paar ging engumschlungen an ihr vorbei, sie hörte ein paar spanische Satzfetzen und ein Lachen. Inzwischen war es schon halb zwei Uhr nachts. Dennoch versuchte sie es erneut, und dieses Mal erhielt sie eine Reaktion. Eine Männerstimme, viel zu verzerrt, um sie zu identifizieren, erklang über die Gegensprechanlage. Sie nannte lediglich ihren Namen. Es folgte Stille. Als sie schon glaubte, er habe sie nicht verstanden und ihren Namen wiederholen wollte, ertönte der Summer, und Marianne Maibaum betrat das Gebäude.

Die Wohnung lag im vierten Stock. Sie nahm die breite Treppe, denn auf einmal verspürte sie Nervosität und ein Kribbeln in den Beinen, das vermutlich vom langen Sitzen während des Fluges herrührte. Auf jeder Etage lagen drei Wohnungen, als sie im vierten Stock ankam, war eine der drei Türen angelehnt. Sie drückte sie vollends auf und blickte auf einen kurzen, breiten Flur, der bis auf eine Garderobe, an der ein dunkler Mantel hing, leer war. Links und rechts befanden sich geschlossene Türen. Marianne Maibaum bewegte sich langsam auf den Raum gegenüber der Eingangstür zu, in den der Flur mündete. Die ganze Situation kam ihr irreal vor, und auf einmal verspürte sie Angst. Was, wenn sie sich in der falschen Wohnung befand? Mit einem wildfremden Mann, der in einem dieser Zimmer lauerte? Vorsichtig ging sie weiter zu der offenstehenden Tür, aus der gedämpftes Licht fiel. Dort saß Hartmut in einem schweren Ledersessel und las im Schein einer Lampe ein Buch. Als sie die Tür erreicht hatte, hob er den Kopf und sagte ohne erkennbare Emotionen: »Hallo Marianne.«

Er fragte nicht, wie sie ihn gefunden hatte, und ließ auch ihre Klagen über sein abgeschaltetes Mobiltelefon und sein spurloses Verschwinden an sich abprallen.

»Was willst du hier?«, war die einzige Frage, die er ihr stellte. Noch immer stand sie, Mantel und Handtasche über dem Arm – die Reisetasche hatte sie im Flur abgestellt –, vor ihm. Erst jetzt dämmerte ihr, dass er offenbar noch nicht einmal bereit war, seiner Frau einen Platz anzubieten. Verärgert ließ sich auf ein kleines Sofa sinken, das neben der Tür an der Wand stand. Schnell und ohne jedes überflüssige Wort kam sie zum Grund ihres Besuchs.

Ihr Mann beobachtete sie ungerührt. »Du suchst also nicht mich, sondern eine junge Frau, in deren Begleitung ich deiner Meinung nach bin?«

»So ungefähr!« Sie verspürte auf einmal eine Erschöpfung, die jedes bisschen noch verbliebener Energie aus ihrem Körper trieb.

»Sie heißt Sabrina Marx und wird von ihrer Familie vermisst. In der Wohnung der Verschwundenen wurde ein Foto von dir gefunden mit einer …«, sie suchte nach einem geeigneten Wort und setzte ihren Satz unter seinem ungerührten Blick fort, »… Widmung. Es ist deine Schrift, ich habe sie erkannt.«

»Aha.« Mehr antwortete er zunächst nicht, schaute danach einen Moment lang sinnierend vor sich hin. »Eine Frau dieses Namens kenne ich nicht.«

»Lügner!« Marianne Maibaums Gesicht verzog sich vor Wut bei diesem Wort. »Wie kannst du es wagen …«, stieß sie hervor.

»Halt den Mund!« Seine Stimme war schneidend und kalt, und sie schwieg einen Augenblick erschrocken, zu verblüfft über diese Art, mit ihr zu reden, um etwas zu entgegnen.

»Rede nicht so mit mir!«, verlangte sie mit einer Stimme, die viel zu unsicher war, um es mit ihm aufzunehmen, als sie ihre Sprache endlich wiedergefunden hatte.

»Du kommst hierher, in meine Wohnung, unangemeldet und uneingeladen, und versuchst, mir Vorschriften zu machen? Suchst nach irgendeiner Frau, die angeblich bei mir sein soll? Was erlaubst du dir eigentlich!« Seine Augen wurden kalt wie Eis. Er klappte das Buch, das er noch immer in der Hand hielt, laut zu und warf es auf den mit dunklem, glänzendem Holz ausgelegten Boden, wo es mit einem Knall landete. Dann erhob er sich. Auf einmal bekam sie Angst. Der Mann, der da mit zornfunkelndem Blick vor ihr stand und es wagte, so mit ihr zu reden, den kannte sie nicht. Einen Moment lang kam ihr der Gedanke, er könnte Drogen genommen haben, doch sie verwarf ihn wieder. Hartmut war kein Mensch, der es mochte, die Kontrolle über sich zu verlieren oder sie freiwillig an Drogen abzugeben. Im selben Moment stiegen längst verdrängte Ahnungen in ihr hoch. Das, was sie vor sich sah, war seine dunkle Seite. Sie hatte immer gewusst, dass es die gab. Diese Seite war der Teil von ihm, der ihn für sie so interessant gemacht hatte. Interessanter als all die angepassten, berechenbaren und letztendlich langweiligen Männer, die sie während ihres Studiums und ihrer Arbeit als Anwältin und in der Politik kennengelernt hatte. Hartmut war ungezähmt, er hatte sich seine Art zu leben niemals vorschreiben lassen. Lange glaubte sie, ihn dennoch zu kennen. Doch etwas in ihr hatte immer befürchtet, dass das nicht stimmte. Aber es hatte ihr gefallen. Es war so erregend gewesen, wie mit einem Raubtier zu spielen, das jederzeit zubeißen konnte.

»Ich bin deine Frau«, erinnerte sie ihn.

Die Reaktion war ein spöttisches Heben der Augenbraue. »Ich habe dich verlassen, schon vergessen?«

Sie schwieg, weil ihr die Kraft zu einer Erwiderung fehlte.

»Du wirst jetzt schön in ein Hotel gehen, und ich überlege mir, wann und wo ich dich morgen treffe. Denn jetzt bin ich müde und will schlafen gehen.« Diese Worte wurden von einer unmissverständlichen Handbewegung begleitet, die sie aufforderte, seine Wohnung zu verlassen. Irritiert starrte sie ihn an.

»Aber … warum kann ich denn nicht hier bleiben?«, stotterte sie.

»Ganz einfach, Marianne. Weil ich es nicht will!« Sein Ton und sein Gesichtsausdruck ließen keinen Widerspruch zu. Er rief ihr ein Taxi und bat den Fahrer, der kurz darauf an der Tür klingelte, Marianne zu einem bestimmten Hotel zu bringen. »Ich rufe dich morgen dort an«, waren seine letzten Worte, bevor er die Tür hinter ihr schloss.

Verstört und völlig demoralisiert fand sich Marianne Maibaum kurz darauf in einem Taxi wieder, das sie in die Innenstadt brachte, wo sie nach einer kleinen Abendtoilette in ein Hotelbett sank und sich nach einem Schlaf sehnte, der in dieser Nacht nicht kommen wollte.

»Frau Maibaum kann heute leider nicht hier sein«, verkündete Hans-Joachim Söder der versammelten Mannschaft des Querschnittsteams. Nur Carola Bergmann, die direkt neben ihm stand, wusste, wie wenig leid dem Landrat das wirklich tat.

»Sie musste in einer sehr dringenden privaten Angelegenheit wegfahren.«

Seine Kenntnis der Dinge ging momentan nicht über das hinaus, was die Dezernentin ihm am Vortag am Telefon erklärt hatte. Eine unvorhergesehene Sache, sie müsse völlig außerplanmäßig ein, zwei Tage freinehmen und direkt im Anschluss an das Gespräch das Haus verlassen.

»Ich hoffe, Sie und die Presse werden mit mir vorliebnehmen?« Ein Lächeln umspielte bei diesen Worten seine Mundwinkel. Carola Bergmann und Hans-Joachim Söder hatten über diese überraschende Fügung nicht miteinander gesprochen. Die Planung des kurzfristig anberaumten Pressetermins war von der Referentin ausgegangen. Carola Bergmann hatte die Meldung jedoch verschickt, nachdem sie bereits von der Reise ihrer Vorgesetzten erfahren hatte. Natürlich war das niemandem aufgefallen. Nur Söder, der die Maibaum vertrat und auf diese elegante Weise öffentlich mit dem Projekt in Erscheinung treten konnte, hatte so eine Vermutung. Und als er an diesem Morgen die Kopien der Pressemitteilung las und für sein Statement ein sauber ausgearbeitetes Papier auf seinem Schreibtisch fand, wurde er in seiner Annahme bestärkt. Der Text hob nicht nur die Vorzüge des Teams hier vor Ort hervor, sondern auch die Zusammenarbeit mit der Kreisverwaltung und damit auch die Verdienste derjenigen Ämter, die allesamt seinem eigenen Dezernat zugeordnet waren. Entweder die Referentin hatte die ganze Nacht durchgearbeitet. Oder sie war bereits exzellent vorbereitet gewesen. Oder beides.

»Ist diese Frau Bronski schon da?«, fragte er Carola Bergmann leise.

»Borowski. Lena Borowski. Nein, sie wird wohl gleich kommen.« Ihr Blick glitt zu Norbert Müller, der sie in stiller Empörung ansah. Sie lächelte ihm zu und nickte mit dem Kopf, als grüße sie ihn freundlich. In Wahrheit hatte sie den Kerl gestern Nachmittag in ihrem Büro noch elegant zusammengefaltet. Ihn und diese Sieglinde Brohm. Die würden so schnell niemanden mehr aus Eigennutz anschwärzen, da war sie sich sicher. Sie selbst sah ihre nahe Zukunft sowieso mehr in anderen Tätigkeitsbereichen, da würde sie mit dem Sozialdezernat nicht mehr viel zu tun haben. Ihr Blick wanderte zu Söder, der sich genau in diesem Moment zu ihr umdrehte.

»Exzellente Vorarbeit, Frau Bergmann«, damit deutete er auf die Unterlagen in seiner Hand. Dann nickten sich die beiden in stummem Einverständnis zu.

Lena war spät dran. Erst in letzter Minute war ihr eingefallen, dass die Bergmann für heute früh ganz kurzfristig eine

Pressekonferenz angesetzt hatte. Behände bugsierte sie ihren Golf in eine Parklücke, und dabei fiel ihr Blick auf eines der Autos, die dort bereits standen. Sie erkannte den Wagen sofort. Es war der, den sie am Sonntag in Schwanheim gesehen hatte. Verblüfft ging sie um das Auto herum. Ihr Blick fiel auf das Nummernschild – OF-CB –, und ihr kam eine Ahnung.

Als sie den Container betrat, winkte Carola Bergmann sie gleich zu sich. »Fühlen Sie sich dazu in der Lage, selbst ein paar Fragen der Presse zu beantworten?«

Lena nickte und schaute die andere neugierig an. Was tat jemand wie Carola Bergmann in ihrer Freizeit in einem sozialen Brennpunkt? Während sie die Referentin weiter beobachtete, die jetzt, nach den einleitenden Worten des Landrats, Pressevertreter begrüßte und sie bat, in einem der Besprechungsräume Platz zu nehmen, um ausgewählten Mitarbeitern Fragen zu stellen, fiel es ihr wie Schuppen von den Augen. Es war der Blick der Bergmann, der sie darauf brachte. So schauten nur Leute, die es aus einfachsten Verhältnissen nach oben geschafft hatten. Diese Mischung aus Chuzpe, eiserner Selbstbeherrschung, Misstrauen und Härte, den hatte sie auch bei vielen ihrer Klienten gesehen, die rauswollten aus den Gegenden, in die sie hineingeboren waren. Carola Bergmann kam auch aus einem dieser Viertel, vermutlich aus dem, in dem am Sonntag ihr Wagen stand. Und genau das war der Grund, warum sie Lena so bereitwillig helfen würde, für Samantha die beste aller möglichen Lösungen zu finden. Von Lena fiel in diesem Moment etwas ab. Es tat gut, sich urplötzlich nicht mehr alleine zu wissen, eine Komplizin zu haben. Auch wenn diese gar nicht ahnte, dass sie das in Lenas Augen war.

Marianne Maibaum saß den ganzen Vormittag über in ihrem Hotel in Malaga und wartete auf Hartmuts Anruf. Kurz vor

Mittag wurde sie nervös. Was, wenn er sie angelogen hatte, gar nicht daran dachte, sich bei ihr zu melden? Die ihr bekannte Handynummer existierte nicht mehr, im Telefonbuch der Stadt war Hartmut nicht eingetragen, wenn sie ihn erreichen wollte, würde sie noch einmal in die Wohnung fahren müssen. Schon allein der Gedanke bereitete ihr Übelkeit. Sie war es nicht gewohnt, untätig herumzusitzen. Einen Moment lang dachte sie an all die Arbeit im Büro und überlegte sogar, dort anzurufen. Doch dann ließ sie es sein. Sie würde sich gar nicht konzentrieren können. Nachdem sie ein leichtes Mittagessen im Hotelrestaurant eingenommen hatte, ging sie wieder in ihr Zimmer hinauf, um sich ein bisschen Schlaf zu gönnen. Sie spürte inzwischen die Müdigkeit, die die unruhige Nacht in ihr hinterlassen hatte.

Kurz nach drei Uhr am Nachmittag klingelte das Telefon auf ihrem Nachttisch und riss sie aus einem leichten Dösen.

»Señora Maibaum?«, fragte eine männliche Stimme.

»Sì«, antwortete sie, noch ein wenig schleppend.

»Ich habe eine Nachricht für Sie von Ihrem Mann, Hartmut.« Der Mann war offensichtlich Spanier, sprach aber sehr gut Deutsch. »Kommen Sie bitte um siebzehn Uhr in ein bestimmtes Café in der Innenstadt, dessen Adresse ich Ihnen gleich geben werde. Haben Sie etwas zu schreiben?«

Sie bejahte und notierte sich auf einem kleinen Notizblock mit dem Logo des Hotels, was er ihr sagte.

»Punkt siebzehn Uhr«, mit diesen Worten verabschiedete er sich und legte auf. Sie starrte auf den Zettel. Alles war so schnell gegangen, der Mann hatte noch nicht einmal seinen Namen genannt.

Lena und Carola Bergmann wechselten nach der Pressekonferenz nicht ein Wort über die tatsächlichen Gründe der überraschenden Reise der Dezernentin.

»Vielen Dank, Sie haben es wirklich gut gemacht, den Presseleuten Ihre Arbeit hier vor Ort darzustellen«, dankte Söder der Sozialarbeiterin, bevor er mit langen Schritten den Container verließ.

»Er hat noch jede Menge anderer Termine heute. Was ein Glück, dass er es einrichten konnte, Frau Maibaum zu vertreten.« Carola Bergmanns Augen waren dem Landrat lächelnd gefolgt, nun wandte sie sich wieder Lena zu. »Vielleicht haben Sie es schon gehört – die kleine Jennifer ist wohl tatsächlich eines natürlichen Todes gestorben. Ihr Vater hat das Thema total verdrängt«, bei diesen Worten schüttelte sie ungläubig den Kopf, »und bei den Vernehmungen wohl immer wieder darauf hingewiesen, seine Frau würde sich ja um die Kinder kümmern. Man weiß nicht, ob man Mitleid haben oder zornig werden soll.«

»Samantha hat immer davon gesprochen, ihre kleine Schwester sei bei der Oma.«

»Ja, Gott sei Dank hat das Mädchen nicht mitbekommen, was wirklich los war. Wir müssen sie dennoch psychologisch betreuen lassen.«

»Was wird aus den Eltern?«

Die Bergmann machte ein angestrengtes Gesicht. »Wir werden sie wegen Sozialhilfebetrugs anzeigen, was die Staatsanwaltschaft bezüglich des Verschweigens des Todes der Tochter macht, wissen wir noch nicht.«

Die beiden Frauen sahen sich einen Moment lang an.

»Samantha sollte eine Chance bekommen. Sie war schon einmal bei Pflegeeltern, dort hat es ihr gut gefallen.«

Die Bergmann nickte. »Ja, ich habe mir die Akte angesehen.«

Lena hob leicht die Brauen. Wie schaffte diese Frau denn so ein Arbeitspensum? Die Akte von Samanthas Mutter war so dick wie das Telefonbuch der Stadt Frankfurt.

»Und ich bin Ihrer Meinung«, fuhr die Referentin fort, und dabei nickte sie noch einmal, nachdrücklicher, drehte sich um und ging. Lena kehrte zu ihrem Schreibtisch zurück, wo Andrea ihr neugierig entgegensah.

»Und, wie ist es gelaufen?«

»Ganz gut, glaube ich. Mal sehen, was morgen in der Zeitung steht. Wo ist Benno?«

»Außendienst, ich bin auch gleich weg. Aber achte mal auf Norbert. Ich glaube, der steht kurz vor dem Überkochen.«

»War was?« Lena hob fragend die Brauen.

»Die Bergmann hat ihn gestern noch mal einbestellt. Vielleicht hat es ja damit was zu tun.«

Lenas Blick wanderte zu der großen Glasscheibe, hinter der sich Norbert Müllers Büro befand. »Ich gehe mal zu ihm und kläre das.«

Der Teamleiter blickte unwirsch auf, als sie sein Büro betrat.

»Norbert, ich denke, wir sollten etwas klären. Was auch immer du gegen mich hast – verschiebe es auf deine Freizeit. Ich bin nicht hier im Team, um mich zu profilieren, und ich säge auch nicht an deinem Stuhl. Lass mich einfach meine Arbeit machen, und ich verspreche dir, dass wir beide uns nicht in die Quere kommen. Okay?«

Der Teamleiter schaute sie misstrauisch an. »Du machst doch gemeinsame Sache mit dieser Bergmann«, rutschte es ihm dann heraus.

Lena lächelte amüsiert. »Das hoffe ich, denn das ist unser Job. Gemeinsame Sache zu machen mit den Leute, mit denen wir hier arbeiten. Insofern sollten wir beide das auch tun.« Als er immer noch nicht reagierte, fuhr sie fort: »Denk drüber nach, es macht uns beiden im kommenden Jahr das Leben leichter.« Mit diesen Worten drehte Lena sich um und ging zu ihrem Platz zurück. Wenige Minuten später war sie unterwegs zu ihrem nächsten Außendiensttermin.

In der Calle Marqués de Larios herrschte buntes Gedrängel. Marianne Maibaum war wesentlich früher als verabredet am vereinbarten Treffpunkt, einem Café dort in der Nähe, erschienen. Nervös blickte sie sich nach Hartmut um, konnte ihn aber nirgendwo entdecken. Erst kurz vor der vereinbarten Zeit betrat sie das Lokal, in dem sie ihn allerdings auch nicht fand. Sie suchte sich einen Tisch, von dem aus sie die Eingangstür im Auge behalten konnte, doch Viertel nach fünf war ihr Mann immer noch nicht eingetroffen. Dafür tauchte ein Fremder an ihrem Tisch auf.

»Señora Maibaum?«

Es war dieselbe Stimme wie schon am Telefon.

Beklommen nickte sie. Was hatte ihr Mann sich denn jetzt wieder ausgedacht? Der Spanier bat sie höflich um Erlaubnis, Platz nehmen zu dürfen. Eine starke Anspannung kroch zwischen Mariannes Schulterblätter und schien sie in ihrem Stuhl vornüberzuzwingen. Hastig trank sie einen Schluck von ihrem inzwischen lauwarmen Kaffee.

»Sie sollten Churros und heiße Schokolade probieren. Eine Spezialität unserer Region hier.« Sein Lächeln war auf eine professionelle Art freundlich.

»Ich bin nicht hier, um Urlaub zu machen. Ehrlich gesagt habe ich meinen Mann hier erwartet.«

Der Mann nickte, immer noch lächelnd. »Er hat mir das hier für Sie mitgegeben.« Mit diesen Worten zog er einen dicken Umschlag aus seiner Tasche und legte ihn vor ihr auf den Tisch. Als sie danach griff, zog er ihn wieder ein Stück zurück. »Einen Moment noch«, bat er sie.

Der Kellner erschien, und der Fremde gab in schnellem Spanisch eine Bestellung auf.

»Wir warten jetzt auf Ihren Mann«, erklärte er Marianne, die ungeduldig den Kopf schüttelte und erklärte, sie gehe gleich wieder, wenn diese Farce sich jetzt nicht auflöse. Der Kellner erschien, stellte eine Tasse dampfend heißer Schokolade und einen Teller mit Fettgebackenem vor sie hin, ihr Gegenüber bekam etwas, das wie Espresso aussah. Ohne auf Marianne zu achten, beglich der Mann die gesamte Rechnung. Inzwischen war es halb sechs.

»Essen Sie«, forderte der Mann sie auf, doch fast im selben Moment klingelte sein Handy.

»Ja, sie ist hier«, hörte Marianne ihn sagen, dann reichte er das Gerät an sie weiter. Keine Nummernkennung war das Erste, was ihr auffiel.

»Der Mann hat dir den Briefumschlag gegeben?« Hartmut hielt es offenbar noch nicht einmal für notwendig, sie zu begrüßen.

»Er liegt hier vor mir. Erkläre mir jetzt bitte, was das soll, ich –«

»Marianne, es ist ganz einfach. Der Mann wird gleich gehen, er hat seinen Auftrag erfüllt, ich wollte lediglich sichergehen, dass du die Unterlagen erhalten hast. Lies alles, dann hast du die Erklärungen, nach denen du suchst.« Er zögerte einen Moment, bevor er fortfuhr. Seine Stimme war jetzt weicher. »Vielleicht hätte ich es dir einfach früher und klarer sagen müssen, aber das mit uns beiden ist schon seit vielen Jahren nicht mehr gut gelaufen. Wir kommen nicht mehr zueinander. Mach's wie ich, denk an die guten Zeiten. Ich wünsche dir viel Glück. Ach ja. Den Mann nach mir zu fragen hat keinen Zweck. Er ist lediglich ein Bote.«

Es klickte in der Leitung. Hartmut hatte aufgelegt.

»Was soll das«, rief Marianne wütend aus und starrte das nutzlose Handy an, war sogar versucht, es auf den Boden zu werfen. Erst als sich einige Köpfe nach ihr umdrehten und auch ihr Gegenüber sie auf einmal beunruhigt ansah, riss sie sich zusammen.

Der Mann nahm ihr das Mobiltelefon sanft wieder ab. »Mein Auftrag ist erfüllt. Ich wünsche Ihnen noch einen schönen Nachmittag.« Daraufhin erhob er sich und ging schnellen Schrittes dem Ausgang zu. Gleich darauf war er verschwunden, wie ein Spuk. Nur die benutzte Kaffeetasse erinnerte noch an ihn.

Mit zitternden Händen öffnete Marianne Maibaum den großen Umschlag. Darin befanden sich drei kleinere Umschläge. Auf jedes der drei Kuverts war eine Nummer geschrieben. Sie öffnete den Umschlag mit der 1 als Erstes. Er enthielt einen Bogen, der mit Hartmuts Schrift beschrieben war.

»Marianne,
da du nun den weiten Weg auf dich genommen hast, um mich (?) und meine vermeintliche Geliebte zu suchen, will ich ein paar deiner Fragen beantworten.
Eine Frau, die ich anfangs lediglich unter ihrem Namen Katinka kannte, ist tatsächlich hier in Málaga. Es handelt sich um die junge Frau, die du suchst, gestern musste ich dich in dieser Angelegenheit belügen, du wirst gleich verstehen, warum. Katinka und ich waren kein Paar im herkömmlichen Sinn, Liebe oder Sex haben in unserer Beziehung praktisch keine Rolle gespielt. Sie ist eine Frau mit extremen Unterwerfungsfantasien, ja, sie geht sogar soweit, einer anderen Person ihr Leben ausliefern zu wollen. Frag nicht warum, du würdest es sowieso nicht verstehen. Aber es gibt Menschen, die fühlen sich nur an der Schwelle zum Tode lebendig und benötigen andere, damit diese Sehnsucht befriedigt wird.«

Marianne Maibaum schnappte nach Luft und trank mechanisch aus der Tasse, die vor ihr stand. Ein dicker, heißer und süßer Kakao, der ihr angesichts dessen, was sie gerade las, fast schon Übelkeit verursachte.

»Sie wurde von mir in den letzten Monaten zu einer perfekten Sklavin ausgebildet, somit passten ihre und meine Intentionen genau zusammen. Aber das sind Dinge, die du sicherlich gar nicht so genau wissen willst. Auf jeden Fall ist vor Kurzem etwas passiert, das es ihr unmöglich

machte, in Deutschland zu bleiben. Was genau das ist, wirst du gleich lesen. Ich habe ihr angeboten, vorübergehend in meinem Appartement zu wohnen, doch vor ein paar Tagen ist sie verschwunden, und ich kann dir nicht sagen, wo sie sich derzeit aufhält. Da ich sowieso beschlossen habe, Deutschland – und auch dir, meine Liebe – den Rücken zu kehren, nutze ich die Gunst der Stunde, meinen Standort zu wechseln. Die Wohnung hier habe ich bereits vor einiger Zeit verkauft, mir lediglich noch ein befristetes Wohnrecht gesichert. Wenn alles nach Plan läuft, bin ich schon außer Landes, während du diese Zeilen liest. Die entsprechenden Vorkehrungen traf ich lange vor deiner Ankunft hier. Du wirst mich also nicht finden, aber ein gemeinsames Leben kann sich wohl keiner von uns beiden mehr vorstellen. Ich für meinen Teil fühle mich noch zu jung, um stets nur Konventionen zu bedienen, doch du wirst deinen Weg in der Politik sicher weitergehen. Dieser Ehrgeiz, dieses Klammern an die Karriere und deine Angst, jemand könnte hinter die hübsche Fassade blicken, werden dich davon abhalten, mir in welcher Art auch immer in die Quere zu kommen. Du wirst diesen Brief daher auch als das betrachten, was er ist – ein Geheimnis zwischen dir und mir.
Adieu Marianne, grüß unsere Tochter, die ich über alles liebe und dennoch verlasse, wie alles andere auch.

Hartmut«

Nach der Lektüre dieses Briefes fühlte sie sich noch verwirrter als zuvor.

»Señora, fühlen Sie sich nicht wohl?«

Erschrocken blickte sie in das besorgte Gesicht des Kellners, der ein bisschen Deutsch radebrechte. »Alles in Ordnung«, antwortete sie, rief ihn aber gleich noch einmal zurück. »Bringen Sie mir bitte einen Brandy. Einen Doppelten.«

Erst danach öffnete sie, mit zitternden Fingern, den Brief mit der Nummer 2. Er war mit Abstand der dickste von den dreien und enthielt die Fotokopien mehrerer beschriebener Blätter. Es ging ohne Anrede los, auch ein Datum war nicht vorhanden.

»Diesen Brief schreibe ich, um einige Vorfälle aufzuklären, in die ich kürzlich verwickelt war.«

Die rundliche, akkurate Schrift, in der das Schreiben verfasst war, wirkte kindlich und unschuldig. Es folgten Ort und Datum der Vorfälle, von denen die junge Schreiberin berichtete. Das Datum lag einige Wochen zurück, der Ort war Dietzenbach. Dann folgte ein langer Bericht.

»Mein sehnlichster Wunsch schon seit vielen Jahren besteht darin, möglichst tief gedemütigt zu werden. Zunächst konnte ich diese Seite meines Selbst nicht annehmen, haderte lange mit mir und versuchte, die Gedanken zu verdrängen. Doch schnell merkte ich, dass es keine Alternative gab. Beziehungen der herkömmlichen Art ließen mich kalt, Zärtlichkeiten waren mir unangenehm, Sex empfand ich als lästige Pflicht. Bis ich eines Tages auf ein Internetforum stieß, in dem sich Menschen austauschten, denen es ähnlich ging. Fortan war ich wie berauscht, suchte nach allen mir zugänglichen Informationen über diese Form der Partnerschaft. Und schließlich lernte ich entsprechende Männer kennen. Männer, die sich mir gegenüber als Dominus oder Meister bezeichneten und die mich so schmerzhaft demütigten – körperlich und seelisch –, wie ich es mir immer gewünscht hatte. Endlich war ich angekommen! Damit nichts und niemand mein neues Leben stören konnte, veränderte ich alles, brach alte Kontakte ab. Mein gesamtes Umfeld passte ich nun meinen wahren Neigungen an. Es war berauschend für mich, total beherrscht zu werden. Doch schnell fühlte ich, dass immer

noch etwas fehlte. Etwas, das mir den ultimativen Kick gab. Bis ich eines Tages mit einem meiner Begleiter eine Session, ein Spiel zwischen Dominus und Sklavin, beobachten durfte. Die beiden zeigten dem erstaunten und gebannten Publikum, wie man nicht nur sich, sondern auch sein Leben einem Meister übergibt. Die Sklavin überließ ihrem Herrn die hundertprozentige Verantwortung, indem sie ihn ihre Atmung kontrollieren ließ. Wohl wissend, dass sie ihm damit ihr Leben anvertraute! Wir, die Zuschauer, konnten ein grandioses Schauspiel beobachten. Eine Frau, die immer wieder bis an die Grenze ihrer Belastbarkeit gebracht wurde. Immer und immer wieder! Zum Schluss dankte sie ihrem Meister auf Knien und unter Tränen für die tiefen Gefühle, die er ihr damit geschenkt hatte. Und ich begriff: Die Verantwortung abgeben, bis in die letzte Konsequenz, dem anderen das eigene Leben anvertrauen ... das war mein Wunsch. Seit jenem Abend spürte ich das mit zunehmender Deutlichkeit, und so kam es mir vor, als ob alle anderen Spiele, so intensiv, befriedigend und entspannend sie auch waren, nicht ausreichen würden.

Ich suchte fortan nach einem stärkeren Kick, einer erweiterten Grenze.

Es kam in der Folge zu verschiedenen Begegnungen, von denen ich mir im Vorfeld stets viel versprach. Bald merkte ich, wie schwierig es war, meine Wünsche in die Realität umzusetzen. Nicht jeder Mann, der sich als Dominus präsentierte, vermochte es, das nötige Maß an Vertrauen, Kompetenz und Strenge mitzubringen. Es dauerte eine Weile, bis ich den Mann fand, dem ich mich bedingungslos bis zu dieser Grenze unterwerfen konnte. Als ich ihn kennenlernte, war ich so dankbar und glücklich! Er drückte mir schnell seinen Stempel auf, machte mich zu seinem Geschöpf, das auf ein Fingerschnippen, ein Heben der Augenbrauen reagieren durfte! Und er brachte mich tatsächlich an den Punkt, nach dem ich schon lange lechzte, indem er mein Leben in seine Hände nahm.«

Marianne Maibaum las mit wachsendem Entsetzten diese Notizen, unfähig das ganze Ausmaß des Grauens in diesem Moment zu erfassen. Sie spürte, wie ernst es der jungen Frau gewesen war. Die nächsten Absätze befassten sich mit verschiedenen Techniken, die vor allem angewendet wurden, um das Atmen ganz oder teilweise zu unterbinden. Dann berichtete die Schreiberin von ihrer Fantasie, ihren Meister einmal bei der Arbeit mit einer weiteren Sklavin zu beobachten und sich zu zweit dominieren zu lassen.

»So habe ich im Internet nach einer passenden Frau gesucht. Natürlich war die Angst da, mein Meister könnte sich mit der neuen Sklavin besser amüsieren als mit mir. Doch der Wunsch, es einmal zu erleben, wie er eine andere dominierte, überwog. Ich fand eine alleinstehende Frau, die in der Nähe von Frankfurt wohnte. Sie wollte sich nicht in einer Privatwohnung treffen, sondern schlug eine Gartenhütte in Dietzenbach, ihrem Wohnort, vor.
›Die gehörte meinem verstorbenen Großvater und steht jetzt leer‹, war ihr Argument. Ich vermutete, dass sie etwas mit der Umgebung verband, etwas, das mit den Spielen zu tun hatte. Besonders, als ich sah, was sich alles in der Hütte befand! Ein kleines Arsenal an Utensilien, die keine Fragen nach der Neigung offen ließen. Aber eigentlich war es egal.
Ich hatte die Verantwortung und die Kontrolle über das Spiel. Mein Meister hatte sie mir überlassen. Doch ich habe versagt, und die junge Frau ist gestorben.
Ich übernehme die gesamte Verantwortung für den Tod der jungen Frau, niemand sonst war in diesem schrecklichen Moment dabei.«

Es folgte die Unterschrift: *Sabrina Marx.*

Sie und ihr sogenannter Meister hatten alle Spuren verwischt und die Hütte verlassen. Die Tote ließen sie einfach dort in einer Truhe versteckt zurück.

Marianne Maibaum lehnte sich erschöpft in ihrem Stuhl zurück. Der Kellner trat erneut an ihren Tisch, doch nicht, um ihr noch etwas zu servieren. »Wir schließen gleich«, informierte er sie. Sie bezahlte den Brandy, der sie wenigstens körperlich ein wenig gewärmt hatte, während ihre Seele bitterlich fror. Eilig packte sie alle Unterlagen zusammen und verließ das Café. Dem Taxi nannte sie zunächst noch einmal die Adresse, unter der sie ihren Mann am Vorabend angetroffen hatte. Doch dieses Mal antwortete niemand mehr. Während sie auf seinen Anruf gewartet hat, hatte er die Zeit genutzt, um Málaga zu verlassen. Sie fuhr zurück ins Hotel und buchte ihren Rückflug nach Frankfurt. Danach erst öffnete sie das dritte Kuvert.

Im Umschlag mit der Nummer 3 befand sich lediglich ein Zettel mit einer Adresse im Stadtteil Velez Málaga. Marianne Maibaum starrte verständnislos darauf. Was sollte das denn jetzt bedeuten? Ihr erster Impuls war es, sofort dorthin zu fahren. Doch sie überlegte es sich anders. Was auch immer sich dort befand, sie würde es sicherlich vorziehen, nicht damit in Verbindung gebracht zu werden. Sie steckte alle Papiere wieder in den großen Umschlag zurück und ließ sich ein heißes Bad einlaufen. Egal wie tief Hartmut sie verletzt hatte, morgen wäre sie wieder zu Hause und könnte sich an ihre Routine klammern. So, als habe es diese Begegnung hier in Spanien nie gegeben!

»Die drei Jungs sind wieder auf freiem Fuß.« Benno tippte sich bei diesen Worten an den Kopf.

»Was?« Lena starrte ihn ungläubig an.

»Keine Vorstrafen, fester Wohnsitz, minderjährig ...«

»Hallo? Ich glaub's nicht!« Andrea Geissler sah aus, als ob sie gleich abheben wollte.

»Tja, so ist das eben. Und wenn die irgendwann in ein paar Monaten vor Gericht kommen, haben ein paar von unseren Kollegen diese Höllenteenies schon so gebrieft, dass sie dastehen wie die reinsten Engel!«

»Du meinst, sie kommen einfach so davon?«

»Sie haben die Frau nicht umgebracht. Okay, es handelt sich um Leichenschändung, und die anderen Videos auf dem Handy sind auch nicht ohne – aber vermutlich kommen die recht glimpflich davon.«

»Was ist mit Tierquälerei?«

Andrea und Benno blickten bei diesen Worten unbehaglich zu Lena herüber.

»Den kleinen Hund, habt ihr den schon vergessen?« Die zwei sahen erst sich und dann Lena an.

»Was willst du denn damit sagen?«

»Ich glaube, auf Tierquälerei stehen härtere Strafen als auf Schändung einer menschlichen Leiche.«

Ein vielsagendes Schweigen herrschte in dem kleinen Büro, das durch das Eintreten eines Klienten unterbrochen wurde. Benno stand auf, um seinen Besucher zu begrüßen, und gleich darauf verließen die beiden Männer das Büro.

»Sind die denn deswegen überhaupt angeklagt?«, wollte Andrea wissen.

Lena schaute sie müde an. »Sag mal, Andrea, hast du das nicht auch manchmal? Dieses Gefühl, alles zu sehen und nichts bewirken zu können?« Lena stand auf, ohne auf die Antwort zu warten.

Hätte sie es getan, wäre ihr Andreas verständnisvoller Blick aufgefallen.

Marianne Maibaum kehrte noch am Dienstagabend nach Deutschland zurück. Am Mittwoch erschien sie bereits wieder in ihrem Büro in Dietzenbach und rief Lena Borowski kurz darauf von einem öffentlichen Platz aus und von ihrem privaten Mobiltelefon an. »Ich habe meinen Mann gefragt, und er kennt die Frau. Allerdings weiß er auch nicht, wo sie sich momentan aufhält. Die Bekanntschaft der beiden scheint sich bereits vor einiger Zeit erschöpft zu haben«, informierte sie ihre Mitarbeiterin, die sich bei diesem Gespräch erfreulich zurückhaltend zeigte. »Damit halte ich unseren Austausch in dieser Angelegenheit für beendet«, setzte sie noch hinzu, bevor sie auflegte und wieder in ihr Büro zurückkehrte. Erbost, denn sie ärgerte sich, schon seit sie die Tageszeitungen aufgeschlagen hatte.

Carola Bergmann spielte die Unschuld in Person. »Wir hatten über den Termin gesprochen«, antwortete sie ihrer Vorgesetzten. »Dass Sie kurzfristig nicht im Büro sein würden, war zu dem Zeitpunkt nicht bekannt. Die Anwesenheit des Landrats, Ihres Stellvertreters, entspricht der normalen Vorgehensweise.«

»Ja, ja, das schon. Dennoch bin ich nicht begeistert darüber, wie der Kerl sich mit meinem Projekt brüstet!«

Mit unserem Projekt, wenn schon, dachte Carola Bergmann, behielt diesen Gedanken aber wohlweislich für sich.

»Und dann noch diese Unverfrorenheit, seine eigenen Ämter und deren Arbeit in den Zusammenhang zu stellen. Wer das liest, könnte ja glatt glauben, im ganzen Landratsamt herrscht Friede, Freude, Eierkuchen, und das wäre ausschließlich sein besonderes Verdienst!«

Hier unterließ es die Referentin, auf ihre eigene Beteiligung an diesem Eindruck hinzuweisen. Sie blickte ungewohnt still auf ein paar Unterlagen, die sie in der Hand hielt. »Es geht um das kleine Mädchen, Samantha Krohn, der Auslöser der ganzen Geschichte, sozusagen.«

»Was ist mit ihr?«, fragte die Dezernentin missmutig und warf die »Offenbach-Post« schwungvoll in den Papierkorb.

»Frau Borowski, das ist die Sozialarbeiterin, die den Fall betreut –«

»Ich weiß, wer sie ist«, unterbrach die Maibaum ungeduldig. Schon jetzt konnte sie den Namen nicht mehr hören! Ungerechterweise gab sie Lena die Schuld an allem, was passiert war. Wenn diese neugierige Person ihre Nase nicht zu tief in anderer Leute Angelegenheiten gesteckt hätte! Aber dann tauchte Hartmut wieder vor ihrem inneren Auge auf. Dieses zornige Funkeln in den Augen, diese Härte. Nein, natürlich konnte die Borowski nichts dafür, was in ihrer Ehe schiefgelaufen war. Aber noch immer rumorte es in Marianne Maibaum. So abserviert zu werden, fast schon unter den Augen von Bediensteten, das war hart. Ganz zu schweigen von ihren eigenen Gefühlen, die ganz und gar nicht mit den aktuellen Entwicklungen nachkamen! Im Flugzeug hatte sich der Schock in ein Meer aus Tränen aufgelöst, und sie hatte heute früh mehrere Eiswürfel und eine dicke Schicht Make-up benötigt, um die Spuren wieder zu verwischen. Mochte Hartmut sie privat in eine Krise gestürzt haben, beruflich würde ihm das nicht gelingen, das hatte sie sich geschworen. »Was ist also mit dem Mädchen?«

Carola Bergmanns Mund war bei der harschen Unterbrechung eben schmal geworden, und sie hatte nichts mehr gesagt. Marianne Maibaum versuchte ein Lächeln. Ihre Referentin durfte sie sich gerade jetzt nicht vergraulen, so weit funktionierten ihre Instinkte immer noch hervorragend.

»Frau Borowski schlägt vor, sie schnellstmöglich in einer Pflegefamilie unterzubringen. Oder besser noch, die Eltern dazu zu bewegen, sie zur Adoption freizugeben. Eine geeignete Familie für jede dieser Möglichkeiten würde sie selbst suchen. Sie hat da wohl ganz bestimmte Vorstellungen.«

»Pfff!«, antwortete die Dezernentin. »Was soll das denn? Dazu haben wir nach momentanem Stand der Dinge doch gar keine Handhabe. Die Eltern werden doch sicher, wenn überhaupt, zu einer Bewährungsstrafe verurteilt. Außerdem gibt es doch wohl noch die Großmutter, zu der das Mädchen kann.«

Carola Bergmann schaute auf die Frau, die da vor ihr saß. Die ganze Schminke, die sie sich heute aufgelegt hatte, konnte die Schwellungen im Gesicht nicht verdecken. Die Frau hatte richtig Kummer, das konnte man sehen. Aber das interessierte die Referentin nicht. Sie hatte sich diesen Moment genau ausgesucht. Einen schwachen Augenblick zu erwischen bei ihrer Chefin, war schwierig. Aber er bot eine reelle Chance, das von ihr zu bekommen, was sie selbst der Borowski zugesichert hatte. Denn auch wenn sie selbst bei ihrem Versprechen sehr souverän gewirkt haben mochte, ohne die Dezernentin ging es vermutlich doch nicht, dazu war die Sache doch zu heikel. Jetzt blickte sie die Maibaum einfach nur an.

»Oder was meinen Sie?«, fragte die dann tatsächlich, etwas nervös durch das ungewohnt lange Schweigen ihrer Referentin.

»Das Mädchen steht im Fokus der Öffentlichkeit«, übertrieb die nun. »Sollte es wirklich keine bessere Möglichkeit geben, als sie in derartige Verhältnisse zurückzuschicken? Das führt doch alles ad absurdum, was wir bewirken wollen.«

»Sie ist doch an diese Umgebung gewöhnt, und Kinder wollen meist sowieso bei ihren Familien bleiben«, plapperte die Dezernentin vor sich hin. Sie bemerkte nicht, wie die Augen ihrer Referentin bei diesen Worten schmaler wurden. Auch konnte sie nicht ahnen, welche Erinnerungen in der anderen gerade aufkamen.

»Wenn Frau Borowski so etwas empfiehlt, dann ist das sicher nicht aus der Luft gegriffen. Sie ist eine unserer engagiertesten Sozialarbeiterinnen und hoch kompetent. Außerdem …« Sie machte eine kleine Kunstpause. Die Dezernentin blickte irritiert auf, als ihre Mitarbeiterin schon wieder nicht mehr weitersprach. »… ist sie absolut loyal.« Carola Bergmanns Augen waren unverwandt auf die Maibaum gerichtet, der nach diesen Worten hässliche rote Flecken den Hals hinaufkrochen. Einen Moment lang war es ganz still im Zimmer, die beiden Frauen maßen sich mit Blicken.

Weiß sie etwas?, schoss es der Politikerin durch den Kopf. Doch der Blick ihrer Referentin hatte nicht wirklich etwas Bedrohliches. Schaute sie nicht immer so, wenn sie etwas bei ihr durchsetzen wollte? Die Dezernentin wusste es nicht mehr und stellte erschrocken fest, dass ihre Finger anfingen zu zittern. Sie fühlte Schwäche in sich aufkeimen, begleitet von einer merkwürdigen Panik. Dann wurde ihr schlagartig klar, dass sie einfach nur zuzusagen brauchte, einfach nur ihre Unterstützung signalisieren musste, und alles bliebe unverändert. »Gut«, erwiderte sie langsam. »Sagen Sie ihr, dass sie meine … äh, unsere … volle Unterstützung hat.«

Die Bergmann lächelte, indem sie ihre Mundwinkel ganz sacht nach oben zog, und senkte endlich den Blick. »Brauchen Sie mich noch?«, fragte sie danach brav.

»Danke, das war für den Moment alles.« Die Dezernentin nickte ihrer Mitarbeiterin knapp zu, woraufhin die sich verabschiedete. Die Machtverhältnisse waren wiederhergestellt. Die Tür klappte hinter der Referentin zu, und alles war wie immer. Alles? Nicht ganz. Marianne Maibaum, die toughe Politikerin, saß auf ihren Fingern, die so sehr zitterten, dass sie sich erst zehn Minuten später traute aufzustehen, obwohl sie alleine in ihrem Büro war.

Zum selben Zeitpunkt, zu dem Marianne Maibaum und Carola Bergmann ihr Gespräch führten, verschaffte sich die spanische Polizei in Málaga Zutritt zu mehreren Wohnungen in einem Appartementhaus im Stadtteil Velez. Sie folgte einem anonymen telefonischen Hinweis, nachdem sich in dem Haus illegale Prostituierte aufhalten sollten. Tatsächlich fand man mehrere südamerikanische Hostessen, die allesamt in Gewahrsam genommen wurden. Eine der Wohnungen allerdings musste aufgebrochen werden. Sie war nach Auskunft des Hausmeisters nicht bewohnt, ein paar der Prostituierten gaben aber an, in den vergangenen Tagen Geräusche gehört zu haben. Tatsächlich erwies sich die Wohnung als komplett leer, mit Ausnahme eines Tisches und eines Stuhls, die im größten der drei Räume standen. Dort machten die Polizisten eine grausige Entdeckung. Sie fanden eine nackte junge Frau, die metallene Hand- und Fußfesseln trug und an einen Heizkörper gekettet war. Der Körper der Frau wies eine ganze Reihe von Brandnarben und Schnitten auf. Verkrustungen an den Fuß- und Armgelenken sowie Urin und Exkremente am Boden ließen darauf schließen, dass sich die Frau schon seit Tagen hier aufhielt. Sie war stark abgemagert und dehydriert, die Lippen trocken und aufgeplatzt. Der Schlüssel zu den Handschellen, mit denen sie am Heizkörper festgemacht war, lag außerhalb ihrer Reichweite am Boden. Auf dem Stuhl fanden sich, fein säuberlich gefaltet, Kleidungsstücke der Frau. In der Tasche ihrer Jeans steckte ein Personalausweis. Auf dem Tisch lag ein Brief, den die spanische Polizei übersetzen lassen musste, denn er war auf Deutsch geschrieben.

Zunächst glaubten die Einsatzkräfte, die junge Frau wiederbeleben zu können, denn der Körper, den sie fanden, war noch warm. Doch der kurz darauf eintreffende Arzt vermochte nur noch den Tod der jungen Frau festzustellen.

Die Ursache konnte an diesem Tag nicht mehr geklärt werden, man nahm aber an, dass Hunger und vor allem der Entzug von Flüssigkeit die Ursache waren.

Nachdem die Identität der Toten anhand des Ausweises festgestellt worden war, informierte man die Behörden in Frankfurt am Main, dem Wohnort der Frau. Dort erinnerte sich ein Beamter, vor Kurzem eine Vermisstenanzeige bearbeitet zu haben. Tatsächlich handelte es sich um dieselbe Person, sie hieß Sabrina Marx.

»Hallo?« Die Stimme am anderen Ende des Telefons klang ein wenig zittrig. Dennoch erkannte Lena Oksanas Stimme. Zuerst wunderte sie sich darüber, dass die junge Frau sie auf ihrem Diensthandy anrief, dann erinnerte sie sich an die Visitenkarte, die sie ihr bei ihrem letzten Besuch unter der Tür hindurchgeschoben hatte.

»Hier ist die Hölle los«, flüsterte die junge Frau. »Die Polizei ist gerade in der Wohnung gegenüber. Du wolltest doch, dass ich dir Bescheid gebe, wenn was ist – oder?«

»Die Polizei?«, Lena starrte verwirrt vor sich hin. Sie kam von einem Außendiensttermin zurück und würde gleich Feierabend machen. Sie hatte sich gerade in ihren Wagen gesetzt, als ihr Handy klingelte.

»Bei mir waren sie auch schon. Wollten wissen, wann und mit wem ich die junge Frau von gegenüber das letzte Mal gesehen habe.«

Lenas Kopfhaut fing an, unangenehm zu kribbeln. »Hast du ...?«

»Von dir hab ich nichts gesagt, aber der Hausmeister weiß ja Bescheid!« Oksanas Stimme steigerte sich in leichte Panik.

»Ist okay. Die dürfen ruhig wissen, dass ich in der Wohnung war.« Dann fiel ihr Tamae ein. »Aber – ich habe eine Bitte. Sag nichts von der Asiatin. Geht das?«

Es war nicht in Ordnung, überhaupt nicht in Ordnung, dass sie das von der jungen Frau verlangte. Sie tat es, weil ihre Sorge um die Geliebte jetzt überwog. Tamae hätte nie und nimmer eine plausible Erklärung für ihren Besuch dort abgeben können. Und die Vorstellung, sie könnte sich in dem Wirrwarr ihrer Erklärungen womöglich selbst belasten oder müsste die schrecklichen Geschehnisse der Vergangenheit irgendwelchen Gesetzeshütern offenbaren, veranlassten Lena zu diesem für sie ungewöhnlichen Schritt.

»Ja, kein Problem.« Oksana hatte offenbar keinerlei Bedenken, dieses Detail für sich zu behalten. Nicht verwunderlich in Anbetracht ihrer eigenen Geschäfte. »Aber – was ist denn los?«, wollte sie jetzt von Lena wissen.

»Keine Ahnung. Vielleicht ist der jungen Frau ja doch etwas passiert.« Ein mulmiges Gefühl beschlich sie: die Erkenntnis, dass der Mann der Dezernentin in den Fall verwickelt war, deren überstürzte Abreise nach … tja, wo war sie eigentlich gewesen? … und die lapidare Ansage heute, als sie Lena anrief. Lena konnte sich beim besten Willen keinen Reim darauf machen. »Wenn ich mehr weiß, melde ich mich bei dir. Danke, Oksana. Und schließ besser deine Pflanzen ein!« Nach dem Gespräch blieb Lena noch einen Moment im Auto sitzen. Unschlüssig, was jetzt am besten zu tun war, tippte sie mit dem Mobiltelefon gegen ihr Kinn. Nach kurzem Nachdenken startete sie den Motor und lenkte ihr Fahrzeug in Richtung Landratsamt.

»Frau Maibaum ist nicht mehr im Haus!« Die Sekretärin der Dezernentin schaute Lena bedauernd an. »Hatten Sie denn einen Termin mit ihr?«

Lena schüttelte den Kopf. »Das nicht, aber ich muss dringend mit ihr reden.«

»Tja, sie hat noch einen Termin bei einem Wohlfahrtsverband, und danach steht heute ausnahmsweise nichts mehr im Kalender. Vermutlich wird sie anschließend direkt heimfahren.«

Lena bedankte sich und ging. Sie musste Marianne Maibaum sprechen, soviel war sicher. Einen offiziellen Termin dafür zu stören, kam aber nicht infrage. Es gab dennoch eine Möglichkeit, die Dezernentin aufzuspüren.

Als sie im Jugendamt ankam, lief Lena als Erste Sieglinde Brom über den Weg. Die war offensichtlich gar nicht erbaut von der Begegnung und tat so, als habe sie es eilig.

»Sieglinde. Ich weiß, dass du und Norbert Müller mich bei Mielke anschwärzen wolltet.«

Die Abteilungsleiterin lief knallrot an bei diesen Worten und versuchte, sich herauszureden. »Es war Norberts Idee. Ich bin nur mitgegangen, um klarzustellen, dass ich dafür bin, dich im Querschnittsprojekt zu behalten.«

Lena sah sie unbewegt an. »So kann man es auch sagen. Mir ist anderes zu Ohren gekommen.«

Spätestens jetzt musste Sieglinde klar sein, dass Lena mit Unterstützung von oben rechnen konnte. Mehr bezweckte Lena nicht, auch wenn ihr noch ein paar unschöne Worte zum Verhalten ihrer früheren Vorgesetzten eingefallen wären. Sie würde Sieglinde bald brauchen, da war es gut, wenn die Verhältnisse geklärt waren. Mit einem knappen Nicken ging Lena ohne ein weiteres Wort davon.

»Hallo Regina!« Lena war froh, die ehemalige Bürokollegin noch an ihrem Arbeitsplatz vorzufinden. Nachdem die beiden Frauen kurz ein paar Neuigkeiten ausgetauscht hatten, kam Lena zum eigentlichen Grund ihres Besuchs. »Kann ich mal kurz hier an den PC? Ich möchte nicht extra noch mal in unseren Container zurückfahren.«

»Na klar, ist immer noch deiner. Ich bin seither ganz alleine hier im Büro.« Tatsächlich stand Lenas früherer Schreibtisch verwaist im Raum. Lena loggte sich ein und ging dann auf die Internetseite der Partei der Dezernentin. Die Maibaum war, wie alle hauptamtlichen Politiker, dort mit ihrer privaten Adresse in Langen aufgelistet.

»Ich habe gehört, euer Querschnittsteam ist gleich mit einem großen Knall gestartet?« Regina wies auf die Tageszeitung, die neben ihr auf dem Schreibtisch lag.

»Zufall, glaub's mir. Aber nicht schlecht, wenn eine solche Abteilung sich gleich in der Öffentlichkeit so darstellen kann.« Lena grinste jetzt frech.

»Sieglinde lief mit säuerlichem Gesicht herum«, vertraute Regina ihr nun noch an. »Die hätte gerne einmal einen so guten öffentlichen Auftritt gehabt.« Sie grinste jetzt auch.

»Sieglinde wird noch ihren Teil dazu beitragen können«, erwiderte Lena und verabschiedete sich von der ehemaligen Kollegin. Sie hatte es jetzt eilig, nach Langen zu kommen.

Marianne Maibaum war erst seit wenigen Minuten zu Hause, als die Türklingel ging. Vor dem Haus stand Lena Borowski. Der erste Impuls der Politikerin war es, die Sozialarbeiterin abzuwimmeln. »Was wollen Sie?«, fragte sie barsch.

»Wir müssen miteinander reden«, erwiderte die andere mit ruhigem Blick.

»Kommen Sie!« Die Dezernentin bat Lena nach einem Moment des inneren Kampfes herein und führte ihren unerwarteten Gast in einen Wintergarten, den man vom Flur aus direkt erreichen konnte. Große Grünpflanzen standen dort, und Marianne Maibaum bedeutete Lena, auf einem der Rattansessel Platz zu nehmen, die zusammen mit einem kleinen, runden Tisch eine Art Sitzecke bildeten. Der Garten des Hauses lag bereits im Schatten der Dämmerung, ein paar Solarleuchten, wie hingestreut zwischen den Büschen, bildeten kleine Lichtinseln in der Dunkelheit.

»Nun, was gibt es noch so Dringendes, das Sie veranlasst, mich zu Hause aufzusuchen?« Nervös schoss der Politikerin die Befürchtung durch den Kopf, Lena könnte sie erpressen wollen.

»Die Polizei durchsucht gerade die Wohnung von Sabrina Marx«, erwiderte diese langsam. »Es muss ihr also etwas passiert sein.«

Die Dezernentin saß ganz still. Im ersten Moment dachte sie, das alles habe nichts mit ihr zu tun, bis sie endlich begriff. »Sie meinen, es gibt dort noch mehr Hinweise darauf, dass mein Mann mit ihr zu tun hatte?«

Lena verneinte. Sie dachte an das Buch und gleichzeitig daran, wie unwahrscheinlich es wäre, anhand einer nicht bekannten Handschrift auf die Identität des Mannes zu kommen, der die Widmung geschrieben hatte. Die einzige ihr bekannte Verbindung war das Foto. Und das hatte immer noch sie. »Aber ehrlich gesagt weiß ich es nicht. Ich bin keine Polizistin und habe die Wohnung auch nicht unter diesem Aspekt durchsucht.« Allerdings war Sabrinas Wohnung auch nicht gerade schwierig zu durchsuchen gewesen. Es gab keinerlei überflüssigen Schnickschnack, und alles, wirklich alles, war peinlich genau geordnet gewesen. Dennoch hatte Tamae bei ihrem Besuch etwas gefunden, das Lena übersehen hatte. Aber das alles musste die Maibaum jetzt nicht wissen. »Frau Maibaum, vielleicht kommt Ihnen das ungehörig vor. Aber ich möchte gerne wissen, was Sie im Zusammenhang mit Frau Marx und Ihrem Mann herausgefunden haben.«

Die Politikerin schaute unbehaglich vor sich hin. Sollte sie dieser Frau hier gegenüber offen sein? Auf die Gefahr hin, für immer eine Mitwisserin wie eine Laus im Pelz zu haben? Andererseits hatte die Frau ein Foto ihres Mannes mit einer persönlichen Widmung gefunden. Würde sie beweisen können, dass es aus der Wohnung der Vermissten stammte? Dann wäre es kein Problem, die Verbindung zu Hartmut herzustellen. Und zu ihr … Wie im Zeitraffer sah sie plötzlich ihre ganze Karriere, ihre politischen Ambitionen zusammenstürzen. Alles, wofür sie jahrelang gearbeitet hatte – vorbei! Ganz zu schweigen von der öffentlichen Aufmerksamkeit. Davon erholte man sich nie wieder, das wusste sie. Krampfhaft versuchte ihr Gehirn festzustellen, welches das kleinere der beiden Übel war. Sie dachte an ihr Gespräch mit Carola Bergmann. Es war eine winzige Chance, aber die wollte sie ergreifen. Sie gab sich einen Ruck. »Mein Mann streitet nicht ab, die junge Frau zu kennen, wenngleich sie ihm gegenüber wohl einen anderen Namen benutzte und sich Katinka nannte.«

»Wo ist Ihr Mann jetzt?«, fragte Lena eindringlich.

»Frau Borowski, Ihr Engagement in Ehren. Aber das gibt Ihnen nicht das Recht, im Privatleben anderer Leute herumzuschnüffeln!«

»Das tue ich nicht. Ich habe ein Foto Ihres Mannes mit einer Widmung –«

»Das Sie mir jetzt bitte aushändigen!«

»Wie bitte?« Lena war aufgesprungen, und auch Marianne Maibaum erhob sich jetzt. Langsam und beherrscht schaute sie die Sozialarbeiterin an.

»Frau Bergmann hat mir heute gesagt, wie wichtig Ihnen meine Unterstützung in der Angelegenheit Samantha Krohn ist.«

Der letzte Satz schwang im Raum nach. Lena begriff und verstand dennoch nicht wirklich, was die Maibaum sagen wollte. Sie starrte ihre Vorgesetzte perplex an. Dann ließ sie sich langsam wieder in den Sessel fallen. »Was hat jetzt das eine mit dem anderen zu tun?«

Auch die Politikerin setzte sich wieder. »Lassen Sie mich ehrlich sein«, setzte sie an. »Ich bin mir ganz sicher, dass diese ganze Geschichte ein großes Missverständnis ist und mein Mann nichts damit zu tun hat. Er würde allerdings durch dieses merkwürdige Foto belastet werden. Das möchte ich verhindern.«

Natürlich, denn dann würdest auch du mit hineingezogen in die Sache, dachte Lena.

»Wenn Sie mir also das Foto überlassen, tun Sie mir einen großen Gefallen.«

Langsam dämmerte Lena, was die Dezernentin wirklich sagen wollte.

»Und dann – und nur dann – wird es eine Lösung für Samantha Krohn außerhalb ihrer Familie geben. Eine, die ich voll und ganz unterstützen und gegebenenfalls politisch vertreten werde. Wie Sie sehr wohl wissen, ist eine solche Entwicklung der Dinge nicht besonders … wahrscheinlich, wenn nicht alle an einem Strang ziehen.«

Lena schaute stumm auf die Frau ihr gegenüber. Noch konnte sie nicht ganz fassen, was hier gerade vorging. Die Politikerin erpresste sie, wollte einen Kuhhandel erzwingen. Lena war zu verwirrt, um jetzt eine Entscheidung zu fällen. Was, wenn die Maibaum recht hatte und Sabrina und Hartmut Maibaum schon längst kein Paar mehr waren, die junge Frau sich zu anderen Ufern aufgemacht hatte? Die Besuche von Sabrina mit Hartmut

Maibaum im »Kinky-Club« und das, was Gerd Rohloff beobachtet hatte, sprachen eine andere Sprache. Aber konnte man ihn deswegen verurteilen? Ohne zu wissen, was mit Sabrina los war, wo sie war und wie es ihr ging? »Lassen Sie mich bitte darüber nachdenken«, erwiderte sie langsam. Das Foto lag zu Hause in ihrer Wohnung. Sie hätte es der Maibaum gar nicht geben können. Die blinzelte nun nervös, als störe ein winziges Detail diese perfekt arrangierte Situation.

»Gut. Wir sprechen uns morgen. Aber nicht im Büro. Rufen Sie mich auf meinem privaten Mobiltelefon an.«

Lena erhob sich zum zweiten Mal innerhalb kürzester Zeit. Sie konnte nicht anders, sie musste die Politikerin stumm und eindringlich ansehen, bevor sie ging.

Marianne Maibaum schloss die Tür hinter Lena und wurde sich mit einem Mal bewusst, wie stark ihre Knie zitterten. Wenn die Sozialarbeiterin sie auflaufen ließ – nicht auszudenken. Aber ihr einen Deal vorzuschlagen, bot eine Chance, aus der ganzen verfahrenen Chose herauszukommen. Sie hatte keine Ahnung, warum die Frau so wild darauf war, das Mädchen anderswo unterzubringen. Aber das war ihr jetzt auch egal. Wenn sie die Absichten anderer für sich nutzen konnte, war sie noch nie zimperlich gewesen. Politik funktionierte eben so. Sie ging in ihre Küche und goss sich ein Glas Rotwein ein, das sie gierig mit wenigen Schlucken leerte. Als der Alkohol seine erste beruhigende Wirkung entfaltete, konnte sie kurzfristig sogar wieder etwas klarer denken. Hartmut kannte sie genau! Sein Brief war so geschrieben, dass ihm nicht viel hätte passieren können, selbst wenn sie damit zur Polizei gegangen wäre. Okay, er hatte eine Straftat vertuscht und die Täterin gedeckt. Aber auch im Falle einer Verurteilung würde ihm das als Künstler nicht unbedingt schaden. Es gab ja inzwischen eine Menge ehemaliger Krimineller, die es auf der gesellschaftlichen Rangleiter bis ganz nach oben geschafft hatten. Sie selbst würde nicht so glimpflich davon kommen. Obwohl unbeteiligt, würde ihr Ruf als Politikerin sich von einem solchen Skandal nie wieder erholen. Das wusste er und hatte es skrupellos ausgenutzt.

Sie schenkte sich das Glas noch einmal voll, trank nun aber langsamer. Immerhin hatte sie fast den ganzen Tag nichts gegessen und verspürte auch keinen Hunger. Sie würde gleich ins Bett gehen und schlafen. Und morgen früh auf die Antwort der Borowski warten. Die, das war ihr klar, sie momentan in der Hand hatte.

Lena stieg langsam die breite Natursteintreppe hinab und trat durch das kleine schmiedeeiserne Tor auf die Straße. Das Angebot der Maibaum hatte sie ziemlich überrascht. Woher wusste sie von Lenas Wunsch nach einer Adoptivfamilie für Samantha? Die Bergmann fiel ihr ein. Die musste mit ihrer Chefin darüber gesprochen haben. Während sie nach Offenbach zurückfuhr, ging ihr immer wieder das Gespräch durch den Kopf.

Zu Hause erwartete sie ein blinkender Anrufbeantworter.

Karin erinnerte sie an die Yogastunde, doch ein Blick auf die Uhr zeigte Lena, dass es bereits zu spät dafür war. Sowieso hätte sie heute vermutlich noch nicht einmal die Atemübungen hingekriegt. Sie rief Karin zurück und sprach ihr eine Entschuldigung auf Band. Jürgen hatte mehrfach versucht, sie zu erreichen, seine Stimme hatte sich im Verlauf der Versuche immer mehr ins Hysterische gesteigert. Sie rief ihn zurück. Mit sich überschlagender Stimme berichtete er ihr, die Polizei sei da gewesen, man habe ihm die Fotokopie eines Briefes gezeigt, der in Spanien bei einer weiblichen Leiche gefunden worden war.

»Es ist Sabrina«, schluchzte er. »Ich habe ihre Handschrift erkannt, und außerdem haben sie ihren Ausweis bei ihr gefunden.«

»Was steht in dem Brief?«, fragte Lena fast tonlos.

»Sie schreibt von ihren Fantasien … es ist einfach zu schrecklich … und davon, am Tod einer anderen Frau schuldig zu sein. Es steht wohl außer Frage, dass es sich dabei um die unbekannte Leiche aus Dietzenbach handelt. Ganz zum Schluss hat sie noch ein Postskriptum hinzugefügt, in dem sie detailliert beschreibt, wie sie ihrem Leben ein Ende machen will!«

Lena, die am Küchenfenster stand und in die Dunkelheit des Hinterhofs hinausstarrte, musste sich plötzlich setzen. »Sie hat sich umgebracht?«

»Ja, und auf was für eine unglaubliche Art und Weise! Zuerst hat sie sich die Füße aneinandergekettet, dann die Arme und dabei die Handschellen um einen Heizkörper gezogen. Den Schlüssel hat sie weggeworfen. Stell dir vor, er lag mehrere Tage im selben Raum, aber sie konnte ihn nicht mehr erreichen! Kein Essen und Trinken. Sie hat es sich angeblich als Buße für den Tod der anderen Frau auferlegt!« Jürgens Stimme brach. Lena konnte sich gut in ihn hineinfühlen. Die kleine Schwester, die Sabrina, die auch Lena kannte, hätte das nicht getan. Es musste eine andere Sabrina gewesen sein. Katinka, die Person, zu der Sabrina geworden war. Lena dachte an Mechthild, an das Foto, das die beiden zeigte, und an das Strahlen in Mechthilds Augen. Sie würde es ihr sagen müssen, bevor die Details in der Zeitung standen.

»Wann kommst du?«, fragte sie Jürgen mechanisch.

»Sobald die Leiche in Frankfurt eintrifft. Ich muss sie, trotz aller Eindeutigkeit, identifizieren und die ganzen Formalitäten regeln. Die Polizei war in der Wohnung, sie wissen vom Hausmeister und durch mich bestätigt, dass du in meinem Auftrag dort warst.«

»Gut«, antwortete Lena und spürte Erleichterung darüber, dass Jürgen wohl vergessen hatte, dass sie beim zweiten Mal jemanden mitgenommen hatte. Selbst wenn es ihm wieder einfiel, sie konnte immer noch sagen, sie habe es sich anders überlegt. Tamae durfte auf gar keinen Fall in diese Sache mit hineingezogen werden. Langsam legte sie das Telefon wieder zurück.

»Die kleine Samantha ist aus dem Krankenhaus entlassen worden.« Norbert Müller gab Lena einen Aktenvermerkt, den er angefertigt hatte. Eine Grippewelle hatte einige Mitglieder des Teams erwischt, und die Stimmung im Container war getrübt. Lenas Laune verfinsterte sich schlagartig, als sie las, was Norbert geschrieben hatte. Es entsprach nicht ihren Vorstellungen, ganz und gar nicht. Schon wollte sie zu ihm ins Büro stürmen, da fiel ihr ein, dass er mit seinen Überlegungen einfach den üblichen Weg eingeschlagen hatte, da er weder in ihre Pläne noch in die Vereinbarungen mit der Bergmann und der Maibaum eingeweiht war.

»Ich fahre ins Jugendamt«, rief sie ihm kurz zu, schnappte sich ihre Jacke und rannte fast schon zum Auto. Jetzt war es an der Zeit, Farbe zu bekennen.

»Sieglinde, ich muss mit dir reden!« Lena war ohne anzuklopfen in das Büro ihrer ehemaligen Abteilungsleiterin gestürmt und stand nun direkt vor ihr. Sieglinde Brohm schaute erschrocken zu ihr hoch und sah dabei aus, als sei sie bereit, zu ihrer eigenen Verteidigung gleich einen Brieföffner aus der Schreibtischschublade ziehen.

»Hier. Diese Akte. Es geht um das Mädchen. Samantha heißt die Kleine. Ich will, dass ihr sie sofort aus ihrer Familie herausholt. Es ist mir egal, wie ihr das macht, aber sorgt dafür, dass das Kind zu Leuten kommt, die sich wirklich darum kümmern. Einen Vorschlag habe ich bereits reingeschrieben!« Lena hatte eine Familie ausgesucht, in der bereits ein Adoptivkind lebte und die ihr durch ihren liebevollen Umgang mit dem kleinen Jungen aufgefallen war. Es gab dort einen Garten, Zwergkaninchen und – einen kleinen Hund!

Die Abteilungsleiterin warf einen vorsichtigen Blick auf die Akte und Lenas handschriftliche Notiz darauf. »Soweit ich weiß, gibt es keinen Grund dafür. Das Kind wird nicht misshandelt, und ist bei der Großmutter –«

»Das ist mir scheißegal!« Lena stützte sich auf den Schreibtisch und brachte ihr Gesicht direkt vor das von Sieglinde, die nun ein nervöses Augenlidflattern befiel. »Das Kind geht vor die Hunde! Du weißt genau, was in dieser Familie passiert ist.«

Sieglinde schwieg und schaute mit verkniffenem Mund an Lena vorbei.

»Du wirst schon einen Weg finden, Sieglinde. Sonst werde ich einen Weg finden, dir ganz gehörig zuzusetzen.«

Die beiden Frauen schauten sich an, und schließlich entschied Lena das Duell der Blicke für sich.

»Ist gut«, seufzte Sieglinde heuchlerisch. »Wenn man bedenkt, was passiert ist …«

»Genau! Und wir sorgen nun dafür, dass sie in eine Familie kommt, bei der es regelmäßige Mahlzeiten gibt. Und Spielzeug. Und einen kleinen Hund!«

»Einen Hund? Lena, sag mal, geht's noch?« Ein kurzes Aufbäumen war das nur noch. Sieglinde Brohm hatte wohl bereits begriffen, dass sie keine Chance hatte gegen Lena, die ja offensichtlich bei Marianne Maibaum und deren Referentin hoch im Kurs stand.

»Ach ja, und solltest du noch einmal auf die Idee kommen, dich bei der Bergmann oder der Maibaum über mich zu beschweren, gleichgültig ob mit oder ohne Norbert Müller, vergiss es!«, stellte Lena noch einmal klar.

Sieglinde starrte sie mit offenem Mund an. Lena drehte sich um und verließ ohne ein weiteres Wort das Büro. Erst draußen, auf dem Gang, überkam sie eine Art Rührung beim Gedanken an Samantha.

»Ich wünsche dir ein schönes Leben«, murmelte Lena beim Gedanken an das kleine Mädchen und wischte sich eine Träne aus dem Augenwinkel.

Lena saß im Auto und schaute auf den Garten des Hauses, in dem Mechthild wohnte. Der Herbst hatte bereits Einzug gehalten. Alle Gartenmöbel waren von der Terrasse verschwunden, und der Komposthaufen war mit einer Laubschicht abgedeckt. Langsam stieg sie aus. Ihr Tag war anstrengend gewesen, einer ihrer Klienten war ausfallend geworden, als sie ihn aufsuchte, und sie hatte wieder einmal die Polizei rufen müssen. Nun saß sie schon über eine Viertelstunde hier und traute sich nicht auszusteigen. Als sie es doch tat, spürte sie eine Müdigkeit, die nicht körperlich bedingt war.

»Hallo!« Mechthild öffnete selbst die Tür, sie erkannte Lena sofort und bat sie in die Küche. Es war angenehm warm, roch nach frischem Kaffee und allem Anschein nach war Mechthild gerade dabei, eine Quiche zu backen. »Nimm Platz. Willst du einen Kaffee?«

Lena nickte und blickte haltsuchend auf den halb ausgerollten Mürbeteig und die Lauchstangen, die wohl darauf warteten, in Streifen geschnitten, angedünstet und auf den Teig gelegt zu werden.

»Ich mache Quiche. Wenn du Zeit und Lust hast, kannst du gerne bleiben und nachher mit uns essen.«

Lena sagte nichts, sie fragte sich, ob Mechthild nach dem, was sie ihr gleich sagen würde, überhaupt noch Appetit verspürten würde. Dankend nahm sie die Tasse mit dem dampfenden Kaffee und nippte aus reiner Verlegenheit daran, obwohl sie wusste, dass das heiße Getränk ihr die Lippen verbrennen würde. »Dein Bild!« Sie reichte der anderen das Foto zurück, das sie und Sabrina zeigte. Mechthild nahm es an sich, und ihr

Gesichtsausdruck spiegelte all ihre Gefühle wieder. Hoffnung, Angst, Zuneigung.

Lena entschloss sich, gleich zur Sache zu kommen. Für die Wahrheit gab es keine homöopathische Dosierung. »Mechthild, Sabrina lebt nicht mehr.«

Wie ein Donnerschlag hallten ihre Worte durch die kleine, unordentliche Küche, in der die Verstorbene wahrscheinlich von einem Putzanfall übermannt worden wäre. Mechthilds Gesicht, von Natur aus eher farblos, wurde kreidebleich. Ihre Augen schienen sich auf eine unnatürliche Art zu vergrößern, und ihr Mund öffnete sich zu einer stummen Frage. Dann fiel sie einfach um. Lena, die ihre Tasse gerade abgestellt hatte, schaffte es nicht mehr, sie aufzufangen, aber sie war sofort bei ihr. Schnell rannte sie zur Spüle, benetzte ein Handtuch mit kaltem Wasser und tupfte Mechthilds blasses Gesicht ab. Sie kam nur langsam wieder zu sich. Verwirrt starrte sie Lena an. »Das … ist … nicht wahr«, stammelte sie hilflos und begann zu weinen.

Lena drückte die junge Frau stumm und nickte mit dem Kopf. »Leider doch.«

Mechthild rappelte sich langsam wieder auf und ließ sich auf die kleine Bank unter dem Küchenfenster sinken. Eine Weile starrte sie völlig apathisch vor sich hin, das Glas Wasser, das Lena ihr gereicht hatte, unangetastet in der Hand. »Was … woher weißt du das?«, fragte sie schließlich leise. Lena setzte sich neben sie und erzählte alles, was sie offiziell sagen konnte.

Die schrecklichen Details allerdings ließ sie weg. Mechthild erfuhr nur, dass Sabrina nach Spanien gefahren und sich dort das Leben genommen hatte, weil sie sich am Tod einer anderen Frau schuldig fühlte. Lena betete, dass die grausigen Einzelheiten nicht am nächsten Tag in irgendeinem Boulevardblatt stehen würden. Sie blieb noch eine Stunde, in der Mechthild abwechselnd weinte und apathisch vor sich hinsah. Als sie sie alleine lassen musste, fühlte sie sich unwohl. Das Foto hatte sie nicht getäuscht. Mechthild war in Sabrina verliebt gewesen. Auf ihre schüchterne, introvertierte Art, die wohl gar nicht damit rechnete oder darauf aus war, diese unmögliche Liebe körperlich zu leben. Es hätte ihr gereicht, Sabrina lebendig und in ihrer Nähe zu wissen. Nun war ihr selbst das genommen.

Am nächsten Morgen gab Lena Frau Maibaum in einem Stehcafé in Heusenstamm das Foto zurück. Die bedankte sich und reichte Lena die Hand. »Sie haben sich fair verhalten.«

»Nur, weil ich jetzt die Wahrheit kenne«, erwiderte Lena. Die Dezernentin erstarrte unmerklich.

»Die Wahrheit? Sie wissen also, dass es stimmt, was ich Ihnen sagte?«

»Sabrina Marx hat einen Abschiedsbrief hinterlassen. Darin übernimmt sie die volle Verantwortung für den Tod von Marion Krüger, der Frau, die in Dietzenbach in einer der illegalen Gartenhütten zu Tode kam.«

Die Maibaum nickte interessiert, als sei das alles neu für sie. »Schreckliche Geschichte!«, dabei blickte sie auf ihre teure Armbanduhr. Sie würde gleich gehen müssen, die Bürgermeisterin der kleinen Stadt erwartete sie zu der Vergabe irgendeines Preises für ehrenamtliche Arbeit. Sie wollte schon nach ihrer Tasche greifen, als sie Lena Borowski weitersprechen hörte.

»Dass sie sich allerdings umgebracht hat, ist besonders schrecklich!«

»Die junge Frau ist tot?« Die Maibaum ließ die Tasche sinken und starrte Lena entsetzt an. »Das ist ja furchtbar. Was ist passiert?«

»Sie wurde in Spanien gefunden, in Málaga, in einem leeren Appartement. Dort lag auch der Brief, in dem sie alles gestanden hat.«

»In Málaga«, echote die Politikerin. Zu ihrem Entsetzen spürte sie, wie ihre Finger schon wieder anfingen zu zittern, und sie schob kurzerhand die Hände in die Taschen ihres Mantels.

»Ja, in einem Vorort. Velez Málaga. Aber das ist ja auch egal. Auf jeden Fall hat sie dort wohl mutterseelenallein die letzten Tage ihres Lebens verbracht, sich selbst so gefesselt, dass sie sich nicht mehr befreien konnte. Wäre die Polizei einen Tag früher gekommen, hätten sie sie noch retten können.« Lena blickte auf und sah in ein käsebleiches Gesicht. Die Maibaum sah aus, als müsse sie sich gleich übergeben. Kein Wunder, die ganze Geschichte war ja auch starker Tobak.

»Woher weiß man denn, dass sie sich umgebracht hat?«, stammelte die Dezernentin nun, sichtlich erschüttert.

»Ein Postskriptum auf einem Brief, den sie hinterlassen hat. In dem sie auch die Verantwortung für den Unfalltod von Marion Krüger übernimmt.«

»Wann hat man die Leiche gefunden?«

»Soweit ich weiß am Mittwoch. Also gestern. Sie war erst wenige Stunden tot. Können Sie sich das vorstellen?«

Marianne Maibaum konnte. Unter Aufbietung all ihrer Kraft wankte sie zu ihrem Dienstwagen. »Fahren Sie bitte aus dem Ort hinaus, ich brauche ein bisschen frische Luft«, bat sie ihren Chauffeur.

»Ist Ihnen nicht gut, Chefin?«, fragte der Mann bei ihrem Anblick besorgt.

»Es geht gleich wieder«, antwortete die gepresst. Ein paar Minuten später übergab sich die Politikerin im Schutz einiger Bäume in das vom Herbstlaub durchsetzte Grün des Waldbodens. Erst als nur noch Galle kam, stiegen ihr auch die Tränen in die Augen. Sie begriff, begriff nun alles. Sie selbst hatte den Schlüssel in der Hand gehabt. Hätte sie am Dienstag in der Wohnung der angegebenen Adresse nachgeforscht, wäre die junge Frau vielleicht noch zu retten gewesen. Nun hatte Hartmut sie zur Mitschuldigen gemacht. Sabrina Marx, dessen war sie sich jetzt sicher, war nicht alleine gewesen in den letzten Tagen ihres Lebens. Sie mochte damit einverstanden gewesen sein zu sterben, aber letztendlich trug jemand anderes die Schuld an ihrem Tod.

Hartmut! Er hatte ihr nur das Geständnis der jungen Frau gegeben, ohne den späteren Zusatz, und sie damit reingelegt. Auf eine Art und Weise, die sie so in ihre Schuld verwickelte, dass sie sich selbst schaden musste, wollte sie sich davon befreien. Egal, wie sie es drehte und wendete, egal wie unappetitlich die ganze Chose war, sie musste über den letzten Zettel in Hartmuts Umschlag schweigen.

»Sie hat sich nicht umgebracht«, Rohloff schaute Lena unter seinen schweren Lidern hervor nachdenklich an.

Es war der Samstag nach der Entdeckung der Leiche. Jürgen war nach Frankfurt gekommen, und Lena war auch dieses Mal froh, dass er alleine war.

»Maja lässt dich herzlich grüßen. Du sollst dich mal melden, wenn das alles hier vorbei ist«, richtete er ihr aus, dann nahmen ihn die Angelegenheiten seiner Schwester in Beschlag. Lena war von der Polizei vernommen worden. Es war eine Routineangelegenheit, bei der sie das berichtete, was die Polizei von Jürgen schon wussten. Sie sei auf seinen Wunsch hin in der Wohnung gewesen. Rohloff hatte am Vortag angerufen, um sie zum Essen einzuladen. Nun saßen sie in einem italienischen Restaurant in einer Querstraße der Zeil, und Lena stocherte in ihren hausgemachten Ravioli mit Spinat herum.

»Aber sie hat es doch zugegeben!«

Er wiegte bedächtig den Kopf. »Kein Dom lässt seine Sklavin eine andere Frau dominieren, schon gar nicht, ohne dabei selbst aktiv zu sein, und überhaupt gar nicht bei Atemreduktionsspielen. Das ist viel zu gefährlich und passt einfach nicht. Ich wette, er hat Sabrina den Brief schreiben lassen, hat ihr alle Details vorgegeben. Dass sie sich auf sein Geheiß hin umgebracht hat, steht außer Frage. Das war ja ihr größter Wunsch, ihm ihr Leben respektive ihr Sterben anzuvertrauen. Ich glaube jedoch nicht, dass sie die ganze Zeit in der Wohnung alleine war. Er wird nach ihr gesehen haben. Einerseits, um sie zu beruhigen und ihr den Kick zu geben, den sie brauchte. Denn sich nur fern vom verehrten Dominus zu Tode zu hungern oder zu dürsten, falls sie es überhaupt bis zum Ende bringen wollte, ist selbst für so eine extrem unterwürfige Person nicht erstrebenswert. Dass er ihr quasi dabei zusieht, die immense Stärke ihrer Hingabe vor Augen hat, hingegen schon. Letzteres ist es, was sie wollte, dafür würde ich meine Hand ins Feuer legen.«

»Warum waren keine anderen Fingerabdrücke auf den Handschellen?«

Rohloff lachte unfroh auf. »Er hat sie alles ganz genau so machen lassen, wie sie es in ihrem Brief beschrieben hat. Aber – er hat gewusst, dass sie dort in der Wohnung ist und mit dem Tode kämpft. Ein Mann wie er kontrolliert alles bis ins Detail, glaube mir.«

»Kriegt man ihn?« Lena dachte mit dumpfer Wut an das einzige Beweisstück, das sie allerdings aus der Hand gegeben hatte.

»Vielleicht, vielleicht nicht.«

Die Ermittlungen schienen fast schon abgeschlossen zu sein. Nichts deutete darauf hin, dass irgendetwas anders abgelaufen war, als Sabrina Marx es beschrieben hatte.

»Man wird ihn jetzt als Zeugen suchen. Ihm unterlassene Hilfeleistung und Vertuschung einer Straftat unterstellen. Hat sie irgendwo seinen Namen genannt?«

Lena schüttelte den Kopf. »Sie nannte ihn ihren Meister. Außer euch im Club, mir und seiner Frau kennt niemand die Identität des Mannes.«

»Ja, selbst wenn. Sie war nicht nur mit dem einen Begleiter da, und er könnte sich immer noch herausreden damit, nicht derjenige zu sein, mit dem sie die Spiele in der Gartenhütte getrieben hat. Wie will man ihm beweisen, dass er dort war? Die beiden einzigen Zeuginnen sind tot, verwertbare Spuren gibt es nach dem Abriss der Hütten keine mehr. Und selbst wenn die Verbindung bekannt wird, Sabrina wäre nicht die erste abgewiesene Frau, die ihren Dom sogar noch verfolgt. Damit ließe sich ihre Anwesenheit in Málaga erklären. Ich bin mir ziemlich sicher, dass sie nie in seinem Appartement war und niemand sie zusammen gesehen hat.«

»Wie kann man nur so kaltschnäuzig sein!«

»Was hast du mit dem Foto gemacht?«, wollte er wissen. Sie sagte es ihm.

Leise pfiff er zwischen den Zähnen durch.

»Ich dachte, alles sei klar. Selbstmord. Und wenn die Sozialdezernentin mich dafür in einer anderen Angelegenheit unterstützt, die nicht so einfach werden dürfte, warum nicht. Es hilft einem Kind und schadet niemandem. So habe ich gedacht.«

»Warum hängst du dich bei der Kleinen derart rein?«, wollte er wissen.

Lena drehte unschlüssig das Glas in ihrer Hand. »Ich besuche sie jeden Tag. Sie ist so zart und so allein … und dabei doch so stark und versucht, alles richtig zu machen. Eine richtige kleine Persönlichkeit. Sie berührt mich auf eine eigentümliche Art. Noch nie zuvor hatte ich so ein starkes Gefühl, jemandem helfen zu wollen. Allein unsere Ausbildung und die ganzen Supervisionen sollen uns im Grunde davor schützen, zu viel Mitgefühl zu haben, die professionelle Distanz zu wahren. Bisher hat das geklappt und, glaub mir, ich habe vieles gesehen.«

Er lauschte stumm, die Augen fest auf sie gerichtet.

»Aber jetzt werde ich sie einfach nicht mehr los. Dieser Blick … Und ich weiß, dass ich etwas tun kann. Oder – sagen wir es einmal so – ich will es wissen. Will endlich das Gefühl haben, die ganze Arbeit nützt etwas, stellt wirklich einmal eine Weiche für einen Menschen, bevor er vom Leben zu tief verletzt ist.«

»Bist du denn sicher, dass dieses Mädchen glücklicher wird in einer fremden Umgebung? Vielleicht will sie gar nicht weg von ihrer Mutter, so schlimm die auch sein mag, und du richtest mit deiner gut gemeinten Aktion nur Schaden an.«

Lena starrte ihn empört an. »Du redest wie meine ehemalige Chefin!«

»Sie hat wahrscheinlich nicht ganz unrecht. Aber beruhige dich, ich kann dich gut verstehen. Wenngleich das Ganze rechtlich nicht einfach sein dürfte, moralisch bin ich ganz auf deiner Seite!« Sie schaute ihn misstrauisch an, sodass er lachen musste. »Lena, ich bin auf deiner Seite. Wirklich!« Vorsichtig griff er nach ihrer Hand, die sie ihm sofort entzog. Resigniert verzog er das Gesicht. »Sorry.«

»Sag mir lieber noch eines«, wollte sie nun von ihm wissen.

»Sind alle SM-Beziehungen so wie die von diesem Hartmut und Sabrina?«

»Was meinst du damit, ob alle so sind?«

»Na ja, so kalt, ohne Gefühle, ohne Liebe, ohne liebevollen Sex?«

Rohloff lehnte sich zurück, und sie bemerkte, wie straff das Hemd in Bauchnähe bei ihm saß. Völlig aus dem Zusammenhang ihrer Unterhaltung gerissen dachte sie kurz darüber nach, warum ihr das gefiel. »Wie viele Paare kennst du?«, wollte er von ihr wissen.

»In meinem Bekanntenkreis?« Sie überlegte. Sie kannte mindestens ein Dutzend Frauenpaare, die schon länger als ein Jahr zusammen waren. Dazu kamen mindestens doppelt so viele Hetero-Paare, hauptsächlich aus dem Kollegenkreis.

»Dann sag mir mal, sind die alle gleich? In der Art, wie sie füreinander fühlen und miteinander umgehen?«

Lena merkte, worauf er hinauswollte. »Nein, das nicht.«

»Siehst du, so ist das auch bei SM-Paaren. Die sind nicht anders als andere Menschen, auch wenn sie eine eigene Form der Sexualität haben. Jedes Paar hat also seine Besonderheiten. Und, um auf den Kernpunkt deiner Frage zu kommen – es gibt mehr SM-Paare, die Liebe, Zärtlichkeit, Gefühle und sogar romantischen Sex in ihren Beziehungen leben, als man anhand der harten Praktiken annehmen könnte. Gerade bei den langjährigen

Verbindungen stelle ich immer wieder eine ganz große Innigkeit fest.«

»Woher weißt du so viel über diese Szene?«

Er schaute sie belustigt an. »Ich habe einen Club und noch ein paar andere Etablissements, in denen unterschiedliche Arten von sexueller Neigung gelebt werden können. Natürlich kenne ich auch viele Leute aus der Szene, manche schon fast mein ganzes Berufsleben lang.«

Lena schluckte und schwieg.

Amüsiert betrachtete er sie. »Los, Lena, frag mich. Frag mich, was du wissen willst.«

Lena spürte, wie sie rot wurde. Sie hasste sich dafür, bei diesem Mann so anders zu sein, als sie normalerweise war. Und sie mochte das Kribbeln, das jeder Blick von ihm in ihr auslöste. »Bist du auch … so einer?«

Rohloff lachte laut und dröhnend. Dann beugte er sich ganz nah zu ihr hinüber. »Nein, bin ich nicht. Ich habe es zwar mal ausprobiert, ganz am Anfang meiner Karriere als Clubbesitzer. Aber ganz ehrlich – es gibt mir persönlich nicht halb so viel wie der gute alte Blümchensex. Den finde ich immer noch am geilsten.« Dabei zwinkerte er ihr so unverschämt zu, dass Lena das Gefühl hatte, keine Luft mehr zu bekommen.

»Gute Nacht, Lena.« Rohloff zog sie sanft an sich, wie immer, wenn sie sich verabschiedeten. Dieses Mal legte er seine warmen Lippen leicht auf ihre Stirn, und Lena spürte eine seltsame Schwäche. Sie öffnete die Augen, die sie automatisch in Erwartung eines Kusses geschlossen hatte, und bemerkte, wie zärtlich er sie ansah.

Verlegen drehte sie den Kopf weg. So sehr sie seine körperliche Nähe genoss, löste sie gleichzeitig einen Fluchtreflex in ihr aus. Er spürte es wohl, denn er zog sich zurück.

»Ich bin noch lange nicht soweit«, murmelte Lena und schluckte trocken. Sie stand in Flammen und fragte sich, wohin das alles noch führen sollte.

»Ich bin in erster Linie dein Freund. Alles andere wird sich finden. Schlaf schön.« Damit drehte er sich um und ging, in seiner eigentümlichen Weise, aufrecht und mit sorgfältig gesetzten Schritten, zu seinem Wagen. Auch dieses Mal, ohne sich umzudrehen. Lena atmete tief durch. Als sie sich zur Haustür wandte, erstarrte sie. Vor ihr stand, bleich wie ein Gespenst, Tamae.

»Was um Himmels willen, machst du hier?« Lena war so erschrocken, dass sie ganz zittrige Beine hatte.

»Wonach sieht es aus? Ich dachte, es wäre an der Zeit … wir haben nicht mehr gesprochen seit …«, Tamae schluckte schwer und ließ den Satz unvollendet. »Aber wie es aussieht, hast du andere Dinge im Kopf.« Ihr Kopf deutete in die Richtung, in der Rohloff verschwunden war.

»Das ist nicht so, wie du denkst«, antwortete Lena und verfluchte im selben Moment ihre Unfähigkeit, wenigstens sich selbst Klarheit darüber zu verschaffen, was genau das mit Gerd Rohloff war. »Lass uns noch was trinken«, schlug sie schuldbewusst vor.

»Danke. Nein«, erwiderte Tamae. Ihr Gesichtsausdruck verriet einen Moment lang, wie verletzt sie war. Schnell drehte sie sich um und ging weg. Lena begriff zu spät, um sie zurückzuhalten. Wie mochte Tamae sich fühlen, vor der Wohnung der Geliebten zu stehen, sie scheinbar so vertraut mit einem Mann zu sehen?

»Tamae«, rief sie, doch die drehte sich nicht mehr um und war gleich darauf aus ihrem Blickfeld verschwunden.

Lena rannte in ihre Wohnung hinauf und wählte Tamaes Nummer. Die Mobilbox sprang an. »Es ist nichts passiert, nicht heute Abend, nicht zu einem anderen Zeitpunkt. Ich bin immer noch deine Freundin. Ich brauche lediglich ein bisschen Zeit, alles zu verdauen. Bitte, sei mir nicht böse und vor allem – unterstelle mir nichts aus einer Situation heraus, die nicht so eindeutig war, wie sie auf dich gewirkt hat.« Sie legte auf und fühlte sich beruhigt und schuldig zugleich.

Am Sonntagmorgen, Lena saß gerade in der Küche beim Frühstück, klingelte das Telefon.

»Lena? Hier ist Maja.«

Lenas Herz begann zu flattern, aber nur einen Moment. Dann war sie erstaunlich ruhig.

»Meinen Brief … hast du bekommen?«

Lena bejahte.

»Okay.« Eine kleine Pause folgte, dann fuhr Maja mit einem leichten Seufzen fort. »Danke, für alles, was du für Jürgen und seine Familie getan hast. Du kannst dir nicht vorstellen, was hier los ist!« Majas Stimme schlug um, wurde traurig.

»Niemand kann genau verstehen, was mit Sabrina los war. Sie war immer so … lieb. Und jetzt das …« Lena fragte sich, ob Maja oder ein anderes Familienmitglied von der Vergewaltigung wusste, hielt es aber für besser, nicht danach zu fragen. Das Leid war so schon groß genug. »Niemand weiß je wirklich, was in einem anderen Menschen vorgeht«, sagte sie langsam.

Maja atmete schwer am anderen Ende. »Du hast recht, wir leben alle miteinander, und doch ist jeder irgendwie alleine.«

Eine beredte Stille trat ein. Und dann passierte etwas Seltsames. Lena spürte, wie sich etwas von ihr löste. Etwas, das viele Jahre lang in ihr gewesen war. Eine Art dunkler, verzweifelter Sehnsucht fiel von ihr ab. Diese Ablösung empfand sie fast wie einen körperlichen Schmerz, es tat weh, und gleich danach tat es gut, so gut, dass Lena spürte, wie sie endlich wieder frei atmen konnte.

»Maja, ich habe dich geliebt.« Ihre neue Freiheit erlaubte es ihr, so mit der alten Freundin zu sprechen. Maja wollte sie unterbrechen, doch Lena bat sie, einen Moment lang zuzuhören. »Viele Jahre lang habe ich sogar gedacht, niemanden mehr so lieben zu können wie dich damals. Es hat mich eine Zeit lang krank gemacht, auch nur an dich zu denken, weil du mich verlassen hast.« Wieder wollte Maja unterbrechen, wieder bat Lena sie, noch zu schweigen. »Inzwischen weiß ich, dass es nicht nur dich und mich gibt. Es hat einfach eine Weile gebraucht. Mein Leben ist weitergegangen wie deines auch. Nur, dass ich dich viel länger geliebt habe als du mich. Und wenn du eine Antwort auf deinen Brief haben möchtest – ja, wir können wieder Freundinnen sein. Nur nicht jetzt, nicht gleich. Es wird noch ein Weilchen dauern, bis ich dich wieder sehen kann, ohne an dich als die erste Frau in meinen Armen, als meine große Liebe zu denken. Verstehst du das?«

Maja schluckte, Lena konnte es durch den Äther hören. »Ja«, sagte sie schließlich, und dann: »Ich freue mich darauf.«

Lena fuhr abends zum Kaiserlei und bedankte sich bei Sonja noch einmal persönlich für deren Unterstützung, indem sie sie zum Essen in die nur wenige Minuten entfernt liegende Gerbermühle einlud.

»Sie hat sich nicht einfach so umgebracht«, war auch Sonjas Meinung.

Als Lena später am Abend in ihre Wohnung zurückkehrte, kam sie ihr kalt und fremd vor. Sie ließ den Schlüsselbund in die kleine Schale auf der Kommode fallen, zog ihre Jacke aus und hängte sie an einen der Garderobehaken. Sie ging in die Küche, öffnete den Kühlschrank, holte eine Flasche Wein heraus und goss sich ein Glas davon ein. Noch bevor sie einen Schluck getrunken hatte, entschied sie sich anders und schüttete alles zurück in die Flasche. Auf Alkohol hatte sie keinen Appetit.

Auf dem Esstisch im Wohnzimmer lag ein Zettel.

»Ruf mich an, egal wann. Ich bin zu Hause und warte. Tamae«

Noch nie hatte Lena von ihr eine solche Nachricht bekommen, noch nie war Tamae in ihrer Abwesenheit in ihrer Wohnung gewesen. Sie drehte das kleine weiße Blatt unschlüssig in der Hand. Es war fast Mitternacht. Sie ging zum Telefon und tippte langsam eine Nummer ein.

»Hallo?« Die Stimme am anderen Ende klang verschlafen und ein wenig verwirrt.

»Ich bin's.« Lena hatte sich auf einen Sessel sinken lassen. Sie hörte selbst, wie erschöpft sie klang.

»Was ist los?« Die Frau am anderen Ende schien nun etwas wacher, und die Geräusche im Hintergrund verrieten Lena, dass sich die Freundin gerade aus dem Bett erhoben hatte. Vermutlich, um ins Wohnzimmer zu gehen und von dort das Gespräch ungestört fortsetzen zu können.

»Ich brauche dich.«

Am anderen Ende war es zunächst still. Dann seufzte Karin leise. »Lena ...«

»Nein. Nicht so. Ich brauche *dich*. Die beste Freundin, die ich habe. Bitte komm.«

Unendlich scheinende Sekunden verstrichen.

»Ich komme.« Karins Stimme war ruhig, weich und sanft und sandte in diese dunkle, kalte Nacht so etwas wie Licht und Wärme.

Lena ging hinüber ins Schlafzimmer und ließ sich rücklings auf ihr Bett fallen. Dann fing sie an zu weinen und wusste, es würde erst aufhören, wenn Karin da war.

Epilog

Gisela Krohn packte die Sachen ihrer Tochter Samantha zusammen. Sie fühlte nichts bei dem Gedanken, das Mädchen zur Adoption freizugeben. Sie war jung genug, noch viele Kinder zu bekommen. Auch wenn es mit den beiden ersten nicht gut gegangen war, das hieß ja noch lange nicht, dass sie es nicht noch einmal versuchen konnte! Immerhin wollte der Staat ja, dass Frauen Kinder in die Welt setzten. Und diese Sozialarbeiterinnen, die verstanden sowieso nicht, welch große Belastung das darstellte. Sie fühlte sich völlig im Recht damit, ihre Kinder so zu behandeln, wie sie es für richtig hielt. Nur Joachim, den musste sie jetzt noch loswerden. Der Mann war eine echte Spaßbremse! Ging morgens um vier aus dem Haus, um irgend so einen bescheuerten Job im Frankfurter Westhafen oder in der Kleinmarkthalle anzunehmen. Wäre sie nicht schwanger geworden von dem, dann wären sie auch nicht verheiratet. Den Fehler galt es jetzt so schnell wie möglich zu beheben! Wenn Samantha untergebracht war, wäre sie ja wieder frei. Fast so, als könnte sie noch einmal neu beginnen, sich amüsieren, sich einen Kerl suchen, der ein bisschen mehr Kohle nach Hause brachte als ihr jetziger Ehemann. Schnell warf sie Samanthas Klamotten in einen Karton. Spielsachen hatte die Kleine eh nicht viel. Einen Teddybären von der Oma und das Mobile über dem Bett. War zwar kaputt, aber die Kleine konnte den Unterschied sowieso nicht feststellen. Sie warf es dazu und stellte den Karton dann in den Flur. Was hatte diese Frau vom Amt gesagt? Wenn sie ihre Tochter zur Adoption freigäbe, könnte man ihr bei der Sache mit dem Sozialhilfebetrug entgegenkommen. Gisela Krohn fragte nicht lange nach, es war ihr schnell klar, wie sie sich entschied! Der Wurm war jetzt bei ihrer Mutter, da sollte er auch bleiben, bis jemand ihn dort abholte. Hauptsache, sie hatte keinen Ärger mehr mit dem Kind!

Summend ging sie ins Wohnzimmer zurück und zündete sich eine Zigarette an. Eigentlich war alles gar nicht so schlecht gelaufen. Die Zukunft, dessen war sich Gisela Krohn sicher, hielt noch viele positive Überraschungen für sie bereit!

Zum selben Zeitpunkt, als Gisela Krohn ihre Tochter Samantha völlig emotionslos aus ihrem Leben strich, saß ein Mann in der Altstadt von Marrakesch in einer Teebar. Sein Ausweis lautete auf Juan Molinaro, aber das war natürlich nicht sein richtiger Name. Nun ließ er langsam die deutsche Tageszeitung sinken und nippte nachdenklich an seinem Mokka. Die Sache war abgeschlossen. Eine junge Frau hatte den Tod einer anderen verschuldet und daraufhin Selbstmord begangen. Kein Wort stand in dem Artikel darüber, dass noch andere Personen beteiligt waren. Er lächelte vor sich hin. Marianne hatte genau so reagiert, wie er es vorausgesehen hatte. Er kannte sie so genau, diese Frau, die einmal so heiß gewesen war. Und sich im Laufe der Zeit als so langweilig entpuppte. Unwillkürlich verzog sich sein Mund.

Er dachte an Katinka, diese unterwerfungsgeile Sklavin. Wie sie ihn angesehen hatte das letzte Mal, als er bei ihr war.

»Ich kann das doch nicht«, hatte sie geflüstert. »Lass mich frei.«

»Wie lautet das Codewort?«, hatte er sie streng gefragt.

»Das … Codewort?« Ihr Gehirn, benebelt vor Hunger und Flüssigkeitsentzug, hatte nicht mehr richtig funktioniert.

»Sag es!«, forderte er sie auf und weidete sich an ihrem Unvermögen, sich zu erinnern. Fakt war, dass sie für dieses finale Spiel keines vereinbart hatten. Es gab keinen Schlüssel mehr zur Freiheit. Nicht, seit Marianne nach Málaga gekommen war. Wenn nicht, wer weiß … vielleicht hätte er Katinka in allerletzter Sekunde doch noch davonkommen lassen. Den undatierten Brief mit ihrem Geständnis und der später hinzugefügten

Ankündigung ihres Selbstmordes hätte er auch zu jedem anderen Zeitpunkt verwenden können. Doch so, wie die Dinge lagen, reiste er lieber alleine in seine Zukunft. »Ich komme heute Nachmittag wieder und lasse dich frei, wenn dir das Codewort bis dahin eingefallen ist. Unter der Voraussetzung, dass du dich bis dahin ruhig verhältst und bei der vereinbarten Version bleibst!« Damit deutete er auf den Brief, der auf dem Tisch lag.

»Ich verspreche es, Meister«, antwortete sie.

Er blickte mitleidlos auf die nackte, frierende Kreatur, bevor er in den kühlen Morgen hinaustrat, in dem Wissen, Málaga schon in wenigen Stunden zu verlassen. Im Grunde hatte er bereits alles vorbereitet. Das Geld, das auf Konten lag, die unter seinem neuen Namen liefen. Den Verkauf der Wohnung. Das Ende der Beziehung mit Katinka. Selbst wenn Marianne nicht in Málaga aufgetaucht wäre, hätte er dieselben Pläne verfolgt, vielleicht ein paar Tage später. Aber was machten schon ein paar Tage aus.

Er hatte seit der Nacht in der Gartenhütte, in der er die Zeit falsch eingeschätzte, seinen Plan B im Kopf gehabt. Wie ärgerlich, dass er sich auch hier auf Katinkas Wünsche eingelassen hatte.

»Meister lass mich ein Mal, nur ein einziges Mal zusehen, wenn du eine andere dominierst.« Sie wollte die Bilder im Kopf haben, die sich ihm boten, wenn sie selbst all ihrer Sinne beraubt das nächste Mal vor ihm lag. Nicht, dass ihm diese Vorstellung nicht auch gefallen hätte. Zwei Sklavinnen gleichzeitig, die eine so willig und demütig wie die andere. Nur, dass er die Zeit falsch eingeschätzt hatte, war bedauerlich. Aber war es nicht das, was diese Frauen wollten?

»Ich gehöre dir, ganz und gar. Töte mich, wenn du willst«, hatte Katinka immer wieder gesagt. Nun, sie hatte bekommen, was sie wollte! Und die andere, die hatte eben Pech gehabt. Er war kurz in Panik geraten, als sie sich plötzlich nicht mehr rührte. Natürlich hatte er in fieberhafter Eile versucht, die Seile von ihrem Körper zu wickeln, um sie wiederbeleben zu können. Zu spät. So hatten er und Katinka die Frau in der Hütte versteckt, ihre eigenen Spuren beseitigt und einfach unverschämtes Glück gehabt, dass die illegalen Bauten wenig später abgerissen wurden. Katinka war völlig neben der Spur gewesen, er hatte leichtes Spiel gehabt, sie gleich das Geständnis schreiben zu lassen. Nun fing ein neuer Abschnitt seines Lebens an.

Lächelnd hob er den Kopf und schaute einer jungen Touristin zu, die gerade vor der Teebar ihre Handtasche nach irgendetwas durchwühlte.

»Kann ich Ihnen helfen?«, fragte er sie und blickte gleich darauf in ein paar unsichere blaue Augen. Er liebte blaue Augen.

»Ich habe wohl meine Sonnenbrille vergessen«, murmelte sie mit erhitztem Gesicht und ängstlichem Blick.

»Dann kommen Sie doch einfach hierher, in den Schatten, und trinken einen Pfefferminztee mit mir.«

Das Flackern in ihren Augen zeigte ihm, er war auf der richtigen Spur. Wie immer, seine Instinkte waren gut. Warum sollte das Spiel denn auch nicht weitergehen? Die junge Frau, eine Britin, folgte seiner Einladung und nahm Platz. Der Mann lächelte. Er freute sich jetzt schon darauf, ihre Grenzen zu erforschen.

ENDE

Dies ist ein Roman. Alle Personen und Handlungen sind frei erfunden.

Dank

Die Arbeit an diesem Buch wurde unterstützt durch das Hessische Ministerium für Wissenschaft und Kunst.

Bitte beachten Sie auch folgende Buchhinweise.

Rhein-Main-Crime

Dolphin Dance
Ein Katharina-Klein-Krimi

Helmut Barz

12,00 €
978-3-95400-038-8

»Ich hatte eine Spur. Und am Ende waren eine Menge Leute tot.«

Noch vor Antritt des neuen Jobs als Leiterin einer Spezialeinheit für unaufgeklärte Verbrechen stürzt sich Katharina Klein, Frankfurts explosivste Kriminalpolizistin, in den drängendsten unerledigten Fall, den es für sie gibt: den Mord an ihrer eigenen Familie vor 16 Jahren. Doch irgendjemand will Katharinas Ermittlungen mit allen Mitteln stoppen und geht dabei wortwörtlich über Leichen.